肉包不吃肉 著

海棠微雨共归途

广东旅游出版社
GUANGDONG TRAVEL & TOURISM PRESS

中国·广州

目 录

第一章 一  复生少年郎

一

本座死了

墨燃还没当皇帝那会儿，总有人骂他是狗。

乡人骂他"狗玩意儿"，堂弟骂他"狗东西"，他干娘最厉害，骂他"狗儿子"。

当然，也有过一些与狗有关的形容，不算太差。比如他那些露水情缘，总是带着几分愠怒，嗔他是个人模狗样的死鬼，嘴上甜言勾了人的魂魄，风流手段夺了卿卿性命，但转眼又去与旁人炫耀，搞得人人皆知他墨微雨是个极品，卓绝名声令人心动神摇。

不得不说，这些人讲得很对，墨燃确实像是一只摇头摆尾的傻狗。

直到他当上修真界的帝王时，这类称呼才骤然间消散不见。

有一天，有个远疆的小仙门送了他一只奶狗。

那狗灰白相间，额上有三簇火，有点像狼。但它只有瓜那么大，长得也瓜头瓜脑的，滚胖浑圆，偏还觉得自己很威风，满大殿疯跑，几次想爬上高高的台阶，去看清那好整以暇坐在帝位上的人，但因腿实在太短，皆以失败告终。

墨燃盯着那空有力气，却着实没脑子的毛团看了须臾，忽然就笑了，一边笑一边低声骂道："狗东西。"

奶狗很快长成大狗，大狗成了老狗，老狗又成死狗。

墨燃双目合实，复又睁开，他的人生，宠辱跌宕，或起或伏，已有三十二年了。

他什么都玩腻了，觉得乏味且孤单。这些年身边熟悉的人越来越少，连"三把火"都狗命归天了，他觉得也差不多了，是该结束了。

他从果盘里掐下一颗晶莹丰润的葡萄，慢悠悠地剥去紫皮。

他的动作从容娴熟，带着些意兴阑珊的懒。碧莹莹的果肉在他指尖细微颤动着，浆汁渗开，紫色幽淡，犹如雁衔丹霞来，好似海棠春睡去。

又像是污脏的血。

他一边咽下口中的腻甜，一边端详着自己的手指，然后懒洋洋地掀起眼皮子。

他想，时辰差不多了。

他也该下地狱了。

墨燃，字微雨。

修真界的第一任帝王。

能坐到这个位子实属不易，所需的不仅是卓绝的法术，还有坚如磐石的厚脸皮。

在他之前，修真界十大门派分庭抗礼，龙盘虎踞。门派之间相互掣肘，谁也无法以一己之力改天换地。更何况诸位掌门都是饱读经典的翘楚，即使想封自己个头衔玩玩，也会顾忌史官之笔，怕背上千秋骂名。

但墨燃不一样。

他是个流氓。

别人不敢做的事情，最终他都做了。

喝人间最辣的好酒，娶世上最美的女人，先是成为修真界的盟主"踏仙君"，再到自封为帝。

万民跪伏。

所有不愿下跪的人都被他赶尽杀绝，他"制霸"天下的那些年，修真界可谓是血流漂杵，哀鸿遍野。无数义士慨然赴死，十大门派中的儒风门更是全派罹难。

再后来，就连墨燃的授业恩师也难逃其魔爪，在与墨燃的对决之中落败，被昔日爱徒带回宫殿囚禁，无人知其下落。

原本河清海晏的大好江山，忽然间乌烟瘴气。

狗皇帝墨燃没读过几天书，又是个百无禁忌的人，于是在他当权期间，荒谬事层出不穷，且说那年号。

他当皇帝的第一个三年，年号"王八"，是他坐在池塘边喂鱼时想到的。

第二个三年，年号"呱"，盖因他夏日听到院中蛙鸣，认定此乃天赐灵感，不可辜负。

民间的饱学之士曾以为不会有比"王八"和"呱"更难以启齿的年号了，但他们终究还是对墨微雨一无所知。

第三个三年，地方上开始蠢蠢欲动，那些无法忍受墨燃暴戾的江湖义士，接二连三地发动征讨起义。

于是，这一次墨燃认真地想了半天，草拟无数后，一个新的年号横空出世。

该年号十分惊世骇俗，惊世骇俗到什么程度呢？——当年始皇诏书上的那两个字到底确切是什么，百年后人们竟已不得而知。

大家只知它惊天地、泣鬼神，且太过冲撞礼法，不为宿儒德士所接受，更吓破了后世作册们的鼠胆。所以尽管寓意是好的，墨燃绞尽脑汁想出来的两个字，取的是"罢兵休戟"的良意，但仍旧不为世人所接受。作册们费了比始皇更多的精力，避趋书之，工笔润之，最终才使那狂徒拟的骇世之年号慢慢淡去。

有人说，这第三个年号叫"叭叽"，刚好与"罢兵休戟"的首尾二字谐音。有人说叫"叽叽"，意思是劝大家放下刀剑回家种地养鸡。

野史家笑谈，说书人阔谈，但当时从狂徒墨燃口中轻描淡写说出的那两个字究竟是什么，已终成不解之谜。

话说回来，当年大家在这个成了谜的狂荡至极的年号下挨日子，好不容易挨过了三年，以为这骇俗的年号总算要翻篇儿了。

天下人都在胆战心惊地等着皇帝陛下的第四个年号，这一次墨燃却没心思取了，因为在这一年，修真界的动荡终于全面爆发。忍气吞声了近十年的江湖义士、仙侠豪杰，终于合纵连横，组成了浩浩荡荡的百万大军，逼宫始皇墨微雨。

修真界不需要帝王，尤其不需要这样一位暴君。

数月浴血征伐后，义军终于来到死生之巅山脚下。这座地处蜀中的险峻高山终年云雾缭绕，墨燃的皇宫就巍峨地矗立在顶峰。

箭在弦上，推翻朝堂只剩最后一击。可这一击也是最危险的，眼见获胜曙光在望，原本同仇敌忾的盟军内部开始各萌异心。旧皇覆灭，新的秩序必将重建，没有人想在此时耗费己方元气，因此也无人愿意做这头阵先锋，率先攻上山去。

他们都怕这个狡黠阴狠的暴君会突然从天而降，露出野兽般森然发亮的白齿，将胆敢围攻他宫殿的人们开膛破肚，撕咬成渣。

有人面色沉凝，说道："墨微雨法力高深，为人阴毒，我们还是谨慎为上，不要着了他的道。"

众将领纷纷附和。

然而这时，一个眉目极其俊美、面容贵气的青年走了出来。他穿着一袭银蓝轻铠，狮首腰带，马尾高束，底部绾着一枚精致的银色发扣。

青年的脸色很难看，他说："都到山脚下了，你们还在这里磨磨叽叽的，不肯上去，难道是想等墨微雨自己爬下来？真是一群胆小怕事的废物！"

他这么一说，周围一圈人就炸开了。

"薛公子怎么说话的？什么叫胆子小？凡兵家用事，谨慎为上。要都像你这样不管不顾的，出了事情谁来负责？"

立刻又有人嘲讽道："呵呵，薛公子是天之骄子，我们只是凡夫俗子，既然天之骄子等不及了要去和人界帝尊争锋，那您干脆就自己先上山嘛。我们在山下摆酒设宴，等您去把墨微雨的脑袋提下来，这样多好。"

这番话说得激越了些。盟军中的一个老和尚连忙拦住要发作的青年，换作一副乡绅面孔，和声和气地劝道："薛公子，请听老僧一言，老僧知道你和墨微雨私仇甚深。但是逼宫一事，事关重大，你千万要为大家考虑，可别意气用事呀。"

众矢之的"薛公子"名叫薛蒙，十多年前，他曾经是被众人吹捧阿谀的少年翘楚，天之骄子。

然而时过境迁，虎落平阳，他却要忍着这些人的讥讽和嘲弄，只为上山再见墨燃一面。

薛蒙气得面目扭曲、嘴唇颤抖，却还竭力按捺着，问道："那你们究竟要等到什么时候？"

"至少要再看看动静吧。"

"对啊，万一墨微雨有埋伏呢？"

方才和稀泥的那个老和尚也劝道："薛公子不要急，我们都已经到山脚了，还是小心一点为妙。反正墨微雨都已经被困在宫殿中，下不来山。他如今是强弩之末，成不了气候，我们何必为了图这一时之急，贸然行事？山下那么多人，名阀贵胄那么多，万一丢了性命，谁能负责？"

薛蒙陡然暴怒："负责？那我问问你，有谁能为我师尊的性命负责？墨燃他软禁我的师尊十年了！整整十年！眼下我师尊就在山上，你让我怎么能等？"

一听到薛蒙提起他的师尊，众人的脸色都有些挂不住。

有人面露愧色，有人则左瞟右瞟，嗫嚅不语。

"十年前，墨燃自封踏仙君，屠遍儒风门七十二城不算，还要剿灭剩余九大门派。再后来，墨燃称帝，要把你们赶尽杀绝，这两次浩劫，最后都是谁阻拦了？要不是我师尊拼死相护，你们还能活着，还能好端端地站在这里跟我说话吗？"

最终有人干咳两声，柔声道："薛公子，你不要动怒。楚宗师的事情，我们……都很内疚，也心怀感激。但是就像你说的，他已经被软禁了十年，要是有什么也早就……所以啊，十年你都等过来了，也不急于这一时半刻，你说对不对？"

"对？去你个头的对！"

那人睁大眼睛："你怎么能骂人呢？"

"我为何不骂你？师尊他置生死于度外，居然是为了救你们这种……这种……"他再也说不下去了，喉头哽咽，"我替他不值。"

讲到最后，薛蒙猛地扭过了头，肩膀微微颤抖着，忍着眼泪。

"我们又没有说不救楚宗师……"

"就是啊，大家心里都记得楚宗师的好，并没有忘记。薛公子你这样说话，实在是给大家扣了顶忘恩负义的帽子，叫人承受不起。"

"不过话说回来，墨燃不也是楚宗师的徒弟？"有人轻声说了句，"要我说，其实徒弟为非作歹，他当师父的，也该负责任，所谓子不教、父之过，教不严、师之惰。这本就是无可厚非的事情，又有什么好抱怨的？"

这就有些刻薄了，立刻有人喝止住："讲什么疯话！管好你的嘴！"

又转头和颜悦色地劝薛蒙："薛公子，你不要着急……"

薛蒙猛然打断了他的话，目眦欲裂："我怎么可能不急？你们站着说话不腰疼，但那是我的师尊！我的！！！我都那么多年没有见到他了！我不知道他是死是活，我不知道他过得怎么样，我站在这里你们以为是为了什么？"他喘息着，眼眶发红，"难道你们这么等着，墨微雨就会自己下山，跪在你们面前求饶吗？"

"薛公子……"

"除了师尊，我在世上一个可亲之人都没有了。"薛蒙挣开被老和尚拉住的衣角，哑声道，"你们不去，我自己去。"

丢下这番话，他一人一剑，独自上山去了。

阴冷潮湿的寒风夹杂着万叶千声，浓雾里就像有无数厉鬼冤魂在山林间窃窃私语，沙沙游走。

薛蒙孤身行至山顶，墨燃所在的雄伟宫殿在夜幕中亮着安宁的烛光。他忽然瞧见通天塔前，立着三座坟，走近一看，第一座坟头长着青草，墓碑上歪七扭八地凿着"清蒸贵妃楚姬之墓"八个狗爬大字。

与这位"清蒸贵妃"相对的第二座坟，是一座新冢，封土才刚刚盖上，碑上凿着"油爆皇后宋氏之墓"。

"……"

如果换作十多年前，看到这番荒唐景象，薛蒙定会忍不住笑出声来。

当时，薛蒙与墨燃同在一个师尊门下，墨燃是最会要宝玩笑的徒弟，纵使薛蒙早就看他不顺眼，也时不时会被他逗得忍俊不禁。

这清蒸贵妃、油爆皇后的，也不知道是什么鬼，大概是墨大才子给他那两位妻子立的墓碑，风格与"王八""呱""叽叽"如此相似。不过他为什么要给自己的皇后取这两个谥号却不得而知了。

薛蒙看向第三座坟。

夜色下，那座坟冢敞开着，里面卧着一口棺材，不过棺材里什么人都没有，墓碑上也点墨未着。

只是坟前摆着一壶梨花白，一碗冷透了的红油抄手，几碟麻辣小菜，都是墨燃自个儿爱吃的东西。

薛蒙怔怔地盯着看了一会儿，忽然心中一惊——难道墨微雨竟不想反抗，早已自掘坟墓，决意赴死了吗？

薛蒙冷汗涔涔。

他不信。

墨燃这个人，从来都是死磕到最后，从来不知道何为疲惫、何为放弃，以他的行事做派，势必与起义军死拼到底，又怎会……

这十年，墨燃站在权力巅峰，到底看到了什么？又到底发生了什么？

谁都不知道。

薛蒙转身没入夜色，朝着灯火通明的巫山殿大步掠去。

巫山殿内，墨燃双目紧闭，面色苍白。

薛蒙猜得不错，他是决心赴死了。外头那座坟冢，便是他为自己掘下的。一个时辰前，他就以传送术遣散了仆从，自己则服下了剧毒毒药。他修为甚高，毒药的药性在他体内发作得格外缓慢，因此五脏六腑被蚕食消融的痛苦也越发深刻鲜明。

"吱呀"一声，殿门开了。

墨燃没有抬头，只沙哑地说了句："薛蒙，是你吧，你来了吗？"

殿内金砖之上，薛蒙孑然而立，马尾散落，轻铠闪烁。

昔日同门再聚首，墨燃却没有什么表情，他支颐侧坐，纤细浓密的睫毛帘子垂落眼前。

人人都道他是个三头六臂的狰狞恶魔，可他其实生得很好看，鼻梁的弧度柔和，唇色薄润，天生长得有几分温文甜蜜，光瞧相貌，谁都会觉得他是个乖巧良人。

薛蒙见到他的脸色，就知道他果然是服毒了。心中不知是何滋味，薛蒙欲言又止，最终仍是握紧了拳头，只问："师尊呢？"

"……什么？"

薛蒙厉声道："我问你，师尊呢！你的、我的，我们的师尊呢？"

"哦。"墨燃轻轻哼了一声，终于缓缓地睁开了黑中透着些紫的眼眸，隔着重峦叠嶂的岁月，落在了薛蒙身上。

"算起来，自昆仑踏雪宫一别，你和师尊，也已经两年没有相见了。"墨燃说着，微微一笑，"薛蒙，你想他了吗？"

"废话少说！把他还给我！"

墨燃平静地望了他一眼，忍着胃部的阵阵抽痛，神色嘲讽，靠在帝座的椅背之上。

眼前一阵阵发黑，他几乎觉得自己能清晰地感受到脏腑在扭曲、融化，化成污臭的血水。

墨燃慵懒道："还给你？蠢话。你也不动脑子想想，我和师尊有如此深仇大恨，怎会容许他活在这世上。"

"你……"薛蒙骤然血色全无，双目大睁，步步后退，"你不可能……你不会……"

"我不会什么？"墨燃轻笑，"你倒是说说看，我凭什么不会。"

薛蒙颤声道："但他是你的……他毕竟是你的师尊啊……你怎么下得了手！"

他仰头看着帝位之上高坐着的墨燃。天界有伏羲，地府有阎罗，人间便有墨微雨。

可是对于薛蒙而言，就算墨燃成了人界帝尊，也不该变成如此模样。

薛蒙浑身都在发抖，恨得泪水滚落："墨微雨，你还是人吗？他曾经……"

墨燃神色淡淡地抬眼："他曾经怎么？"

薛蒙颤声道："他曾经怎么待你，你应当知道……"

墨燃倏忽笑了："你是想提醒我，他曾经把我打得体无完肤，在众人面前让我跪下认罪；还是想提醒我，他曾经为了你，为了不相干的人，挡在我面前，几次三番阻我好事，坏我大业？"

薛蒙痛苦摇头："……"

不是的，墨燃。

你好好想一想，你放下你那些狰狞的仇恨。

你回头看一看。

他曾经带你修行练武，护你周全。

他曾经教你习字看书，题诗作画。

他曾经为了你学做饭菜，笨手笨脚的，弄得一手是伤。

他曾经……他曾经日夜等你回来，一个人从天黑到天亮……

那么多话却堵在喉头，到最后，薛蒙只哽咽道："他……他是脾气很差，说话又难听，可是连我都知道他待你是那么好，你为何……你怎么忍心……"

薛蒙扬起头，忍着太多的眼泪，喉头却哽咽着，再也说不下去了。

顿了很久，殿上传来墨燃轻声的叹息，他说："是啊。"

"可是薛蒙。你知道吗？"墨燃的声音显得很疲惫，"他曾经，也害死了我唯一珍视过的人。唯一的。"

良久死寂。

胃疼得像是被烈火灼烧，血肉被撕成千万片碎末残渣。

"不过，好歹师徒一场。他的尸首，停在南峰的红莲水榭。躺在莲花里，保存得很好，就像睡着了一样。"墨燃缓了口气，强作镇定。说这番话的时候，他面无表情，手指搁在紫檀长案上，指节却苍白泛青。

"他的尸身全靠我的灵力维系，才能一直不腐。你若是想他，就别和我在这里多费唇舌，趁我没死，赶紧去吧。"

喉间涌上一股腥甜，墨燃咳嗽了几声，再开口时，唇齿之间尽是鲜血，目光却是轻松自在。

他嘶哑地说："去吧。去看看他。要是迟了，我死了，灵力一断，他也就成灰了。"

说完这句话后，他颓然合上双眸，毒性攻心，似烈火煎熬。

疼痛是如此地撕心裂肺，甚至薛蒙悲恸扭曲的号啕哀鸣也变得那样遥远，犹如隔着万丈汪洋，从水中传来。

鲜血不住地从嘴角涌出，墨燃捏紧衣袖，肌肉阵阵痉挛。

模糊地睁开眼睛，薛蒙已经跑远了，那小子的轻功不算差，从这里跑到南峰，花不了太多时间。

师尊的最后一面，他应该是见得到的。

墨燃撑起身子，摇摇晃晃地站起来，血迹斑斑的手指结了个法印，把自己传送到了死生之巅的通天塔前。

此时正是深秋，海棠花开得稠，绚烂多彩。

他不知道为何最后会选择在这里结束自己罪恶的一生。

但觉花开得如此灿烂，不失为芳冢。

他躺进敞开的棺椁，仰面看着夜间繁花，无声凋谢。

繁花飘入棺中，飘于脸颊，纷纷扬扬，如往事凋零去。

这一生，从一无所有的私生子，历经无数，成为人界唯一的帝君尊主。

他罪恶至极，满手鲜血，所爱所恨，所愿所憎，到最后，什么都不再剩下。

他也终究，没有用他那信马由缰的字，给自己的墓碑上题一句话。不管是臭不要脸的"千古一帝"，还是荒谬如"油爆""清蒸"，他什么都没写。

修真界始皇的坟茔，终究片言不曾留。

一场持续了十年之久的闹剧，终于谢了幕。

又过了好几个时辰，当众人高举着通明火把，犹如一条火蛇，蹿入帝王行宫时，等着他们的，却是空荡荡的巫山殿，是空无一人的死生之巅，是红莲水榭旁，伏倒在一地骨灰余烬中哭到麻木的薛蒙。

还有，通天塔前，那个尸体冷透了的墨微雨。

二

本座活了

“我本已心如死水万念灰，却不料三九寒夜透春光，莫不是天意偏怜幽谷草，怕只怕世态炎凉多风霜。”

耳边传来越女咿咿呀呀的清婉脆嗓，珠玉般的叮咚词句，却敲得墨燃脑仁生疼，额角经络暴跳。

“吵什么吵！哪里来的哭丧鬼！来人，把这贱婢给我乱棍打下山去！”

怒喝完这一声，墨燃才惊觉不对。

……自己不是已经死了吗？

恨意和寒意，痛苦和寂冷扎得他胸口发疼，墨燃猛地睁开眼睛。

临死时的种种犹如风吹雪散，他发觉自己正躺在床上，不是死生之巅的床。这张床雕龙绘凤，木头散发着沉甸甸的脂粉气息，铺上的旧被褥粉红粉紫，绣着鸳鸯戏水的纹饰，正是勾栏女人才会睡的枕被。

“……”

墨燃有一瞬间的僵硬。他知道这是哪里。

这是死生之巅附近的一处瓦子。

所谓瓦子，就是青楼，说的是“来时瓦合，去时瓦解”，让客人和粉子好聚好散的意思。

要好聚，鸨儿自然要网罗些风情各异的美人，胡姬象姑、娇娥俏娘，什么样的心思都能满足；要好散，这些苦命美人自然都有各自手腕，或怒或嗔，半哄半骗，哄得客家心满意足地去了，还要再骗得他们回头再翻自个儿的花笺。

墨燃就是最讨这些苦命美人儿欢喜的主，因为好骗，只要粉子合了他的心意，哄两句就能把他人留住，再哄两句便赚他久徘徊。他年轻的时候，半个月里有十多天是在这家青楼里消磨时光的。不过这青楼早在自己二十多岁时就盘了出去，后来改成了酒肆。

他死后竟然出现在一家早就不存在的青楼里，这是怎么回事？

难不成是他生前作恶太多，坑害了无数佳人，所以被阎王罚去投胎到窑子接客？

墨燃一边胡思乱想，一边无意识地翻了个身，赫然对上了一张熟睡着的脸。

"……"

什么情况！他身边怎么躺着个人？

此人面目稚嫩、五官玲珑，瞧上去玉雪可爱。

墨燃脸上毫无表情，内心却波涛汹涌，盯着那张沉浸在睡梦中的脸看了半天，突然想起来了。

这不是自己年轻时特别宠爱的一个小美人嘛，好像叫容三？

要不就叫容九。

甭管三还是九，这不重要，重要的是，这货后来害了花柳病，早就死掉好多年了，尸骨都该朽没了。然而，这会儿容九却活生生、白嫩嫩地窝在自己床侧，棉被里露出半截儿雪玉似的肩膀和脖子。

墨燃绷着脸，掀起被子，目光再往下移了移。

"……"

这位容……不知道九还是三，姑且算作容九。这位容九妆容半残，腕上还细细地勒了好几道漂亮的金线红绳儿。

墨燃摸着下巴暗自赞叹道：好手法啊。

瞧瞧这精致的绳结，这娴熟的技艺，这熟悉的画面。

这不会是自己做的吧？

他是修真之人，对复生之事常有涉猎。此刻，他不禁开始怀疑，自己好像是活回去了。

为了进一步验明自己的想法，墨燃找了面铜镜。铜镜磨损得很厉害，但在昏黄的光晕里，还是隐约可以瞧见他自己的容貌。

墨燃死时三十二岁，已是而立之年，但此刻镜子里的那位哥们儿的面目却显得颇为稚气，俊俏眉目里透着一股少年人独有的飞扬跋扈，看起来，不过十五六岁的模样。

这卧房里没有别人。于是一代修真界暴君、蜀中恶霸、人界帝王、死生之巅尊主、"踏仙君"墨燃在沉默许久后，诚实地表达了自己内心的感受。

"我的天……"

这一声，就把睡得蒙蒙胧胧的容九惊醒了。

那美人慵懒地坐了起来，拢着柔软长发，挑起一双犹带睡意的桃花眼，眼尾晕染着残红，打了个哈欠。

"嗯……墨公子，你今天醒得好早呀。"

墨燃没有吭气儿，时间倒退十多年，他的确是喜欢容九这种千娇百媚的小美人。但是现如今，三十二岁"高龄"的踏仙君，怎么看怎么怀疑自己当时脑子是叫驴炮了，才会觉得这种人好看。

"是不是昨晚没睡好，做噩梦了？"

本座都死了，你说算不算噩梦？

容九见他一直不说话，还当他心情不佳，于是起身下床，挨到镂花木窗前，从后面一把搂住墨燃。

"墨公子，你理理我呀，怎么愣愣的，不睬人？"

墨燃被容九这么一搂，脸都青了，恨不得立刻把这小妖精从自己背后撕下来，照着那张吹弹可破的脸扇上十七八个大耳刮子，但到底还是忍住了。

他还有点晕，没搞清楚状况。

如果自己真的复生了，那么昨天还在和容九嘻嘻哈哈，醒来就把人揍得鼻青脸肿，这种行为和罹患精神痼疾也并无不同。不妥，大大的不妥。

墨燃整理好了情绪，貌似不经意地问道："今天是几月几日？"

容九一愣，旋即笑道："五月初四呀。"

"丙申年？"

"那是去年啦，今年是丁酉年，墨公子真是贵人多忘事，越过越回去。"

丁酉年……

墨燃眼波暗涌，脑内飞速地转着。

丁酉年，自己十六岁，被死生之巅的尊主认成失散多年的侄子刚满一年，就这样从一个人尽可欺的癞皮走狗，一跃成了枝头上的凤凰。

那么自己，是真的复生了？

还是，死后的一场虚空大梦呢？……

容九笑道："墨公子，我瞧你是饿晕了，连日子都记不清楚。你坐一会儿，我去厨房，给你端些吃的来，油旋饼好不好？"

墨燃此时才刚刚复生，对于这一切还不知如何应对，不过，按着以前的路数来总是没错的。于是他回忆了一下自己当年的风流模样，忍着恶心，笑嘻嘻地在容九腿上掐了一把："好得很，再添碗粥来，回来喂我喝。"

容九披上衣裳去了，不一会儿，端着一个木托盘回来，上面是一碗南瓜粥、两个油旋饼、一碟小菜。

墨燃正好有些饿了，正准备抓饼吃，容九却忽然拨开他的手，媚然道："我来喂公子享用。"

"……"

容九拿起一块饼，贴着墨燃坐下。容九披着件薄薄的外袍，笑容暧昧，有意朝他抛了俩媚眼，其中意思不言而喻。

墨燃盯着容九的脸看了一会儿。

容九还道他好色心又起，嗔道："你总这么瞧着我做什么？饭菜都凉了。"

墨燃静默片刻，想起上辈子容九背着自己干的那些好事，嘴角慢慢揉开一个甜丝丝、亲昵无比的笑容。

恶心的事儿，他踏仙君做得多了，只要他愿意，再恶心的他都干得出来，此刻不过是逢场作戏而已，小儿伎俩，难不倒他。

墨燃舒舒服服地往椅子上一靠，笑道："坐过来。"

"我这不……不正坐着嘛。"

"你知道我说的意思。"

容九的脸一红，啐了一口："这么急，公子不等吃完了再……哎呀！"

话未说完，容九就被墨燃强制拽起，往前挪了挪，又按了下去。容九手一抖，粥碗打翻在地，惊呼之中不忘低低地说一声："墨公子，这碗……"

"别管。"

"那、那你也先吃些东西……"

"我在这屋里，倒也有比吃东西更逗趣儿的事情可做。"墨燃搂着那不盈一握的纤腰，一双漆黑的眼睛里闪耀着光亮，瞳仁中映出容九仰着脖子的娇丽容颜。

上辈子，自己特别宠爱容九。毕竟这小东西漂亮、讨巧，嘴巴尤其甜蜜，很会讲些让自己高兴的话，要说曾经自己丝毫没有好感，那是假的。

不过，知道容九这张嘴都背着他干了些什么，墨燃就觉得这张嘴臭不可闻，再也没有疼惜的兴致了。

三十二岁的踏仙君和当年的墨燃有很多地方都不一样。

比如，当年的他尚知待弱者温柔，三十二岁的踏仙君，便只剩下暴戾。

一番消磨后，他看着已经昏死过去的容九，一双横波暗流的上挑眼眸，微微眯了起来，竟带着些甜丝丝的笑意。他笑起来是很好看的，瞳色极黑极深，从某些角度看去，会晕染着一层骄奢的暗紫色。此刻他笑吟吟地拎着容九的头发，把昏迷的人提到榻上，顺手从地上拾起一片碎瓷，悬在容九脸上。

他向来睚眦必报，如今也一样。

想到曾经自己是怎么听其泣诉，怜其身世，欲为其赎身，而这人又是怎么跟别人合着伙设计自己的，他就忍不住笑眯眯地弯起眼睛，把锋利的陶瓷碎片，贴在了容九的腮边。

这人做的是皮肉生意，没了这张脸，就什么都没了。

这媚俗的东西，就会跟狗一样流落街头，在地上爬、被靴子踹、被碾、被骂、被唾弃，哎哟……真是想想就让他身心愉悦，简直连刚刚的恶心，都就此烟消云散了。

墨燃的笑容越发可爱。

手一用力，鲜红的血渗出了一丝。

昏沉沉的人似乎感受到了疼痛，沙哑的嗓音，轻轻低吟了一声，睫毛上犹自挂着泪珠，看起来楚楚可怜。

墨燃的手忽然顿住了。他想起一个故人。

"……"

然后，他忽然意识到自己现在在做什么。

愣了几秒钟，他终于慢慢地，把手放下了。

真是作恶作习惯了。他都忘了，自己已经复生了。

现在，所有的事情都还没有发生，大错都尚未铸成，那个人……也还没死。他何必非要再残忍、粗暴地走一遍当初的老路，明明他可以重新来过的。

他坐了起来，一脚架在床沿，漫不经心地把玩着手里的碎瓷片。突然看到桌上还放着油腻腻的饼子，于是他拿了过来，扒开油纸，大口大口地撕咬，吃得满嘴碎渣，嘴唇油亮。

这饼子是这瓦子的特色，其实并不算太好吃，比起他后来所尝过的珍馐，简直味同嚼蜡，但这瓦子倒了之后，墨燃就再也没有吃过这油旋饼了。此刻，饼子熟悉的味道，隔着滚滚往事，重新回到舌尖。

墨燃每吞下一口，就觉得复生的不真实感又少了一分。

待整块饼吃完，他终于慢慢地从最初的迷茫中回过神来。

他真的复生了。

他人生中所有的恶，所有不可回头的事情，都还没有开始。

没有杀掉伯父伯母、没有屠遍七十二城、没有欺师灭祖、没有成亲、没有……

谁都没有死。

他咂着嘴，舔舐着森森白牙，能感受到胸腔中一缕微小的喜悦在迅速扩大，成了一种惊涛骇浪般的狂热与激动。他生前叱咤风云，人界三大禁术都有涉猎。其他两门禁术他都算是精通，唯有最后一术"复生"，纵使他天资聪慧，也不得门道。

却想不到，他生前求而不得的东西，死后竟然成真了。

生前的种种不甘、颓丧、孤独，凡此五味，都还停在胸间，死生之巅火光万丈、大军压境的场景犹在眼前。

他那时候是真的不想活了，人人都说他是命主孤煞、众叛亲离，到最后连他自己也觉得自己是行尸走肉，无聊得很，寂寞得很。

但不知是哪里出了错，像他这样十恶不赦的人，自戕之后，竟能获得一个从头再来的机会。

他为何还要为了报那么一点陈年私仇，毁掉容九的脸？

容九最多是贪财爱钱。顺走些银子，白占些便宜，小小地惩戒一下就行了。人命，他暂时不想背负。

"便宜你了，容九。"

墨燃笑眯眯地说着，指端发力，把瓷片丢到窗外。

然后，他掏空了容九所有的细软珠宝，尽数收入自己囊中，这才好整以暇，慢慢收拾好自己，施施然离开了瓦子。

伯父伯母、堂弟薛蒙、师尊，还有……

想到那个人，墨燃的眼神刹那间温柔起来。

师哥，我来寻你了。

三

本 座 的 师 哥

嗯……既然自己的灵魂回来了，那从前的雄厚修为，会不会也跟着回来了？

墨燃调动法咒，感受了一下体内灵力的攒涌，虽然充沛，却并不强大。

也就是说他的修为并没有继承过来。

不过这也没什么，他天资聪颖，悟性又高，大不了从头修行，也没什么了不起的。更何况复生是一件天大的喜事，即便有些美中不足，那也都很正常。墨燃这样想着，很快收敛起了自己的阴暗和獠牙，摆出十五岁少年该有的模样，高高兴兴地准备返回门派。

城郊夏意浓，偶有车马驰过，车轮滚滚，无人会去注意此时才年方十五岁的墨燃。偶尔有田间忙碌的村妇，得了空抬头抹汗，瞧见个格外标致的少年，会眼前一亮，盯着看两眼。

墨燃也笑嘻嘻地、毫不客气地看回去，直把那些有夫之妇看得满脸绯红，低下头来。

傍晚时分，墨燃来到无常镇，这里离死生之巅很近了，暮色里一轮红日如血，火烧云霞衬着巍峨峰峦。一摸肚子，有些饿了，他于是熟门熟路地进了一家酒楼，瞅着柜前那一溜儿红底黑字的菜牌子，敲敲柜台，麻利地点道："掌柜的，来一只棒棒鸡、一碟夫妻肺片儿，打两斤烧酒，再切一盘儿牛肉。"

这当口打尖儿的人很多，热闹得很，说书先生在台子上摇着扇子，正在讲死生之巅的故事，说得是眉飞色舞、唾沫横飞。

墨燃要了个临窗的包间，边吃饭，边听人家讲书。

"众所周知啊，咱们修真界按照地域划分，分为上修和下修两片区域，今儿我们就来讲一讲下修界最了不起的门派，死生之巅。嘿，要知道啊，咱们这座无常镇百年前曾是一座荒凉动荡的穷破小镇，因为离鬼界入口近，所以天一黑，村民们都不敢出门，如果非要行夜路，必须摇着驱魔铃，撒着香灰纸钱，一边喊着'人来隔重山，鬼来隔重纸'，一边快速通过。但今天看来，咱们镇热闹繁华，与别处并无区别，这可全仰仗着死生之巅的照拂。这座仙邸呀，它不偏不倚，正好修在那鬼门关的入口处，横在这阴阳两界之间。它建派虽然不久，但……"

这段历史，墨燃听得耳朵都快起茧子了，于是兴趣缺乏地开始朝着窗下走神张望。正巧，楼下支了个摊子，几个道士打扮的外乡人运着个黑布蒙着的笼子，正在街头耍把戏卖艺。

这可比老先生说书有意思多啦。墨燃的注意力被吸引了过去。

"瞧一瞧，看一看，这是上古凶兽貔貅幼兽，被我等降伏。如今乖顺似小儿，还会杂耍、算术！行侠仗义不容易，各位有钱的捧个钱场，没钱的捧个人场，来看第一场好戏——貔貅打算盘！"

只见那几个道士"哗"地掀了黑布，笼子里关着的，赫然是几个人脸熊身的妖兽。

墨燃："……"

就这些低眉顺眼、毛茸茸的狗熊崽子，也敢说是貔貅？

这牛可真快吹破天了，谁信谁是驴脑子。但墨燃没过多久就开眼了，二三十个驴脑子聚在他们周围看戏，时不时地喝彩鼓掌，那个热闹劲儿，连酒楼里的人都忍不住探头出去看了，弄得说书先生好不尴尬。

"如今死生之巅的尊主，那叫一个威名赫赫、声名远扬……"

"好！再来一段！"

说书先生大受鼓舞，循声望去，只见那客人满面红光，兴奋异常，但瞅着的显然不是自己，而是楼下的杂耍摊子。

"呦，貔貅打算盘呢？"

"啊呀呀，好厉害啊！"

"好！精彩！再演一段貔貅抛苹果！"

满楼的人咯咯笑开了，都聚到窗栏边去看下面的热闹。说书先生还在可怜巴巴地继续讲："尊主最有名的，就是他的那一柄扇子，他……"

"哈哈哈……那个毛色最淡的貔貅想要抢苹果吃呢，你看它还在地上打滚！"

说书先生拿汗巾擦着脸，气得嘴唇有些抖。

墨燃抿了抿嘴唇，展颜笑了，在珠帘后面慢条斯理地喊了一声："别讲死生之巅了，来段《十八摸》，保准把人都拉回来。"

说书先生不知道帘子后面的人正是死生之巅的公子墨燃，很有气节地磕巴道："粗、粗鄙之词，不登、不登大雅之堂。"

墨燃笑道："就这儿还大雅之堂？你也不臊得慌。"

说罢，忽听得楼下一阵喧闹。

"哎呀！好快的马！"

"是死生之巅的仙君吧！"

议论纷纷中，一匹黑马自死生之巅的方向奔踏而来，闪电一般杀进那个杂耍圈！

那马匹上坐着两个人，一个戴着黑色斗笠，裹着黑披风，挡得严严实实，看不出年龄性别；另一个则是个三四十岁的妇人，粗手笨脚，满面风霜。

妇人一见那些人熊就哭开了，连滚带爬地下了马，跌跌撞撞地冲过去，抱住了其中一只人熊就跪地号啕起来："儿啊！我的儿啊……"

周围的人都蒙了。

有人挠着头喃喃道："欸？这不是上古神兽貔貅的幼崽子吗？这女的怎么管它叫儿？"

"这该不会是母貔貅吧？"

"哎哟，那么厉害啊，这母的都修成人形啦。"

这边村民没见识，在那边胡言乱语着，墨燃却琢磨过来了。

相传，有些江湖道士会去拐骗小孩，然后将孩子的舌头拔掉，让他们说不出话来，再拿滚水烫掉小孩的皮，趁着血肉模糊，把兽皮粘在他们身上，待鲜血凝固，皮毛和小孩黏合在一起，看起来就和妖怪无异。

这些孩子不会说话、不会写字，只能任由人欺凌，配合着表演"貔貅打算盘"这种杂耍，如果反抗，招来的就是一阵棍棒鞭打。

难怪先前他感受不到丝毫妖气，这些"貔貅"根本不是妖，而是活生生的人啊……

这边他正兀自思考着，那边那个"黑斗篷"低声和那几个道士说了几句话，那几个道士闻言，竟瞬间暴怒，嘴里嚷着："道歉？你爷爷就不知道'道歉'这俩字怎么写！""死生之巅有什么了不起的？""多管闲事，给我打！"扑上去就要围殴"黑斗篷"。

"哎哟。"眼见同门被打，墨燃却是低低笑了两声，"这么凶呀。"

他丝毫没有出手相助的意思。从前他就特讨厌本门这种路见不平、拔刀相助的门派氛围，一个两个都跟傻子似的往上冲，村口王大妈的猫崽子爬树下不来了都要他们来帮忙，派中从掌门到杂役，个个缺心眼儿。

天下不公平的事儿那么多，管什么管呀，累死个人。

"打起来了，打起来了！嗬！好厉害的拳头！"

酒楼上下，众人乌泱乌泱地围将过去凑热闹。

"那么多人打一个，要不要脸啊！"

"仙君当心身后啊！哎呀！好险！哇呀呀呀……"

"这一击躲得好！"

这些人爱看打架，墨燃可不爱看。他见过的血雨腥风多了去了，眼皮子底下发生的事对他而言就跟苍蝇嗡嗡似的。他懒洋洋地掸掸衣服上的花生碎屑，起身离开。

下了楼，那几个道士正和"黑斗篷"斗得难分上下，剑气嗖嗖的，墨燃抱着双臂，靠在酒肆门口，只瞥了一眼，就忍不住"啧"了一声。

丢人。

死生之巅个个都是以一当十的凶悍勇猛，这"黑斗篷"打架却不厉害，眼见着都被那几个江湖道士拉下马，围在中间猛踹了，却还不下狠手，反而文文弱弱地喊了句："君子动口不动手，与你们讲道理，你们为何不听？"

道士们："……"

墨燃："……"

道士们想的是：啥？这人都被打成这副样子了，还君子动口不动手？这是馒头瓢子的脑壳儿——没馅儿吧？

墨燃则脸色骤变，一时间只觉天旋地转，他屏住呼吸，难以置信地睁大了眼睛——这个声音……

"师昧！"墨燃低喝着急奔上来，灌满灵力一掌打出，就将那五个为非作歹的江湖道士统统震开！他跪坐在地上，扶起了满身泥灰脚印的"黑斗篷"，嗓音都忍不住微微发颤——"师昧，是你吗？"

四

本座的堂弟

此师昧非彼师妹。

师昧乃如假包换的男子，且论入门时间，他还是墨燃的师兄。

他之所以取了这么个倒霉名字，全赖死生之巅的尊主没学识。

师昧原本是个孤儿，是被尊主在野外捡回来的。这孩子打小体弱多病，尊主就寻思着，得给这娃儿取个贱名，贱名好养活。

小孩生得唇红齿白，像个招人疼爱的小丫头，于是尊主绞尽脑汁，给人家想了个名字，叫薛丫。

薛丫越长越大，越长越俊，盘靓条顺的，眉梢眼角都是风情，颇有风华绝代的韵味。

乡野村夫顶着薛丫这名字没问题，但是见过绝色佳人叫"狗蛋""铁柱"的吗？

同门师兄弟们觉得不妥，渐渐地，就不叫人家薛丫了，但是尊主取的名字，他们又不好去更改，于是半开玩笑地管人家叫师妹。

"师妹"长、"师妹"短的，后来尊主干脆大手一挥，善解人意地说："薛丫，你干脆改个名儿，就叫师昧吧，蒙昧的昧，怎么样？"

还好意思问怎么样……

正常人哪儿受得了这驴名字？但师昧脾气好，抬眼看了看尊主，发现对方正喜滋滋、兴冲冲地瞧着他，敢情还以为自己做了件天大的好事呢。师昧不忍心，觉得就算自己委屈，也不能扫了尊主大人的颜面，于是欣然跪谢，从此改名换姓。

"喀喀……""黑斗篷"呛了几声，才缓过气儿来，抬眼去看墨燃，"嗯？阿燃？你怎么在这里？"

隔着一层朦胧的纱帘，那双眼睛柔若春水、灿若星辰，直直地就剜进了墨燃心底。

就一眼，踏仙君蒙尘已久的那些回忆，都在瞬间解封。

是师昧。

错不了。

上辈子他如厉鬼嗜血，似魑魅疯魔，身边那些良人美色，故交亲友——人世间的什么感情，他都不放在眼里；浮世间的任何活物，他都不愿去疼惜。

他唯一想掏心窝子去回报的那个至善之人，早在他能保护那人之前，就已经故去了。

那人成了他心头不愈的疤，盘踞的毒。

这个善良的师兄立身于世时，给了他渴望极了的平等与包容，慢慢就居于他心中最重要的位置。他想要与这样的人并辔而行，可又太瞻前顾后。他觉得师昧太温柔纯净，自己粗手笨脚，靠近了怕把人磕着碰着，傻站在旁边又恐会给师昧丢了同门的脸面。

所以墨燃的陪伴，永远是那么小心翼翼，畏首畏尾。

而等他终于追上了师门的脚步，甚至远甚于当年他只能仰视的师尊，当他终于负手睥睨于这红尘之巅，自封踏仙君，一雪前耻时——师昧却已经死了。

这个亡人，彻底成了踏仙君心口的白月光，任凭他再怎么思念师昧待他的好，与他的同门真情，给他的无限温柔与尊重，斯人也已成一抔黄土，九泉之下，仙踪难觅。

然而此时此刻，活生生的师昧又出现在他面前，墨燃不得不用尽浑身气力，才忍住自己激动不已的情绪。

墨燃把人扶起来，替他掸去斗篷上的尘土，心疼得直抖。

"我要不在这里，还不知道你得被他们欺负成什么样。别人打你，怎么不还手？"

"我想先讲道理……"

"跟这些人还讲什么道理！伤着了吧？哪里疼？"

"喀喀……阿燃，我……我不碍事。"

墨燃转头，目光凶狠地朝那几个道士说："死生之巅的人，你们也敢动手？

胆子大得很啊。"

"阿燃……算了吧……"

"你们不是要打吗？来啊！何不跟我过过招？！"

那几个道士被墨燃一掌拍到，已知道此人修为远在自己之上，他们都是欺软怕硬的，哪里敢和墨燃对招，纷纷后退。

师昧连连叹气，劝道："阿燃，莫要争了，得饶人处且饶人吧。"

墨燃回头看他，不由得心中酸楚，眼眶微热。

师昧从来都是如此心善，上辈子死的时候，也毫无怨怼，并无恨意，甚至还劝墨燃，不要去记恨那个明明可以救他一命，却偏要袖手旁观的师尊。

"可是他们……"

"我这不是好好的也没事吗？多一事不如少一事，听师哥的。"

"欸欸，好吧，听你的，都听你的。"墨燃摇摇头，瞪了那几个道士一眼："听到没有？我师哥替你们求情了！还不快滚？杵在这里，还要我送你们不成？"

"是是是！我们这就滚！这就滚！"

师昧对那几个道士说："慢着。"

那几个人觉得师昧刚刚被他们一通暴揍，估计不会轻易放过自己，跪在地上连连磕头："仙君、仙君我们错了，我们有眼不识泰山。求仙君放过我们！"

"方才我好好跟你们说，你们偏不听。"师昧叹息道，"你们把别人的孩子掳去，遭这样的罪过，让他们的爹娘心如刀割，良心可过意得去？"

"过意不去！过意不去！仙君，我们错了！再也不敢了！再也不敢了！"

"你们往后要清正做人，不可再行歹事，可都知道了？"

"是！仙君教训得是！我们、我们受教了，受教了！"

"既然这样，就请几位去跟这位夫人道个歉，再好生医治她的孩子们吧。"

这事儿就算摆平了，墨燃扶师昧上马，自己则在驿馆又借了一匹马，两人并辔缓行，返回门派。

圆月高悬，月光穿林透叶，洒在林间小路上。

走着走着，墨燃渐渐美滋滋起来：他原以为至少要回到死生之巅，才能再见到师昧，没料到师昧下山扶道，正巧让他撞上，他越发相信，缘，妙不可言，这世道果然是有缘千里来相会啊。

他唯一需要忧心的，就是保护好师昧，不要让师昧再像当年那样，惨死在自己怀中。

师昧不知道墨燃已是复生之人，一如往日般和他聊着天。两人聊着聊着就到了死生之巅脚下。

谁料到深更半夜的，山门前却立着个人，正虎视眈眈地盯着他们。

"墨燃！你还知道回来？"

"欸？"

墨燃一抬眼，哟嗬，好一位怒气冲冲的天之骄子啊。

这个人不是别人，正是年轻时候的薛蒙。

比起临死之时看到的那个薛蒙，十五六岁时的他，显得更加桀骜俊俏。一身黑底蓝边的轻简战甲，高马尾，银发扣，狮首腰带束着劲瘦纤细的腰肢，护手腿扎一应俱全，背后一柄寒光璀璨的细窄弯刀，左臂上袖箭匣银光闪闪。

墨燃暗自叹口气，干脆利落地想：嗯，骚。

薛蒙，无论少年时还是长大后，都真的很骚啊。

看看他，好好儿郎，大晚上的不睡觉，把死生之巅的全套战甲穿在身上，要干什么？表演雄鸡求偶、孔雀开屏吗？

不过，墨燃不待见薛蒙，薛蒙也未必就待见他。

墨燃是私生子。小时候，他根本不知道自己的父亲是谁，在湘潭的一处乐坊里打杂混日子。直到十四岁那年，他才被家人寻回了死生之巅。

薛蒙则是死生之巅的少主，算起来，他其实是墨燃的堂弟。薛蒙少年早成，是个天才，人称"天之骄子""凤凰儿"。一般人筑基三年，修成灵核最起码需要十年，但薛蒙天资聪颖，从入门到灵核修成，前后不过五年时间，颇令父母欣喜，八方赞誉。

但在墨燃眼里，不管他是凤凰还是鸡，是孔雀还是鸭，反正都是鸟。

只有毛长毛短的区别而已。

于是墨燃看薛蒙：鸟玩意。

薛蒙看墨燃：狗东西。

或许是家族遗传，墨燃的天赋也十分惊人，甚至可以说，比薛蒙更惊人。

墨燃刚来的那会儿，薛蒙觉得自己特别高贵冷艳，修养好、有学识、功夫强、长得俊，和堂哥这种大字不识几个、吊儿郎当的臭流氓不是一路人。

于是自恋的凤凰儿哼哼唧唧地就指挥着随从，跟他们说："你们听好了，墨燃这个人，游手好闲，不学无术，是个不折不扣的市井混混，你们统统不许搭理他，把这人当狗就好。"

随从们便谄媚道："少主说得极是，那个墨燃都已经十四岁了，现在才开始修行，我看他最起码得花上十年才能筑基，二十年才能结出灵核。到时候咱们少主都渡劫飞升了，他只能眼巴巴在地上看着。"

薛蒙得意地冷笑："二十年？哼，我看他那废物模样，这辈子都修不出灵核。"

谁料到，废物嘻嘻哈哈地跟着师尊学了一年，竟然灵核大成。

凤凰儿顿时如遭雷击，觉得自己被打了脸，咽不下这口恶气，于是暗地里扎小人，咒人家御剑脚底打滑，念咒舌头打结。

每次见墨燃，薛蒙小凤凰更是要坚持不懈地赏给人家俩大白眼，鼻子里哼出的声音隔着三里地都能听到。

墨燃想到这些童年往事，忍不住眯着眼乐，他已经很久没有享受过这样的人间烟火了。孤独了十年，就连当年痛恨不已的事情，他如今嚼起来也嘎巴脆响，香得很。

师昧见了薛蒙，当即下马，摘了黑纱斗笠，露出一张惊艳绝伦的脸来。

也无怪他单独出门要穿成这样，墨燃在旁边偷偷看着，就觉得心驰神往，心里想道这人实在是绝色之姿，摄魂取魄。

师昧和他打招呼："少主。"

薛蒙点了点头："回来了？人熊的事情处理妥当了？"

师昧微笑道："妥当了。多亏遇到阿燃，帮了我好大的忙。"

薛蒙傲然的眼光如疾风利刃一般，迅速在墨燃身上扫了一下，立刻转开了。他皱着眉头，满脸不屑，仿佛多看墨燃片刻都会脏了自己的双目。

"师昧，你先回去休息。以后少和他厮混，这是个偷鸡摸狗的东西，跟他在一起，是要学坏的。"

墨燃也不示弱，嘲笑道："师昧不学我，难道学你？大晚上还衣冠楚楚，全副武装，跟一只鸟似的竖着尾巴臭美，还天之骄子……哈哈哈……我看是天之骄女吧？"

薛蒙勃然大怒："墨燃，你把嘴给我放干净了！这是我家！你算老几？"

墨燃掐指一算："我是你堂哥，论起来，应该排你前面。"

薛蒙立刻嫌恶地皱起眉头，厉声道："谁有你这种堂哥？别给自己脸上贴金！在我眼里，你不过就是一只在泥潭里打过滚的狗！"

薛蒙这人特别喜欢骂别人是狗，什么狗儿子、狗东西，上下嘴皮一碰骂得那叫一个纯熟。墨燃对此早就习惯了，掏掏耳朵，不以为意。倒是师昧在旁边听得尴尬，低声劝了几句。薛蒙总算是从鼻孔里冷哼一声，闭上了自己那张尊贵的鸟嘴。

师昧笑了笑，温温柔柔地问道："少主这么晚了，在山门前等人？"

"不然呢？赏月吗？"

墨燃捧腹笑道："我就说你怎么收拾得这么好看，原来是等人约会，欸，谁那么倒霉被你惦念上了？我好同情她啊，哈哈哈哈哈……"

薛蒙的脸更黑了，指甲一刮能掉三斤煤，他粗声恶气地道："你！"

"……我？"

"本公子等你，你待如何？"

墨燃："……"

五

本座没有偷

丹心殿内灯火通明。

师昧先行离去了，墨燃则一头雾水地跟着薛蒙进了殿，看到殿内景象，顿时了然于胸。

原来是容九那小贱人。

自己临走时偷了些银两，容九倒有胆子，居然找上了死生之巅。

容九依偎在一个人高马大的男人怀里，哭得凄凄惨惨、梨花带雨，墨燃和薛蒙进殿的时候，这戏精的哭声更是拔高了三个调，看样子要不是被那男的搂着，容九只怕就要当庭口吐白沫昏过去了。

殿台上，珠帘后，一个娇弱的女人坐在那里，显得有些茫然，不知所措。

墨燃没正眼去看那两人，先和殿上的女人行了礼："伯母，我回来了。"

那女人正是死生之巅的尊主，王夫人。

与那些巾帼不让须眉的女豪杰不同，她是个两耳不闻窗外事的妇道人家，丈夫不在，别人上门滋事，她也不知该如何处理，娇怯道："阿燃，你可算是来了。"

墨燃充作瞧不见殿上那两位告状的，笑道："这么迟了，伯母还不睡，有事找我？"

"嗯。你看看，这位常公子携了他的……呃，他的友人上门，说你……你拿了人家的银两？"

她脸皮薄，不好意思说墨燃逛瓦子欺负了人家，只得避重就轻。

墨燃弯起眼眸："什么呀？什么常公子？我可不认识。而且我又不缺银两，拿他们的做什么？更何况这两位瞧着面生，我认识你们吗？"

那人高马大的公子冷笑："你确实不认得我。鄙人姓常，于家中排行老大，生意人家不拘小节，叫我常大就好。"

墨燃微微一笑，偏要把常大倒过来念："原来是大常公子，久仰久仰，失敬失敬。那另一位是……"

大常公子道："呵呵……墨公子真会装疯卖傻，你我确是初见，但你这个月，三十日内倒有十五日是九儿陪着的，你是瞎了？怎的又装作不认识？"

墨燃脸不红、心不跳，笑吟吟地看了容九一眼："怎么？讹我呢？我是个正经人，可没见过什么三儿九儿的。"

容九气恼地涨红了脸，偏还窝在姓常的怀里哭得梨花带雨："墨、墨公子，我知道自己身份卑微，上不得台面，若不是你欺我太甚，我、我也不会找上门来，但你竟这样翻脸不认人，我……我……"

墨燃委屈道："我是真的不认识你，我连你是妖人还是人妖，都看不出来，咱俩怎么可能见过？"

"你昨晚还让我陪你喝酒，怎的能薄凉成这样？常公子、常公子，你要替我做主啊。"说着就往姓常的怀里扎得更深，简直哭成了泪人。

薛蒙在旁边听得脸色铁青，眉心抽搐，看来如果不是身为少主的涵养在约束着他，他早就把这腻歪的家伙乱棍打下山去了。

大常公子摸着容九的头，柔声安慰了几句，抬头凛然道："王夫人，死生之巅是堂堂正正的大门派，这位墨公子，却是卑鄙下流！九儿辛苦赚钱，只为早日给自己赎身，他倒好，竟抢了九儿的血汗之财，如果今日贵派不给我们一个满意的交代，我常家虽不修真，但世代经商，财可通天，也定会让你们在巴蜀没的痛快！"

王夫人慌道："啊……常公子不要动怒，我、我……"

墨燃心中冷笑，盐商常氏富得流油，这大常公子却连给容九赎身都做不到，还要他家九儿自己赚钱，要说这里面没猫腻，谁信哪。

但墨燃脸上仍笑眯眯地道："啊，原来大常兄竟是益州的富商之子，果然好大气派。见识了，佩服、佩服。"

大常公子面露傲色："哼，算你还知道些天高地厚，既然如此，你就赶紧识相些，省得给自己找不痛快。拿了九儿的东西，还不速速还来？"

墨燃笑道："真奇怪，你家九儿每天接那么多客，丢了宝贝怎么不赖别人，独独赖到我头上？"

"你！"大常公子咬了咬牙，冷笑道，"好好好，我就知道你会狡辩！王夫人，你也看到了，墨公子浑不讲理，死不认账，我不与他说了。你是当家的，这件事由你来做个决断！"

王夫人是个不谙世事的妇人，此时紧张得都语无伦次了："我……阿燃……蒙儿……"

薛蒙站在旁边，见母亲为难，挺身而出道："常公子，死生之巅纪律严明，若你说的属实，墨燃真的触犯贪戒、淫戒，我们自会严惩不贷。但你口说无凭，你说墨燃偷窃，可有证据？"

大常公子冷笑道："我就知道贵派必有这么一出，因此快马加鞭，特意赶在墨燃回来之前，来到王夫人跟前对质。"

他清了清喉咙，说道："你们听好了，九儿丢了珍珠两斛、元宝十枚、梅花金手钏一对、翡翠发扣一双，另外还有一块玉蝶挂坠，只要查查墨燃身上可有这些东西，就知道我是不是冤枉了他。"

墨燃不干了："你凭什么搜我身？"

"哼，我看你是做贼心虚吧。"大常公子高傲地抬了抬下巴："王夫人，偷盗和奸淫二罪，在死生之巅，该如何惩罚？"

王夫人低声道："这……门派之事，一直都是拙夫做主，我实在是……不知道……"

"非也、非也，我看王夫人不是不知道，而是存了心要袒护令侄。呵呵……想不到这死生之巅，竟是如此污浊肮脏的地盘……"

"行了行了。我伯母都说了她不知道该怎么做主，你欺负起一个妇人来，还没完了？"墨燃总算听得有些不耐烦了，打断他的话，素来嬉皮笑脸的模样收去了几分，偏过脸盯着那对鸟东西。

"好，我就给你搜身，但要是搜不到，你满口污言秽语诬蔑我派，又该怎么样？"

"那我就立刻向墨公子道歉。"

"行。"墨燃挺痛快地答应了，"不过有一点，要是你错了，为表歉意，你可得跪着爬下死生之巅。"

大常公子见墨燃一副信心满满的模样，不禁心中起疑。

他从小羡慕修行之人，奈何自己天赋太差，不得要领。

前些日子，他听闻容九居然得了墨燃的宠爱，两人就商定，只要容九找机会把墨燃的修为夺了，大常公子就给容九赎身。他不但给容九赎身，还要把容九接进家门，保容九一生富贵无忧。

大常公子求仙，容九求财，两人狼狈为奸，一拍即合。

上辈子墨燃就中了他们的奸计，虽然后来摆平了，但也着实吃了不少苦头。但这辈子，两人偷鸡不成蚀把米，这墨燃也不知道为什么忽然转了性子，前几天还醉生梦死地躺在温柔乡里，"九儿"长、"九儿"短的，今儿早上居然卷了容九的家当细软跑路了。

大常公子那叫一个气啊，当下拉着容九来死生之巅告状。

这位盐商公子的买卖算盘打得噼啪响，他盘算着，一旦把墨燃抓个现行，就逼着王夫人散掉墨燃的修为。为此他特地贴身带了一块吸收修为的玉佩，准备捡些便宜回去，融入自己的气海。

但是看墨燃这样子，大常公子临了头，又犹豫起来。

墨燃忒滑头，没准儿早就销了赃，等着涮自己呢。

不过他转念一想，事情都已经到这份儿上了，此时放弃未免可惜，没准儿是这小子在虚张声势……

这边脑中还在费劲地转着，那边墨燃已经开始脱衣服了。

他痛痛快快地把外袍除了，随意一丢，尔后笑嘻嘻地做了个请的手势："不客气，慢慢搜。"

一番折腾下来之后，除了些碎银，什么都没有搜到，大常公子的脸色变了。

"怎么可能？一定是你使诈！"

墨燃眯起黑中透着些紫的眸子，摸着自己的下巴，说道："外袍你都摸十遍了，我浑身上下也摸了七八遍，就差脱光给你看了，你还不死心？"

"墨燃，你……"

墨燃恍然大悟："啊，明白了，大常公子，你该不会是垂涎我的美色，特意演了这出戏，跑来揩我油，占我便宜吧？"

大常公子都快气晕了，指着墨燃的鼻子，半天说不出一个字儿来，脸都憋得通红。一旁的薛蒙早就忍到头了，他虽看不惯墨燃，但墨燃再怎么说也是死生之巅的人，容不得外人羞辱。

薛蒙毫不客气地上前，抬手折了大常公子的指头，恼怒道："陪你胡闹半宿，原来是个没事找事的！"

大常公子痛得哇哇大叫，抱着自己的指头："你、你们好啊！你们是一伙的！难怪那些东西在墨燃身上搜不到，一定是你替他藏起来了！你也把衣服脱了，我搜搜你！"

居然有人敢勒令他宽衣？薛蒙顿时恼羞成怒："不要脸！就你那狗爪子，也配沾上本公子的衣角？还不快滚！"

少主都发话了，丹心殿内忍耐多时的侍从们立刻一拥而上，把这两个毫无还手之力的凡人轰下山去了。

大常公子的怒喝远远传来："墨燃，你给我等着！我必定跟你没完！"

墨燃站在丹心殿外面，看着遥遥夜色，眯着弯弯笑眼，叹息道："我好怕呀。"

薛蒙冷冷地看了他一眼："你怕什么？"

墨燃真心实意地忧愁道："他家卖盐的，我怕没盐吃呀。"

"……"

薛蒙无奈片刻，又问："你真没欺负他？"

"真没。"

"真没偷？"

"真没。"

薛蒙冷哼一声："我不信你。"

墨燃举起手，笑道："要是撒谎，就让我天打五雷轰。"

薛蒙忽然抬起手来，紧紧扼住墨燃的胳膊，墨燃瞪他："你干吗？"薛蒙哼了一声，迅速念了一串咒诀，只听得叮叮咚咚的碎响，几枚不起眼的黄豆大小的珠子从墨燃袖口中滑出，跌落在地。

薛蒙掌上灌满灵力，朝着那些珠子一挥。珠子发出光亮，越变越大，最后成了一堆珠宝首饰——梅花手钏、翡翠耳环……金光灿灿地堆了一地。

墨燃："……都是同门，何必为难。"

薛蒙脸色阴沉："墨微雨，你好不要脸。"

"哈哈……"

薛蒙怒道："谁和你笑！"

墨燃叹息道：“那我也哭不出来呀。”

薛蒙黑着脸，说：“死生之巅的暗度陈仓术，你就是这么用的？”

“嗯，活学会活用嘛。”

薛蒙又怒：“那卖盐的狗东西叫人讨厌，因此方才在他面前，我不愿好好审你。但那狗东西有句话说得对，你若犯了戒，搁哪个门派都够你喝一壶的！”

墨燃浑然不怕，笑道：“你要怎么样？等伯父回来，跟他告状吗？”

他才不怕呢，伯父宠他宠得要死，顶多嘴上说两句，哪里舍得打他。

薛蒙转过身来，撩开被夜风吹到眼前的碎发，一双眼睛在黑夜里闪着高傲的光泽。

“爹爹？不，爹爹去了昆仑，怕是一两个月才会回来。”

墨燃笑容一僵，忽然有种不祥的预感，他猛然想到一个人。

但是……

如果他在，今晚在丹心殿接待常公子的就应该是他，而不是一问三不知的王夫人啊。

那个人……应该不在吧……

薛蒙看出了他眼里的闪烁，那种轻蔑的傲气更加明显。

“爹爹是疼你，但，这死生之巅，不还有个不疼你的人吗？”

墨燃慢慢往后退了几步，强笑道：“贤弟，你看都这么晚了，咱们就不要打扰他老人家清净了吧？我知道错了，下次不这样了还不成吗？快回房歇息吧，嘿嘿，瞧把你累得。”

说完他拔腿就溜。

开玩笑！薛蒙这小子也忒狠毒了！

自己如今可不是踏仙君，不是人界之主，怎么能被送到那个人手里？要是让他知道自己偷了东西，还逛了瓦子，估计能被硬生生地打断两条腿！此时不跑，更待何时！

第二章 一

郎逢皆故人

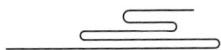

本座的师尊

薛蒙毕竟是从小就在死生之巅长大的，熟知地形捷径，最后还是把墨燃擒住了。

薛蒙一路押着他来到后山，死生之巅的后山，是整个人界离鬼界最近的地方，隔着一道结界，后面就是阴曹地府。

一看后山惨状，墨燃立刻知道了为什么那个人明明在家，却仍需要王夫人在前厅待人接物。

那人不是不想帮忙，而是实在抽不出身——鬼界的结界破了。

此时此刻，整个后山弥漫着浓重的鬼气。未曾实体化的厉鬼在空中凄怨地号叫盘旋，在山门入口就能看到天空中撕开了一道巨大的缺口，那个缺口背后就是鬼界，一道长达数千级的青石台阶从结界裂缝中探出来，已修出血肉的凶灵正沿着这座台阶，摇摇晃晃、密密麻麻地爬下来，从鬼界，爬到人界。

换作寻常人，看到此番场景定然要被吓疯，墨燃第一次瞧见也被惊出一身白毛汗，但他现在已经习惯了。

人、鬼两界的结界是上古时伏羲所设，到了如今，已是十分薄弱，时不时会出现破漏之处，需要修行之人前来修补。但是这种事情，既得不到太大的修为提升，又十分耗费灵力，吃力不讨好，是个苦差事，所以上修界的仙士很少有人愿意揽这活儿。

凶灵出世，首先蒙难的会是下修界的百姓，作为下修界的守护神，死生之巅一力承担了修补结界的差事。他们的门派后山正对结界最薄弱处，为的就是能及时补上缺漏。

这破结界，一年总会漏上四五次，就跟补过的锅一样，不禁用。

此时，鬼界入口，青石长阶上，一个男人雪色衣动，广袖飘飞，周围剑气萦绕，金光鼎沸，正在以一己之力，扫清凶灵恶鬼，修补结界漏洞。

那人沈腰潘鬓，仙风道骨，生得十分俊美，远看去，很容易令人联想到花树下执卷观书、飘然出尘的文人雅士。近看，他却剑眉凛冽，凤眸吊梢，鼻梁挺立窄细，长得斯文儒雅，眼神中却透着股刻薄，显得格外不近人情。

墨燃遥遥看一眼，虽然有所准备，但当真的再一次瞧见这个人康健无恙地出现在自己面前时，他依然，浑身骨骼都细密地抖了起来。

半是畏惧，半是……激动。

他的师尊。

楚晚宁。

上辈子，薛蒙最后来到巫山殿前，哭着要见的，就是这个人。

就是这个男人，毁了墨燃的宏图大业，毁了墨燃的雄心壮志，最后被墨燃囚禁凌虐致死。

照理来说，扳倒对手，报仇雪恨，墨燃应该高兴。

海阔凭鱼跃，天高任鸟飞，再也无人可以治他。墨燃本来以为自己也是这么想的。

可是，好像又不是这样。

师尊死后，连同仇恨一起埋葬了的，好像还有别的一些什么东西。

墨燃没什么修养，不知道那种感觉叫作棋逢对手，一时瑜亮。

他只知道从此，天下再也没有了自己的宿敌。

师尊活着，他害怕、畏惧、不寒而栗，他看到师尊手里的柳藤就汗毛倒竖，就像被打惯了的丧家之犬，听到敲梆子的声音都会牙齿发酸、腿脚发软、口角流涎，腿肚子紧张得阵阵抽搐。

后来，师尊死了，墨燃最害怕的人死了。墨燃觉得自己长进了、出息了，终于做出了这欺师灭祖之事。

往后，放眼红尘，再没有敢让自己下跪，扇得了自己耳光的人了。

为表庆祝，他开了坛梨花白，坐在屋顶，喝了一整晚的酒。

那个夜晚，在酒精的作用下，少年时，师尊抽在自己背上的伤疤，似乎又火辣辣地疼了起来。

此时此刻，亲眼看到师尊重现在面前，墨燃盯着他，又怕又恨，但竟然也有一丝扭曲的狂喜。

如此对手，失而复得，焉能不喜？

楚晚宁没有去理会闯进后山的两个徒弟，仍然在全神贯注地对抗着逸散的亡灵。

他五官雅致，一双眉毛匀长，凤眸冷淡地垂着，清修出尘、气质卓然，于妖风血雨中神色不变，看上去淡雅得很，就算他此刻坐下来焚香弹琴也不奇怪。

然而，这样一位温沉修雅的美男子，此刻却提着一把寒光熠熠、兀自滴着鲜红血珠的驱魔长剑，宽袖一拂，剑气削得面前青石台阶轰然炸开，碎石残砖滚滚而下，从山门一路裂至山底，几千级的长阶，霎时被劈开一道深不见底的鸿沟！

太凶悍了。

墨燃已经多少年没有见识过师尊的实力了？

这种熟悉的强悍霸道，让墨燃惯性地腿软，没有站稳，扑通一声跪在了地下。

楚晚宁没有花太长时间，就把鬼怪统统剿杀，并利落地补上了鬼界漏洞。做完这一切，他飘然自半空中落下，来到墨燃和薛蒙面前。

他先是看了一眼跪在地上的墨燃，然后才抬眼看向薛蒙，一双丹凤眼透着些寒意。

"闯祸了？"

墨燃服气。

师尊有一种能力，总能立刻对事情做出最准确的判断。

薛蒙道："师尊，墨燃下山一趟，犯下偷窃、淫乱二罪，请师尊责处。"

楚晚宁面无表情地沉默一会儿，冷冷地说："知道了。"

墨燃："……"

薛蒙："……"

两人都有些蒙，然后呢？没有然后了？

然而就在墨燃心中暗生侥幸，偷偷抬头去看楚晚宁的时候，却冷不防瞥见一道凌厉的金光，猛然划破空气，嗖的一声犹如电闪雷鸣，直直地抽在了墨燃脸颊上！！

血花四溅！

那道金光的速度太惊人了，墨燃别说躲闪，就连闭眼都来不及，脸上的皮肉就被削开，火辣辣地剧痛。

楚晚宁负手，冷冷地站在肃杀的夜风里，空气中仍然弥漫着凶灵厉鬼的浊气，此刻又混杂了人血的腥味，使得后山禁地越发显得阴森可怖。

抽了墨燃的，正是楚晚宁手中不知何时出现的一条柳藤，那藤条窄细狭长，上面还生着碧绿嫩叶，一直垂到靴边。

明明是如此风雅之物，原本应该令人想到诸如"纤纤折杨柳，持此寄情人①"之类的诗句。

可惜了，楚晚宁既不纤纤，也没有情人。

他手中的柳藤，其实是一把神武，名叫天问。此时此刻，天问正流窜着金黄色的光芒，照彻整片黑暗，也将楚晚宁深不见底的眼眸，映得粲然生辉。

楚晚宁上下唇一碰，森然道："墨微雨，你好大的胆子。真当我不会管束你吗？"

如果是真正十六岁的墨燃，可能还不会把这句话当回事儿，以为师尊只是说着吓唬自己。

可是复生后的墨微雨，早就在上辈子用鲜血彻底领教了师尊的"管束"，他顿时觉得牙梆子都疼，脑子一热，嘴里就已经开始死不认账，想把自己择干净。

"师尊……"脸颊淌血，墨燃抬起眼睛，眸子里染着一层水汽。

他知道自己现在的样子定然可怜极了："弟子不曾偷……不曾淫乱……师尊为何听了薛蒙一句话，问也不问，就先打我？"

"……"

墨燃对付伯父有两大绝技：第一，装可爱；第二，装可怜。现在他把这套照搬到楚晚宁身上，委屈得眼泪都要掉下来了："难道弟子在你眼里，就如此不堪吗？师尊为何连个申辩的机会都不愿给我？"

薛蒙在旁边气得跺脚："墨燃！你、你这个狗腿！你、你臭不要脸！师尊，你别听他的，别被这混账东西迷惑！他真偷了！赃物都还在呢！"

楚晚宁垂下眼睫，神色冷淡："墨燃，你当真不曾偷窃？"

"不曾。"

---

① 引用自张九龄《折杨柳》，因不是十分常见的诗句，为免误会，特此标注。

"……你应当知道，对我说谎会是什么后果。"

墨燃的鸡皮疙瘩都起来了，他能不知道吗？但他仍是死鸭子嘴硬："请师尊明鉴！"

楚晚宁抬了抬手，金光熠熠的藤蔓再次挥来，这次却没有抽在墨燃脸上，而是将墨燃捆了个结实。

这滋味儿太熟悉了。柳藤"天问"除了日常抽人，还有个作用……

楚晚宁盯着被天问牢牢捆住的墨燃，再次问道："可曾偷窃？"

墨燃只觉得一阵熟悉的剧痛直击心脏，仿佛有一条尖牙利齿的小蛇，猛然扎入胸腔，在五脏六腑内一阵翻腾。

伴随着剧痛的是一种难以抗拒的诱惑，墨燃情不自禁地张口，嗓音喑哑："我……不曾……啊……"

似乎觉察到他在说谎，天问的金光越发狂暴，墨燃痛得冷汗直冒，却仍拼命地抵御着这般酷刑。

这就是天问除抽人外的第二个作用——审讯。

一旦被天问捆住，就没人能在天问之主面前撒谎，无论是人是鬼，是死是活，天问都有办法让他们开口，讲出楚晚宁想知道的答案。

上辈子只有一个人，最后靠着强悍的修为，终于做到了在天问面前死守秘密。

那个人就是成了人界帝王的墨微雨。

复生之后的墨燃抱着一丝侥幸，以为自己应该仍能如当年那般，扛住天问的逼审，但死咬着嘴唇半天，大颗大颗的汗珠顺着漆黑的眉宇渗下。他浑身发抖，终于还是痛得拜倒在楚晚宁靴前，大口喘息着。

"我……我……偷了……"

疼痛骤然消失。

墨燃还没缓过气，又听楚晚宁问了下一句，声音更冷。

"可曾淫乱？"

聪明人不做蠢事，既然刚刚都没有抵御住，那现在更加没有可能。这次墨燃连反抗都不反抗，剧痛袭来时就连声嚷道："有有有！！！我有去逛瓦子！师尊不要了！不要了！"

薛蒙在旁边脸色都青了，震惊道："你、你怎能……那个容九可是个……

你、你居然……"

没人理他，天问的金光慢慢暗下去，墨燃大口大口地喘着气，浑身湿得就像刚从水里捞上来一样，面白如纸，嘴唇仍不停地颤抖着，倒在地上动弹不得。

他透过汗湿的眼睫，模糊地看见楚晚宁戴着青玉冠、广袖及地的儒雅身影。

一股强烈的仇恨猛然涌上心头——楚晚宁！上辈子本座那样对你，果然没错！哪怕再活一遍，我还是怎么瞧你怎么讨厌！

楚晚宁并不知道这孽徒心中所想，面色阴郁地在原地站了一会儿，然后说："薛蒙。"

薛蒙虽然知道如今富商阔少间多流行去梨园戏耍，但只是图个新鲜喝喝花酒，并非真就是要做些什么，但他依然无从消化，僵了一会儿才道："师尊，弟子在。"

"墨燃犯贪盗、淫乱、诓骗三戒，把他带去阎罗殿悔过。明日辰时押至善恶台，当众戒罚。"

薛蒙吃了一惊："什、什么？当众戒罚？"

当众戒罚的意思就是把犯了重戒的弟子拎到全门派的弟子面前，当着所有人的面，连饭堂大娘都拉过来，给人定罪，当场惩罚。

丢人丢面子。

要知道墨燃可是死生之巅的公子，虽说门派内戒律森严，但是由于墨燃身份特殊，尊主可怜他自幼失去父母，在外面流离失所整整十四年，所以总是会忍不住私心袒护，就算犯了过错，也只是私下里训上几句，连打都不曾打过。

可师尊居然丝毫不给尊主面子，要把人家宝贝侄子拎到善恶台，当着全门派的面批斗，给墨公子小鞋穿。这也是薛蒙始料未及的。

对此，墨燃倒是毫不意外。

他躺在地上，嘴角泛起一丝冷笑。

他这位师尊多伟大，多铁面无私啊！

楚晚宁的血是冷的，上辈子，师昧死在他面前，墨燃哭着求他，拉着他的衣摆，跪在地上求他相助。

但楚晚宁置若罔闻。

于是他的徒弟就那么在他面前咽气，墨燃就那么在他旁边哭得肝肠寸断，他却袖手旁观，置之不理。

现在不过把墨燃送上善恶台，论公处置而已，有什么好奇怪的？

墨燃只恨现在自己修为太弱，不能扒他的皮、抽他的筋、喝他的血，不能尽情地揪着他的头发凌辱他，不能折磨他，毁掉他的尊严，让他生不如死……

眼神里兽类的凶恶一时没有藏住，被楚晚宁看见了。

他淡淡地瞥过墨燃的脸，斯文儒雅的脸庞上，没有多余的表情。

"你在想什么？"

要命！天问还没收回去！

墨燃再次感到捆着自己的藤蔓一阵绞缩，五脏六腑都要被拧成残渣，他痛得大叫一声，喘着气把脑子里的想法吼了出来——"楚晚宁，你能耐！回头看我不弄死你！"

鸦雀无声。

楚晚宁："……"

薛蒙都惊呆了。

天问倏忽被收回楚晚宁掌中，化成点点金光，尔后消失不见。天问是融在楚晚宁的骨血之中的，随召随出，随消随散。

薛蒙脸色煞白，有些结巴："师、师、师尊……"

楚晚宁没吭声，垂着墨黑纤长的睫毛，看着自己的手掌出了会儿神，然后才掀起眼帘，神情倒是没有如薛蒙般惊骇扭曲，只是面色更阴冷了些。他用"孽徒当死"的眼神，盯了墨燃片刻，然后低沉道："天问坏了，我去修。"

楚晚宁扔下这句话，转身就走。

薛蒙是个蠢孩子："天、天问这种神武，会坏吗？"

楚晚宁听到了，又用"孽徒当死"的眼神，回头瞥了他一眼。薛蒙顿时不寒而栗。

墨燃奄奄一息地躺在地上，面目呆滞。

他刚刚遐想的确实是找机会弄死楚晚宁，他深知这位人称"晚夜玉衡，北斗仙尊"的楚宗师素来注重修雅端正，最受不了被他人踩在脚底下玷污碾轧。

但这种事情怎么能让楚晚宁知道？！

墨燃弃犬似的呜咽了一声，捂住脸。

想起楚晚宁临走时的那个眼神，他觉得，自己大概真的离死不远了。

本座爱吃抄手

烈日当头。

死生之巅百里恢宏，廊庑绵延。

作为修真众派中的后起之秀，它和上修界那些名门望族颇为不同。

拿如今鼎盛的临沂儒风门来说吧，人家的主殿叫作"六德殿"，意在希望弟子能够"智、信、圣、义、仁、忠"，六德俱全。弟子居住区域，叫作"六行门"，告诫门徒彼此之间要"孝、友、睦、姻、任、恤"。授课的地方叫作"六艺台"，指的是，儒风门弟子需要精通"礼、乐、射、御、书、数"六般技艺。

总而言之，就是高雅得无边无际。

反观死生之巅，不愧是贫寒出身，名字取得那叫一个一言难尽，"丹心殿""善恶台"都算好的，大概是墨燃他爹和他伯父实在没读过几天书，想到后来憋不出几个字了，开始胡闹，发挥类似于"薛丫"之类的取名天赋。

所以死生之巅有很多抄袭地府的名字，比如弟子自我反省的暗室，就叫阎罗殿。

连接休憩区和教习区的玉桥，叫作奈何桥。

饭堂叫作孟婆堂，演武场叫作刀山火海，后山禁地叫作死鬼间，诸如此类。

这些还算好的，再偏些的地方干脆就叫"这是山""这是水""这是坑"，以及著名的"啊啊啊""哇哇哇"两座陡峭的悬崖。

长老们的寝殿自然也难逃荼毒，各自都有各自的绰号。

楚晚宁自然也不例外，他这人喜好宁静，不愿意与众人住在一起，他的居所修在死生之巅的南峰，隐没在一片修竹碧海中，庭前蓄有一池，池中红莲蔽日，由于灵力丰沛，池中终年芙蓉盛开，灿若红霞。

门徒暗中称此风景秀美之地为——红莲地狱。

墨燃想到这点，不由得笑出声来。

谁让楚晚宁整天一副阎罗神情，门中弟子看到他就跟看到修罗厉鬼似的，厉鬼待着的地方不叫地狱叫什么？

薛蒙打断了他的遐想："亏你还笑得出来！快把早饭吃了，吃完之后跟我去善恶台，师尊今日要当众罚你！"

墨燃叹了口气，摸摸脸上的鞭痕："嗞……痛。"

"活该！"

"唉，不知道天问修好了没有，没修好可别再拿出来审我了，谁知道我又会胡说八道些什么。"

面对墨燃真心实意的忧心忡忡，薛蒙的脸都涨红了，怒道："你要是敢当众出言非、非礼师尊，瞧我不拔了你的舌头！"

墨燃捂脸摆手幽幽道："不用你拔、不用你拔，师尊再拿柳藤捆我，我就当场自裁以证清白。"

辰时到，墨燃照规矩被带上善恶台。他放眼望去，下面一片深蓝色的人海。死生之巅的弟子都穿着门派衣袍，蓝得几乎发黑的劲装轻甲，狮首腰带，护手和衣摆处镶着的银边闪闪发亮。

旭日东升，善恶台下，一片甲光。

墨燃跪在高台上，听司律长老在他面前宣读着长长的罪责书。

"玉衡长老门下徒，墨微雨，蔑视法度，罔顾教诲，不遵门规，道义沦丧。触犯本门第四条、第九条、第十五条戒律，按律当杖八十，抄门规百遍，禁足一月。墨微雨，你可有话要辩？"

墨燃看了一眼远处的白色身影。

那是整个死生之巅，唯一不用穿统一蓝底银边袍的长老。

楚晚宁雪缎为衣，银雾绡为薄罩，宛如披着九天清霜，人却显得比霜雪更薄凉。他静静地坐着，距离有些远，墨燃看不太清他脸上的表情，但想想也知道这人定是毫无波澜的。

深吸一口气，墨燃道："无话可辩。"

戒律长老又按规矩，问下面的众弟子："若有对判决不服，或另有陈词者，可于此时一叙。"

下面的一众弟子都踌躇犹豫，面面相觑。

他们谁都没有料到，玉衡长老楚晚宁居然真的能把自己的徒弟送上善恶台，当众惩戒。

这事儿说好听了，叫铁面无私；说难听了，叫冷血魔头。

冷血魔头楚晚宁神色淡淡地支着下巴，坐在位子上，忽然有人用扩音术喊道："玉衡长老，弟子愿替墨师弟求情。"

"……求情？"

那弟子显然觉得墨燃是尊主的亲侄子，哪怕现在犯了错，以后的前途依然是光明一片，于是决意趁机讨好墨燃。他开始胡说八道："墨师弟虽有过错，但他平日里友爱同门，帮助弱小，请长老看在他本质非恶的分儿上，从宽处理！"

打算讨好墨师弟的显然不止一个。

渐渐地，替墨燃说话的人多了起来，理由千奇百怪、无所不有，连墨燃自己听得都尴尬——他什么时候"赤子之心，胸怀天下"过了？这开的是惩戒会，不是表彰会吧？

"玉衡长老，墨师弟曾经替我除魔卫道，斩杀棘手凶兽，我愿替墨师弟请功，功过相抵，望长老减刑！"

"玉衡长老，墨师弟曾在我走火入魔时，帮我疏解心魔，我相信墨师弟这次犯错，只是一时糊涂，还请长老减轻对师弟的责罚！"

"玉衡长老，墨师弟曾赐我灵丹妙药，救我母亲，他本是仁善之人，还请长老轻罚！"

最后一个人的说辞被前一个抢了，一时无话可编，眼见着楚晚宁清寒的眼眸扫过来，急中生智、口不择言胡扯道："玉衡长老，墨师弟曾助我双修……"

"噗。"有人憋不住笑喷了。

那弟子顿时面红耳赤，讪讪地退了下去。

"玉衡，息怒、息怒……"戒律长老见状不妙，忙在旁边劝他。

楚晚宁森冷道："我从未见过如此厚颜无耻之人。他叫什么名字？谁的徒弟？"

戒律长老略微犹豫，而后硬着头皮轻声道："小徒耀敛。"

楚晚宁挑了挑眉："你的徒弟？要脸？"

戒律长老不免尴尬，红着老脸岔开话题："他唱吟还是不错的，收来祭祀时帮得上忙。"

楚晚宁哼了一声，转过脸去，懒得和这不要脸的戒律长老废话了。

死生之巅上下数千人，出十几个狗腿子，很正常。

墨燃看那几位兄台言之凿凿的样子，自己都要信以为真了，厉害厉害，原来擅长睁着眼睛说瞎话的不止自己，咱这门派内人才济济啊。

被念了无数遍"玉衡长老请开恩"的楚晚宁，终于朝众弟子发话了。

"替墨微雨求情？"他顿了顿，说道，"可以，你们都上来。"

那些人不明其咎，战战兢兢地上去了。

楚晚宁掌中金光闪过，天问听命而出，嗖的一声将那十几个人捆作一团，牢牢地绑在原处。

又来！

墨燃都快绝望了，看到天问就腿软，真不知道楚晚宁是从哪儿搞来的这么变态的武器，得亏他上辈子不曾娶亲。谁家姑娘如果许给他，不活生生被抽死，也要活生生地被问死了。

楚晚宁眼神中颇有嘲讽，他问其中一个人："墨燃曾经帮你除魔卫道？"

那弟子哪里扛得住天问的折磨，立刻号道："没有！没有！"

又问另一个："墨燃助你摆脱走火入魔？"

"啊啊！不曾！不曾！"

"墨燃赐你灵丹妙药？"

"啊……救命！不不！我编的！是我编的！"

楚晚宁松了绑，但随即扬手狠狠一挥，噼里啪啦火光四溅，天问猛然甩出，照着那几个说谎的弟子背上狠抽过去。

刹那间惨叫连连，鲜血飞溅。

楚晚宁拧着剑眉，怒道："喊什么？给我跪下！戒律使！"

"在。"

"给我罚！"

"是！"

结果那些人非但没有捞到好处，反而因为触犯诓骗戒律，各自被打了十棍，外加玉衡长老法外附赠的狠狠一柳藤。

入夜后，墨燃趴在床上，虽然已经上过药了，但背上全是交错的累累伤痕，连翻身都做不到，痛得泪眼汪汪，直吸鼻子。

他生得可爱，如此呜咽蜷缩的模样就像一只挨打了的毛绒猫崽子，可惜他想的内容却实在不像个崽子该有的。

他揪着被褥，咬着床单，幻想这就是楚晚宁那厮，他咬！踹！踢！撕扯！

唯一的安慰是师昧端了亲自做的抄手来探望他，被那双温柔怜惜的眼睛凝视着，墨燃眼泪掉得更凶了。

他才不管什么男儿有泪不轻弹，他喜欢谁，就爱跟谁撒娇。

"这么痛啊？你还起不起得来？"师昧坐在他床边直叹气，"师尊他……他下手也太狠了。瞧把你打得……有几处伤口，血到现在都没止住。"

墨燃听他心疼自己，胸腔渐渐生出一股暖流，明润的眼睛从被褥边缘露出，眨了眨。

"师昧你这么在乎我，我、我也就不疼啦。"

"唉，看你这样，怎会不疼？师尊的脾性你又不是不知道，以后还敢犯这么大的错吗？"

烛光里，师昧有些无奈又有些心疼地瞧着他，那风情万种的眼眸，波光盈盈，宛如温暾春水。

墨燃乖巧道："再也不会了。我发誓。"

"你发誓有哪回当了真？"但说归说，师昧终于笑了笑，"抄手放凉了，你起得来吗？起不来就趴着，我喂你吃。"

墨燃原本已经爬起一半了，一听这话立刻瘫倒做半身不遂状。

师昧："……"

无论是上辈子还是这辈子，墨燃最爱吃的都是师昧做的抄手，皮薄如云烟，馅嫩如凝脂，每一只都莹润饱满，滑软鲜香，入口即化，唇齿留芳。

尤其是汤头，熬得奶白醇厚，撒着碧绿葱花，嫩黄蛋丝，再浇上一勺蒜泥煸炒过的红油辣浇头，吃到胃里，像是能暖人一辈子。

师昧一勺一勺、小心翼翼地喂他，一边喂，还一边跟他说："今天没有搁红油，你伤得厉害，吃辣不容易好，就喝骨头汤吧。"

墨燃凝望着他，简直移不开视线，笑着说："辣的，不辣的，只要是你做的，都好吃。"

"真会说话。"师昧也笑，夹起卧在汤里的一个荷包蛋，"赏你个溏心的，知道你喜欢。"

墨燃嘿嘿地笑了起来，额头呆呆翘起一撮乱发，像是开了一朵花："师昧。"

"怎么了？"

"没啥，就是叫叫你。"

"……"

呆毛晃呀晃呀。

"师昧。"

师昧忍着笑："就是叫叫我？"

"嗯嗯，就是叫叫你，觉得好开心。"

师昧愣了一下，温柔地摸了摸他的额头："这傻孩子，不会是发烧了吧？"

墨燃噗的一声笑出来，打了半个滚，侧脸瞅着他，眼瞳明亮，像是盛满了细碎星辰。

"要是能天天吃上师昧做的抄手，那就太好了。"

这不是一句假话。

师昧死后，墨燃一直很想再尝一次师昧做的龙手抄，可是那样的滋味，却再也回不来了。

那时候楚晚宁还没有与墨燃彻底决裂，不知道是不是出于愧疚，看着墨燃一直跪在师昧棺材前发愣，楚晚宁悄然去了厨房，和面剁馅，细细地包了几个抄手。只不过还没有包完，就让墨燃看见了，痛失师昧的墨燃根本无法忍受，只觉得楚晚宁的这种行为是在嘲讽自己，是在拙劣地效仿，是在刻意刺痛自己。

师昧死了，楚晚宁明明可以救的，却不肯施以援手，事后还想替师昧包抄手给自己吃，难道以为这样会让自己高兴？

他冲进厨房打翻了所有的器皿，雪玉饱满的抄手滚了满地。

他朝着楚晚宁吼："你算什么东西？你也配用他用过的东西，也配做他做过的菜？师昧死了，你满意了吗？你是不是非得把你所有的徒弟都逼死逼疯才甘心？楚晚宁！这世上再也没人能做出那一碗抄手了，你再模仿，也像不了他！"

如今这一碗，他吃得既高兴，又感慨，慢慢地吃到后面，虽还笑着，眼眶却有些湿润了。幸好烛光暗淡，师昧看不太清他细微的神情。

墨燃说："师昧。"

"嗯？"

"谢谢你了。"

师昧一愣，旋即温柔笑道："不就是一碗抄手吗，至于跟我这么客气？你要是喜欢，我以后常做给你吃就是了。"

墨燃想说，不只是谢你一碗抄手。

还想谢谢你，上辈子也好，这辈子也罢，只有你是真的看得起我，没有介意我的出身，没有介意我在外面摸爬滚打、不择手段的十四年。

还想谢谢你，若不是因为忽然想起了你，复生之后，恐怕我也会忍不住杀了容九，铸成大错，再次走上昔日老路。

幸好这辈子，复生在你死去之前，我定然要将你护得好好的。若是你有恙，楚晚宁那个冷血魔头不愿救你，还有我。

可是这些话哪里能说出口呢？

最后墨燃只是咕嘟咕嘟把汤都喝完了，连根葱都没有剩下，然后意犹未尽地舔了舔嘴唇，酒窝深深的，像毛茸茸小奶猫一般很是可爱。

"明天还有吗？"

师昧哭笑不得："不换些别的？不腻吗？"

"天天吃都不腻，就怕你嫌我烦。"

师昧摇头笑道："不知道面粉还够不够，要是不够，怕是做不了。如果不行的话，你看糖水鸡蛋好不好？也是你爱吃的。"

"好呀好呀。只要是你做的，什么都好。"

墨燃心中草长莺飞，开心得恨不得抱着被子打两个滚。

看看师昧多贤惠，楚晚宁，你尽管抽我吧！反正我躺在床上还有师昧关心伺候，哼哼哼！

想到自己那位师尊，刚刚的柔情里又忍不住添上一捧怒火。

墨燃重新开始怀有怨念地抠着床板缝，心道，什么晚夜玉衡，什么北斗仙尊，都是胡扯！

楚晚宁，咱们这辈子走着瞧！！

三

本座受罚了

墨燃在床上像死鱼一样躺了三天，伤口刚刚愈合就接到传信，让他滚去红莲水榭做苦力。

这也是惩罚的一部分，墨燃被禁足期间，不得下山，但也不能闲着，必须给门派打杂帮忙，做些苦差事。

通常而言，这些差事包括帮孟婆堂的大娘刷盘子，擦洗奈何桥柱子上的三百六十五只石狮子，誊抄枯燥至极的存档卷宗，等等。

红莲水榭是什么地方？那是楚晚宁那厮的居所，人称红莲地狱的修罗场。

死生之巅没有几个人去过那里，而去过的所有人，出来之后不是被打断了胳膊就是被打断了腿。

所以楚晚宁的居所，除了红莲地狱，还有个更接地气的外号：断腿水榭。

门派中流传一段戏言："水榭藏美人，美人召天问。入我断腿门，知我断腿苦。玉衡长老，助您自绝经脉的不二选择。"

曾经有不怕死的女弟子，色胆包天，居然敢垂涎玉衡长老的美色，趁着月黑风高，偷偷溜到南峰，扒在屋檐上，意欲窥伺长老沐浴更衣。

结果可想而知，那位女勇士被天问打得死去活来，哭爹喊娘，在床上躺了一百多天下不来。

楚晚宁还放了狠话，若敢再犯，直接抠了人家眼睛。

看到没？多没风度的言辞！多不解风情的行为！多令人发指的男人！

门派中，本来有些天真无邪的傻妹子，仗着自己是女子，想着玉衡长老应该会怜香惜玉，总是在他面前嘻嘻哈哈的，妄图引起他的注意。不过自从他"手刃"女流氓，这就再也没人敢打他的主意了。

玉衡长老，男女通抽，毫无君子气度，除了脸好看，哪儿哪儿都不行。

这是派中弟子对楚晚宁的评价。

来传信的小师弟颇为同情地看着墨燃，忍了忍，还是没忍住："墨师兄……"

"嗯？"

"……玉衡长老的脾气那么差，去了红莲水榭的人，没一个是能站着出来的，你看看，要不然，就说自己伤口还没愈合，求玉衡长老放你去刷盘子吧？"

墨燃很是感激这位师弟的菩萨心肠，然后拒绝了他。

求楚晚宁？

算了吧，他可不想再被天问伺候一顿。

于是他费力地穿好衣裳，拖着沉重的步子，极不情愿地往死生之巅的南峰走去。

红莲水榭，红莲地狱，楚晚宁的居所，方圆百里见不到个活人。

没有人愿意靠近他住的地方，楚晚宁糟糕的品位和阴晴不定的性格，使得门派中人人对他敬而远之。

墨燃有些忐忑，不知道楚晚宁会惩罚自己做什么，一路胡思乱想着来到南峰峰顶，穿过重重叠叠的修竹林后，大片大片锦绣红莲映入眼帘。

此时正值清晨，旭日东升，映得天边织锦灿烂，火红的云霞与池中接天莲叶的红色芙蓉交相辉映，浩浩荡荡，波光明灭。池上曲廊水榭娉婷静立，依山一帘水瀑喧豗，细碎晶莹的水珠叮叮咚咚地敲击着石壁，水雾蒸腾，烟光凝绯，宁静中显出几分妖娆。

墨燃对此的感受是：呕。

楚晚宁住的地方，不管再好看，他都是"呕"！

看看，多么地骄奢淫逸，多么地铺张浪费，弟子们的屋舍紧密相连，房间占地都不大，他玉衡长老倒好，一个人占了一整座山头，还挖了三个大池子，栽满莲花。好吧，虽说这些莲花都是特殊品种，能炼成圣品良药，但是——反正不顺眼。他恨不能一把火把这断腿水榭烧了！

腹诽归腹诽，鉴于自己今年贵庚十六，无力与楚宗师一争高低，墨燃还是来到楚晚宁的居所前，立在门口，眯起眼睛，甜腻腻地伏低做小。

"弟子墨燃，拜见师尊。"

"嗯，进来吧。"

屋子里杂乱无章，"冷血魔头"楚晚宁穿一身白袍，衣襟交叠得高且紧，颇有气韵。他今日束着高高的马尾，戴着黑色金属护手，坐在地上捣鼓着一堆机关零件，嘴里还咬着一支笔。

面无表情地看了墨燃一眼，他咬着笔杆子，含混不清地说："过来。"

墨燃过去了。

这实在是有难度，因为这间屋子已经没有什么可以让人落脚的地方，到处散落着图稿和金属断片。

墨燃眉头抽搐，上辈子他没有进过楚晚宁的房间，不知道这个衣冠楚楚的美男子，所住之处居然乱得如此……一言难尽。

"师尊这是在做什么？"

"夜游神。"

"啥？"

楚晚宁有些不耐烦，可能是因为咬着笔，不便讲话："夜游神。"

墨燃默默地看了一眼地上一堆乱七八糟的零件。

墨燃的这位师尊被誉为楚宗师，并不是浪得虚名。平心而论，楚晚宁是个非常强悍的男人，无论是他那三把神级武器、他的结界之术，还是他的机关制造术，都不愧于"登峰造极"四个字。这也是他脾气那么差，那么难伺候，但各大修真门派仍然挤破脑袋要抢他的原因。

对于"夜游神"，墨燃很清楚。

那是楚晚宁造的一种机甲，售价低，战斗力强悍，可以在夜间守护下修界的普通百姓不受一般鬼魅侵扰。

在墨燃复生前，制作完善的夜游神几乎成了家家户户必备的机甲，价格相当于一把笤帚，还比龇牙咧嘴的门神好用得多。

楚晚宁死后，这些夜游神依然守护着那些请不起道长的穷苦人家。这悲天悯人的胸襟，配上楚晚宁对徒弟们的薄情……呵呵，着实令墨燃鄙薄。

墨燃坐了下来，看着此时还只是一堆零件的"夜游神"，前尘往事忽悠悠地从心底溜过去。他忍不住拿起一只夜游神的手指关节，抓在手中细看。

楚晚宁扣上了零部件的榫头和卯眼，总算腾出手来，拿下一直咬在口中的笔，瞪了墨燃一眼："那个刚刚上了桐油，不可以碰。"

"哦……"墨燃把手指关节放下了，调整情绪，仍是人畜无害的可爱模样，笑眯眯地问:"师尊召我过来,是打算让我帮忙吗?"

楚晚宁说:"嗯。"

"做什么?"

"把屋子收拾了。"

墨燃的笑容僵住了,他看着这地震过后一般的房间:"……"

楚晚宁是仙术上的天才,也是生活上的白痴。

在收拾到第五只打碎了没有及时扫掉的茶杯后,墨燃终于有些受不了了:"师尊,你这屋子多久没打理了?我的天,这么乱!"

楚晚宁正在看图纸,闻言头也不抬:"差不多一年。"

墨燃:"……"

"你平时,睡哪儿?"

"什么?"那图纸可能有点问题,楚晚宁被人打扰,显得比平日更加不耐烦,揉着自己的头发,怒气冲冲地答道,"当然是睡在床上。"

墨燃看了一眼那张床,上面堆满了已经完成大半的各种机甲,还有锯子、斧头、锉刀等一系列工具,个个寒光闪闪,锋锐无比。

厉害,这人睡觉怎么没把自己脑袋切下来?

忙活了大半天,地板上的木屑灰尘扫满了三簸箕,抹书柜架子的白巾黑了十多块,到了正午,也才整理了一半。

楚晚宁这人真是比毒妇还毒。

整理房间看起来不是什么严重的惩罚,说出去也不像是做苦力,可是谁知道整理的是这样一个三百六十五天没有清扫过的鬼地方?别说墨燃浑身都是伤,哪怕现在身体康健,这样折腾都能累掉半条命!

"师尊啊……"

"嗯?"

"你这堆衣服……"大概堆了三个月吧。

楚晚宁总算把夜游神的一条胳膊接好了,揉着酸疼的肩膀,抬眼看了看衣箱上垒成山的那些衣袍,冷淡道:"我自己洗。"

墨燃松了口气,谢天谢地,随后有些好奇:"欸?师尊还会洗衣服?"

楚晚宁看了他一眼,过了一会儿,冷冷道:"这有何难?丢到水里,浸一下,捞起来,晒干即可。"

真不知道听到这句话，那些怀春思慕楚宗师的姑娘会做何感想。墨燃深深觉得，这中看不中用的男人实在是令人嫌弃，说出去得碎了多少春闺少女心。

"时辰不早了，你随我去饭堂吧，剩下的回来再理。"

孟婆堂里人来人往，死生之巅的弟子们三五成群地都在吃饭，楚晚宁拿漆木托盘端了几个菜，默默地坐到了角落里。

以他为核心，周围二十尺内，渐渐空无一人。

没人敢和玉衡长老坐得太近，生怕他一个不高兴，甩出天问就是一顿狂抽。楚晚宁自己其实也很清楚这一点，不过他不介意，一个冷冰冰的美人坐在那里，斯斯文文地吃着碗里的东西。

不过今天，不太一样。

墨燃是他带的，自然得跟在他身边。

别人怕他，墨燃也怕，但好歹是死过一次的人，对楚晚宁的恐惧并没有那么厉害。

尤其是初见之后的畏惧渐渐消退之后，从前对楚晚宁的厌憎，就慢慢地浮现出来。楚晚宁再厉害又怎么样？上辈子还不是死在了他手里。

墨燃在他面前坐下来，镇定自若地嚼着碗里的糖醋排骨，咯吱咯吱地咬着，很快骨头吐成一座小山。

楚晚宁忽然一摔筷子。

墨燃一愣。

"……你吃饭能不能别吧唧嘴？"

"我嚼骨头，不吧唧嘴怎么嚼？"

"那就别吃骨头。"

"可我喜欢吃骨头啊。"

"滚旁边吃去。"

两人争吵的声音越来越大，已经有弟子在偷偷看他们了。

墨燃忍着把饭盆扣在楚晚宁头上的冲动，抿着油汪汪的嘴唇，过了一会儿，眯起眼睛，嘴角揉出一丝甜笑："师尊别喊得这么大声嘛。让别人听见了，岂不笑话我们？"

楚晚宁一向脸皮薄，声音果然轻了下来，低声说："滚。"

墨燃笑得想打滚儿。

楚晚宁："……"

"欸，师尊你别瞪我，吃饭吧，吃饭。我尽量小点儿声。"

墨燃笑够了，又开始装乖巧，啃骨头的声音果然小了很多。

楚晚宁吃软不吃硬，见墨燃听话，脸色稍微缓和，不再那么苦大仇深了，低着头，斯斯文文地吃着自己的青菜豆腐。

没安分太久，墨燃又开始作了。

他也不知道自己这是什么毛病，总之这辈子看到楚晚宁，就总想惹人家生气。

于是楚晚宁发现墨燃虽然不大声嚼了，但是，他开始拿手抓着排骨吃，吃得满手油腻，酱汁发亮。

楚晚宁额角青筋暴起，忍。

他垂下睫毛，不去看墨燃，只管自己吃饭。

不知道墨燃是不是因为吃得太开心、太忘形，一个不小心，把啃完的骨头丢到了楚晚宁的饭碗里。

楚晚宁瞪着那块狼狈狰狞的排骨，周遭的空气似乎在以肉眼可见的速度迅速凝结冷冻。

"墨燃！"

"师尊……"墨燃颇惶恐，也不知道几分是真，几分是假，"那个……呃，我不是故意的。"

不是故意的才怪。

楚晚宁："……"

"你别生气，我这就给你夹出来。"

说着他真的伸出筷子，嗖地插到了楚晚宁的碗里，迅速挑走了那块排骨。

楚晚宁脸色铁青，好像快恶心得昏过去了。

墨燃睫毛微颤，清秀的脸上有几分可怜兮兮的委屈："师尊这是嫌弃我？"

楚晚宁："……"

"师尊，对不起嘛。"

罢了，楚晚宁心想，何必跟小辈一般见识。

他放弃了召唤天问把墨燃抽一顿的冲动，但食欲已经一扫而空，起身道："我吃饱了。"

"欸？就吃这么点儿啊？师尊你碗里的都没怎么动过呢。"

楚晚宁冷冷道："我不饿。"

墨燃心里都快乐出一朵花儿了，嘴上仍然甜甜的："那我也不吃了，走，咱们回红莲地——喀，红莲水榭去。"

楚晚宁眯起眼睛："咱们？"他眼神颇嘲讽，然后说道，"谁跟你咱们？长幼尊卑有序，你给我好好说话。"

墨燃嘴上应得勤快，眼睛笑眯眯地弯着，乖巧懂事又可爱。

然而此人心里在想：长幼尊卑？好好说话？

呵呵，如果楚晚宁知道上辈子发生的事情，就应该清楚——最后这世上，只有他墨微雨才是尊。

楚晚宁再高贵冷傲、不可一世，最后还不是他靴底的一块烂泥，要靠着他的施舍，才能苟且地活下去？

快步跟上师尊的步伐，墨燃脸上仍挂着颇为灿烂的笑容。

如果师昧是他心中的白月光，楚晚宁就是那根卡在他喉咙里的破鱼刺。他要把这根刺拔出扔掉，或者干脆咽下去，被胃液腐蚀。

总之，这一次，谁他都可以放过，决绝不会放过楚晚宁。

不过，楚晚宁好像也没打算轻易饶了他。

墨燃站在红莲地狱的藏书阁前，看着五十列十层高的书架，以为自己听错了。

"师尊，你说……什么？"

楚晚宁淡淡地说："将这里的书全都擦一遍。"

"……"

"擦完再登记造册。"

"……"

"明日一早我来检查。"

"……"

什么！他今晚要留宿红莲地狱了吗？

可是他跟师昧约好了，晚上让师昧给自己换药呢！！！

他张了张嘴想要讨价还价，可是楚晚宁懒得理他，宽袖一挥，转身去了机关室，顺带还高冷地关上了机关室的门。

约会泡汤的墨燃陷入了对楚晚宁深深的厌弃当中——他要把楚晚宁的书都

烧掉！！

不！

脑筋一转，他想到了一个更损的主意……

四

本座并非戏精

楚晚宁的品位实在是糟糕极了——乏味、枯燥、令人绝望。

瞧瞧这满架子，都是些什么破书！

《上古结界图录》《奇花异草图谱》《临沂儒风门琴谱》《草木集》，寥寥算得上消遣的，大概只有几本类似《蜀地游记》《巴蜀食记》的书。

墨燃挑了几本较新的书籍，显然是楚晚宁不常会看的，将里面的书页统统涂抹一遍，画了一堆春宫图。

他一边画一边想，哼哼，这里的藏书没有一万册也有八千册，等楚晚宁发现其中有几本被改成了春宫图，也不知道是猴年马月的事情了。到那时候，楚晚宁肯定不知道是谁干的，只能生闷气，真是妙极、妙极。

想着想着，他居然忍不住抱着书本嘿嘿地笑出了声。

墨燃一连涂了十多本书，发挥想象，天马行空，什么污糟画什么，那笔法可谓曹衣带水、吴带当风，飘逸俊秀得很。要是有人问玉衡长老借书，凑巧借到了这几本，估计就会流传诸如此类的话——

"玉衡长老人面兽心，居然在《清心诀》里面私夹男女欢好的连环画！"

"玉衡长老枉为人师，剑谱里面有不堪入目的秘戏图！"

"什么北斗仙尊？简直衣冠禽兽！"

墨燃越想越觉得好笑，最后干脆捂着肚子，提着毛笔在地上咕噜咕噜滚来滚去，乐得两脚乱蹬，连有人走到藏书阁门口了，他都没有发现。

所以师昧过来的时候，看到的是在书堆里打滚，笑得像患了失心疯的墨燃。

师昧："……阿燃，你这是在做什么？"

墨燃一愣，噌地坐了起来，慌忙把那些图统统掩上，摆出一张人模狗样的脸：“擦、擦地呀。”

师昧忍着笑：“拿衣服擦地？”

“喀……这不是没找到抹布嘛。不说这个了，师昧，大晚上的你怎么来了？”

“我去你屋子里找你，结果没找到，问了别人，才知道你在师尊这里。”师昧进了藏书阁，帮墨燃把那些堆了满地的书一一收好，温柔莞尔，“左右没事，我过来看看你。”

墨燃很是高兴，又有些受宠若惊，抿了抿嘴唇，素来油嘴滑舌的人，居然有些说不出话来。

“那……嗯……那你坐！”兴冲冲地在原地转了半天，墨燃有些紧张地说，“我、我去帮你倒茶。”

“不用，我悄悄过来的，要是叫师尊发现，可就麻烦了。”

墨燃挠头：“说得也是……”他心想：楚晚宁这个变态！我迟早要扳倒他，不再屈于他的淫威之下！

“你晚饭还没吃吧？我给你带了些菜来。”

墨燃眼睛一亮：“龙抄手？”

“噗，你真不腻啊。没带抄手，红莲水榭离得远，我怕带来就坨了。喏，是一些炒菜，你看看对不对胃口？”

师昧把旁边搁着的食盒打开，里面果然是几道红艳艳的小菜。一碟子顺风耳、一碟子鱼香肉丝、一碟子宫保鸡丁、一碟子拍黄瓜，还有一碗饭。

“欸，搁辣椒了？”

“怕你馋得慌，稍微放了些。”师昧笑道，他和墨燃都爱吃辣菜，自然知道无辣不欢的道理，“不过你伤口没有好透，我不敢放太多，稍微提提味儿，也好过没有一点儿红的。”

墨燃开心得直咬筷子，酒窝在烛火之下甜得像蜜糖：“哇！感动得想哭！”

师昧忍笑：“等你哭完菜都凉了。吃完再哭。”

墨燃欢呼一声，筷子甩得飞快。

他吃东西的时候就像饿惨了的犬类，楚晚宁总是看不惯他这副见了鬼的吃相，但是师昧不会嫌弃。

师昧总是温柔的，一边笑着让他慢点吃，一边给他递来一杯茶水。盘子很快见了底，墨燃摸着肚子长舒了口气，眯着眼睛叹息道：“满足……”

师昧似是不经意地问："是龙抄手好吃，还是这些菜好吃？"

墨燃于饮食上，就像他对人一样，很执着、很痴心。歪过头，他用黑亮柔润的眼睛望着师昧，咧了咧嘴："龙抄手。"

师昧笑着摇了摇头，半晌说，"阿燃，我帮你换药吧。"

药膏是王夫人调的。

王夫人早年曾是药学仙门"孤月夜"的一名弟子，武学薄弱，不喜欢打打杀杀，却很喜欢学医。死生之巅有一片药圃，她在那里亲手栽种了许多珍贵的草木，因此门派中从来不缺伤药。

墨燃脱了上衣，背对着师昧，身后的伤疤仍然在隐隐作痛，不过经师昧温热的手指蘸着药膏，一点一点地按揉抹开，渐渐地他倒也忘了疼。

"好啦。"师昧给墨燃缠上新的绷带，仔细打了个结，"穿上衣服吧。"

墨燃回过头来，看了师昧一眼便低头迅速把外套披上。昏黄的烛火下，师昧肤白欺雪，越发风情万种。

"师昧。"

"嗯？"

在如此幽闭隐秘的书房里，气氛甚好。墨燃原本想讲些风花雪月、感天动地的话，奈何他是能把自己年号都定成"叭叽"的文盲，憋了半天，把脸都憋红了，竟然只憋出了三个字："你真好。"

"这有什么，都是应该的。"

"我也会对你特别好。"墨燃语气拿捏得很平静，但手掌汗涔涔的，总归出卖了他其实波涛澎湃的内心，"等我厉害了，谁都不能欺负你。师尊也不行。"

师昧不知他为何忽然这样说话，愣了一下，却还是温柔道："好啊，那以后，都要仰仗阿燃了。"

"嗯嗯……"

墨燃讷讷应了，却被师昧的目光刺得不敢再看，于是低下头去。

对这个人，他一直是乖顺的，甚至顺从到有些一根筋。

"啊，师尊要你擦这么多书，还要连夜造册？"

墨燃在师昧面前还是死要面子的："还好，赶一赶，来得及。"

师昧说："我来帮你吧。"

"那怎么行？要是被师尊发现了，非连你一起罚不可。"墨燃很坚定，"时辰不早了，你快回去歇息吧，明早还有晨修。"

师昧拉着他的手，轻声笑道："没事，他发现不了，我们悄悄地……"

话还没有讲完，就听到一个冰冷的声音响起："悄悄地怎样？"

楚晚宁不知何时已经从机关室内出来了，一脸冰冷，丹凤眼中霜雪连绵。他白衣清寒，森然立在藏书阁门口，面无表情地看着他们，目光在两人交握着的手上停顿些许，复又移开。

"师明净，墨微雨，你们好大的胆子！"

师昧霎时面如白雪，猛然松开墨燃的手，声若蚊蝇："师尊……"

墨燃也感到不妙，低下头："师尊。"

楚晚宁走了进来，不去理睬墨燃，而是俯视着跪在地上的师昧，淡淡地说："红莲水榭遍布结界，你以为未经通报进入，我会不知道吗？"

师昧惶然叩首："弟子知错。"

墨燃急了："师尊，师昧只是来给我换个药，马上就走，请不要责难他。"

师昧也急了："师尊，此事与墨师弟无关，是弟子的错，弟子甘愿领罚。"

楚晚宁："……"

楚晚宁的脸都青了。

他话都不曾说几句，这两人就急着替对方开脱，视他为洪水猛兽，同仇敌忾。楚晚宁沉默了一会儿，勉强压制住抽搐的眉尖，淡淡地说道："真是同门情深，令人动容，如此看来，这屋子里倒只有我一个是恶人了。"

墨燃道："师尊……"

"……别喊我。"

楚晚宁一甩宽袖，不愿再说话。墨燃也不知道他究竟怎么了，为何气得如此厉害，只猜是楚晚宁一向讨厌别人在他面前拉拉扯扯，不管是哪种意义上的拉拉扯扯，大概都脏他眼睛。

三人静默良久。

楚晚宁忽然掉头，转身就走。

师昧抬起脸，眼眶有些红了，茫然无措道："师尊？"

"你自去抄门规十遍，回吧。"

师昧垂下眼帘，过了一会儿，轻声道："……是。"

墨燃仍然在原处跪着。

师昧站起来，看了一眼墨燃，又犹豫了，半晌还是再次跪下来，央求楚晚宁。

"师尊，墨师弟伤刚刚愈合，弟子斗胆，还请您，不要过分难为他。"

楚晚宁没有吭声，孑然立在明明灭灭的烛火悬灯之下，过了一会儿，蓦然侧过脸来，只见得他剑眉凌厉，目光如炬，怒气冲冲道："废话那么多，你还不走？"

楚晚宁长得原本英俊有余，温柔不足，凶起来更是骇人，师昧吓得抖了一下，唯恐惹怒了师尊，更连累墨燃，连忙躬身退下了。

藏书阁只剩下他们两个人，墨燃暗自叹了口气，说道："师尊，弟子错了，弟子这就继续造册登记。"

楚晚宁却头也不转地说："你若累了就回去。"

墨燃倏忽抬起头来。

楚晚宁冰冷道："我不留你。"

他怎么会这么好心放过自己？必然有诈！

墨燃机智道："我不走。"

楚晚宁顿了顿，冷笑："……好啊，随你。"说完广袖一甩，转身离去。

墨燃愣住了——没有诈？他还以为楚晚宁必然又要赏自己一顿柳藤呢。

忙到半夜，总算把事情做完了，墨燃打了个哈欠，出了藏书阁。

此时夜色已深，楚晚宁的卧房里仍透出昏黄的灯光。

咦？那讨厌的魔头还没睡啊？

墨燃走过去，准备和楚晚宁打声招呼再离开，进了屋里，才发现楚晚宁已经歇下了，只是这个记性不佳的人，睡前竟忘了熄灭烛火。

或者，他是做东西做到一半，直接累得昏睡了过去。墨燃看了一眼床榻边拼凑出雏形的夜游神，在心里估摸了这种可能性，最终在看到楚晚宁根本没有摘掉的金属手套，以及手中仍然紧握着的半截机关扣时，确定了这才是真相。

楚晚宁睡着的时候没有那么肃杀冷冽，他蜷在堆满了机甲零件、锯子、斧子的床上。东西摊得太多，根本没有什么位置可以容身，所以他蜷得很小，弓着身子，纤长的睫毛垂着，看起来竟有几分孤寂。

墨燃盯着他，发了一会儿呆。

楚晚宁今天……到底在气什么啊？

难道他是气师昧私闯红莲水榭，还想帮自己整理书籍吗？

墨燃走近床边，翻了个白眼儿，凑在楚晚宁耳边，用非常小非常小的声音，试着喊了一声："师尊？"

"嗯……"楚晚宁轻轻哼了一声，抱紧了怀中的冰冷机甲。他睡得很沉，呼吸均匀，没有脱掉的金属手套利齿尖锐，枕在脸侧，像是猫或者豹的爪子。

墨燃见他一时半会儿不像会醒的样子，心中一动，便眯起眼睛，嘴角露出一抹坏笑，贴着楚晚宁的耳郭，压低嗓音试探道："师尊，起来啦。"

"……"

"师尊？"

"……"

"楚晚宁？"

"……"

"嘿，真睡熟了呀。"墨燃乐了，支着胳膊伏在他枕边，笑眯眯地瞧着他，"那太好啦，我趁现在来和你算算总账。"

楚晚宁不知道有人要跟他算账，依旧合目沉眠，一张清俊面孔显得很安宁。

墨燃摆出一副威严姿态，可惜自幼生在乐坊，没读过几天书，小时候耳濡目染的都是市井掐架、话本说书，因此东拼西凑的那些词句，显得格外蹩脚好笑："大胆刁民楚氏，你欺君罔上，目无尊王，你这个……嗯，你这个……"

挠挠头，他有点词穷，毕竟自己后来称帝，张口闭口骂的不是"你这个贱婢"，就是"你这个狗奴"，但这些用在楚晚宁身上似乎都不合适。

绞尽脑汁想了半天，他突然想到乐坊小姐姐们常挂在嘴边的一个词，虽然不太清楚意思，但好像还不错。于是墨燃长眉一拧，厉声道："你这薄情寡性的小贱驴蹄子，你可知罪？"

楚晚宁："……"

"你不说话，本座就当你是认罪了！"

楚晚宁大概是觉得有些吵，闷闷哼了一声，抱着机甲继续睡。

"你犯下这么大过错，本座按律当判你……嗯，判你嘴刑！刘公！"惯性喊完，他才意识到刘公是已故之人了。

墨燃想了想，决定委屈一下自己分饰仆役，于是谄媚道："陛下，老奴在。"

尔后他又立刻清了清喉咙，肃然道："即刻行刑。"

"谨遵陛下命。"

好了，词儿念完了。

墨燃摩拳擦掌，开始对楚晚宁"用刑"。

所谓嘴刑，其实原本没有，是墨燃现编的。

那么这个临时想出的嘴刑该怎么行刑呢？

只见一代暴君墨燃，郑重其事地清喉咙，目光冷锐凶煞，缓缓贴近楚晚宁雪谷清泉般清寒的脸庞，一点点地靠近那双淡色的嘴唇。

然后……

墨燃停了下来，瞪着楚晚宁，抑扬顿挫，一字一顿地骂道："楚晚宁，你这个举世无双的小……心……眼。"

啪、啪。

凌空虚掴两个嘴巴。

嘿嘿，行刑成功！

爽！

墨燃正乐着，忽然觉得脖子刺痛，觉察到异样，猛地一低头，对上一双清贵幽寒的凤目。

墨燃："……"

楚晚宁声如玉碎冰湖，说不上是仙气更多还是寒意更深："你在做什么？"

"本座……呸。老奴……呸呸呸！"好在这两句轻若蚊蝇，楚晚宁眉心微蹙，看来并未听清。墨燃灵机一动，又抬手啪啪地在楚晚宁脸庞附近掴了两掌。

"……"

面对师尊越发不善的神色，前任人界帝王十分狗腿地憨笑道："弟子、弟子在给师尊打蚊子呀。"

〈五〉

本座初出茅庐

所幸墨燃自个儿演着玩的那出"嘴刑"并未被楚晚宁听个完全，胡说八道一通，勉强让他蒙混过关。

回到自己寝室时，已经很迟了，墨燃睡了一觉，第二天照旧去晨修。晨修完了便是一早上他最喜爱的事儿：过早。

早膳之地孟婆堂，随着晨修解散，人渐渐多起来。

墨燃坐在师昧对面，薛蒙来得迟，师昧身边的位置被其他人占了，他只得阴沉着脸，勉为其难地端着自己的早点坐到墨燃旁边。

如果要墨燃讲出死生之巅心法的最精妙之处，他一定会说：本门无须辟谷。

和上修界很多飘然出尘的门派不一样，死生之巅自有一套修行的办法，不戒荤腥、不需禁食，因此派中的伙食向来丰盛。

墨燃喝着一碗麻辣鲜香的油茶，沿着碗边儿嘬里头的花生碎、酥黄豆，面前一碟焦黄酥脆的生煎包，是专门给师昧打来的。

薛蒙斜眼看了看墨燃，嘲讽："墨燃，想不到你进了红莲地狱还能站着出来。了不起。"

墨燃头也不抬："那你也不看看我是谁。"

"你是谁？"薛蒙嗤道，"师尊没把你腿打折，你就狂得不知道自己是哪根葱了？"

"哦，我是葱，那你是啥？"

薛蒙冷笑："我可是师尊的首席弟子。"

"你自己封的呀？欸，建议你去找师尊落个印，裱起来挂在墙上供着，不然岂不是对不住首席弟子这个称号？"

咔嚓一声，薛蒙把筷子折断了。

师昧连忙在旁边和事儿："都别吵了，快吃饭吧。"

薛蒙："……哼！"

墨燃笑嘻嘻地学他："哼！"

薛蒙怒发冲冠，一拍桌子："你大胆！"

师昧见情况不妙，忙拉住薛蒙："少主，这么多人看着呢，吃饭吧，别争了。"

这两人八字不合，虽说是堂兄弟，但是见面就掐，师昧劝了薛蒙后，就苦兮兮地夹在中间缓和气氛，两边说话。

师昧一会儿问薛蒙："少主，夫人养的花猫什么时候生？"

薛蒙答："哦，你说阿狸？我娘弄错了，它没怀，是吃得太多，看起来肚子大而已。"

师昧："……"

师昧一会儿又问墨燃："阿燃，今天还要去师尊那里做工吗？"

"应该不用了，该整理的都整理了。我今天帮你抄门规吧。"

师昧笑道："怎么还有时间帮我？你自己还有一百遍要抄呢。"

薛蒙扬起眉，有些诧异地看向素来安分守己的师昧："你怎么也要抄门规？"

师昧面露窘色，还没来得及说话，忽然之间，饭堂内嗡嗡的交谈声陡然沉寂下来。三人回过头，看到楚晚宁白衣飘飘地进了孟婆堂，面无表情地走到了菜柜前，开始挑拣点心。

一千多个人用餐的饭堂，多了一个楚晚宁，忽然就静得跟坟场一样。弟子们全都闷头扒饭，即使要交流，也都说得极轻。

师昧轻轻叹了口气，望着楚晚宁端着托盘，坐在了他照例会坐的那个角落，一个人默默地喝粥，忍不住说："其实我觉得，师尊有时候挺可怜的。"

墨燃抬起头眸子："怎么说？"

"你看，他坐的地方，别人都不敢靠近。他一来，别人都不敢大声讲话。以前尊主在时还好，现在尊主不在了，他连个说话的人都没有，不是孤独得很吗？"

墨燃哼了一声："那也是他自找的嘛。"

薛蒙又怒了："你胆敢嘲讽师尊？"

"我哪里嘲讽他了？我说的都是大实话。"墨燃又给师昧夹了一只生煎包，"就他那种脾气，谁愿意和他待在一起？"

"你！"

墨燃嬉皮笑脸地瞧着薛蒙，懒洋洋地说："不服气？不服气你坐过去和师尊吃饭吧，别跟我们坐一起。"

一句话就把薛蒙堵住了。

他虽然敬重楚晚宁，但是也和其他人一样，更多的是畏惧。他不由得尴尬气恼，却又无法辩驳，只能踹两脚桌腿，和自个儿生闷气。

墨燃脸庞上挂着一丝慵懒的得意，颇为挑衅地瞥了小凤凰一眼，而后视线隔着人群，落在了楚晚宁身上。

不知为什么，看着满屋子深蓝银铠里唯一的白色身影，他忽然想到了昨晚蜷在冰冷金属中入睡的那个人。

师昧说得没错，楚晚宁当真是可怜极了。

可那又怎样呢？他越可怜，墨燃便越开心，想着想着，忍不住嘴角弯起的弧度都明显了一些。

日子过得飞快。

楚晚宁后来没有再传他去红莲水榭，墨燃每天的差事就成了刷盘子洗碗，给王夫人养着的小鸡、小鸭喂食，去药圃里除草，倒也清闲得很。

一晃眼，一个月的禁足期已经过去了。

这一日，王夫人把墨燃叫到丹心殿来，摸着他的头，问他："阿燃，你伤口可都痊愈了？"

墨燃笑眯眯地说："劳伯母挂心，全好了。"

"那就好，以后出门要注意，别再犯那么大错，惹你师尊生气了，知不知道？"

墨燃特别擅长伏低做小："伯母，我知道啦。"

"另外还有一件事。"王夫人从黄花梨木小茶几上拿出一封信笺，说道，"你入门已满一年，是承担除魔之责的时候了。昨日你伯父飞鸽传书，特意让你禁足期满后，下山去完成此番委派任务。"

死生之巅的规矩，弟子入门满一年后便要涉世除魔。

首次除魔时，该弟子的师尊会陪同襄助。此外，该弟子还必须邀一位同门与自己一起前往，为的是让弟子们彼此扶持，明晓为何"丹心可鉴、死生不改"。

墨燃眼睛一亮，接过委任函书，撕开匆匆看了一遍，顿时乐得直咧嘴。

王夫人忧心道："阿燃，你伯父希望你能一战成名，因此委托你的乃重任，尽管玉衡长老修为高深，但打斗之中刀剑无情，他不一定护得好你，你千万不要光顾着开心，看轻了敌人。"

"不会、不会！"墨燃连连摆手，笑嘻嘻的，"伯母放心，我一定照顾好自己。"说完他一溜烟地准备行囊去了。

"这孩子……"王夫人看着他的背影，温柔秀美的脸庞上满是担心，"怎的接个委派任务，便能把他高兴成这样？"

墨燃能不高兴吗？

伯父交给他的除魔之事，发生于彩蝶镇，系当地一陈姓员外所托。

先不管那里究竟闹的是哪门子的鬼怪，关键在于曾经就是在这个彩蝶镇，他第一次与师昧一同完成了正式的除魔试练。虽然在试练中，他受妖邪蛊惑，失去了心智，但也正因如此，师昧对他比平日更加忍让，他有些过了头的举止，师昧也都没有和他计较，那种被包容的滋味着实好得很。

墨燃乐得眼眸都弯成钩了。就连这个委派任务必须要跟楚晚宁一起完成，他都不介意。

邀了师昧，禀奏师尊，三个人一路快马前行，来到了闹邪祟的彩蝶镇。

这是个盛产鲜花的镇子，居住区外花田绵延数十里，镇内总是彩蝶纷飞，故而得了这个名字。

三人抵达的时候已是晚上，村口鼓乐鸣响，热闹非凡，一列身穿大红衣衫的乐手吹着唢呐，从巷子里拐了出来。

师昧好奇道："这是在娶亲吗？怎的晚上来娶？"

楚晚宁道："是冥婚。"

冥婚又称阴婚，配骨，是民间给未婚早逝的男女配下的死后婚姻。这种习俗在穷困的地方并不兴盛，但彩蝶镇十分富庶，因此是司空见惯的事情。

那支冥婚队伍浩浩荡荡，分为两列，一列扛着真的绫罗绸缎，另一列则扛着纸元宝冥币，就这样簇拥着一顶红白相间的八抬大轿，全份金灯执事，从村子里鱼贯而出。

墨燃他们拉过马辔头，站到旁边，让冥婚队先过。轿子走近了，他们才瞧见里面坐着的不是活人，而是一个纸糊的"鬼新娘"。鬼新娘涂脂抹粉，嘴唇鲜红，脸颊边两簇丹霞映着惨白的脸，笑盈盈的模样极为瘆人。

"这村子什么破习俗，真有钱烧得慌啊。"墨燃小声嘀咕道。

楚晚宁说："彩蝶镇的人十分讲究堪舆术，认为家中不能出现孤坟，否则家运就会受到孤魂野鬼的牵连。"

"……没这说法吧？"

"镇民信其有。"

"唉，也是，彩蝶镇几百年流传下来了，要跟他们说他们信的邪根本不存在，估摸着他们也接受不了。"

师昧悄声问："这支冥婚队伍要去哪里？"

楚晚宁道："刚才我们来的时候经过一个土庙，庙里供奉的不是任何一尊神佛，门楣上还贴着'囍'字，案台上堆满了红缎子，缎子上写的都是类似'天赐良缘''泉下好合'的寄语。我想他们应该是要去那里。"

"那个庙我也注意到了。"师昧若有所思，"师尊，那里供奉的，是鬼司仪吗？"

"不错。"

鬼司仪，是民间臆想出的一个鬼神形象，人们相信亡魂嫁娶也需要三媒六聘，交换龙凤帖也需要有司仪为证，承认两个死人结为夫妻。而彩蝶镇因为冥婚风俗大盛，自然而然就替鬼司仪塑了个金身，供在镇外坟头地前，举行冥婚的人家落葬合穴之前，都必然先抬着"鬼新娘"去庙前拜过。

墨燃很少见到这荒谬的场面，看得津津有味，楚晚宁却只冷眼瞧了一会儿，便掉转马头，说道："走吧，去闹鬼的那家看一看。"

"三位道长啊，我命是真的苦啊！你们可算是来了！要是再没有人管这件事，我、我都不想活啦！"

委托死生之巅来除鬼怪的，是镇上最富有的商贾，陈员外。

陈家做的是香粉生意，家里总共有四个儿子、一个女儿。大儿子娶妻后，妻子不喜欢家中吵闹，于是两人寻思着要搬出去另立门户，陈家财大气粗，就在北山僻静处买下了一大块地皮，还带天然温泉池子，特别会享受。

结果开基动土那天，几铲子下去，铁锹撞到个硬物。大媳妇凑过去一看，当即被吓昏过去了，居然挖到了一口刷满红漆的新棺！

彩蝶镇是有群葬地的，镇民死后，都被葬在那里。这一口孤零零的棺椁却莫名其妙地出现在北山上，而且无坟无碑，棺体血红。

他们哪儿敢再动，连忙将泥土填了回去，但已经太迟了，自从那天起，陈家就不停地发生诡异的事情。

"先是我那儿媳妇。"陈员外哭诉道，"受了惊吓，动了胎气，终至小产。后来又是我大儿子，为了给老婆补身子，去山上采药，结果脚一滑，失足掉到了山底下，去捞的时候人已经没了气……唉！"他长叹一声，哽咽着讲不下去了，只是摆手。

陈夫人也拿着手帕不停地擦拭着眼泪："我夫君说得没错，这之后几个月，我们儿子一个接一个地出事，不是失踪，就是没了性命——四个儿子，三个都没了啊！"

楚晚宁蹙着眉心，目光掠过陈家夫妻，落在那个脸色苍白的幺子身上。他看起来和墨燃差不多大，十五六岁的年纪，长得眉清目秀的，但恐惧使得他的脸有些扭曲。

师昧问道："你们能不能说说，另外几个孩子……是怎么没的？"

"唉，仲子是去寻他哥的路上，被一条蛇咬了。那蛇就是一般的草蛇，没有毒性的，当时谁都没有在意，可是没过几天，他在吃饭的时候忽然就那么直挺挺地倒下去，然后就……呜呜呜，我的孩子啊……"

师昧叹了口气，很是不忍心："那，尸身可有中毒迹象？"

"唉，哪儿来的毒，咱们家肯定是被下了诅咒！头几个儿子都去了，下一个就是老幺！下一个就是老幺啊！"

楚晚宁蹙起眉头，目光如闪电一般落在陈夫人身上，问道："你怎么知道下一个就会是老幺，缘何不是你自己？难道这厉鬼只杀男子？"

陈家最小的儿子缩在那里，已是抖如筛糠，眼肿如桃，一开口嗓音都是尖细扭曲的："是我！是我！我知道的！红棺里的人找来了！他找来了！道长、道长救救我！道长救救我！"

说着情绪就开始失控，他扑过来竟然想抱楚晚宁的大腿。

楚晚宁素不喜与生人接触，立刻避开，抬起头来盯着陈员外夫妇："到底怎么回事？"

夫妻两个人对望一眼，颤声道："这宅子里有个地方，我们、我们不敢再去——道长看到了就会知道，实在邪得很，实在……"

楚晚宁打断道："什么地方？"

夫妻俩犹豫了一会儿,伸出手,颤巍巍地指向屋子内供奉先祖的祠堂:"就是那里……"

楚晚宁率先过去,墨燃和师昧随后,陈家人远远地跟在后面。

推开门,里面和一些大户人家会供神祭祖的香舍很像,密密实实地摆了好几排灵位,两旁燃着苍白的长明烛火。

这屋子里所有牌位上的字都是阴刻的,刷着黄色的漆,写着逝者的名字,还有在家族中的排行地位。

这些灵牌写得都很规矩,显祖考某某太府君之灵,显考某某府君之灵。

唯有最中间的那块灵牌,上面的字不是刻下之后再涂漆的,而是红艳艳地写了这样一行字:陈言吉之灵。阳上人陈孙氏立。

躲在道长后面的陈家人或许是心存着侥幸,怯怯地又往白帛飘飞的祠堂看了一眼,结果再次看到这牌位上宛如鲜血涂成的字,顿时崩溃了。

陈夫人号啕大哭,小儿子的脸色已经白得不像是活人。

这个牌位,第一,书写不合礼制;第二,牌位上的字歪七扭八,活像是人在昏昏欲睡时画下的鬼画符,潦草得几乎难以辨认。

师昧转头问道:"陈言吉是谁?"

陈家最小的儿子在他背后带着哭腔,颤抖着说:"是、是我。"

陈员外一边哭一边道:"道长,就是这个样子,自从仲子去了,我们就发现……发现祖祠多了一块灵牌,牌子上写的竟然都是我们家活人的名字。这名字只要出现,七日之内,那人必遭横祸!老三名字出现在牌位上的时候,我把他关在屋子里,房门外撒满香灰,请了人来作法,什么办法都试过了,但第七天他还是死了……无缘无故的,就那么死了!"

他越说越激动,越说越害怕,扑通一声也跪下来了:"我陈某人一生未做伤天害理之事,老天爷为什么要如此对我啊?为什么?"

师昧看得心酸,连忙去安抚那哭天抢地的老爷子,又抬头轻轻地喊了一声:"师尊,你看这……"

楚晚宁没有回头,仍然在津津有味地看那块灵牌,好像灵牌上能开出朵花儿似的。

忽然,楚晚宁问:"阳上人,陈孙氏,说的是你吗,陈夫人?"

第三章 一　人结鬼姻缘

一

本座绝不会被蛊惑

"是、是我！"陈夫人悲泣道，"可是这灵牌不是我写的！我怎么会咒自己的孩子呢？我……"

"醒着的时候你不会写，睡着了却未必。"

楚晚宁说着，抬起手，拿起那块灵牌，掌中灌入灵力，灵牌中忽然爆发出一阵幽远凄厉的惨叫，紧接着一股浓腥的鲜血从牌位中汩汩淌出。

楚晚宁眼中寒光凛冽，厉声道："孽畜嚣张，安敢造次！"

楚晚宁掌中灵力大盛，碑上的字迹竟然一点一点地在那惨叫声中被逼退下去，变得暗淡，最后全然消失。楚晚宁细长冷白的手指再一捏，竟将整个牌位震得粉碎！

陈家人在后面看得都惊呆了。别说陈家人，连师昧都惊呆了。

他忍不住感叹："好厉害。"

墨燃心中也忍不住感叹：好凶悍。

楚晚宁侧过俊秀清丽的脸，面上没有什么表情，只是脸颊边溅上了几点鲜血。他抬起手，细细端详着自己指尖残留的血迹，对陈家的人说道："你们今天都待在这个院子里，哪儿都别去。"

此时他们哪里敢有半点违抗，连忙道："好！好！全听道长吩咐！"

楚晚宁大步走出祠堂，浑不在意地擦去自己脸上的斑斑血迹，手指凌空朝陈夫人点了点："尤其是你，绝不可睡过去。那东西会上身，你哪怕再困，都必须醒着。"

"是……是是是！"陈夫人连声答应，又含着泪，不敢相信地问，"道长，我儿子……是不是……是不是没事了？"

"暂且无恙。"

陈夫人怔住："暂且？不是一直？那、那要怎样才能保住我儿子性命？"

楚晚宁道："捉妖。"

陈夫人心中焦灼万分，免不了有些失礼，也顾不得客气，急着问："那道长打算何时去捉？"

"立刻。"

楚晚宁说着，扫了陈家的人一眼，问道："你们谁知道当初挖到红棺的具体位置在哪里？来个人，带路。"

大儿子的媳妇姓姚，虽然是个女人，但是个子高高的，长得颇有几分英气。虽然脸上布着恐惧，但她比起其他人算是镇定的，当下道："那地方是我和亡夫所选，我清楚位置，我来带道长去吧。"

三个人跟着陈姚氏，一路向北，很快来到陈家买的那块地头。

那里已经拉起了戒严阵，周围渺无人烟，黑魆魆的山丘草木丛生，寂静得连虫鸣鸟叫都没有。

他们爬到山腰处，视野豁然开阔，陈姚氏说："三位道长，就是这里了。"

挖出红棺的地方还压着镇墓石，墨燃一看就笑："这破石头能顶什么用？一看就是外行人才会干的事情，搬了吧。"

陈姚氏有些慌："镇上的先生说，镇邪兽压着，里面的邪祟才出不来。"

墨燃皮笑肉不笑："先生真能耐。"

"……"陈姚氏道，"搬、搬搬搬！"

楚晚宁冷淡道："不必了。"说完抬起手，指尖金光点点，天问听从召唤出现在他掌中，紧接着柳藤一甩，石首霎时裂成碎片！楚晚宁面无表情地走过去，站在那堆废墟上，手掌再一抬，沉声道："藏着做什么？给我起来！"

底下发出咯咯的异响，忽然之间，一具十二尺高的厚木棺材破土而出，一时间泥沙俱下，尘土飞扬。

师昧惊道："这棺材邪气好重！"

楚晚宁道："后退。"说完就反手一抽，焊死的红棺被天问劈中，金色火花四下飞溅，须臾寂静后，棺盖砰然炸裂，滚滚浓烟散去，里头的物事露了出来。

棺材里躺着个浑身赤裸的男人，鼻梁周正，面目俊俏，如果不是皮肤苍白如纸，看上去和睡着了没有任何区别。

墨燃扫了一眼男人的腰腹之下，捂眼道："哎呀，不穿亵裤，臭流氓。"

师昧："……"

楚晚宁："……"

陈姚氏惊呼一声："夫君！"直冲过去想要靠近那棺材。

楚晚宁伸手拦住，挑眉问道："这是你夫君？"

"是！是我丈夫！"陈姚氏又惊又悲，"他怎么会在这里？明明都已经葬在祖坟了，那时候身上寿衣也穿得好好的，他怎么会……"

说到一半，这女人就号啕大哭了起来，捶胸顿足地说："怎么会这样！那么惨……那么惨！夫君啊……夫君啊！！"

师昧叹道："小陈夫人，还请节哀。"

楚晚宁和墨燃却没有理会这个哭泣的女人，楚晚宁是不擅长安慰人，墨燃则是全无爱心，两个人盯着棺椁里的尸身看。

墨燃虽然早已历经此事，对于会发生什么并不觉得意外，但模样还是要装一装的，于是摸着下巴："师尊，这具尸体不对劲啊。"

楚晚宁说："我知道。"

"……"

墨燃一肚子话，都是曾经楚晚宁与他们分析的原句，这辈子想拿出来震一震楚晚宁，结果人家倒好，轻飘飘地丢了句"我知道"出来。

当师父的难道不应该循循善诱，鼓励徒弟说出自己的想法，并且予以赞美和嘉奖的吗？

墨燃不甘心，佯作没听见那句"我知道"，开口说："这尸体上没有腐烂的痕迹，陈大公子出事都已经半个多月了，按照眼下这个气候，早应该溃烂流脓，棺材内尸液都应该积出一层，这是其一。"

楚晚宁以一种"君可续演之"的目光，冷冷地看了他一眼。

"其二，"墨燃不为所动，继续背诵楚晚宁曾经说的解惑之词，"开棺前，这红棺的邪气很重，开了之后反而散掉了。而且这尸体身上的邪气微乎其微，这点也很不正常。"

楚晚宁："……"

"其三，你们有没有发现，从棺材打开的一刻起，风里就有了一股甜丝丝的香味？"

那香味很清幽，不注意的话，其实根本发现不了。墨燃这么一说，师昧和陈姚氏才觉察到空气里确实弥漫着一股淡淡的清甜。

师昧道："确实。"

陈姚氏闻着闻着，脸色就变了："这个香味……"

师昧道："小陈夫人，怎么了？"

陈姚氏害怕得嗓音都变了："这个香味，是我婆婆独制的百蝶香粉啊！"

一时间没有人说话，祠堂那块预言灵牌上写着的"阳上人陈孙氏立"似乎又浮现在眼前。

师昧道："……难道这件事，真的是陈夫人所为？"

墨燃道："不像。"

楚晚宁道："不是。"

两人几乎同时说话，说完之后彼此互相看了一眼。楚晚宁脸上毫无波澜："你说吧。"

墨燃就不客气地说道："据我所知，陈家发家致富，靠的就是老夫人特制的百蝶香粉，这个香粉的配方虽然秘不外传，但成品并不难弄到手。彩蝶镇上十个姑娘有五六个涂抹的是这种香粉。非但如此，我们来之前调查过，陈大公子自己好像也十分喜欢母亲调配的百蝶香粉，常在汤浴中混入此香泡澡，因此他身上带着这种味道并不奇怪，奇怪的是……"

他说着，再次把头转向棺椁中浑身赤裸的那个男人："人都已经死了半个月了，这个香味，居然还跟刚刚抹上去的一样。我说得对不对，师尊？"

楚晚宁："……"

"说得对就夸我一下嘛。"

楚晚宁："嗯。"

墨燃哈哈笑起来："真是惜字如金。"

他才笑两声，忽然间衣袍翻飞，楚晚宁拉着他往后疾退数尺，手中天问熠熠生辉，火光飞溅。

"当心。"

空气中那股百蝶香粉的味道忽然浓郁了起来，随着香味的飘散，草木间浮现滚滚白雾，以惊人的速度开始弥漫，顷刻间将整片山腰化成一片雾海，顿时伸手不见五指！

墨燃心中一动——幻境，开启了。

"啊！"浓雾中，最先传来的是陈姚氏的惨叫声，"道长救……"最后一个字还未说出口，她忽然间就没了声音。

楚晚宁指尖燃起蓝色光泽，在墨燃额上打了个追踪符咒，说道："你自己当心，我去看看情况。"说完便循着声音迅速消失在浓雾之中。

墨燃摸着自己的额头，低声笑道："好嘛，连打符咒的位置都和上次一模一样，楚晚宁，你还真是分毫未改。"

大雾来得快，散得也快，没过多久，雾气就消弭无踪了，眼前的景象却比大雾还要让人惊奇。至少上辈子墨燃着实被狠狠惊吓了一把。

雾散之后，原本荒凉杂乱、草木丛生的山腰不见了。

取而代之的，是一片广袤精雅的园林，亭台楼阁、水榭曲廊、假山玉树、卵石幽径，一眼望不到头。

墨燃一看这地方，立刻想起了上次发生的事。

上次他们也同样迷失其中，墨燃先遇到了师昧，在受到幻境蛊惑的情况下，糊里糊涂，失了心智，居然冲撞冒犯了师昧。

那时候师昧大概是惊吓得厉害，趁着墨燃松手，转身就跑开了。之后幻境破除，师昧也没有跟他计较这事儿，这幻境中的冲突就跟没发生一样，谁都没再提过。

墨燃心想，这次绝对不能轻易被蛊惑了！

本座还是被蛊惑了

在幻境内走了好久，他却全然找不到方向。

倒是空气中百蝶香粉的味道越来越浓郁，这个味道闻久了会催生情绪，扩大感官，令人做出许多匪夷所思的事情。

墨燃渐渐地感到焦躁不安，胃里像是燃起了一撮小火苗，把浑身血液都慢慢煮热。

泉水，他需要找到一泓泉水，那泉水在哪里？

他知道这幻境里有一处活泉，上次他走到泉水边，已是口干舌燥、头晕眼花，没有办法，只得用手捧着喝了好几口，心想被毒死也比被渴死好。

而就是在喝了泉水之后，他感觉意识越来越模糊，昏沉中师昧找到了他。师昧修的是医术，当即替他解毒，而头晕目眩的他也在那时候受到毒性的蛊惑，鬼迷心窍地就缠上了师昧。

雷厉风行的前任人界帝王这次也一样，中招之后就开始满幻境溜达找水解渴，绕了半天，总算听到了叮叮咚咚的泉流之声，他欣喜不已，连忙跑了过去，当即痛饮起来。

果然，香味带来的躁动不安，在泉水的刺激下变得越发鲜明，他之前信心满满地以为自己可以压制邪念，不料抵御邪瘴的心志虽比从前强，但能力不足。尽管早有预防，他还是不受控制地想要往泉水深处扎去，不知不觉已经埋掉了半截儿身子。

就在墨燃神志都快要模糊的时候，和上次一样，一只手把他猛地拽了起来，刹那间水花四溅，空气涌入鼻腔。墨燃喘着气，睁开挂着水珠的眼睫，看到面前的身影。

那身影从模糊渐渐变得清晰，伴随着堪称恼怒的声音。

"这里的水你都敢喝，你是想死吗？"

墨燃犬类一般甩了甩水珠，眼神却依旧呆愣。

"别说话了，把药给我吃下去！"

一枚暗紫色的药丸递到唇边，墨燃张嘴，乖乖地把药吃了，一双眼睛仍然盯着那绝世容颜。

忽然，就和上次一样，内心那种被扩大的焦躁让他无法抵抗，墨燃不受控制地一把扣住那美人的手腕，在对方还没有反应过来的情况下，迅速挨了过去。

刹那间，似有火花四溅。

对方全然没有料到会遭此袭击，僵愣在原处，过了许久才终于反应过来，开始挣扎反抗："你干什么……嗯！"话才说了一半，又被粗暴地扳过脸来，两人在泉水边滚作一团……

"别动……"一开口，沙哑的嗓音令墨燃自己都吃了一惊。

完了。这泉水的效用怎么感觉比上次还要猛？

按照上次的发展，根本没有来得及和这幻境里的美人纠缠那么久，当时年少的墨燃就因经验不足，手一松，对方挣扎之下惊醒了他。墨燃刚恢复神志，看清了师昧的脸，还没来得及说什么，师昧凭借轻功，踏水逃走了。

可这会儿，他已邪祟入心，听不到人家在喊什么，眸中晃动的只是那张风华绝代的脸。

墨燃的心脏跳得咚咚作响，犹如擂鼓。

混乱中他已经揉乱了对方繁复的外袍，腰封松散。

那人终于忍无可忍，爆发了。

"墨微雨！你找死！！"

砰的一声，一阵强大的灵力将他猛地斥开！那灵力凶悍霸道，墨燃猝不及防，被整个掀翻撞在泉边的岩石上，差点吐出一口血来。

那人抓着凌乱不堪的衣襟，气急败坏地站起来，掌心嗞嗞流窜着疯狂的金色灵流，火花溅得噼啪作响，映得他眼中一片急怒红光。

墨燃头晕眼花之间，隐约觉得有哪里不对劲。

"天问、召来！"

随着一声怒喝，对方掌中嗖地蹿出一条虎虎生风的金色柳藤，天问应召而出，柳藤亮得刺目，时不时腾起一道烈火，柳叶纷飞。

墨燃呆住了。

不是，这个因幻境而蛊惑了自己的人不是师昧吗？

师昧什么时候会召唤天问了？

然而这个念头还没有在脑中存留片刻，唰的一下天问撕开空气，照着他就劈头盖脸狠狠地抽了下来！这顿柳藤抽得毫不手软，臭流氓踏仙君被打得鲜血横飞、皮开肉绽，想来诸如容九这类吃过墨燃亏的人看到了，必然会拍手称快，高呼：“打得好！打得太好了！再来一击！为民除害！日行一善！”

墨燃在这疾风骤雨般毫无间隙的暴虐狂抽中，总算是清醒过来了。

师昧那么温柔，怎么可能会这样打人？

抽柳藤的技术娴熟成这样，不是楚晚宁还能是谁！

楚晚宁抽得手软了，才停下来缓了口气，揉了揉手腕，正欲扬藤再打，墨燃忽然靠在岩石上，哇地咳出一大口血来。

“……别再打了，再打就要死了……”

墨燃一连咳了好几口血，不免惶恐，谁知道来的人居然是楚晚宁。而且不知道为什么，这个楚晚宁还长了一张师昧的脸，就连声音听起来都和师昧一模一样！

他擦了擦嘴角的斑驳血迹，喘着气，抬起头来。

可能是因为挨了一顿神器的毒打，也可能是因为刚刚楚晚宁塞给他的药起了效果，这次抬头，眼前的人已经不是师昧了。

楚晚宁阴沉着脸，神色凶狠地立在树下，怒发冲冠、双目如电，正急火攻心地盯着墨燃。

他这凶悍凌厉的模样委实骇人。

楚晚宁向来打理得一丝不苟、一尘不染的烦琐白袍此时已经凌乱不堪，唯有靠他细长白皙的手紧紧揪着，才不至于滑下肩头。

复生前，关于楚晚宁的那些记忆，那些由疯狂、血腥、仇恨、恣意、征服，堆积起来的记忆，那些墨燃懒得去回想，原本也并不打算去回想的记忆，都在这弥漫着血气和百蝶花香的空气中，瞬间变得触目惊心、难以掩藏，潮水一般轰然涌上心头。

要死，他还是不能看楚晚宁这个样子。

楚晚宁缓了口气，似乎真的气到了，捏着天问的手都发着抖："清醒了？"

墨燃咽下一口涌上的血沫："……是的，师尊。"

楚晚宁似乎还没打够，但是知道这幻境有鬼，并不应该怪罪在墨燃身上，原地踌躇了一会儿，终于还是把柳藤收了回去。

"今日之事……"

他还没说完，墨燃就抢着道："今日之事，天知地知你知我知，我绝对不会说出去！我要是说出去，就让我天打五雷轰！"

楚晚宁静默一会儿，冷笑道："你这赌咒我听了不下百遍，没有一遍是作数的。"

"这回绝对是真的！"想狠狠欺负楚晚宁这件事，就和喜欢吃臭豆腐一样，在墨燃眼里都不是什么上得了台面的事情。

臭豆腐自己找个没有人的角落啃了就好，省得熏到别人。想折腾楚晚宁也是一样的道理。

墨燃向来厌憎楚晚宁，怎么可能告诉别人，他居然一边讨厌人家，一边又暗自想招惹人家？这不是有病是什么？

还有上辈子和楚晚宁的那些烂事儿，他真是完全不想再提，饶了他吧。

"这个幻境有很强的迷惑性，你在里面遇到的人，都会变成心中最想看到的人的样子。"

楚晚宁一边和墨燃并排走着，一边说道："必须要凝神静气，才能不被幻象迷惑。"

"哦……"

嗯？等等！墨燃忽然一个激灵，想到一件事儿。

如果是这个样子，那上次在幻境里，自己看到的师昧也不一定就是师昧？说不准依然是……

他瞥了一眼在旁边走着的楚晚宁，忍不住恶寒。

不可能！

如果上次他冲撞的是楚晚宁，肯定免不了挨一顿抽，最少也要吃个巴掌！

肯定不是楚晚宁！肯定不是！

墨燃正在心里激烈地呐喊着，楚晚宁忽然停下脚步，把墨燃拉到身后："噤声。"

"怎么了？"

"前面有动静。"

现在事情的发展已经和上次完全不同了，因此墨燃并不知道接下来会怎么样，一听楚晚宁这么说，立刻问道："会不会是师昧？"

楚晚宁皱眉道："你在这幻境中，绝不能提前去幻想见到的人是谁，要是你忍不住想了，一会儿看到的东西就会变成那个人的样子。摒除杂念。"

墨燃努力了一会儿，发现做不到。

楚晚宁看了他一眼，手上不知何时用灵力凝出一把匕首，朝着他的胳膊扎了下去。

"啊！"

"别叫。"楚晚宁早有预料，另一只手直接点上墨燃的嘴唇，指尖凝着金光，墨燃顿时什么声音都发不出来，"疼吗？"

废话！你自己扎一下试试疼不疼！

墨燃含着泪可怜巴巴地点点头。

"疼就好，除了这疼痛，其他什么都别想，跟在我后面，我们过去看看。"

墨燃一边暗骂楚晚宁，一边跟着他沿着曲径悄然往前，谁知越靠近那个地方，听到嘻嘻哈哈的无数人语声越大，在这空寂的地方显得格外诡谲。

绕过一堵绵延的高墙，两人总算来到了声音发出的地方。

那是一栋披红挂绿的楼宇，灯火辉煌、红纱摇曳，偌大的院落中密密麻麻居然摆了一百多桌酒席，桌上鱼肉、鲜蔬无所不有，宾客把酒言欢，觥筹交错。

在门扉大敞的堂中，一个硕大鲜红的"囍"字格外惹眼，看样子这里居然正在办一场热闹非凡的喜宴。

"师尊……"墨燃低声道，"你看这些在喝喜酒的人……他们都没有脸！"

三

本 座 的 新 娘

不用墨燃提醒，楚晚宁也早就发现了。

那些人谈笑风生，可声音不知是从哪里飘出来的。那些或坐或立、划拳祝酒的人，一个个的，面庞都一片空白，就像纸糊出来的一样。

"怎么办？难道我们得进去跟他们一起喝酒？"

楚晚宁没有被墨燃这不合时宜的笑话逗笑，低头沉思着。

正在这时，远处忽然传来一阵窸窸窣窣的脚步声，两支长长的队伍从朦胧的雾气中出现，自远及近，缓缓向这栋主楼走来。

楚晚宁和墨燃下意识地往假山后面躲了躲，那两队人走近了，为首的是一对巧笑嫣然的金童玉女，倒是有五官的，而且轮廓鲜明、色泽浓重，在夜色中看来，像极了纸人。

他们一人手里捧着一支红烛，烛身粗如小儿手臂，上面龙凤缠绕，随着蜡烛的燃烧，浓郁的百蝶花香扑鼻而来，墨燃险些又被迷昏过去。所幸楚晚宁刺在他手上的伤口还在隐隐作痛，他自己又在伤口上狠戳了一下，总算保持了意识的清醒。

楚晚宁看了他一眼。

墨燃："喀……这招挺管用的。"顿了顿，又好奇道，"师尊，你怎么不需要往身上扎窟窿来保持清醒？"

楚晚宁："这香味对我无效。"

"啊？为什么？"

楚晚宁冷冷地说："定力好。"

墨燃："……"

以金童玉女为首，两队人拾级而上，楚晚宁把目光又移了回去，看了一会儿，忽然低低地"嗯"了一声。

他很少会惊讶，因此墨燃大为好奇，顺着他的视线瞧去，也吃了一惊。

只见那队伍中摇摇晃晃走着的，都是些闭着眼睛的人，皮肤苍白，保持着生前的容貌。那些人大部分很年轻，二十岁不到的样子，男女都有，而其中一个身影显得格外熟悉。

之前在棺材里见过的陈家大公子，不知何时又出现在了这支队伍里，正闭着眼睛，跟着蜡烛飘出的异香，缓缓前行着。他旁边和别人不一样，别人旁边都有另一人对应着，只有他旁边飘飘荡荡，悬了一具纸糊的"鬼新娘"。

陈大公子还不算什么，当看清分别排在两队末尾的人时，墨燃霎时面无血色。

师昧和陈姚氏正低垂着头，跟在后面，也都闭着眼睛，脸如白雪，走路的姿态和前面那些没有任何区别，也不知道究竟还有没有命在。

墨燃头发一下子爹开了，跳起来就想冲上去，却被楚晚宁猛然抓住肩膀："且慢。"

"可是师昧……"

"我知道。"楚晚宁盯着那慢慢向前挪动的队伍，轻声说，"你不要妄动，你看那边，有个戒严结界。你贸然闯过去，那个结界就会发出啸声，到时候恐怕满院子的无脸鬼都会朝你扑过来，场面会一发不可收拾。"

楚晚宁是结界宗师，布结界厉害，眼睛也毒，墨燃看过去，果然发现在办酒席的院子入口处，有一层近乎透明的薄膜。

金童玉女走到院前，轻轻地吹了吹捧着的烛火，火舌燎得更旺，然后慢慢地——穿过了那层结界，走到了院子之中。

后面跟着的男女也一一跟着他们，毫无阻碍地通过了透明结界，院子里喝喜酒的无脸人此时纷纷转过脑袋来，看着鱼贯而入的男女，开始嬉笑，鼓掌。

楚晚宁说："走，跟在他们后面。穿过结界的时候记得不要呼吸，闭着眼睛。还有，无论发生什么，照着那些人做，绝不可说话。"

不用他再多说，墨燃救人心切，就跟着楚晚宁立刻混入尸群当中。

这两队人的数量是相等的，楚晚宁站在了师昧后面，墨燃就只能站在陈姚氏后面，队伍移动得很慢，墨燃几次往师昧那边张望，看到的都只是苍白的侧脸，还有无力耷拉着的一段雪白脖颈。

好不容易挨到了结界前，两个人凝神屏息，顺利地跟着穿了过去，来到院落之中。进去之后他们才发现，里面远比从外头看过来还要大，除了张灯结彩的三层主楼，院子两边都是一间一间紧密相连的小厢房，看上去得有一百来间，每间厢房的窗户上都贴着大红的"囍"字，挂着一盏红灯笼。

满堂无脸宾客忽然起立，礼炮齐鸣，唢呐声响。

楼宇前一个无脸的赞礼官一波三绕地唱道："吉时已到，新郎、新娘已入园……"

墨燃一愣——啥？敢情他们这两列是新郎新娘？

墨燃忙转头去求助楚晚宁，可是北斗仙尊眉头紧锁，正沉浸在自己的思考中无法自拔，根本懒得去看墨燃一眼。

墨燃觉得，伯父的苦心实在是白费，下山历练，带着这种师父，实在比不带师父还要打击自尊。

忽然从院子里冲出来一群笑闹着的垂髫小童，身上穿着红艳艳的衣衫，却拿白头绳扎着小辫子，如同鱼儿一般簇拥到队伍两边，各自拉着一个人，引着他们往两边的厢房去。

墨燃不知该如何是好，朝楚晚宁做口型：师尊，怎么办？

楚晚宁摇摇头，指了指前面那些潮水般跟着童男童女散开的人，意思是——跟着他们走。

没办法，墨燃只能任由一个垂髫童男拉着自己，跌跌撞撞地进了其中一间厢房。他刚进去，小童就凌空挥了挥衣袖，门砰的一声合上了。

墨燃瞪着那个小人儿，不知道这无脸小鬼想要对自己做什么。

上辈子，楚晚宁先是救出了师昧，再打破了幻境，他全程啥也没干，轻轻松松除了妖邪。事后楚晚宁的解析，他其实也没听进去多少。

因此如今情况有变，他完全不知道下面会遇到什么，只能硬着头皮来。

屋子里摆放着一张妆台，立着一面铜镜，木架上端端正正地支着一件黑红色绣着如意纹的吉服。

小童拍了拍凳子，示意墨燃坐过去。

墨燃发觉这里的人都不太机灵，笨得很，只要不说话，死人活人他们是分辨不出来的，于是他照着小童的意思坐在了妆台前。小童窸窸窣窣地凑过来，开始帮他梳洗，更衣……

忽然间，窗口飘进来一朵海棠花，悠悠地落在了盛着水的铜盆里。

墨燃眼前一亮，那海棠品种叫晚夜玉衡，是楚晚宁专门用来无声传信的。

他将海棠花从水中捞起，海棠花瞬间在他掌中舒展绽放，露出花蕊中一抹淡金的光辉。

他把那抹金光捻在指尖，放到耳中，楚晚宁的声音便在他耳朵里响了起来。

"墨燃，我已用天问确认，此处是彩蝶镇那个鬼司仪造的幻境。它受村民百年香火供奉，渐渐修成正果。冥婚的人越多，它的力量就会越大，所以它非常喜爱操办冥婚仪式。那些排成两队的，应该就是这数百年来，彩蝶镇的人在它见证之下凑成的夫妻。它喜欢这种热闹，每天晚上都会把他们召到幻境中，再办一次婚礼，而且每次操办，它的力量都会再强上几分。"

墨燃心想——变态啊！别的神仙闲下来，顶多撮合撮合少男少女，这个什么鬼司仪，说是个仙体，但脑子都还没有长出来，唯一的兴趣爱好是撮合亡灵，撮合一次也就算了，还每天晚上把那些亡灵从坟里头召唤出来，再来一次，再来一次、再、再来一次。

亡灵谈恋爱有这么好看？

这光棍神仙，真是丧心病狂。

楚晚宁道："它的真身不在此处，你不要轻举妄动，一会儿跟着金童玉女的吩咐走，它既然要吸取男女冥婚的力量，最后必然会现出原形。"

墨燃想问：师昧呢？师昧怎么样了？

"无须担心师昧，他和小陈夫人一样，受香粉的迷惑，暂时失去了意识。"楚晚宁考虑问题很周全，把墨燃可能交代的事都说清楚了，"管好你自己，一切有我。"楚晚宁说完之后，声音便消失了。

与此同时，小童也打理好了墨燃的装束，抬眼一看，铜镜里的人面目清俊，唇角天生微扬，眉目干净清爽，领衽交叠，吉服火红，长发却被白色发带束起，确实是一副冥婚新郎的模样。

小童做了个"请"的手势，紧闭的厢房大门吱呀一声开了。

回廊下，站着一排穿着吉服的人，男女都有，看来这鬼司仪泥巴塑成的脑袋果然没有开窍，只要抓着一对拜堂成亲就好，至于是男女相拜还是男的和男的拜、女的和女的拜，它都无所谓。

这一侧回廊只站着一列，另外一列在对面，隔得太远，他看不到楚晚宁和师昧出来了没有。

队伍在慢慢地向前挪动，时不时可以听到楼宇中赞礼官唱词的声音，一对又一对的冥婚，正在慢慢完成。

墨燃看了一眼排在自己前面的陈姚氏，总觉得哪儿不对劲，琢磨了半天，就在队伍渐渐缩短，快要轮到最后几对的时候，这死脑筋的家伙终于开窍了——啊！按着排队顺序来，排自个儿面前的这女的，岂不是要和师昧拜堂成亲？自己岂不是要和楚晚宁凑一对儿？这哪儿成啊！

当下，这位前任人界帝王就不乐意了，撇着嘴，不客气地把陈姚氏一拉，自己插了个队，排在了人家前面。

旁边跟着的小童一愣，但墨燃很快又摆出一副低头垂脸、神情恍惚的吊死鬼模样，耷拉着脑袋混在队伍中，那些修为不高的金童玉女发了会儿呆，大概也没有弄明白是哪里出了问题，所以也傻乎乎的，居然没什么反应。

这下墨燃乐和了，兴致勃勃地站在队伍里，准备走到尽头时与走廊另一边的师昧相遇。

与此同时，楚晚宁看了一眼站在自己面前的师昧，想了一会儿，不知道后面会遇到什么险境。

他向来嘴硬心软，虽然苛严到令人厌弃，但其实，只要他在，他是无论如何都不会让徒弟冒险的。于是，他也一拉师昧，将昏沉沉的小家伙拉到后面，而自己则站在了师昧原来的位置上。

轮到他了。

站在走廊尽头的鬼傧相捧着一个黑红相间的托盘，见楚晚宁走过来，嘻嘻轻笑，没有五官的脸发出少女清脆的声音："恭喜娘子，贺喜娘子，倾盖如故，红颜白首。"

楚晚宁的脸瞬间黑了。

娘、娘子……你是不是没长眼睛？

再看了看鬼傧相一片空白的脸，他忍住了——还真没长眼睛。

鬼傧相笑嘻嘻地拿起了托盘里的红纱盖头，抬起玉臂酥手，遮盖了楚晚宁的脸，尔后冰冷的手伸过来，轻轻地扶住楚晚宁，娇笑道："娘子，请吧。"

四

本座成亲了

那红纱轻薄，垂于眼前，楚晚宁虽然仍能视物，但多少还是有些看不清楚。楚晚宁眉眼布满阴霾，沉着脸，由鬼傧相带到花厅里。

掀起眼皮，隔着软红，看到站在那里的人，楚晚宁周身的气温更是骤然低了好几度。

墨燃也呆住了，不是……出来的不应该是师昧吗？

眼前的"新娘"红装明艳，薄纱遮面，虽然五官在纱巾的遮掩下略显模糊，但怎么看都还是楚晚宁那张俊冷肃杀的脸，正没好气地瞪着墨燃，那眼神活像要杀人。

墨燃："……"

他先是茫然，尔后神色逐渐变得极其复杂，各种情绪在脸上走马灯般地轮换而过之后，最终成了一种诡异的沉默。他和楚晚宁互相对望着，气氛尴尬到了极点。

偏偏两人身后跟着的金童玉女此时咯咯笑作了一团，手拍手，开始脆生生地唱歌——

> 白帝水，浪花清；鬼鸳鸯，衔花迎。
> 棺中合，同穴卧；生前意，死后明。
> 从此黄泉两相伴，孤魂碧落不相离。

这词曲鬼气森森，却又透着股缠绵悱恻。

如果可以发声，墨燃只想说一个字——"呸"。

可是他不能说话。

台前有一对纸糊的男女，虽然没有脸，但衣着富贵华丽，略显宽松臃肿，应该是代指人已至中年的高堂。

赞礼官又拖腔拉调地开始唱："新妇娇媚欲语羞，低眉垂首眼波柔，红纱掩面遮娇笑，请来郎君掀盖头。"

墨燃原本十分不情愿，听到这里，却憋笑都快憋疯了。

哈哈哈哈……新妇娇媚欲语羞……哈哈哈哈……

楚晚宁脸色铁青，忍着怒气闭上眼睛，似乎这样就能连带耳朵也一起失聪。

鬼俣相嬉笑着递给墨燃一把折扇，"扇"与"善"同音，指的是这桩婚事乃善缘："请新郎掀盖头。"

墨燃忍着笑，倒是从善如流，握着扇柄将楚晚宁眼前的轻纱撩开，睫毛笑得微颤，去看楚晚宁那张表情动人的脸。

似乎感受到对方讥嘲的目光，楚晚宁忍了一会儿，没忍住，猛地睁开眼睛，一双眸子里像电闪雷鸣，满是剑拔弩张的杀气。

可配上他发上的红纱，身上火红的吉服，锐利虽不能减，但那因为愤怒和委屈而微微泛红的眼尾，居然别有一番独特的风流。

墨燃看着这样的眼睛，不觉一怔，笑容瞬时凝住了。面前的师尊，忽然和从前的某一时刻如此相似地重叠在了一起，他刹那间竟有些不知今夕何夕。

虽然只是短短一瞬，但也足以让墨燃冷汗涔涔了。

他曾对楚晚宁行了三件狠事。

其一，杀之，即对楚晚宁动了杀招。

其二，辱之，强迫楚晚宁做尽了他不愿之事。

其三……

其三，是他上辈子做的最痛快的事，也是后来最后悔的事。

当然人界帝王是不会承认自己有什么事情是做了后悔的，只不过内心深处的煎熬，到最后还是逃不掉。

该死。他怎么又想起了那段疯狂的过往，又想起了那个时候的楚晚宁？

墨燃摇了摇头，咬着嘴唇，努力甩掉那张记忆里楚晚宁的脸，重新打量着眼前这个人。

楚晚宁一直在用"我杀了你"的眼神盯着他。墨燃不想惹这个刺儿头，只得赔笑，一脸无奈。

赞礼官道："新郎新娘，行沃盥之礼。"

所谓沃盥，就是新婚夫妇要自己除尘洁净之后，再互相洗手擦拭。

鬼傧相端来装满清水的瓷壶，提起壶来请两人洗手，洗下的水由底下一个面盆接着。

楚晚宁满脸嫌恶，偏偏自己洗完还要替对方洗。墨燃因为有些走神，显得挺收敛，默默地替楚晚宁洗了手，楚晚宁则没好脾气，哗啦一下泼了墨燃一整壶，半边袖子都被打得透湿。

"……"

墨燃盯着自己湿掉的半边衣袖看了一会儿，心思不知在何处神游，脸上居然没有什么表情，只是墨黑的眼睛深处，隐隐有一些微妙的光泽在流淌。

他怔怔地想，楚晚宁没变，从来都没变。

所行所为，所思所想，前世今生，都一模一样，分毫未改。

他缓缓抬起头来，甚至有那么一瞬，觉得自己站在死生之巅，站在巫山殿前，楚晚宁从绵延的御阶之底向他走来，下一刻就要跪落在他跟前，那清高的头颅要磕落在地，那笔直的脊梁将折辱弯曲，楚晚宁，要伏在他履前，长拜不起。

"沃盥礼成。"

鬼傧相陡然一声长唱，把墨燃从回忆中唤醒。

他猛地回过神，对上楚晚宁的一双眼，漆黑的瞳仁闪着凛冽寒光，犹如弯刀覆雪，令人心惊胆战。

墨燃："……"

呃，从前终究是从前，楚晚宁朝他下跪这种事情，这辈子还是想想就够了，若要实现，付出的代价着实太大……

沃盥礼之后是同牢礼，而后是合卺礼。

鬼傧相缓声唱道："夫妇共饮一杯酒，从此天涯永不离。"

交杯合卺，尔后共拜天地。

楚晚宁看上去真的快要气疯了，微微上挑的细长丹凤眼危险地眯着，墨燃估计出去之后他把那个鬼司仪剁成烂泥都是轻的。

可是这个样子的楚晚宁，真的不能细观。

哪怕再看多一眼，都能让墨燃重新堕入那些凌乱污脏的回忆之中，不能自拔。

"一拜——跪天地……"

原以为即使是逢场作戏，楚晚宁那么傲的性子，也是决计不会跪的，可是没想到为了走完这一套流程，他眉心抽动，闭着眼睛，居然还是跪下了，两个人齐齐叩首。

"二拜——跪高堂……"

得嘞，就跪那俩没脸的纸人吧，那也能叫高堂？

"三拜——跪——夫妻对拜……"

楚晚宁垂着浓深的眼帘，看都不看墨燃一眼，转过身来，咣当一下气吞山河、干脆利落、迅速无比地伏下身去，忍得几乎要将银牙咬碎。

谁知两个人太不默契，靠得近了些，头对头砰的一声就撞了。

楚晚宁痛得倒抽一口凉气，捂着自己的额角，抬起湿润的眼睛，凶狠地瞪着同样揉着额角的墨微雨。

墨燃只得用口型说："对不起。"

楚晚宁不言语，阴郁着脸，翻了个白眼。

而后是结发礼，赞礼官唱着"结发为夫妻，恩爱两不疑"，鬼傧相递来金剪刀，墨燃情不自禁地往后缩了缩，唯恐楚晚宁一个不高兴直接把自己活活扎死。楚晚宁似乎确有此意，但最后还是只剪了彼此的一撮发丝，放入金童玉女呈上的锦囊，由"新娘"楚晚宁收好。

墨燃很想问他：你不会一怒之下拿我的头发去下诅咒，扎小人儿吧？

赞礼官唱道："礼……成……"

两个人都松了口气，从地上站起来，谁知下一刻那赞礼官又悠悠地喊了一声："良辰已至，送入洞房……"

什、么？！

墨燃瞬间僵住，一口老血差点喷出！

开什么玩笑？他要敢跟楚晚宁洞房，这婚礼可就真的要成冥婚了！

虽说牡丹花下死，做鬼也风流，可墨燃这辈子想要的也绝不是这个会把觊觎他的人统统捆起来、丢到淤泥池里染染色的冷血魔头楚晚宁啊！！

现在逃婚，还来得及吗？

五

本座第一次见识这种洞房的打开方式

当然逃婚什么的只能想想，毕竟师昧还在这儿呢，说什么他都不能先走。

只是这鬼司仪，也太尽责了吧？

墨燃脸色憋得铁青，鼻子都要气歪了，心想包婚娶之礼也就算了，怎么还管别人洞不洞房？再说了，都是亡灵，怎么洞房啊？！！

至于楚晚宁的脸色此刻如何，他根本不敢看，一个劲儿盯着地毯装傻。此刻，墨燃特别想揪着那个不知躲在哪个角落里暗爽的鬼司仪，朝他咆哮——你行！你洞一个给我看看！！！金童玉女簇拥着两人，把他们往后厅推搡。

那里停着一口棺材，涂着鲜艳的红漆，体形硕大，是寻常棺材的两倍，看上去居然和之前在外面挖出来的那口一模一样。

楚晚宁略一沉吟，明白过来了。

墨燃也旋即知晓了鬼司仪的意思，立刻松了一大口气。

亡灵当然不能洞房，所谓的洞房花烛，应该就是指被封到同一口棺椁之内，抬下去合葬，完成所谓的"死而同穴"。

这时候金童玉女也脆生生地证实了他们的想法："先请娘子入洞房。"

楚晚宁广袖一拂，冷着脸躺了进去。

"再请郎君入洞房。"

墨燃扒在棺材口眨了眨眼睛，见楚晚宁已经占了大半位置。这棺材虽然宽敞，但是两个大男人躺在里面，还是挤了些，他躺进去，免不了压着楚晚宁的宽衣大摆，遭对方一阵怒瞪。

那一对金童玉女绕着棺材又唱开了，还是之前那首阴森森，却又缠绵悱恻的冥歌——

白帝水，浪花清；鬼鸳鸯，衔花迎。

棺中合，同穴卧；身前意，死后明。

从此黄泉两相伴，孤魂碧落不相离。

唱罢之后，小童一左一右把棺材板慢慢往上推，轰隆一声闷响，周围霎时漆黑一片。

楚晚宁和墨燃被封在了合葬棺中。

这棺材用材极厚，小声说话，外面并不能听见，楚晚宁抬手设下一道阻音结界，确保里面的声音不会传到外面去。做完这一切，他开口的第一句话就是——"睡过去点，你压到我胳膊了。"

墨燃："……"

感觉应该有很多比"压到胳膊"更重要的话吧？

尽管心中抱怨，但墨燃还是往旁边挪了挪。

"再过去点，我腿伸不直。"

墨燃又挪了挪。

"再过去！你别贴着我脸！"

墨燃委屈了："师尊，我整个人都已贴在棺材板上了，你还要怎么样啊？"

楚晚宁哼了一声，终于不说话了。

墨燃在角落里缩了一会儿，忽然间感到棺材震动，外面的人把这口合葬棺抬了起来，摇摇晃晃地，开始往不知道的方向缓缓前行。墨燃竖着耳朵听着外头的动静，想到师昧此刻应该和那个陈姚氏困在一口合葬棺材里，不由得气闷，可是又没有办法。

楚晚宁的结界很厉害，里面的声音传不出去，外面的声音却可以透进来。隔着棺材板，可以听到鞭炮和唢呐锣鼓的声响，墨燃问："这帮妖魔鬼怪真是闲，打算抬着棺材去哪儿？"

棺材里很黑，看不到对方的脸，只能听到声音："和彩蝶镇的习俗一样，应该是抬着棺材到镇外的土庙。"

墨燃点了点头，凝神听了一会儿，说道："……师尊，外面的脚步好像越来越多了。"

"百鬼夜行，所有的合葬棺都会一起被抬到那边去。如果我未料错，等到了土庙前，那个鬼司仪就会现出原形，从每一对冥婚夫妻身上吸取'功德'。"

墨燃问："这么多棺材，几百口，在镇上走，别人发现不了？"

"发现不了。"楚晚宁说，"抬着棺材的是鬼金童，鬼玉女。鬼怪身上的东西，普通人看不见。"

墨燃又问："你怎么知道得这么清楚？"

楚晚宁答："刚才在厢房，天问审了一个鬼金童。"

墨燃："……"

无奈半晌，他又问："那之前在山上，挖出来的红棺材里，躺着的陈公子是怎么回事儿？陈家又为什么会接二连三地死人？"

楚晚宁："不知道。"

墨燃有些吃惊："鬼金童没有告诉你？"

楚晚宁："鬼金童说，它也不清楚。"

墨燃："……"

沉默片刻，楚晚宁道："但我觉得，那户人家有什么没有告诉我们。"

"怎么说？"

"你要记住，这座土庙里供奉着的东西虽然邪气很重，但说到底，已经得道修成仙体，需要靠人的供奉，才能日趋强大。"

墨燃上辈子都没有认真听楚晚宁讲过课，导致后面遇到一些事情，总会缺少必要的常识，这辈子还是虚心求教为妙，于是问："仙体又怎样？"

"……上月讲仙鬼神魔的区别时，你在做什么？"

墨燃心想：本座是刚回来的，哪里还记得十多年前的某堂课上自己在做什么！无非在桌子底下抠脚，看闲书，要么在盯着师昧发呆，或者盯着楚晚宁的脖子，暗自比画着怎么样才能神不知鬼不觉地把这人的脑袋切下来。

楚晚宁冷冷道："回去罚抄《六界见闻录》十遍。"

"嗯……"

逃学的代价，惨痛。

"天下众仙，与神不同，神行事自由，而仙则皆受束缚，插手凡间事，必因人念。"

墨燃一凛："所以陈家的命案，是有人求它，它才去做的？"

楚晚宁的声音在黑暗中显得幽冷。

"我觉得，去求它的，不一定是还活着的人。"

墨燃张了张嘴，还没来得及再问，抬着棺材的金童玉女大概是遇到了陡坡，棺材猛然一抖，向右倾斜。

棺材猝不及防地晃动，加上棺内光滑，无处可抓，墨燃一个不稳就滚了过去，严严实实地撞在了师尊怀中。

"嗯……"

捂着被撞痛的鼻子，墨燃茫然无措地抬起头，刚想弄清楚状况，鼻尖却霎时飘来一缕淡淡的海棠花香，这香味像清晨的薄雾般轻盈，还兀自沾着些夜里的凉意，世间芬芳多让人迷离，这味道却清正凛冽，叫人清醒。

墨燃先是一愣，而后顿时僵硬了。

这个海棠花之香，他再熟悉不过，是楚晚宁身上的气息。

第四章 一

缘薄无所与

一

本座惊呆了

棺材里一时静谧，能听到墨燃略显焦躁的心跳声。

他知道楚晚宁的脸就在很近的地方，能感受到对方的呼吸，这时候要是一口咬上去，楚晚宁必然挣脱不了，但……还是算了吧。

墨燃往后靠了靠，和楚晚宁拉开距离。这实在是很不容易，因为棺材里着实没有多少空间了。

"不好意思啊，师尊。"墨燃打着哈哈，"没想到这棺材会——晃！"

话音刚落，棺材又是一斜，墨燃又咕噜噜地滚到了楚晚宁怀里。

楚晚宁："……"

墨燃再退，棺材再晃，如此反复数次。

"我还不信邪了。"墨燃又往后靠。

金童玉女大概是在走个斜坡，棺材壁内滑不唧溜的，没坚持太久，墨燃又无奈地滚到了楚晚宁面前。

"师尊……"墨燃咬着嘴唇，委屈兮兮。

这家伙本来长得就有些少年人的可爱，他存心要藏起自己的狼尾巴装狗崽子的话，其实还是很像的。

楚晚宁没吭声。

墨燃实在不想再滚来滚去，于是干脆放弃了挣扎："我不是故意的。"

楚晚宁："……"

墨燃小声说："可是背上的伤口，撞得好疼……"

黑暗中，楚晚宁似乎轻轻地叹了口气，外面的锣鼓有点吵闹，墨燃也不确定自己是否真的听清。

可是下一刻，墨燃就闻到了更清晰的海棠花香，楚晚宁的手揽在了他背后，填满了他可能会猛然撞过去的空隙。

虽然不是拥抱，楚晚宁胳膊是虚空的，刻意避免着和墨燃的身体接触，只有衣料和墨燃相碰在一起，但是这个姿势，多少也有些亲密了。

"当心点，别再撞了。"声音沉沉的，像是溪水里浸泡的瓷器，有种古拙的端庄，不带仇恨去听的话，其实很出色。

"……嗯。"

忽然就没有人再说话了。

墨燃此时仍是正在蹿个子的少年，并非成年后的身高，所以他靠在楚晚宁怀里，额头刚好到楚晚宁的下巴。

这种感觉很熟悉，又很陌生。

熟悉的是身边躺着的这个人，而陌生的是这样的姿势。

曾几何时，前尘往事，都是他躺在死生之巅的巫山殿，已成孤家寡人的踏仙君，在漫长得令人无法喘息的黑暗里，死死地抱着怀里的楚晚宁。

那个时候的他已经比楚晚宁高了，力气也比师尊大，胳膊像是铁钳，像是牢笼，锁着怀中这一点点残存的温暖，像抱着人世间最后一捧火。

他低下头细嗅着楚晚宁的墨色长发，然后又贪婪地俯下脸，深埋到对方颈窝里，像是要毫无怜惜地咬破对方的血肉，吸尽对方所有的热血。

"我恨你啊，楚晚宁。我恨死你了。"

他嗓音有一些沙哑。

"可是，我也只剩你了。"

一阵猛烈的撞击打碎了墨燃的回忆，锣鼓声忽然停了，四野一片死寂。

"师尊……"

楚晚宁伸出手，点上他的嘴唇，沉声道："别说话，我们到了。"

外面果然再没有窸窸窣窣的脚步声了，四野一片死寂。

楚晚宁指尖燃起一丛淡金色的火光，往棺材壁上一划，划出一道细狭口子，刚好够两个人从口子看出去。

他们果然被抬到了彩蝶镇郊外，那座供奉着鬼司仪的土庙前面已经停满了密密麻麻的合葬棺椁，空气中馥郁的百蝶花香也越来越浓重，透过孔隙飘进了棺材里。

墨燃忽然觉得有点不对劲："师尊，你有没有觉得，这里的香味，还有幻境里的香味，好像和陈公子棺材里那个味道有点不同？"

"……怎么说？"

墨燃对气息还是比较敏锐的，说道："之前我们在北山，棺材被劈开的一瞬间飘出来的味道很好闻，没有任何让我不舒服的地方，应该就是百蝶香粉没错了。可是自从进了幻境，我总觉得那种味道虽然相似，却有一些细微的不同，一直也琢磨不出究竟哪里不一样，不过现在……我想我大概知道了。"

楚晚宁侧过脸来看着他："你不喜欢这个味道？"

墨燃贴着缝隙，依旧盯着外面，然后说："嗯。我自幼不喜欢闻香火味。这里，还有幻境里的味道，根本不是百蝶花香，而是彩蝶镇的人用来供拜鬼司仪时烧的特制高香。你看那里……"

楚晚宁顺着他的视线看过去，土庙前的陶土香炉里，果然燃着三支手臂粗的竖香，正幽幽地朝风里传递着甜腻的气味。

彩蝶镇的人擅长用百花制作各种香料，因此求神供佛用的香品也都是由自己镇里制作，不向外处去买。由于使用的都是镇郊栽种的花，调出来的味道，外行人闻起来其实差别并不会那么大。

楚晚宁沉思道："莫非陈公子棺材里的香味，和幻境里的味道根本没有什么关系？"

他还不及把这个新发觉的细节捋清，土庙中忽然发出的刺眼红光打断了他的思路。躲在棺材中的两个人齐齐看去，只见庙宇中光泽璀璨，映照得周围一片灿然。庙边上有一排铁架子，上面摆着许愿用的红莲灯，那些灯原本是熄灭的，却在此时一盏一盏地亮了起来。

守在每口合葬棺旁的童男童女纷纷跪下，诵着："司仪娘娘下凡，指点我等野鬼孤魂永脱苦难，得遇良人，同棺而卧，黄泉做伴。"

在一片诵咏声中，庙中那个鬼司仪浑身散出金色仙光，然后垂下眼帘，慢慢牵动嘴角，飘然跃下供奉台。

动作相当俊逸，仪态万般优雅。

可惜身子是泥土做的，太重，姑娘家家的，砰的一声，硬生生在地上砸了个大坑。

墨燃："哈哈……"

楚晚宁："……"

鬼司仪似乎也对自己的脚颇为不满，盯着地上的大坑看了一会儿，才从坑里款步踱出，整理了一下衣冠。

它瞧上去是个妆容浓艳的女子，披红戴绿，颇为喜气。黑夜中，它转了转自己的脖颈，来到百人合葬棺前，夜风中充斥着怪味，它心情似乎好了些，缓缓张开双臂，"咯咯"地笑了两声。

"尔等信奉于我，供奉于我，便能得遇良缘，完成生前未了的终身大事。"幼嫩的嗓音飘散在夜色里，那些鬼怪纷纷激动地磕起头来。

"司仪娘娘保佑……"

"请司仪娘娘赐婚……"

此起彼伏都是这样的恳求，鬼司仪似乎十分享受，慢慢穿梭在成排的合葬棺中，点着鲜红色朱漆的长指甲刮过棺材板，发出刺耳尖锐的声音。

墨燃好奇道："师尊，我记得你说过，妖、仙、鬼、神、魔、人，各属六界，但这仙人不高居九天，怎么反倒和地下的鬼魂为伍？"

"因为它管的是冥婚，主要吃的是鬼魂的供奉。"楚晚宁道，"鬼魂能让它功力大增，不然也不会短短百年就修成仙身。有如此好处，它自是乐意与地下的'朋友'为伍。"

鬼司仪绕着棺椁群走了一圈，又回到前面，空寂稚嫩的嗓音又响了起来："开一棺材，赐一姻缘。从左首起。"

随着它的命令，左边第一口棺材缓缓打开，金童玉女在旁边恭迎，里面的男女摇摇晃晃地爬了出来，艳丽的火红吉服衬得他们脸庞越发苍白，了无生气。

那对冥婚夫妻慢慢来到鬼司仪面前，跪了下来。

鬼司仪将手放在他们之间，说道："吾以司仪名，赐尔死后姻，从此为夫妇，男女相配欢。"

墨燃翻白眼嘀咕："不会作诗就不要作。好好一个誓婚词，怎么听着这么别扭？"

楚晚宁冷冷道："你心思龌龊。"

墨燃闭嘴了。

可没多久，鬼司仪就身体力行地证明了不是墨燃龌龊，而是这主管冥婚的神仙才是真龌龊。

只见那对被赐了婚的男女好像吞了什么灵丹妙药一样，忽然睁开眼睛，开始眉目传情，紧接着十八辈子没搞过对象似的地搂在一起，居然就这么当众没羞没臊地调起情来。

楚晚宁："……"

墨燃："……"

"吾以司仪名，赐尔天伦乐。阴阳可交合，生死又何妨！"

鬼司仪的喊声越来越尖锐，越来越高昂。

那对男女的情绪也越来越激动。

墨燃都惊呆了："……这……也行？"

本座的师尊受伤了，本座甚是……

这鬼司仪做什么司仪啊，改行卖药算了，别人的药顶多让萎靡不振的活人感到生的希望、爱的美好，这神仙倒好，小手挥一挥，死人都能小鹿乱撞地搞起对象来。真正的妙手回春啊！

他看得正津津有味，忽然楚晚宁伸手，捂住了墨燃的耳朵。

墨燃："欸？"

楚晚宁神色极冷："如此荒淫之术，莫要去看。"

"那也应该是捂眼睛啊，你堵我耳朵干吗？"

楚晚宁面无表情："勿视勿听，眼睛你自己闭。"

墨燃："噗。师尊你真是……"也不看看自己那面红耳赤的模样，要闭眼睛也是你自己闭啊。

墨燃不禁有点想笑，楚晚宁这冰雪做的人，连幅美人图都不曾看过，眼下瞧见这些近在咫尺的荒唐，大概要被活活噎死了吧。

那对夫妻腻在一起，渐渐地，都有了活气。

楚晚宁显然是被恶心到了，猛然扭过脸去，不愿再看。

墨燃见之大乐，逗弄心起，坏笑着去扳他的下巴。

楚晚宁像是被刺到一般迅速往后躲开："你干什么？"

"不干什么呀。"墨燃甜腻腻地说，带着些嘲讽和捉弄，打趣儿般地上下瞧着他。

多大个人了，居然还脸红……

哦，不对，应该说是青红交加。挺好笑的。

"师尊你不是跟我们说过，动手前必须搞清楚对方的能耐吗？这鬼司仪的能耐，你好歹也看看清楚啊。"

"有何可看？不看。"

墨燃叹道："怎的脸皮这么薄？"

楚晚宁怒道："苟且龌龊，着实伤眼！"

"那只好我来看了。"墨燃说着，老实不客气地趴在那边，又对着外面瞧了起来，边瞧还边发出"啊，那女鬼笑起来好娇俏""哇，那男鬼看上去好有风情"之类的感叹，弄得楚晚宁无比狂躁，棺材板都要摁不住了。他低声怒喝："你看就看，说什么话！"

墨燃无辜道："我以为你想听。"

楚晚宁终于忍不住了，一把扼住墨燃的脖子，咬牙切齿道："你再哼一声，我现在就把你丢出去喂僵尸！"

逗也逗够了。楚晚宁这个人，不能把他逼得太急，急起来就是一顿天问伺候，于是墨燃收敛了，乖乖地趴在那边，盯着外面，也不吭声。

随着那对鬼夫妻情意渐浓，两人身上忽然蹿出一股青烟，鬼司仪张开嘴，贪婪地吸食着，直到把最后一缕也吞进自己肚子里，这才餍足地擦了擦嘴角，眼底流露出精光。

看来那就是冥婚夫妻还给它的"功德"，会让它修为精进。

"哈哈，哈哈哈……"鬼司仪尝到了甘甜，越发容光焕发，再开口时，刚刚缥缈虚无的嗓音也变得清晰起来。它高喊着、咆哮着，尖锐的嗓音像是要把这漫漫长夜扎穿："起！起！尔等痴男怨女！吾赐尔等鱼水之恩！尔等供我以信奉之德！起！起！都起！"

墨燃心中咯噔一下：完了……

它这是要干什么？

周围几百口棺材同时颤抖，验证了墨燃的想法。这鬼司仪是要召唤所有合葬棺里的尸体合欢，好一次吸收"功德"啊！

顾不得开玩笑了，墨燃直拽楚晚宁："师尊！"

"又怎么了？！"

"快！出去！师昧还和那个陈家的小媳妇儿困在一起呢！"墨燃都要急疯了，"我们快去救他！"

楚晚宁往外看了一眼，也没有想到那鬼司仪居然胃口这么大，不一对一对来了，居然想搞个一口吞！

旁边棺材的抖动声越来越大，想来是每一对夫妻都已受到感召，开始在棺材里行事。这个想法让楚晚宁噎了一下，脸色更加难看。偏偏这个时候，站在原处纵情长笑的鬼司仪忽然感到了什么，猛然扭过头来，一双黑得毫无焦点的眼睛，直直地越过其他，落在了墨燃和楚晚宁的合葬棺上。

它虽然智力低下，却能感觉到，那口棺材里，没有它熟悉的气息。

没有信奉。

没有……

活人！！！

鬼司仪猛然弓起身子，尖叫着疾掠而来，衣袍翻飞，一双血红利爪直戳棺身，生生刺穿了厚实的棺木，插进棺体之中。

它这袭击太突然，墨燃来不及退后反抗，何况棺中空间极小，根本退无可退，眼见脑袋就要被这九阴白骨爪戳出五个窟窿，身子却忽然一坠——楚晚宁已经眼疾手快地将他护在怀里，自己挡在前面，鬼司仪的五根尖爪猛然戳进楚晚宁的肩膀！

深可触骨！

"……"

楚晚宁闷哼一声，竟也生生忍着，没有喊出来。另一只没有受伤的手仍燃着消音咒，点在墨燃嘴唇上，堵住了墨燃本来要发出的声音。

鬼司仪的爪子在楚晚宁的血肉中一通狠抓。

它是泥巴脑子，做出判断只能靠声音。楚晚宁居然就真的在这样的情况下，一声都不吭，血浆顺着他的肩膀汩汩流出，墨燃被他揽在怀中，看不到他伤势如何，但是能清晰地感受到他在微微发抖……

楚晚宁痛得发颤、痉挛，冷汗湿透了衣衫。

可他还是死死地咬着嘴唇，护着怀里的徒弟。

鬼司仪似乎终于确认了里面的不会是活着的人，猛然把手抽了出来，黏腻声音令人汗毛倒竖。

楚晚宁紧绷的身体像是骤然失去了力气，他松开墨燃，低低地喘着气。

棺材中流淌着浓郁的血腥味。

墨燃抬起头，借着孔洞里漏进的微光，可以看到楚晚宁低垂的睫毛，还有睫毛下面湿润的，倔强无声的眼睛。

那双微微挑着的凤眼里有迷离的痛楚，但更多的是狠戾和顽强，一片水汽弥漫……

墨燃想说话，楚晚宁摇了摇头，点在他唇上的消音咒没有去掉。过了一会儿，楚晚宁缓一口气，用颤抖的指尖在墨燃的手背上写道：结界已损，不可说话。

外面的鬼司仪歪着头，似乎不明白为什么里面明明不是活人，却没有听从它的指示，也感受不到任何的信仰供奉。

楚晚宁仰头从缝隙中看了它一眼，没有受伤的那只手金光拢起，一根流窜着火焰光泽的柳藤应召而出。

他握着天问，眯起眼睛，下一刻，破棺而出！

棺身炸裂，楚晚宁闪电一般飞身而起，天问既准又快，猛然勒住鬼司仪的脖颈。

鬼司仪发出一声刺耳的啸叫——"汝乃何人？安敢如此？"

楚晚宁的回答只有一个字："滚！"

大红吉袍猎猎翻飞，如同云浪，他隐忍多时只为一击必中，当即单手发狠，天问绞杀，将那鬼司仪的脖子生生勒断！

一股浓重的红雾伴杂着异香，从断颈里喷薄而出。楚晚宁迅速后退，避开雾气，厉声道："墨燃！千杀斩！"

墨燃早已待命，听到令下，扣中袖间的暗剑匣，灌入灵力，朝着正在摩挲着自己头颅的那具残躯轰过去。

陶土躯体裂开，露出里面红光流窜的半透明本体。楚晚宁再扬天问，硬生生将那鬼司仪的仙身灵体勒了出来。那无头的仙身从身子里发出嘶喊："凡人安敢！凡人安敢！起来！起来！杀了他们！杀了他们——"

原本没有五官的几百名金童玉女忽然亮起一双双血红的眼睛，咯咯尖叫着朝墨燃和楚晚宁扑过来。

地上的棺材也纷纷被震碎，里面躺着的人挺身站起，也如潮水般地向两人涌来。

墨燃的目光在人群中疾速穿掠，去找师妹的身影。楚晚宁厉声道："你在和那些僵尸深情凝视些什么？还不把他们都弄下去！"

他们两个和鬼司仪此刻已经打得飞站到了一口棺材上，那些行动迟缓的慢慢地聚在他们身边，墨燃抬手点起驱魔符，四下投射，引爆炸裂。但是对手太多了，一拨下去另一拨很快就挨过来。

墨燃简直要疯："这彩蝶镇死了这么多人？到底有多少冥婚的夫妻？"

楚晚宁怒道："你看这鬼司仪的修为，自然早逝的青年男女哪儿有这么多！十有八九它还蛊惑了那些不曾婚配的人去自杀！打这边！"

墨燃又是一张驱魔符朝着楚晚宁示意的地方挥过去，炸开一片白骨死肉。

"这鬼司仪怎么打不死？"

"寻常武器伤不到它。"

"那天问呢？"

楚晚宁怒极："你没看到天问正锁着它吗？这鬼司仪行动极快，我要是松开它，不等再抽，它恐怕已经逃走了！"

对手越堆越多，墨燃一边驱，一边还要注意看人群中有没有师昧，免得误伤。一个金童扑过来狠狠地咬了一口他的腿，他暗骂一声，一张驱魔符直接甩在金童脸上，再一脚把金童踹到人群中，轰然炸开。

楚晚宁道："看到师昧和小陈夫人了吗？"

墨燃在疯狂地找寻之后，忽然看到远处两个摇晃的身影，喜道："看到了！"

"滚过去，把他们两个拉开！离这里远一点儿！"

"好！"墨燃应了，随即一怔，"你要做什么？"

楚晚宁怒道："我另一条胳膊抬不起来，召唤不了别的武器，只能靠天问。等会儿我一把鬼司仪放开，就要毁掉一片地方，你不想死的话就趁早滚开！"

三

本座曾经求过你

天问有一个无死角杀招，名字很简单，只有一个字——"风"，一旦发动，周围一圈所触之地，片甲不留。

墨燃自然领教过"风"的厉害，楚晚宁的实力他也清楚，无须担心，于是看了那个嫁衣如血、面色苍白的男人一眼，把最后几张驱魔符都甩开，替楚晚宁争取一点时间，而后飞身掠向外围，他一只手抱住师昧，另一只手抓住小陈夫人，带着两个失去意识的人，朝着远处躲去。

楚晚宁忍着剧痛，勉强动了动另外一只手，刹那间天问爆发出一阵炫目金光，楚晚宁猛然将天问抽回。

鬼司仪挣脱了控制，一跃而起，面目扭曲地朝楚晚宁扑来。

楚晚宁的衣袍被翻得像是狂风中的火焰，滚滚飞舞。他厉眉怒竖，半边肩膀都被鲜血浸透，忽然间抬手一扬，天问的金光越发凌厉，紧接着扬起飞旋。

柳藤倏忽伸长数十尺，舞成一道金色的风，仿佛旋涡一般，将周围的事物统统卷入"风"的中心，被天问舞成残影的凌厉劲势刹那绞得粉碎！

"风"摧枯拉朽，周围草木拔地而起，亦不能幸免。

以楚晚宁为中心的一场巨大风暴发出璀璨耀眼的金光，一时间天昏地暗，飞沙走石。棺椁也好，死人也好，都成了风中轻飘飘的草絮。

卷进去，被疾速旋转的天问凌割，碎成万点残渣……

待一切平息，楚晚宁周围已寸草不生，荒凉空寂。

除了他一个人孑然而立，吉服鲜艳，宛如红莲初绽，海棠花落，便只有一地粉碎的白骨，还有嗞嗞流窜着金光的恐怖"天问"。

这样看来，楚晚宁平时抽众弟子真算是十分客气的了。

就冲他今天这个架势，如果他愿意，就算把整个善恶台的弟子瞬间挫骨扬灰，也不是不可能……

金光渐灭，天问化成点点碎星辰，融入楚晚宁掌中。

他缓了口气，皱了皱眉，忍着肩膀的剧痛，慢慢地朝远处的徒弟们走过去。

"师昧怎么样了？"来到他们旁边，楚晚宁隐忍着，问道。

墨燃低头去看怀里昏迷的师美人，师昧仍然没有醒，鼻息很弱，脸颊摸上去冰冰凉凉的。这个场景太熟悉，是墨燃曾经摆脱不了的梦魇。

当初师昧就是这样躺在他怀里，渐渐地，就没有了呼吸……

楚晚宁俯身，分别探了小陈夫人和师昧的脖颈动脉，不由得低沉着嗓音说："嗯？怎会中毒如此之深？"

墨燃猛然抬头："中毒？你不是说没事的吗？你不是说，他们只是被蛊惑了吗？"

楚晚宁皱着眉："鬼司仪靠着香粉蛊惑，那就是一种毒。我原以为他们只是浅浅地中了一层，却没有想到吃毒吃得那么深。"

"……"

"先送他们回陈宅。"楚晚宁道，"拔毒不难，没死就好。"

他说话的声音冷淡，没有太多波澜，虽然楚晚宁平日里说话就是如此，可是此刻听来，实在令人觉得他轻描淡写，不甚在意。

墨燃猛然想起那年大雪，他跪在雪地里，怀中是生命一点一点在流失的师昧。墨燃满脸是泪，声嘶力竭地恳求楚晚宁回过头看他的徒弟一眼，求楚晚宁出手，救他的徒弟一命。

可是楚晚宁那时候是怎么说的？

也是这样轻描淡写的语气，这样波澜不惊的声调。

就这样，他拒绝了墨燃这辈子唯一一次的跪地求人。

大雪中，怀里的人渐渐变得和落在肩头、落在眉梢的雪粒一样冰凉。

那一天，楚晚宁亲手杀死了两个徒弟。

一个是他可以救，却不曾相救的师明净。

一个是跪在雪地里，哀莫大于心死的墨微雨。

墨燃的心里猝然生起一股惶然，一股暴虐，一股蛇一般流窜的不甘、狠毒还有狂暴。

有一瞬间墨燃忽然想暴起扼住楚晚宁的脖子，退去其所有亲切可人的伪装，露出恶鬼的狰狞，狠狠地撕咬他，质问他，向他索命。

为了那两个在雪地里，无助的徒弟的命。

可是眼帘掀起，墨燃的目光却陡然落在了楚晚宁满是鲜血的肩膀上。

那野兽的怒喝忽然被堵住。

他再没有吭声，只是那盯着楚晚宁的脸，几乎是仇恨的眼神，楚晚宁没有瞧见。过了一会儿，他又低头，去凝视师昧的憔悴面庞。

脑子渐渐地空白起来，如果这一次师昧再出事，那么……

"喀喀喀……"

怀中的人忽然发出一阵急促的咳嗽声，墨燃一怔，心中颤抖……师昧缓缓睁开眼睛，声音极其沙哑微弱。

"阿……燃……"

"是！我是！"狂喜之余阴霾尽散，墨燃睁大眼睛，手掌贴上师昧微凉的脸颊，眸子里光泽颤抖，"师昧，你觉得怎么样？有没有哪里不舒服？"

师昧轻轻笑了笑，依然是温柔眉眼，又转头，环顾四周："我们怎么在这里……我怎么昏过去了……啊！师尊……喀喀……弟子无能……弟子……"

楚晚宁道："不要说话。"

他给师昧口中送进一粒丹药："既然醒了，就先含着这个化毒散，不要直接吞下去。"

师昧含了药，忽然一愣，本来就没什么血色的脸庞显得更加透明："师尊，你怎么受伤了？身上都是血……"

楚晚宁依然用那种淡淡的、波澜不惊、能气死人的声音说："没事。"

他起身，看了墨燃一眼："你，想办法把他们两个都带回陈宅。"

师昧醒了，墨燃内心深处的阴郁骤然被压下去，他连忙点头："好！"

"我先走一步，有话要问陈家的人。"

楚晚宁说着转身离去，面对茫茫黑夜，四野衰草，终于忍不住拧起眉，流露出疼痛不已的神情。

整个肩膀被五指贯穿，筋脉都被撕裂，鬼司仪的灵爪甚至刺到了他血肉深处的骨头。就算再怎么佯作淡定地忍着，再怎么封住血脉，不至于失血昏迷，他也还是人。

也还是会痛的啊……

但是痛又如何呢?

他一步步往前走着,嫁衣的衣摆纷飞。

这么多年,人们敬他、畏他,却独独没有人敢站在他身边,没有人会去关心他。他也早已习惯。

晚夜玉衡,北斗仙尊。

从头到尾没人喜爱,生死病苦无人在意。

他好像生来就不需要别人的搀扶,不需要任何依靠,也不需要任何陪伴。

所以喊痛没有必要,哭,更加没有必要。回去给自己包扎伤口,把溃烂撕裂的烂肉都割掉,涂上伤药就好了。

没人在乎他也没关系的。

反正,他一个人也就这么过来了。这么多年,都挺好的,他照顾得了自己。

来到陈宅门口,还没有进院子,他就听到里面传出一阵撕心裂肺的尖叫。

楚晚宁顾不得自己的伤口开裂,立刻闯了进去,只见陈老夫人披头散发,双目紧闭,却追着自己的儿子和丈夫满堂乱窜,唯有陈家那个小女儿被无视了。她惶惶然地站在旁边,瘦小的身体蜷缩着,止不住地发抖。

见到楚晚宁进来,陈员外和他的幺子惨叫大喊着向他扑过去:"道长!道长救命!"

楚晚宁将他们挡在身后,扫了一眼陈夫人紧闭着的眼睛,怒道:"不是让你们看着她,别让她睡觉的吗?!"

"看不住啊!拙荆身体不好,平日里都是早早睡的,你们走了之后,她一开始还强撑着,后来就打起了瞌睡,然后就开始发疯!嘴里嚷着……嚷着……"

陈员外缩在楚晚宁后面哆哆嗦嗦的,压根没有注意到道长居然穿着吉服,也没有注意到楚晚宁肩膀上狰狞的伤口。

楚晚宁皱眉道:"嚷着什么?"

陈员外还没开口,那发了疯的妇人就龇牙咧嘴地冲了过来,嘴里凄厉地叫嚷,居然是个妙龄女子的声音——"薄情寡幸!薄情寡幸!我要你们偿命!我要你们统统给我去死!"

楚晚宁:"……附身。"他回头朝陈员外厉声道:"这声音你可熟悉?"

陈员外上下嘴皮子打着战，眼翻着，紧张地吞唾沫："不知道，不熟悉，不认识啊！求道长救命！求道长除魔！"

这时候陈夫人已经扑过来了，楚晚宁抬起那条没有受伤的胳膊，凌空朝陈夫人一点，一道雷电当头劈下，将陈夫人困在结界当中。

楚晚宁回头，侧目冷然："当真不认识？"

陈员外一迭声道："当真不知道！当真不认识！"

楚晚宁没有再多言，甩出天问，捆住了结界里的陈老夫人。

他原本应该捆陈员外的，更方便也更好审，但是楚晚宁有自己的行事准则，他的天问，轻易不审普通人。于是他舍弃软柿子，反去盘问陈老夫人身体里的厉鬼。

审鬼和审人不一样。

天问审人，人受不了时，会直接开口讲话。

天问审亡灵，会形成一个只有楚晚宁和亡灵共处的结界，亡灵在结界内会还原生前面貌，并把信息传递给楚晚宁。

天问骤然燃起一道火光，沿着藤身，直直地从他这头，烧到了陈老夫人那头。

老夫人发出一声尖叫，忽然间开始抽搐，紧接着柳藤上那团原本赤红色的火焰瞬间变成幽蓝的鬼火，再从老夫人那头，又烧回楚晚宁这边。

楚晚宁闭上眼睛，那烈火沿着柳藤一直烧到他的手掌，不过那鬼火伤不到他，就那样一路沿着他的胳膊，烧到他的胸膛，而后熄灭了。

"……"

陈家惊恐地看着眼前的场景，都不知道楚晚宁到底在做什么。

楚晚宁睫羽轻颤，双目仍然合着，眼前却渐渐出现了一束白光。紧接着，他看到那束光线里踏出一只莹白如玉的小脚，一个十七八岁的少女出现在了他的视野里。

四

本座给你们讲个故事

那少女长得很白净，鹅蛋脸，一双眼睛圆滚滚的，尤为勾人。她穿着浅粉色襦裙，头发绾起来，一副初为人妇的青涩模样，在黑暗中茫然地揉了揉眼睛，左顾右盼着。

"我这是……在哪里？"

楚晚宁说："你在我设下的归真结界里。"

少女吃了一惊，惶然道："你是谁？这里怎么漆黑一片？我看不到你，谁在说话？"

楚晚宁说："你忘了吗？……你已经死了。"

少女睁大眼睛："我已经……我……"

慢慢地，她想起来了。

低下头，她双手交叠在胸口，没有任何的起伏跳动，她轻轻地"啊"了一声，喃喃着："我……我已经死了……"

"只有亡灵能来到归真结界，在这里仇恨会被消除，死去的人都会保留生前的性格和模样，是谓'归真'。"

少女愣愣地出了一会儿神，似乎是在把前尘往事逐渐想起，忽然垂下头来，默默哭泣。

楚晚宁道："你……可有冤屈？"

少女泣道："你是阎王爷，还是白无常？你是来为我平冤的吗？"

楚晚宁抚额道："……我不是阎王爷，也不是白无常。"

少女低声啜泣着。楚晚宁静了一会儿，没有说话，等她哭得稍微平复一些了，然后道："但我，确实是来帮你平冤的。"

少女听了，抽噎着抬起眼，悲喜交加道："那你果然是阎罗大人！"

"……"楚晚宁决定还是不和她继续这个话题了，转而问道，"你可知道，你死后都做了些什么？"

"我不知道……不是很清楚，只记得我很难过、很难过。我想去报复……我想去找他们……还想再找到他……"

亡灵刚刚被唤醒的时候，很多事情都会暂时想不起来，但没有关系，楚晚宁耐心地问她："你想去找谁？"

少女轻声道："我的丈夫，陈伯寰。"

楚晚宁一凛，陈伯寰——这不是陈家大儿子的名字吗？

他问道："你……叫什么名字？是哪里人？"

在这个幻境结界中灌注了天问的力量，来到里面的亡灵几乎都会老老实实与楚晚宁对话。少女因此答道："妾身罗纤纤，是彩蝶镇上人。"

"来之前我曾经调阅过彩蝶镇卷宗，这镇子总共五百余户人家，并没有罗姓家族。令尊是何人？"

少女慢慢地把细节都想了起来，因此眼中哀戚更甚："家父曾是村上一书生，是我公公的连襟好友，几年前，他害了肺痨，已经去世了，后来家中，就只有我一个人。"

"那你又为何而死？"

少女愣了一下，尔后泣不成声："我除了死，没有别的路了。他们、他们骗走了我爹爹留下的香粉秘方，又打我、骂我、威胁我，让我离开彩蝶镇。我……我一个弱女子，哪里有别的地方可以去？我在这个世上，一个亲戚都没有了……天地这么大，我能去哪儿？除了黄泉地府，还、还有哪里能、能容得下我……"

她回忆起生前事之后，心里似有无限苦楚悲伤，急欲和人倾诉，甚至楚晚宁接下来没有再问，她就一个人慢慢地讲了下去。

原来，这罗纤纤自幼丧母，听爹爹说，她上头还有个哥哥，但哥哥在下修界的纷乱中与他们失散了，后来就再也没有见过，也不知道是死是活。哥哥走丢的时候，罗纤纤还没有满周岁，缩在襁褓里，后来她努力回想自己的这个兄长，但依然毫无印象。

罗家就只剩下纤纤和父亲两个人，父女相依为命，四处漂泊，最终在彩蝶镇盖了间小屋，住了下来。

那一年，罗纤纤五岁，陈家的大儿子陈伯寰比她大了两岁。

那时候陈家还没有发迹，一家子好几个人住在一个两居的土夯小屋里，小院矮墙边种着一棵橘子树，一到秋天结满果子，繁茂的树丫长过矮墙，探到罗家的院子里。

罗纤纤仰着头，看到满枝丫的橘子像是元宵时节的灯笼。她性子腼腆内向，不和别人一起玩耍，总是一个人坐着小马扎，乖乖地剥着毛豆，时不时仰起头，看一看陈家院子里探过来的橘子。

橘子黄澄澄的，很诱人，逆着阳光，能让人联想到酸甜饱满的汁水。

罗纤纤眼巴巴地望着，时不时地咕嘟吞咽，腮帮子馋得发酸。

但她没有伸手去摘，爹爹是个屡试不及第的读书人，输了考试，却不输一身骨气，酸秀才总告诫女儿要当个"君子"。

罗纤纤三岁就知道富贵不能淫，贫贱不能移。她虽眼馋，却从来没有伸手摘过那近在咫尺的橘子。

有一天晚上，罗纤纤借着月色，坐在院子里哼哧哼哧地洗衣裳。

她爹身子不硬朗，早早就歇下了，穷人的孩子当家早，小姑娘撸着袖子，细细的胳膊浸在木桶里，鼓着小脸搓得认真。

忽然门口传来一阵嘶哑的咳嗽声，一个浑身是血的青年跟跄着闯了进来，瞪着她。

小姑娘吓傻了，甚至忘了尖叫。

那青年满脸污脏血痂，眉目却很桀骜英俊，一大一小两个人就这么原地僵持了好久，最后青年实在支撑不住，靠着墙根慢慢坐下来，喘着气，沙哑道："来点水。"

许是那青年长得不像坏人，又许是罗纤纤心地善良，她虽然害怕，但还是咚咚地跑回屋子里，接了一盏茶水，递到那个青年嘴边。

青年也没有客气，咕嘟咕嘟喝了个干净。喝完之后他擦了擦嘴角，掀起眼皮，盯着罗纤纤的俏脸，眼神有点发直，半晌没有说话。

他不说话，罗纤纤也不说话，只是怯怯地眨巴着眼睛，站在她自认为安全的距离，不远不近地攥着手，打量这个陌生人。

"你长得挺像我一个故人。"青年忽然咧开嘴，眯着眼睛阴沉地笑了笑，配上那一脸的血污，实在有些狰狞，"尤其眼睛，都是圆滚滚的，看上去就让人想挖出来，戳在手指上，一口一个吞下去。"

森然可怖的话被他这样平淡无奇地讲出来，甚至还带着些笑，罗纤纤抖得更厉害了，下意识地捂住自己的眼睛。

那青年说："呵，丫头机灵，你就这样捂着，别老盯着我看。我可管不住自个儿的手。"

他说话卷舌，北边儿的口音。

月光洒在院子里，青年舔着皲裂的嘴唇，忽然看到了院子里头的橘子树。不知为什么他眼前一亮，瞳仁里闪动着精光，那光泽一会儿明亮一会儿暗淡，尔后他扬了扬下巴，示意道："丫头。"

罗纤纤："……"

"摘个橘子剥给我吃。"

罗纤纤终于说话了，声音细细的，带着些颤抖，但是没有犹豫："大哥哥，这不是我家的果树，是别人家的，摘不得。"

青年一愣，不知想起了什么，脸色慢慢地就沉了下来。

"我说摘得就摘得，我要吃橘子，你给我去摘！"最后一声恶狠狠的，像是从牙齿缝里咯吱咬碎再唪出来的一样。罗纤纤吓得一抖，但还是固执地站在原地。

小姑娘性子柔软，骨子里却和她那位腐朽到极致的爹一样。

"我不去。"

青年倏忽眯起眼睛，皱起眉头，神色秒变："臭丫头知不知道你在和谁说话？！"

"你要喝水，我、我给你倒，要吃饭，家里也还有，但橘子树不是我家的，我摘不得。爹爹说了，不告而取谓之窃，我是个君子，要富贵不能淫，贫贱不能、不能鱼……"

一紧张，把"移"说成了"鱼"，半大的小女孩像模像样地涨红着脸，坚持着爹爹教过自己的东西，磕磕巴巴地总算把话一股脑儿倒全了，但在青年的注视下，腿已经抖得不行，两脚打着摆儿。

青年无奈。

如果不是不合时宜，听这么个小家伙，还是个女娃儿，说出"不告而取谓之窃""富贵不能淫，贫贱不能移"，还有——"我是君子"，噗，他真的要忍不住笑出声来了。

可是他笑不出来，反倒有一种强烈冲天的怨气在胸中策马奔腾，碾着他的心脏。

"我最讨厌你们这种，所谓的……"他扶着墙，摇晃着站起来"善人、君子、豪杰、仁者。"

他在罗纤纤惊恐的注视下，慢慢挪动着受伤的脚，来到那棵橘子树下，仰起头，近乎贪婪地吸嗅着橘树的味道，然后眼底忽然迸发出仇恨的红光，还没等罗纤纤反应过来，他就攀着那棵树，狠狠地摇晃起来，踹着、踢着、打着。

满枝的橘子噼里啪啦被震了下来，跌在地上，滚在一边，那青年笑容扭曲，恣意地喊着："好个不告而取谓之窃！好个富贵不能淫！好个贫贱不能移！"

"大哥哥！你干什么？！你快停下来！爹！爹爹！"

罗纤纤原本不想喊爹爹，她爹体弱，手无缚鸡之力的书生，出来也帮不上什么忙。但她毕竟是个小姑娘，撑到现在终于害怕了，崩溃了。

"喊什么喊？！你爹出来我连他一起砍！"

小姑娘吓傻了，含着泪，圆滚滚的眼睛里有泪在打转。

隔壁陈家的人去邻村走亲戚，全家都不在，没有人阻止这个小疯子。

小疯子把满树的橘子都摇了下来，还不解恨，在地上重重踩了几脚，踏碎了好几个，又忽然发狠，不知哪里来的力气，一跃而起，翻到陈家的院子里，找了把斧子，三两下把整棵树都砍了，然后又翻了回来，哈哈大笑。

笑着笑着，他忽然就不笑了，蹲在地上，直愣愣地发着呆。

他忽然扭头，朝罗纤纤招手："丫头，你过来。"

"……"罗纤纤没有动，站在原处，绣着黄花儿的小布鞋蹿着地。

那青年见她踌躇不前，就放缓了语调，尽量和善地说："过来。我有个好东西给你。"

"我……我不要……不，不过去……"罗纤纤声音低低的，还没说完，那青年忽地又凶狠起来——"你要不来，老子现在就进屋把你爹剁成馅儿！"

罗纤纤猛地一抖，终于还是小步小步地朝他挪了过去。

青年斜眼看她："快一点儿，没工夫看你扭秧歌。"

等罗纤纤低着头挪到他面前，还有几步路远，他忽然就伸长了手，猛地把人拽了过来，罗纤纤发出一声尖叫，但叫声才到喉咙口，就被一个东西粗暴地堵住了。那青年塞了一个橘子到她嘴里，没有剥皮，也没有擦洗，就着泥土，塞到她嘴里。

罗纤纤哪里能一口吃下一个橘子，青年硬塞，橘子就裂了、烂了，糊了她半张脸的果泥，偏偏那个疯子还在狞笑着，把果子在她脸上碾着，试图往她紧闭的嘴里塞。

"你不是君子吗？你不是不吃偷来的东西吗？那你现在吃的是什么？嗯？你现在吃的是什么？！"

"呜呜……不……我不要……爹爹……爹爹……"

"咽下去。"青年眯着眼睛，把最后一点果肉塞到罗纤纤嘴里，瞳仁里幽光闪闪，令人不寒而栗，"你给我咽下去！"

看着罗纤纤被迫咽下橘子，哽咽含混地唤着"爹爹"。青年静默了一会儿，忽然就笑了。

那笑容比他狞狞的嘴脸更可怕。

他满意地摸着罗纤纤的头发，蹲在那里，温柔地说："叫爹爹做什么？不应该叫大哥哥吗？哥哥给你的橘子甜不甜，好不好吃？"

说着，他又从地上捡起来一个。

这回倒是没有硬塞了，他细细地把橘子皮剥了，把上面粘连的白色丝络都一点一点地弄干净，然后才擦了擦手，掰下来一瓣儿，凑到罗纤纤唇边，和声细语地说道："你要是喜欢的话，就再吃一些。"

罗纤纤知道自己今天是遇到了一个精神不正常的人，没有办法，低着头，默默地吃着那个疯子递来的橘子，酸甜的汁水在喉管间化开，胃里头一阵翻腾……

那青年就蹲在那里，一瓣儿一瓣儿地喂着她橘子，忽然像是心情好了起来，甚至开始轻轻哼起了歌。

他嗓音粗哑，破风篓子似的，歌声模模糊糊的，也听不太清，依稀只有几句飘到了罗纤纤的耳朵里。

"潭间落花三四点，岸上弦鸣一两声，弱冠年华最是好，轻蹄快马，看尽天涯………"

他忽然说："丫头。"

"……"

"啧。"他撇了撇嘴，去扳罗纤纤的小脸庞，"让我瞧瞧你的眼睛。"

罗纤纤发着抖，毫无反抗之力，只能任由青年仔仔细细地瞧了个真切，血淋淋的手指，一寸一寸地摸过她的眼睑。

"真像。"他说。

罗纤纤呜咽着闭上双眼。她是真怕这个疯子一时兴起，抠水果似的把她的两颗眼珠子抠下。

但是青年没有摘，只是幽幽冷冷地和她说："你不是教我'富贵不能淫，贫贱不能移'吗？大哥哥也有一句话，想跟你说。"

"呜……"

"你睁眼。"

罗纤纤双目紧合。青年气笑了，嘶哑道："不挖你那眼珠子，睁开！

"你以为不睁开我就抠不下你的眼珠子吗？！"

罗纤纤只得睁开圆滚滚的眼眸，纤长的睫毛颤抖，眼泪大颗大颗地往下流，她畏惧又可怜的神色，不知是哪里取悦到了这个来历不明的青年，他忽然就松开捏着她脸颊的手，悬在半空，然后轻轻地，拍了拍她的头。

他凝视着她的眸子，嘴角抖出一丝颤抖的笑，笑容七分扭曲，两分狰狞，一分凄楚。

他说："临沂有男儿，二十心已死。"

他说完转身，身影没入黑暗，渐渐消失不见。

唯有满地狼藉，昭示着这样一个人，深夜浑身是血，来过此处。

本座给你们讲个故事（二）

第二天一早，陈家的人走亲戚回来，看到院子里的橘子树倒了，橘子滚得满地都是，这周围别的住户又不多，只有罗家和他们挨得近，想到罗纤纤每天眼馋橘子的模样，陈家人当时就确定——

这橘子一定是罗纤纤这倒霉孩子偷的！

不但偷，她还嫉妒心起，把陈家的橘子树砍了！

陈家的人立刻去找罗书生告状，罗书生哪里受得了这般屈辱，当即把女儿叫过来，怒问橘子是不是她偷的。

罗纤纤哭着说"不是"。

他们又问是不是她砍的树。

罗纤纤还说"不是"。

他们再问她偷吃了橘子没有。

罗纤纤不会撒谎，只得说"吃了"。

她还来不及解释，就被气急败坏的爹爹喝令跪下，当着陈家一家人的面，狠狠地被打了一通戒尺，他爹爹一边打还一边说："养女不如男！小小年纪，怎的做出如此偷鸡摸狗之事？令人耻笑！丢乃父之颜面！罚你今朝无饭可食，面壁三日，痛思反省，悔过自新……"

"爹爹，不是我！真的不是我！"

"你还敢还嘴！"

没有人信她，下修界虽然动乱不堪，但彩蝶镇算是一个例外，这镇子一向民风淳朴，夜不闭户，说半夜跑来一个满身是血的疯子，谁信哪？

罗纤纤一双小手被打得皮开肉绽。

陈家那几个人都冷眼看着，只有年纪最大的那个男孩子，拉了拉母亲的衣角，欲言又止的样子。

他母亲没有理睬他，他也没有办法，颇为周正的一张小脸皱着，于心不忍地立在旁边，不愿意再看下去。

晚上，罗纤纤不敢回房，在屋檐下面，可怜巴巴地罚站。

她爹是读书人，最不能容忍偷窃之事，而且一股子酸腐气息，爱钻牛角尖儿，跟他说话也是白说，不听解释。

饿了一天的罗纤纤头脑发晕，这时候忽然有人小声地叫她："罗家妹妹。"

罗纤纤回过头，看到土墙沿儿上探出一个眉目周正的脑袋，正是在白天里试图帮她求情的陈家大儿子陈伯寰。

陈伯寰看左右没人，三两下翻过土墙，怀里揣着一个热馒头，不由分说地，就塞到了她手中。

"我看你都在这墙根儿下站一整天啦，什么都还没吃。给你一个馒头，赶紧吃了吧。"

"我……"罗纤纤天性害羞，住在这里好几个月了，也没和邻居家的哥哥说过几句话，此时陡然这么近地瞧他，不由得往后退了两步，脑袋砰地撞上了墙，却还磕磕巴巴地说，"我不能拿……爹爹不让我……他说……"

语无伦次了半天，她也说不出句完整话来。

陈伯寰道："哎呀，你爹爹整天就会'之乎者也'的，你管他这么多干什么？你这么饿，会饿出毛病来的，吃吧，再不吃就凉了。"

那馒头白白的，发得很暄，往外冒着热气。

罗纤纤低头瞪了一会儿，咕嘟咽下口水。

也是真的饿坏了，顾不得什么君子不君子的，她抓过馒头，低头哼哧哼哧地吃了起来，不一会儿就啃了个精光。

啃完之后，她抬起圆滚滚的眼睛，冲着陈伯寰说的第一句完整的话就是："橘子树不是我砍的，我也没有想偷。"

陈伯寰一愣，慢慢笑了："嗯。"

"可他们都不信我……"在这样不带鄙夷的目光中，罗纤纤的心慢慢融化，委屈像冰雪一样融化，她哇的一声，张着嘴，抹着泪，号啕大哭起来，"他们都不相信我……我没有偷……我没有偷……"

陈伯寰手忙脚乱地拍着她："我知道你没有偷，哎呀，你天天站在树下看，从来没有摘过一个橘子，你要偷早就偷啦……"

"不是我！不是我！"哭得更凶了，鼻涕眼泪一起流下。

陈伯寰就拍着她："不是你、不是你。"

俩孩子就这么熟稔了起来。

后来邻村出了命案，说前几天夜里一个浑身是血的匪徒进了一户人家，要借那家的厢房睡一觉，人家男主人不答应，那匪徒就把他们全家都捅死了，然后在满是尸体的屋子里，悠然自得地睡了一觉，第二天白天才施施然走人。

走就走吧，还用沾着血的手特地在墙壁上，洋洋洒洒地写了一大篇文章，记下自己都干了些什么"好事"，跟唯恐天下人不知有这样一个恶人似的。

这事儿立刻不胫而走，很快就传到了彩蝶镇。一对时间，正是罗纤纤说她遇到"疯子大哥哥"的那个晚上。

罗书生和陈家人，全部哑口无言。

误会解开之后，两家人的来往就频繁了。陈家夫妻见罗纤纤生得可爱，小小一个美人坯子，又勤劳懂事，寻思着按照自己家这个家境，应该是难讨到更好的儿媳妇了，于是干脆给陈伯寰和罗纤纤定下了娃娃亲，等到了弱冠及笄之年，再正式办个酒。

罗书生见女儿和陈伯寰青梅竹马，两小无猜，于是欣然答应。

日子一天天过去，如果不是罗书生喜爱风雅，爱捣鼓香道，之后陈罗两家该就会像最初预想的那样，清贫恬淡地过一生。

可坏就坏在罗书生一不小心，竟调出了一味"百蝶香粉"。

这香粉的味道虽然没有什么特殊的，和镇上普通的香料没多大差别，但有其他寻常香料没有的好处——绕梁百日，余韵不绝。

百蝶香粉留香时间很久，香味不易消散，正是寻常人家所求的物美价廉之物。

罗书生"万般皆下品，唯有读书高"，虽然调出了香粉，却不愿意拿去售卖，认为"跌了自己的身份"。

他不卖，自然有别人会惦记上。

陈夫人几次三番想要跟罗书生讨方子，怂恿罗书生开铺子，却遭到了对方的拒绝。一来二去，陈夫人脸上有些挂不住，也就不再提起此事，但心里牢牢地记了这一笔。

罗纤纤及笄那年,机会来了。罗书生这病秧子肺痨病重,挣扎几日,一命呜呼。陈家作为罗纤纤的婆家人,虽然罗家闺女还没过门,但情谊总是有的,于是帮着打点丧事,忙里忙外。

罗纤纤感激涕零,却不知道陈夫人存了个心眼儿,在收拾罗书生遗物时悄悄顺走了香粉方子。

当天晚上,陈夫人在一豆油灯下,饱含着激动的心情,凑过去读那配方,结果才看了一眼,就傻眼了。

罗书生的字龙飞凤舞,草书写得那叫一个飘逸潇洒,她瞪了半天,愣是没有看懂半个字,没办法,只能又悄悄地把方子塞回去。

过了几个月,等罗纤纤心情平复了,她把姑娘叫来家中吃饭,闲聊中"无意"提及了百蝶香粉。

罗纤纤心想:这方子留在家里也没有什么用,伯母对自己如此好,她想要,就给她好了。

于是罗纤纤把爹爹的遗物找来,还帮着陈夫人辨字,一点一点地把那精密的配方整理妥当。

陈夫人欣喜若狂,得了方子,就和丈夫合计着开香粉铺子。

当然,她那时候还是很稀罕这个温柔懂事的准儿媳的,而且罗纤纤越长越漂亮,虽说家门不幸,但容貌百里挑一,镇子里有不少青年对其颇为留心。

以防夜长梦多,陈夫人心想,要赶紧把婚事办了。

可是,罗纤纤才失去父亲,按照彩蝶镇的风俗,双亲亡故,三年不嫁娶。

陈夫人哪里等得到三年啊,挖空心思,想了个办法——

这一天,罗纤纤正在给陈家的小妹扎辫子,陈家这个小女儿与她关系极好,成日里"罗姐姐"长、"罗姐姐"短的,小尾巴一般缠着她。

陈夫人走到院子里,把罗纤纤叫到内堂,跟她说:"纤纤,你与伯寰青梅竹马,早有婚约,眼下你父亲去了,你一个人孤苦伶仃,过日子实在不容易。本来吧,你今年就该嫁过来的。可是三年守丧的规矩在这里,累得你不能成亲,伯母就想啊,要是等个三年,你该多大了呀?"

罗纤纤低头,没有说话,但她聪明灵巧,多半猜出了陈夫人后面的话,于是脸颊微微红了。

果然,陈夫人接着说:"一个人过着,又苦又累。你看要不这样——你先嫁过来，咱们关着门，拜个天地，跟外人就先不声张，旁人要问起来，你就说是跟着伯母凑日子，好有个照应。这样既完成了周公礼，又不遭人非议，也可以让你泉下的老父心安。等三年期满后，咱们再风风光光地给你俩办场婚礼，好不好？"

她这番话，听起来全都是在为罗纤纤考虑，罗纤纤又是个没有什么坏心思的人，丝毫不把人往坏的地方想，于是答应了。

再后来，陈家靠卖百蝶香粉发家，搬离老宅，在镇上买了一大块地皮，修缮宅院，成了大户。

罗纤纤就成了隐匿在大户众多身影当中，一个不常现身的存在。

镇上的人都以为罗纤纤只是受到陈夫人的好心庇护，所以才住在陈家，并不知道她已和陈伯寰拜堂成了夫妻。

这般日子，虽有委屈，但罗纤纤知道婆婆是为了避人口舌，是为了自己好，于是毫无怨言。加上陈伯寰对她真心实意，两口子过得倒也滋润甜蜜，只等着三年期满，一切就能回归正常。

可是罗纤纤没有等来明媒正娶的那一天。

陈家的生意越做越大，加上陈伯寰长得俊，莫说彩蝶镇，就连周围几个镇子的大户人家的女儿，都开始打陈大公子的主意。一来二去的，陈夫人的心思就活络了起来。

当初她定下这门娃娃亲，是因为琢磨着自己一户农家，娶不到好儿媳妇，所以才急着捆住罗纤纤。

谁料到他陈家也有飞黄腾达的一天，这个时候，再回头去看罗纤纤，陈夫人就觉得这姑娘长得不够大气，不够精明，人傻傻的，跟她那榆木疙瘩似的死鬼老爹一样，怎么看怎么不顺眼。

陈夫人有点儿后悔了。

而姚千金的出现，把她的"有点儿"，变成了"十分"。

姚千金是县令的女儿，喜爱戎装，一日骑着骏马打猎归来，路过香粉铺子想选几品香粉，谁知香粉没有选上，却一眼瞧中了堂上忙碌着的俊俏公子。

那公子不是别人，正是罗纤纤的那位有实无名的丈夫——陈伯寰。

六

本座给你们讲个故事（三）

姚千金性子风火，回去就茶不思、饭不想，缠着爹爹要打听陈伯寰这个人。陈伯寰虽然已经婚娶，但那是关起门来拜的天地，十里八乡有谁知道？连当初罗、陈两家定娃娃亲的事情，镇上的人都不清不楚的。

于是姚千金得知，这位陈公子"尚未娶妻"。

县令几番考察，觉得小陈能干，脾性温柔，家里头条件也不差，于是派了人，去和陈家夫妇说说这门亲事。

陈员外这下可把肠子悔青了，委婉地跟县令的人说要先考虑考虑，关上门，二人就吵开了。

陈员外道："让你急！那穷书生死得早，本来他女儿就应该给他守丧三年，要是你当初没有让他们先拜堂成亲，咱们儿子眼下后悔还来得及！你看看这叫什么事儿！"

陈夫人也急："怪我？当初要定娃娃亲的人不是你吗？如今倒好，县令的千金啊！是那纤……是那罗纤纤能比的吗？"

二老关起门来争了个面红耳赤，吵到最后都没力气了，隔着桌子喘着粗气。

陈员外问："怎么办？要不咱们把县令回绝了吧？"

陈夫人说："……不能回绝。咱们陈家就指着姚千金发家了。"

陈员外怒道："那姚家千金能做妾吗？能吗？咱们儿子屋里头不已经有一个了，还怎么塞进去？你看那小两口恩爱的！"

陈夫人没吭声，半响，眼里忽然泛起了光，喃喃着："老陈啊，我琢磨着，罗纤纤和咱们儿子这档子事儿，除了咱们家里头的人，没谁知道啊……"

几许沉默，陈员外愣了一会儿，顿时明白了老伴儿的用意。

他有些发抖，一半是惶恐，另一半是激动："你、你是说……"

"没人知道，就不算是结了婚。"陈夫人说，"咱们想法子把她赶走，软的不行，就来硬的。十里八乡都知道咱们儿子尚未婚娶，你还记得她小时候偷橘子那件事吗？只要咱们所有人都一口咬死，她就是长了十七八张嘴巴，也叫一个有口难辩！"

陈员外大步走到门前，确认房门已经关紧了，忙凑过去，刚刚还吵得犹如斗鸡的两人，这会儿又窝在一起，窸窸窣窣地压低声音，商量了起来。

陈员外道："你这法子，我看怕是不行。"

"怎么了？"

"咱们儿子不会同意。他打小喜欢罗纤纤，你让他跟人家翻脸，他怎么会答应？"

陈夫人想了一会儿，拍了拍老伴儿的手，说道："你放心，这事儿包在我身上。"

过了一阵子，陈夫人忽然害了重病，病得古怪，郎中查不出缘由，但她就是整日发癫，满口胡话，神神道道地说自己是被鬼上了身。

陈员外心急如焚，请来个道士，道骨仙风地背着个拂尘，掐指一算，说陈家有东西冲着陈夫人了，要是不解决，陈夫人活不过年关。

陈伯寰最是孝顺，当时就急了，问道："什么冲了我母亲？"

道士故作玄虚地绕了半天，说是个"不见光的美人儿"。

一屋子人都呆住了，陈家几个儿子，纷纷回头去看站在边上的罗纤纤。

罗纤纤也呆住了。

她打小其实已经被人说了很多次，命硬，天煞孤星，一出生就克死了娘，然后克死了哥哥，后来克死了爹爹。

眼下，她又被指着，说要克死她婆婆。

陈家的人急了，几个兄弟轮着跟她说，让她离开陈家，反正外头没有人知道她成了亲，名声清白，他们会给她银两钱财，让她再另寻一个好人家。

罗纤纤又急又怕，真的担心是自己克了陈夫人，成日里掉眼泪。

陈伯寰心痛之余，见母亲日渐憔悴，也是两边为难，他既不愿意纤纤离开，又不忍母亲受苦，整个人迅速瘦下去一大圈儿。

陈家那几个兄弟不干了，有一天，趁着老大不在，找到嫂子。罗纤纤正在暖房里调着百蝶香粉，他们冲上去就打翻了她的器皿，香粉落了她一身，馥郁的味道，像是瞬间浸入骨子里，洗也洗不掉。

几个兄弟先是围着她，说了一通大道理，什么"妇德"、什么"妻女为卑，父母为尊"，可是罗纤纤这个人韧性大得很，虽然胆小，但是很固执，哭着说自己不愿意离开，求他们再想想别的法子。

陈家老二急了，上去就给了她一巴掌，跟她说："咱娘都要被你这天煞孤星克死了，要有办法，你爹会死吗？你娘会死吗？你哥会生死不明吗？"

他一打，其他几个人都冲了上去，围着罗纤纤拳打脚踢，口中呼着"快滚""害人精""丧门星"。

这几个儿子都是和娘一条心，其实早就知道了娘的主意，此时趁着老大不在，合力把罗纤纤逐出了家门，并且威胁她，要是敢回来，就天天打她，反正她没有娘家，被打死了，都没有人替她伸张正义。

那是个大雪夜，罗纤纤浑身青紫地被丢到雪地里，脚上的绣鞋还掉了一只。

她慢慢地往前爬着，嘴里发出含混不清的哽咽，像是幼兽濒死前的低号。

夜深了，这样的雪天，没有几个人会出门，她在茫茫天地间爬行，不知道自己要去哪儿，不知道自己还有哪里可以去。

陈家那几个兄弟说得对，她没有娘家，没有父亲，没有哥哥，没有人可以替她出头，没有人可以收留她。

这一片洁白的浩然红尘，她竟无一处容身之所。

她身子骨本就不硬朗，被扔出来的时候穿得又单薄，冻得瑟瑟发抖，很快腿脚就变得麻木，毫无知觉。

一路爬到城郊，来到供奉着鬼司仪的土庙，她蜷在庙里躲雪，嘴唇冻得青紫，心中更是悲凉。

她仰头看着那塑着艳丽红装的泥塑神像，眼泪就禁不住滚滚而下。她想起下修界的规矩，夫妇结婚，应有司仪见证。

而她当时，不过是鬓边簪一朵红花，笑盈盈地与陈伯寰相对磕头。

这一场闭门婚姻，究竟是不是一场大梦？那一天昏黄铜镜中的红颜如画，到底是不是她醉梦深处的一晌贪欢？

她跪在鬼司仪前，拖着越来越沉重冰冷的身子，三跪九叩，又哭又笑："结发为夫妻，恩爱两不疑。欢娱……在……今夕……"

她逐渐觉得头脑发晕，视物越来越模糊。

眼前好像洒下了一层薄薄月色，昔年小院里，她哭着说："不是我偷的、不是我偷的，我没有偷橘子。"

然而三人成虎，人言可畏，没有人会信她的一面之词。

时至今日，她知道即使自己去拉着人哭诉，说自己真的是陈伯寰的结发妻子，也必然没有人会信她。她依然是当年土墙边那个无处申冤的小姑娘。

什么都没有变过。

只是当年尚有一人，翻过墙垣，揣着一个热气腾腾的白馒头，塞到她掌心中，跟她说："饿了吧，快吃个馒头垫垫饥。"

而今……那个人，又在何处呢……

他回来找不到她，会不会着急，还是会因为母亲终于不会再被她克，而暗松一口气？

罗纤纤蜷在土庙中，淌着渐渐流尽的泪，小声道："司仪娘娘，我想和他在一起。我是他的发妻……我们拜堂的时候，旁边没有一个司仪，您是鬼司仪，管不到活人，但是我也……我也只有和您……和您说一说……"

她支离破碎地呜咽着，喉咙里发出最后的声音："我没有撒谎……"

我没有撒谎。

大雪无声，长夜寂静。

第二日，路过城郊土庙的镇民，发现了罗纤纤已经冰冷的尸体。

第五章 一

与君初见时

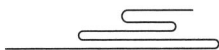

本座的师尊，要怒了

楚晚宁听到此处，已是怒极，恨不能立刻撤了柳藤照着陈氏夫妇二人身上狠抽过去。但他不能睁眼骂人，一旦睁眼，归真幻境就会立刻消失，归真结界锁同一个亡灵只能锁一次，如果中断，罗纤纤接下来的话，他就再也不能听到了。

因此他只能忍着滔天的火气，继续听罗纤纤讲下去。

死后，她浑浑噩噩，毫无知觉。

唯一的印象，就是有个披红戴绿的女性，眉目间很像庙宇中供奉的鬼司仪。那鬼司仪站在她面前，和声细语地问她："你与陈伯寰，生不能同床，死，可愿同穴？"

她仓皇答应着："我愿意……我愿意的！"

"那便让他即刻就来陪你，好不好？"

罗纤纤几乎脱口而出，就想说好，可是忽然想起了什么，一愣："我是死了吗？"

"是。吾乃地府鬼司仪，可赐尔等良缘，了却尔等夙愿。"

罗纤纤怔怔地："那他来陪我，他……也会死吗？"

"是。然而天若有情，死生亦小，不过一合眼而已，又有何区别？"

楚晚宁听到这里，心中道：果然这鬼司仪会诱使别人向它许下索命愿望，这仙，倒真是个邪仙了。

罗纤纤虽然死得冤屈，此时却并未化作厉鬼，因此连连摆头："不，不能杀他，不是他的错。"

鬼司仪阴恻恻地笑道："你如此仁心，又换来了怎样的回报？"它也不勉强罗纤纤，作为一个仙，诱导旁人许下歹毒心愿可以，逼迫是不行的。

它的身影渐渐变淡，声音也越来越模糊："七日回魂，你返回阳间时，自去看看陈家景象，那之后吾会再来问你，看你是否依旧无悔。"

七天后，回魂日到。

罗纤纤的魂魄重返阳间。

她沿着昔日老路，怀着急切的心情飘然而至陈宅，去看丈夫最后一眼。

谁知陈宅内张灯结彩，院落外火树银花。聘礼行头摆满了花厅，堂前贴着大大的"囍"字，陈夫人容光焕发，哪里有半点病容，正笑盈盈地指点家仆，吩咐他们给聘礼扎花，披上红帛。

是谁……要办喜事？

是谁……要纳聘出礼？

是谁……三媒六聘，好不风光。

是谁……

她穿梭在忙碌的人群中，听着喁喁人声。

"恭喜陈夫人啊，令郎和姚县令家的千金订婚啦。何时办酒啊？"

"陈夫人真是好福气啊。"

"姚千金果然是陈家的福星，这才刚定下亲，陈夫人您的气色就好多啦。"

"令郎和姚千金金玉良缘，天作之合，好令人羡慕，哈哈哈哈。"

令郎……令郎……

是哪个郎？是谁要与姚家千金成亲？

她越发疯狂地在熟悉的堂前院后穿梭，在笑语喧哗中寻找那个她熟悉的身影。

然后，她找到了。

在后厅的牡丹花丛前，陈伯寰负手而立，面容憔悴，脸颊深陷，却穿一身红衣，虽不是吉服，却是彩蝶镇习俗里头，准女婿上门提亲时，应该穿的蝶戏花红装。

他……要去提亲了？

那满堂彩礼，金银珠玑，都是他……都是陈伯寰，她的丈夫，为姚家的千金小姐，备下的聘礼吗？

她忽然想起了他们成亲的那个时候。

什么都缺，除了两个人，一颗心，其他什么都没有。

没有司仪，没有傧相，没有彩礼。陈家那时候还不富裕，甚至没有一套像样的珠宝首饰，他去院子里，在一株两人同栽的橘子树下，采来一朵娇嫩的橘子花，小心翼翼地簪在她的发鬓边。

她问他：“好不好看？”

他说“好看”，沉默了一会儿，有些难过地摸着她的头发，跟她说：“就是委屈了你。”

罗纤纤笑着抿嘴，说“没有关系”。

陈伯寰跟她说，三年之后他娶她，一定要补办一场热热闹闹的婚宴，要请十里八方的人物，要用八抬大轿迎她，要给她披金戴银，聘礼停满整个花厅。

当年誓言犹在耳边，如今花好月圆，高朋满座。

他要娶的，却换成了旁人。

一股滔天的怒焰和悲哀汹涌而来，罗纤纤在屋子里撕心裂肺地喊叫，去撕扯那满屋子的红绸锦缎。

可她是鬼魂，什么都没有碰到。

陈伯寰像是隐约觉察到了什么，回过头来，愣愣地看着无风而动的纱帛，眼神茫然而空洞。

小妹走了过来，她的发鬓边，簪了一朵白玉钗，不知是在为谁偷偷地戴着孝。

她说：“大哥。你去厨房吃些东西吧，你都好几天没有好好吃过饭了。一会儿还要赶路，去县令家提亲。你这样，身体会扛不住的。”

陈伯寰忽然没有头脑地问了句：“小妹，你听到有人在哭了吗？”

“什么？没有啊，大哥，我看你是太……”她咬了咬牙，终究没有说下去。

陈伯寰仍然盯着纱帐飘飞的地方：“娘亲此刻如何，可高兴了？病可好了？”

“……大哥。”

“……她病好了，就好。”陈伯寰愣愣地站了一会儿，喃喃自语，“我已经没有纤纤了，不能再没有娘亲。”

“大哥，去吃饭吧……”

罗纤纤哭着，喊叫着，抱着脑袋哀号着。

不要……你不要去……你不要走……

陈伯寰说："……好。"疲惫的身影，消失在转角处。

罗纤纤呆呆地一个人站在原地，透明的泪水大颗大颗地滚落。陡然听到害死她的陈家那几个兄弟，二哥在和幺弟低声细语。

"娘这次可开心了，唉，总算一块石头落了地。"

"可不是吗？装病装了大半年，好歹把那个丧门星逼走了。她能不高兴吗？"

幺弟"啧啧"了两声，忽然又道："她怎么就死了呢？我们赶她出去，也没想着要害死她，怎么这么笨，不知道找个人家去帮忙？"

"谁知道，脸皮薄吧，跟她那个酸腐的爹一样。死了也不能怨我们，虽然娘装病嫌弃她，但我们家自有苦衷。你想想，县令的女儿和穷丫头，傻子才会选她。再说了，万一把姚千金得罪了，够我们喝一壶的。"

"也是，她自己傻，不要活，要冻死，谁都救不了她。"

这些话缥缥缈缈地灌入耳中。

罗纤纤在死后，终于明白了所谓"天煞孤星"，只不过是因为贫寒卑微，比不上县令千金尊贵。

傻子才会选一个穷丫头。

罗纤纤终于疯魔。

她带着满腔怨气，一腹恨水，回到司仪庙前。

她死在那里，回到那里，死时柔弱无助，归来怨戾冲天。

她曾是如此和善之人，却在这时用尽了毕生的仇恨，以及她人性中从未释放的恶，声嘶力竭地嘶吼着，双目赤红，魂魄震颤。

她说："罗纤纤，愿舍魂魄，自堕厉鬼道，只求司仪娘娘替我报仇雪恨！我要让陈家一家——不得好死！我要让她……让我那禽兽不如的恶婆婆，亲手杀死她的儿子！她的所有儿子！我要让陈伯寰下地狱来陪我！来与我合葬！我不甘心！我恨！我恨！"

神龛上的泥塑眼帘垂动，嘴角慢慢扬起。

一个空寂的声音回荡在庙宇中。

"收你信奉，如你所愿，尔今为厉鬼——杀尽——怨憎人——"

一道血红的刺目光影闪过，那之后的事情，罗纤纤，便再也记不得了。

楚晚宁却已然清楚，之后便是鬼司仪操纵厉鬼罗纤纤上身陈夫人，将陈家的人一个一个地杀害。

那口山顶上的红棺，之所以会挖出陈伯裳，自然也是因为鬼司仪完成了罗纤纤许下的夙愿——"让陈伯裳与我合葬"。并且，它还特意把那口棺材摆在了陈伯裳和新婚妻子的宅基所在处，是为最怨毒的诅咒和报复。

至于陈伯裳棺材里的花香，就是死前罗纤纤身上带着的百蝶香粉的味道。棺材里的怨气和香气都极为浓郁，正是因为罗纤纤的魂魄在里面与陈伯裳同眠。

罗纤纤没有家人，按照风俗，这样的人死了，尸骨要火化，而非土葬，所以她没有肉身，只有在鬼司仪的合葬棺里才能幻化成形。当时楚晚宁一藤鞭抽开了合葬棺，罗纤纤失去棺材庇护，魂魄飞散，暂时难聚，所以才会出现"棺材未开怨气重，棺材开了怨气淡"的情况。

但当时在幻境中，为什么其他人旁边都有死尸做配偶，陈伯裳身边却只有一个纸糊"鬼新娘"？

楚晚宁略一思索，想清楚了此事：鬼司仪不会违背自己的承诺，那个纸新娘就是它给罗纤纤塑的"肉身"，或者说是个载体，只有罗纤纤能与陈伯裳合葬。

一切都已明了。

楚晚宁看着幻境中柔弱无助的那个少女，想说些什么，却说不出话来。

玉衡长老嘴太笨了，讲话永远硬邦邦的，所以沉默了半天，还是什么都没有说。

少女站在茫茫的黑暗里，睁着她那双柔亮的圆眼睛。

楚晚宁看着她的眸子，忽然之间就很不忍心，想离开，不想再多瞧一眼。他正欲睁眼，离开这归真结界。

少女忽然说话了："阎罗哥哥。我、我还有件事想讲与你听。"

楚晚宁："……嗯。"

少女忽然低下头，捂着眼睛，哭了。她轻轻地说："阎罗哥哥，我不知道我后来都做了些什么。但是，我……我是真的不想害死我的丈夫。我不想当个厉鬼的。我真的……

"我没有偷橘子，我真的是陈郎的妻子，这辈子，我也真的、我也真的没有想过要害人。

"我真的没有想要害人，求求你，相信我。"

声音哽咽颤抖，支离破碎。

"我……没有……撒谎……"

我没有撒谎。

为何这一生，几乎从未有人相信过我？

她啜泣悲鸣着，楚晚宁的声音在黑暗中低低地响起。他话不多，但是没有犹豫。

"嗯。"

罗纤纤瘦弱的身子一震。

楚晚宁说："我相信你。"

罗纤纤胡乱用手抹了眼泪，然而还是忍不住，最后掩着泪流满面的脸庞，低下头，朝黑暗中，她看不见的地方，深深地行了一礼。

楚晚宁重新睁开眼睛。

他睁眼后，良久都没有说话。

结界中的时间与现实中的并不一样，他在里面待了很久，对于外面的人而言，却不过转瞬，墨燃还没有回来，陈家几个活着的人还都眼巴巴地看着他。

楚晚宁忽然收了柳藤，朝陈老夫人说："我为你平冤，你睡吧。"

陈老夫人愣愣地睁着血红的眼睛，忽然就扑通一声软倒在地，昏过去了。

楚晚宁再次抬起头来，目光先是扫过陈员外的脸，再落在幺子身上，声音没有什么波澜，依旧很冷。

"我最后问一次。"他嘴皮子慢慢地碰着，一字一句，"你们，当真没有听出那个声音是谁吗？"

二

本座拦不住他

陈家幺子哆嗦着，两股战战，举头望向他父亲。

陈员外则眼神飘忽，过了一会儿，坚定道："不……不认识。没、没听出！"

楚晚宁面若九尺霜冻，低声道："撒谎。"

他原本长相就极为凌厉，此刻压低剑眉，怒气冲天，越发显得杀气腾腾，居然比厉鬼还令人畏惧。

陈员外不由自主地倒退两步，楚晚宁猛地将天问在地上空抽一记，霎时间噼里啪啦火光四溅，碧叶横飞，吓得陈员外扑通一声摔了个瓷实。

"百蝶香粉是你们家配出来的吗？你大儿子是头婚吗？罗纤纤是谁？一大把年纪了你还要脸吗？"

陈员外的嘴张了又合，合了又张，表情干巴巴的，最后居然说不出一句话来，面色渐渐地从苍白变得通红。

倒是一直缩在旁边的陈家小女儿，听到"罗纤纤"三个字的时候，忽然"哇"的一声号啕大哭。

她扑过来，跪在她娘亲面前，扒拉着那具昏迷的躯体："罗姐姐！罗姐姐，这一切竟然是你做的吗？我知道你走得不甘心，但是求求你，看在我的面子上，求求你放过咱们家吧……罗姐姐……"

楚晚宁俯身，握住流窜着金光的天问，用藤柄，挑起了陈员外的脸。

楚晚宁有心理洁癖，他觉得恶心的人，根本不会用手去碰，一碰浑身就起鸡皮疙瘩。

"你以为，我会不知道谁在对我说谎吗？"他森森冷冷地，盯着陈员外的脸，从那双惊恐交加的眼珠子里，看到了自己的面容。

果然是那样的不讨人喜欢，那样的冰冷刻薄，像是覆着霜雪的刀刃。

可那又怎样？

晚夜玉衡，从来不需要别人的喜爱。

"道长、道长你可是死生之巅的人，我是委托人，你怎能窃取我的私事？我……"

楚晚宁说："好，我收手不管。你等死吧。"

"不！不不不！你不能……"

"我不能？"楚晚宁眯起眼睛，丹凤眼里流动的光泽很危险，"我不能什么？"

"我是……你是……你……"

"你这样的人，若是我门派中的弟子，"楚晚宁摩挲着天问，低沉道，"我今日就把你抽得皮开肉绽、筋骨寸断。"

话说到这份儿上，陈员外想再装蒜也装不下去了。他见楚晚宁凶神恶煞，半点儿没有修道之人的心慈手软，不由得双腿发软，干脆面子也不要了，扑通一声就跪下来，哭号道："道长，我、我们也是逼不得已，得罪不起县令家的千金啊！我们、我们也寝食难安，日夜不宁啊，道长……"说着就要去抱楚晚宁的腿。

楚晚宁这人心头洁癖着实很重，眼见着陈员外就要碰到自己，想也不想，柳藤击落，厌恶道："别碰我！"

"啊哇！"手背猛地被天问抽中，即使没有灌入灵力，陈员外依然痛得哭天抢地，嘴里嚷着，"没天理啊，死生之巅的道士打普通人啦！"

"你！"

墨燃扶着两个伤员进宅子时，就看到陈员外正鼻涕一把眼泪一把地跪在地上，颤抖地指着楚晚宁，嘴里叫嚷着："哪个门派有这么做事的？你们死生之巅收了佣金，不、不保护委托人，还、还对其进行殴打，这当真、这当真——好不要脸啊！我、我要昭告天下！我要大肆宣扬！我、我要让大家都知道你们这种……这种态度！让你们身败名裂，赚不着一个铜板！"

楚晚宁怒道："有钱如何？有钱便能颠倒黑白，便能恩将仇报吗？有钱便能为所欲为，背弃承诺吗？"

旁边的陈家幺子怯怯道："那个罗纤纤，又不是我们害死的，我们只轻轻地打了她两下，赶她出了门，是她自己不要活，大雪天的也不找地方躲着，这能怪我们吗？我们又没有杀人，你是仙君大爷也不能这么胡乱怪罪人啊。"

他这番话说得刁钻至极，论律，陈家并没有做任何逾矩之事，楚晚宁就算把他们扭送公堂，衙门也顶多责怪陈家薄情寡信，却全然不能追究他们任何一个人的罪责。

"我不杀伯仁，伯仁因我而死。你们，当真择得好干净。"

楚晚宁握着柳藤的手，因为怒气，在微微发着抖。

陈员外老奸巨猾，已经从最初的惊慌失措中缓过神来。他先前还担心厉鬼没有除干净，楚晚宁就会丢下他们不管，但是转念一想，这个凶巴巴的道长是死生之巅派来的。死生之巅乃下修界第一大派，既已收下佣金，派来诛邪的道士就必须完成所托。这是海内皆知的事情。

想通了这一节，他便没那么怕了，捧着自己那被抽破了一小道口子的"蹄子"，哭得鼻涕一把眼泪一把："择干净？我老陈家从未做过伤天害理的事情，既没杀人也没放火，那罗纤纤自己不想活，也能赖在我们头上？你、你要今日不把这厉鬼除干净了，回头我就上死生之巅告你们状去！哪有你们这样的？拿人钱财替人消灾，这点道理都不懂，你还……"

话未说完，就见得楚晚宁拿了自己的钱袋，眼睛不眨，怒丢在陈员外面前："门派收你的钱，我今日尽数还你。至于告状，你想告便告吧！"

天问光起，柳叶如刀。

陈员外猝不及防，被打得吱哇乱叫，抱头鼠窜，慌乱间还拽来自己的小女儿来给自己挡柳藤。

也亏得楚晚宁平时抽人抽习惯了，天问又与他心神合一，旋即收势，斜斜避开陈家小女，再一绕，照着陈员外那张脸就横劈下去，霎时间血花四溅，惨叫惊天。

陈员外压根儿没料到楚晚宁根本不吃他这一套，之前的气势汹汹全化成了一摊烂泥，一边屁滚尿流地逃窜着，一边大喊着："别打了！别打了！道长！道长我那都是胡话！是胡话！啊！道长饶命！哎哟求求您，我年纪大了，受不住啊！道长慈悲，是我们陈家的错！是我们陈家的错！"

楚晚宁哪里还听得进去，他气噎于胸，凤目狠戾，天问舞得唰唰唰漫天残影，把陈员外打得满地痛滚，涕泗横流。

立在门口的墨燃惊呆了："……"

他第一次瞧见楚晚宁拿天问抽普通百姓，而且毫不手软，那架势就跟抽牲口似的，那藤柳甩得，都快成虚影了。

这还得了？被委托人居然打了委托人，这事儿无论是放在上修界还是下修界，都足够令那个仙士声名扫地，楚晚宁脾气再烈，再意气用事，也不至于会犯下这样的大错吧？

这可比他的偷窃淫乱之罪还要罪加一等呢。

师昧也吓得脸色苍白，忙拽墨燃道："快，快去拦着师尊！"

墨燃将仍昏迷的陈姚氏，也就是姚家千金交给师昧，上前去抓住楚晚宁的手腕，惊急交加："师尊——你——这是在做什么？"

楚晚宁没好气，剑眉怒竖，喝道："松开。"

"师尊，你这可是犯戒的……"

"要你说？死生之巅七百五十条戒律我还能没你清楚？松开！"

墨燃声音拔高了："那你还打？"

楚晚宁根本懒得和他废话了，蓦然甩袖抽手，又是一藤条，狠狠地抽在陈员外身上。

"师尊！"

楚晚宁低声怒喝，眼中霜雪欺天："滚！"

陈员外一看，觉得墨燃长得清秀可亲，定是个好人，连忙跌跌撞撞地爬过去，缩在墨燃背后，拿手去拽墨燃的衣角："道长，你快劝劝你师尊，我、我都一把老骨头了，就算有错、就算有错也禁不住他这样打啊……"

谁料墨燃一扭头，见到他满脸鼻涕眼泪，毫不怜悯，反而大感恶心，"啊"了一声连忙闪开，嫌弃道："你别碰我。"

"……"陈员外一见这个靠不住，目光又转到了不远处正扶着陈姚氏在太师椅上坐下的师昧。他怀揣着最后一线希望，朝着师昧爬过去，一边爬一边号啕大哭。

"道长啊，道长啊，发发善心，发发慈悲，我是真的知错了，是我不好，是我不好，求求你，帮我劝劝你家师尊，我有错，我认罪……我……我……你们让我做什么都好，就是别再打我了，我年纪大了，身子撑不住啊……撑不住哇……"

他哭得悲切，为了活命，自然也是十二万分地真诚。他爬到师昧身边，伸手又去拽师昧的衣摆。

师昧见他可怜得很，抬头对楚晚宁道："师尊，老人家既已知错，您就手下留情，放过……"

楚晚宁道："你给我让开。"

师昧："……"

楚晚宁厉声道："还不让？"

师昧吓得浑身一颤，让开了。

天问嗖的一声划破空气，朝着陈员外当头劈来，陈员外双手抱头，撕心裂肺地大喊一声。那叫声太凄厉了，师昧站在旁边，不由得闪身又回来，硬生生地替陈员外挡住了这一藤条。

唰的一声。

师昧闪得太急，楚晚宁待要收手，也已经来不及了。

鲜血横飞，师昧身子正虚弱，挨了这一击，陡然跪坐在地，捂着白皙细嫩的脸颊，血却止不住顺着指缝淌了出来……

三

本座与他冷战

一时间，厅内无人说话，只听到陈员外的哽咽啜泣声。

师昧低头捂着脸颊，再抬首去望着楚晚宁时，眼中满是恳切："师尊，别再打了。您再这么打下去，背负责任的是死生之巅啊……"

墨燃更是几乎吓得魂飞魄散，他虽然混账，对师昧却是关心得很，这辈子复生，就暗自发誓要把师昧捧着、揣着，好好护着。可这还没几天，师昧又是重伤又是挨柳藤，这叫个什么事儿！

他也顾不得去跟楚晚宁算账，忙到师昧身边，去查看师昧脸上的伤口。

师昧轻声地："我不碍事儿……"

"你让我看看。"

"真没关系。"

即使反抗着，捂着伤口的手还是被墨燃拉了下来，瞳孔猝然收拢。

一道深深的血痕恣意狰狞，皮肉外翻，鲜血不住地往外淌，一直延伸到脖颈……

墨燃的眼睛禁不住红了，咬着嘴唇瞪了半天，忽然扭头朝楚晚宁怒喝道："你打够了吗？"

楚晚宁阴沉着脸，什么话都没有说，没有道歉也没有上前，笔直地杵在原处，手中仍握着并没有灌入任何灵力的天问。

"……"

墨燃胸中似有无数魑魅魍魉在疯狂地攒动。

谁受得了从前死过一次的师昧几次三番再受如此的委屈折磨？

他和楚晚宁就那么互相盯着，谁也没有让步，谁也没有服软。墨燃眼里渐渐暴出血丝，他恨楚晚宁恨了那么多年，深入骨髓，眼前这个男人为什么总和他不对盘？

当年他刚进门派，做了错事，楚晚宁就往死里抽他。后来师昧受伤了，楚晚宁一生只有三个徒弟，却袖手旁观，执意不救。再后来师昧死了，死生之巅毁了，他墨微雨成了独步天下的修真界霸主，滚滚红尘谁不服他？只有楚晚宁和他对着干，毁他大业，刺他良心——时时刻刻提醒他，踏仙君再厉害，也不过是丧心病狂、众叛亲离的疯子。

楚晚宁。

楚晚宁……

生前死后，一直都是他！

两个人都还身着相配的吉服，红衣衫对着红衣衫，远远而立，中间似有不可填平的鸿沟深壑。

楚晚宁的天问，最终还是收了回去。

陈员外大大地松了口气，跪在师昧面前不停地磕头："菩萨心肠、菩萨心肠，仙君是救苦救难的活菩萨，谢谢仙君救了我陈某人全家，谢谢仙君，谢谢仙君。"

总是这样。

邪祟是他平的，但那顿毒辣柳藤，也确是他抽的。楚晚宁做尽了分内事，也破尽了森严戒，最后菩萨是别人，他是恶人。

从来都是如此。

他性子不好，他认了，也并无后悔。

只是那一藤鞭失手，抽中了自己徒弟，他终究心里难受，但面子薄，也不愿意温言说上两句，自顾自走了，来到陈家小女儿面前。

那小姑娘看到他，也吓得情不自禁地退了两步，瑟瑟发抖。

陈家诸人，唯她存善。楚晚宁语气微缓，说道："你母亲遭厉鬼上身，阳寿折损二十余年，如果仍然不思悔改，心存歹念，以后阴气缠身，恐怕死得更早。她醒来之后，叫她亲手用红桃木为罗姑娘立灵牌，牌上需承认罗姑娘身份。罗纤纤是陈伯寰明媒正娶的妻子，你们隐瞒事实多年，也应一同昭告，了罗纤纤生平所愿。"顿了顿，又递一卷经书道，"另外，你全家每日三次，三跪九叩，念'送渡咒'，方可超度罗姑娘，也可送走纠缠你家的厉鬼。此咒需念足十年，不能间断，如果半途而废，罗姑娘仍会回来寻仇。"

小姑娘颤声道："……是，多、多谢道长……"

楚晚宁又倏忽回头，目光锐如覆雪刺刀，扫过陈家幺子和陈员外，厉声道："陈姚氏醒后，你二人须把隐瞒之事统统告知于她，去留由她自己决定，要是有丝毫隐瞒，看我不断了你二人舌头！"

他二人本就是色厉内荏之徒，哪里还敢不答应，连连磕头允诺。

"至于百蝶香粉，此物是罗书生一手所配，却被你们厚颜无耻地说成是自己的方子。你们自己清楚该怎么做，不需我再多言。"楚晚宁言毕拂袖。

"我、我们一定去铺子上纠正，去澄清，去告诉乡亲这香粉是罗……罗先生的……"

事情都一一安排妥当之后，楚晚宁让墨燃把陈姚氏扶回房中，为她推血解毒。

墨燃心中虽恨，但知道自己年少时对师尊终究敬畏大过忤逆，因此也不再吭声。他握了握师昧的手，小声道："你去看看你的脸，快把血止了。我扶她去房里。"

陈家大儿子的卧房，仍然贴着大红的双喜，恐怕是变故生得厉害，忙乱之中，也忘了摘下。眼下陈伯寰已成齑粉，如此瞧来，竟是讽刺万分。

陈姚氏于此荒唐闹剧中，终成了贪欲面前的牺牲品，也不知她醒来之后，又当做何抉择。

她身子不比师昧，到底是一个普通人，楚晚宁默默地替她推了血，又喂她服下丹药。在这过程中墨燃在旁端水递巾帕，两人不曾说话，也不曾相互看上对方一眼。

离开时，楚晚宁无意间往墙上一瞥，目光淡淡移过，却忽然意识到了什么，又转了回来，盯着墙上悬挂着的一幅字看。

那是几行端端正正的楷书小字，着墨应不久，纸张缘口都还不曾泛黄。

写的却是——

红酥手，黄縢酒，满城春色宫墙柳。

东风恶，欢情薄。一怀愁绪，几年离索。错、错、错。

春如旧，人空瘦，泪痕红浥鲛绡透。

桃花落，闲池阁，山盟虽在，锦书难托。莫、莫、莫。

楚晚宁心中忽然一堵，那楷书字字工整，字字端正，落款处，"陈伯寰"三字端正得刺目无比。

那个违心娶了姚家千金的陈公子，心中凄楚无法言说，其人生中的最后一段日子，便只能站在窗边，洇着笔墨，去誊写这一首生离死别的《钗头凤》吗？

再也不想留在陈宅，他忍着肩膀伤口的剧痛，转身离开。

楚晚宁和师昧都受了伤，不能马上策马回死生之巅，而且楚晚宁特别不喜欢御剑飞行，于是去镇上寻一家客栈歇脚，第二日也好去看一看鬼司仪庙宇那边的后事如何了。

那些鬼魅尸首虽然被楚晚宁的"风"绞成了粉末，但破坏的只是被鬼司仪控制的尸身，灵魂并不会受损，多留下几日，看看有没有作祟的漏网之鱼也好。

楚晚宁在前面默默地走着，两个徒弟跟在后面。

师昧像是忽然想起了什么，问道："阿燃，你和师尊身上的衣服……是……怎么回事？"

墨燃一愣，这才想起来自己和楚晚宁还穿着拜堂成亲的吉服，生怕师昧误会，连忙要脱下来："这个……其实是之前那个幻境，你千万别想多……"

楚晚宁在前面，几步之遥的地方，也不知道究竟听了几句他们的对话，此时停下脚步，回过身来。

天蒙蒙亮了，一夜跌宕起伏后，暮色退去，天边陡然泛起一丝黎明初光，鲜红的旭日犹如一颗破烂流血的心脏，从暗夜的深渊里挣扎而出，洇一抹艳丽辉煌。

楚晚宁逆光站着，站在越来越透亮的长夜尽头，站在遍天氤氲的初阳漫照中。

他嫁衣如血，侧身而立，旭日在他脸侧描了个模糊不清的金边，看不清脸上表情。

忽然，灵力输出，吉服被强悍的力道震了个粉碎。

红色的细碎布料，如同海棠花落时纷飞的残花红瓣，倏忽风起，四下散落。

吉服破碎，露出下面白色衣袍，在风里滚滚翻飞，和他墨黑的长发一起。

肩上鲜血。

风中残衣。

那为护墨燃而伤的斑驳血迹，在白袍上显得尤为艳丽刺目。

良久，楚晚宁冷笑，颇为嘲讽："墨微雨，你我之间，又有什么可以叫人误会的？"

他一生气就会管墨燃叫墨微雨，生生冷冷、客客气气的，不冒任何热气儿。

墨燃冷不防一噎，被他堵得说不出话来。

楚晚宁笑罢，拂袖离去。

此时四野无人，他一个人在前面走着，仿佛天地渺茫，独他孑然一身。

他那张天怒人怨的嘲讽脸，一到客栈，关上门，就绷不住了。

楚晚宁咬了咬牙，脸上露出痛楚的神色，抬手去摸自己的肩膀。

鬼司仪的利爪是仙灵之体，算起来，与天问不遑多让，都是极其厉害的武器，他整个肩膀被撕抓掏扯，但因急着诛灭妖邪，便没有及时处理，此时此刻，已经感染溃烂，剧痛难当。

站在房中，缓了口气，楚晚宁想将身上的衣袍除下，可是肩膀上的血已经凝结了，衣料和皮肉粘连在一起，一扯疼得厉害。

隔壁就是墨燃的房间，这客栈隔音不佳，他不愿让人知道，硬生生地咬着嘴唇，竟将那黏着血肉的布料，狠狠地撕下！

"呃……"

一声闷哼之后，楚晚宁慢慢松开嘴唇，唇齿间已满是鲜血，他大口大口地喘着气，脸上没有半点儿血色，冷汗遍布。

垂下修长浓密的睫毛，他微微颤抖着，去看自己的伤势。

还好，尚能处理……

他扶着桌子，缓缓坐下来，就着小二端来的清水和巾帕，忍着痛，用那只没有受伤的手，一点一点地为自己擦拭伤口。

尖刀剜入，割去腐肉，而后，涂上王夫人所制的伤药。

再一个人，慢慢地、困难地给自己裹上纱布。

他不习惯在人前流露出软弱模样。这样的苦痛，他经历过许多次，每一次都是一个人撑过来的。

兽类若是受伤，便会自己躲起来舔舐伤口，他有时觉得自己也和那些畜生一样，以后大概也会一直这样孤苦伶仃下去。

他知道自己不讨人喜欢，所以并不想可怜兮兮地求助任何人。他自有那莫名偏执的尊严。

他脱下衣服时，掉了一只锦囊到地上。

红缎绣合欢，他用疼得颤抖的指头，慢慢拆开来，里面是两段纠缠在一起的青丝。

他和墨燃的。

楚晚宁把柔软的锦囊紧握在手里，缓慢闭上了眼睛。

"咚咚咚。"

门忽然被敲响，楚晚宁吃了一惊，猛然掀起眼皮，迅速把锦囊收在宽袖里，拉着张俊脸，没好气儿。

"什么人？"

"……师尊，是我。"外头响起了墨燃的声音，楚晚宁的心跳陡然快了几分，"你开个门。"

〈四〉

本座讨厌死他了！

楚晚宁把"滚出去"三个字卡在喉头，阴郁着脸沉默了好久，最后才慢吞吞地换成了："滚进来。"

"咦？你门没锁？"冷战了一整天，此刻墨燃存心与他和好，就一边说着，一边推门进来，仿佛什么都没有发生过。楚晚宁则面无表情地坐在桌边，掀起眼皮，淡淡地瞥了他一眼。

平心而论，墨燃生得是很好看的，一走进门，整个屋子都跟着明亮起来。他确实是十分年轻，皮肤紧致，似乎散发着淡淡的光辉，嘴角弧度天生微微带着些卷儿，没什么情绪的时候也像是在笑。

楚晚宁不动声色地将目光从墨燃身上移开，长长的睫毛垂下来，抬手掐灭了桌上点着的一支熏香，然后才冷然问道："你来做什么？"

"我来……看看你的伤。"墨燃轻咳几声，目光落在了楚晚宁的肩膀上，微微愣住了，"已经换好了？"

楚晚宁淡淡的："嗯。"

墨燃："……"

他确实记恨楚晚宁，也气楚晚宁打伤了师昧。但是冷静下来之后，墨燃也并非全无良心，恨归恨，他没忘了楚晚宁的肩膀是怎么受伤的。

在那室闷的棺材里，是楚晚宁紧紧地把自己护在怀里，用一己之躯挡住了鬼司仪的利爪，即使痛得浑身颤抖也没有松开……

对于楚晚宁这个人，墨燃是十分厌憎的。

但是除了厌憎，不知为何，总掺杂了一些很复杂的情绪。

他是个粗鲁的人，小时候没读过书，后来虽然补了些文识，但在很多细腻的事情上，还是不容易转过弯来。

比如，楚晚宁这件事，墨燃摸着脑袋琢磨了半天，后脑勺都要摸秃了，也搞不清楚这种感觉究竟是什么。

他只能单纯地辨认某一种感情：喜欢、讨厌、憎恨、高兴、不高兴。

如果把好几种情绪混在一起，英明神武的踏仙帝君就会眼冒金星，彻底犯晕。

搞不懂，不明白，不知道，救命啊，头好痛。

于是墨燃懒得再想。

他在心里给楚晚宁暗自记了笔烂账，一边暗暗盘算着如果以后有了机会，一定要双倍奉还，一边又心怀愧疚，天人交战，最终还是敲响了楚晚宁的房门。

他不想欠楚晚宁的。

可是楚晚宁这个人，比他想得更倔，老狠心了。

墨燃盯着桌上一堆血迹斑斑的棉纱，满盆子被血染红的热水，还有随意扔在一边的尖刀，刀尖上还挂着血肉，觉得头都大了。

这个人究竟是怎么做到自己给自己疗伤的？

他就真的这样眼眨也不眨地能把烂肉创口清了、割了吗？那场面光是想想就令人头皮发麻，这家伙还是人吗？

想起刚刚给师昧清理创口时，师昧疼得轻轻呻吟、眼角含泪的样子，饶是墨燃再不喜欢楚晚宁，也忍不住在心里给他连连作揖——玉衡长老果然是一个汉子，服了服了。

在原地站了一会儿，墨燃先打破了这种静默。他轻咳了两声，脚尖磨蹭着地板，挺别扭地说："刚才在陈宅……师尊，对不起啊。"

楚晚宁不说话。

墨燃偷偷瞄了他一眼："不该朝你吼的。"

楚晚宁还是没理他，这人脸上淡淡的，一如既往地没有表情，但心里可委屈着，就是不吭声。

墨燃走过去，离得近了，才看到楚晚宁把自己的肩膀包得乱七八糟，棉纱五花大绑，捆螃蟹似的把自己捆了起来。

"……"

也是，一个连衣服都不会洗的人，能指望他把自己绑得有多好看？

叹了口气，墨燃说："师尊，你别生气了。"

"你哪只眼睛看到我生气了？"楚晚宁怒气冲冲道。

墨燃："……"

过了一会儿。

"师尊，包扎不是这么包的……"

楚晚宁又毫不客气地顶了回去："要你教我？"

墨燃："……"

他抬起手来，想要帮楚晚宁把纱布解了，重新包扎，但察言观色，觉得自己要是敢碰楚晚宁，估计能挨一大耳刮子，不禁又犹豫起来。

他手抬起来又放下，放下又抬起，反复了几次，楚晚宁恼了，斜眼瞪他："干什么？你还想打我不成？"

"……"

确实挺想打的，但并不是现在。

墨燃气笑了，不管三七二十一，忽然伸手过去摁住他的肩膀，脸颊浮起酒窝："师尊，我帮你重新包扎吧。"

楚晚宁原是想拒绝的，然而墨燃温暖的手指已经覆了上来，他忽然觉得有些口干发涩，说不出话，于是嘴唇轻微地动了动，还是任墨燃去了。

纱布被一层一层揭下，鲜血浸透，待到尽数拆落，五个窟窿刺目狰狞。

仅仅看着，墨燃就觉得不寒而栗，师尊的伤比师昧脸上那一道口子不知严重多少倍。

墨燃也不知怎么了，怔怔地看了一会儿，忽然轻声问了句："疼吗？"

楚晚宁垂着纤长的眼睫毛，只是淡淡地说了声："还好。"

墨燃说："我轻一点儿。"

楚晚宁不知道想到了什么，忽然耳根就有些红了，结果又生自己的气，觉得自己真是疯了，整天也不知道在胡思乱想什么，于是脸上的表情更僵，脾气更差，干巴巴地说："随你。"

客房内的烛火毕剥，借着昏黄的光线，能看到有些地方根本没有涂到药膏，墨燃很是无奈，觉得楚晚宁能健健康康地活到今天着实算个奇迹。

"师尊。"

"嗯？"

"你今天在陈家是怎么回事？怎么会忽然出手打人？"墨燃一边涂抹药膏，一边问。

楚晚宁沉默了一会儿，说道："气不过而已。"

墨燃问："什么事情让你气不过了？"

楚晚宁此时也不想和小辈计较了，便言简意赅地把罗纤纤的事情说给了墨燃听。墨燃听完，摇了摇头："你也太傻了，这种事情，你就算气不过，也不应该当面和他起冲突。换成是我的话呀，我就乱七八糟作个法，骗他们说厉鬼已经除了，然后拍拍屁股走人，让他们自生自灭去。你看看你就为了这么个烂人，闹成这样，半点儿都不知变通，还失手打伤了师昧……"

话说一半，墨燃忽然顿住，两只眼睛盯着楚晚宁，没声儿了。

他绑绷带绑得仔细，一时有些忘我，跟楚晚宁说话的语气，不知不觉就成了三十二岁时的样子，没大没小的。

楚晚宁显然也注意到了，正斜乜眸子，幽冷地瞧着墨燃，那眼神又是熟悉的意思——"瞧我不抽死你"。

"呃……"

脑中还未想到应对之策，楚晚宁已经开了尊口。

他十分冷漠地说："师明净是我想要打的吗？"

提到师昧，墨燃原本还算清醒的脑子就开始犯轴，语气也硬起来了："那人不是你打的吗？"

那一下楚晚宁抽得也后悔，但是脸上挂不住，此时沉着脸，一句话也不说。

楚晚宁是个倔种，墨燃是个痴情种，两人目光碰在一起，噼里啪啦地蹿着火花，刚刚稍微缓和下去的气氛，又无可救药地变得僵持。

墨燃说："师昧又不曾有错，师尊，你误伤了他，难道一句对不起都不愿意说吗？"

楚晚宁危险地眯起眼睛："你这是在质问我？"

"……我没有。"墨燃顿了顿，"我只是心疼他无辜受累，却得不到师尊的一句道歉。"

烛光下，俊美青春的少年给楚晚宁的伤口缠上最后一道绷带，仔细打好了结，瞧上去依然是前一刻颇温和的景象，两人的心境却都已变了。

道歉？

道歉俩字怎么写？谁来教教他？

墨燃又说："他脸上那伤口，全部退下去怎么说也要半年，我刚刚给他上药的时候，他却还跟我说不怨你，师尊，他是不怨你，可你觉得这事儿你占理吗？"

这句话无异于火上浇油。

楚晚宁忍了一会儿，终究没有忍住，压着嗓音，沉声道："滚出去。"

墨燃："……"

楚晚宁怒道："滚！"

墨燃被轰了出去，门当着他的面砰的一声就关上了，差点夹住他的手指头。墨燃也气着了，看看、看看！这什么人？不就是让他道个歉吗？一张脸金贵得跟什么似的，上下嘴皮子一碰说一句对不起有什么难的？本座是踏仙君都不吝和别人道歉。他还北斗仙尊呢，话说到一半莫名其妙就跟吞了火药似的，发什么破脾气！

难怪长了那么一张俊脸还没人稀罕！

白瞎了，活该单身一辈子！

既然楚晚宁不搭理他，给他闭门羹吃，高高在上的踏仙君、人界帝王当然不会死皮赖脸、满地打滚地睡门槛。他虽然韧劲儿大，牛皮糖似的黏上了甩不掉，可他黏的是师昧，不是师尊。

他当即满不在乎地走人，去陪师昧去了。

"怎么又回来了？"已经躺下休息的师美人见墨燃进来，愣了愣，坐起来，墨色长发垂了一身，"师尊怎么样？"

"好得很，脾气还和平时一样大。"

师昧："……"

墨燃拿了把椅子过来，反坐在那里，手搁在太师椅背上，嘴角挂着一丝懒洋洋的笑意，来回打量着师昧散着柔软长发的模样。

师昧道："要不我还是去看看他吧……"

"哇，你可千万别想不开。"墨燃翻了个白眼儿，"凶着呢。"

"你又惹他生气了？"

"他需要人惹？他自己跟自己都能生气，我看他是木头做的人，一点就腾腾直烧。"

师昧摇了摇头，哭笑不得。

墨燃道："你早点休息吧，我去楼下借个厨房，给你们做点吃的。"

师昧道："闹什么？一夜没合眼了，你自己不睡？"

"哈哈……我精神好着呢。"墨燃笑道，"不过你要是舍不得我，我可以再陪你一会儿，到你睡着为止。"

师昧连忙摆手，温言道："不用，你要这么看着我，我反而睡不着，你也早些去睡吧，别累着了。"

嘴角的弧度略微僵了僵，墨燃有些难过。

师昧虽然待他温和，可总保持着若有若无、忽远忽近的距离，明明近在咫尺的人，却像是镜中月、水中花，可望而不可即。

"……好吧。"墨燃最后也只是努力打起精神，笑了起来，笑容很灿烂，这人不泛坏水儿的时候，其实傻得可爱，"有什么需要叫我，我就在隔壁，或者在楼下。"

"嗯。"

墨燃抬起手，想摸一摸他的头发，最后还是忍住了，手在半空打了个转，挠了挠自己的脑袋。

"我走了。"

出了屋子，墨燃忍不住打了个喷嚏。

他吸了吸鼻子。

彩蝶镇因为产香，各种盘香、卧香、塔香的价格都不贵，所以客栈内也毫不吝啬，每个房间都点着一炷长长的特制高香，一可以避邪，二可以除湿，三可以使得室内芬芳。

可墨燃一闻到熏香就难受，无奈师昧喜欢，他就忍着。

来到楼下，墨燃晃晃悠悠地来到掌柜面前，塞了个银锭子给他，眯起眼睛，笑吟吟道："掌柜的，行个方便。"

掌柜看着银子，笑得比墨燃更客气："仙君有什么吩咐呀？"

墨燃道："我瞧来这里吃早点的人也不多，跟你打个商量，厨房今天上午归我用了，麻烦你把其他客人回一回。"

早点能赚几个钱啊，半个月都未必能把一个银元宝赚回来，掌柜当即眉开眼笑，满口答应着，领着大摇大摆的墨微雨，就去了客栈的厨房。

"仙君要自己做饭哪？不如让咱们店里的厨子做，手艺好得很。"

"不用。"墨燃笑了起来，"掌柜的，听说过湘潭的醉玉楼吗？"

"啊……就是那个一年之前走了水的乐伎名楼？"

墨燃："嗯。"

老板往外偷看一眼，确定了自己的媳妇儿正忙活着，没有偷听，于是窃笑道："怎么没听说过，湘江边最有名的馆子，以前出过一个乐伶魁首，那叫一个名动天下，可惜离得远，不然我也想去听她弹上一曲儿。"

墨燃笑道："承蒙夸奖，我替她多谢您。"

"替她？替她？"掌柜摸不着头脑，"你跟她认识吗？"

墨燃说："岂止认识？"

"哇……仙君看不出来啊，欸？不过你们修道之人，难道也能……嗯……"

墨燃笑着打断了他："除了乐魁，还知不知道别的？"

"嗯……吃食据说也是一绝。"

墨燃弯起嘴角，笑得更明朗了。他娴熟地拎起菜刀，说道："我没修道前，在醉玉楼的厨房里头，打了好几年的下手。你说是你们厨子做得好吃，还是我做得好吃？"

掌柜的更吃惊了，语无伦次道："仙君真是……真是……""真是"了半天"真是"不出来。

墨燃斜眼看他，嘴角扬着那从容又得意的笑，神态懒洋洋的："出去吧，本大厨要做菜了。"

掌柜的完全不知道自己是在和曾经的黑暗之主说话，贱兮兮地拉着脸皮："久仰醉玉楼点心精致，不知道仙君一会儿做好了，能不能赏在下尝一点儿？"

他原以为这要求不高，墨燃一定会答应。

谁知墨燃眯着眼睛，坏笑道："想吃啊？"

"嗯！"

"想得美！"墨燃哼了一声，那骄傲劲儿就甭提了，嘀咕着，"本座是会轻易下厨伺候人的主吗？这是我特地给师昧做的，要不是为了他，本座是绝不会生火做饭的……"

他一边翻出个萝卜开始切，一边嘟嘟哝哝。

"……"

掌柜的吃了个瘪，尴尬不已地搓手站着，赔了会儿笑，然后出去了。

掌柜的心里也嘀咕呢。

还本座？小小年纪的，恐怕灵核都还没结成。看他嘴里念念叨叨的，"师昧"长、"师昧"短，可今天和他同行的人里头也没个女道士啊。

掌柜的翻了个白眼，料定此人有病，而且病得不轻。

墨燃在厨房好一阵忙活，足足待了两个时辰，时近中午了，这才收工，兴冲冲地跑去楼上叫师昧起来。

路过楚晚宁房前时，他脚步慢慢停了下来。

要叫他一起吃吗……

想起了楚晚宁恶劣的性子，墨燃撇了一下嘴，满脸鄙夷。

不叫了、不叫了，总共就那么点儿，没他的份儿！

五

本座与君初见时

日头渐高，来客栈打尖儿的人越来越多，墨燃嫌楼下吵闹，让小二将做好的菜都送到自己房间。

最后他还是请了楚晚宁，毕竟师尊最大，他现在又不是人界帝王，规矩还是要守的。

榉木方桌上摆着三碗热气腾腾的汤面，面条是自己做的，和外头买的不一样，筋道爽滑。上面码着厚切的牛肉片、过油的肥肠、鲜嫩的豌豆苗、饱满的青菜、金黄的蛋丝，色泽鲜艳诱人，摆得煞是好看。

但这三碗面条最出色的不是水叶子，也不是大块的肉、丰奢的料，而是小火慢煨了四个小时的骨头汤，浇在面碗里头，奶白色汤汁浮着芝麻红油，墨燃拿石钵自个儿研了些麻辣鲜香的调料，熬煮在汤头里，香气扑鼻，滋味浓郁。

他琢磨着师昧爱吃辣的，红油和油辣子都搁得挺足。见师昧埋头吃得很香，墨燃嘴角的弧度越发舒朗，偷偷看了师昧好几眼，忍不住问："好吃吗？"

师昧道："特别好吃。"

楚晚宁没有说话，依旧是上天欠了他一百座金山银山似的阴沉表情。

墨燃露出些得意扬扬的神气来："那你啥时候再想吃了跟我说一声，我就去做。"

师昧辣得眼中笼着一层薄薄水雾，抬眼笑着瞧墨燃，眉宇之间尽是柔和。美人在前，着实是赏心悦目，可惜旁边还坐着个冷若冰霜的楚晚宁，不免大煞风景。

豌豆苗，肥肠，师昧吃得不多，牛肉和青菜却很快见了底。

一直在旁边不动声色观察的墨燃伸出筷子，把豌豆苗和肥肠扒拉到自己碗里，又从自己面碗中夹了好几片牛肉，填补空缺。

死生之巅的弟子都在孟婆堂吃饭，常常会互换菜肴，因此师昧也没觉得有什么奇怪的，笑了笑："阿燃，不吃牛肉？"

"嗯，我爱吃豌豆苗。"

墨燃说着埋头呼噜噜地吃起来，耳朵尖儿还微微地泛着些薄红。

楚晚宁面无表情地拿筷子挑拣着自己碗里的豌豆苗，全丢到了墨燃碗中。

"我不吃豌豆苗。"

他又把自己碗里的所有牛肉全丢给了师昧："也不吃牛肉。"然后皱着眉头，盯着碗里剩下来的东西，抿了抿嘴，沉默着不说话。

师昧小心翼翼地问："师尊……是不是不合您胃口？"

楚晚宁："……"

他没有回答，低下头，默默夹了一根青菜，咬了一小口，脸色更难看，"啪"的一声，干脆利落地放下了筷子。

"墨微雨，你把辣酱罐子打翻在汤里了？"

没料到辛苦做好的早餐会招来这样一句抢白，墨燃一愣，抬起头来，嘴角还挂着一根面条。他无辜茫然地朝楚晚宁眨了眨眼，有些难以相信自己的耳朵，于是刺溜一声把面条咽下肚，然后道："啥？"

楚晚宁这回更不给面子："你这做的是人吃的东西吗？人能吃这东西？"

墨燃又眨了好几下眼睛，总算确定楚晚宁这厮是在骂自己了，不忿道："怎么就不是人吃的了？"

楚晚宁眉心抽动，厉声道："当真叫人难以下咽。"

墨燃噎着了，这好歹是自己从醉玉楼偷师出来的手艺呢。

"师尊你也……太挑食了。"

师昧也道："师尊，你都一天没有进食了，就算不喜欢，也好歹吃一些吧。"

楚晚宁起身，冷冷道："我不吃辣。"说完转身离去。

留在桌前的两个人，顿时陷入了尴尬无比的沉默。师昧有些惊讶："师尊不吃辣？我怎么都不知道……阿燃，你也不知道吗？"

"我……"

墨燃眼望着楚晚宁留在桌上的面条，几乎一口未动，发了一会儿呆，然后点了点头。

"嗯。我不知道。"

这是一句谎话，墨燃是知道楚晚宁不吃辣的。

只不过他忘了。

毕竟曾经与这人纠缠了大半辈子，楚晚宁爱吃什么、不爱吃什么，他都清楚。

但他不上心，总也不记得。

一个人回到房中，楚晚宁和衣躺下，面朝着墙壁，睁着眼睛睡不着觉。

他失血多，损耗灵力又大，一个晚上加早晨粒米未进，其实胃里早就空了，难受得很。

这人丝毫不知该如何照顾自己，心情很差了，就干脆不吃，好像觉得生气就能把自己肚子气饱似的。

他不知道自己在气什么，或者说，他也并不想知道。

只不过在寂静之中，眼前模糊地浮现出一张脸，笑容灿烂，嘴角微微上扬，一双眼睛黑得透亮，光泽流淌，是有些温柔的深紫色的。

看起来暖洋洋的，泛着些懒。

楚晚宁揪紧了床褥，因为太过用力，指节微微发白。他不甘心就此陷入，闭上眼想摆脱这张肆意欢笑着的脸庞。

可是合眼之后，往事越发汹涌，潮水一般涌上了心头……

他第一次见到墨燃，在死生之巅的通天塔前。

那一天，日头正烈，二十位长老全数到齐，正互相小声交谈。

玉衡长老自然是个例外，他才没那么傻愿意站在那边被太阳烤，而是早就一个人躲到花树下，心不在焉地抬着一根手指，打量着自己新制造的玄铁指甲套是否能伸缩自如。

当然，他自己毫无使用指甲套的必要，这曲铁断金的指甲套，是专门为死生之巅的低阶弟子们锻造的。

下修界毗邻鬼界，常有危险，低阶弟子受伤丧命并不是罕见的事，楚晚宁看在眼里，嘴上虽然不说，却一直在苦思着解决方法，想要制造一种轻便灵活，容易上手的武器。

其他人则在旁边热火朝天地讨论着。

"听说了吗？尊主那个失散多年的侄子，是从火海里救出来的。走水的那栋楼里，其他人都死了，要是尊主再迟去一步，恐怕那小侄儿也成一把骨灰啦，真是福大命大啊。"

"一定是他爹冥冥之中护佑着孩子。可怜他从小与亲人失散，受了那么多苦，唉……"

"那孩子是叫墨燃？有十五岁了吧？弱冠①该取字了，他有表字吗？"

"璇玑长老，你有所不知，这孩子打小啊，是在乐馆里长大的，能有个名字就不错了，哪里还会有字。"

"听说尊主给他拟了几个字，正在选呢，也不知道最后会选中哪个。"

"尊主对小侄子真是重视啊。"

"可不是嘛！别说尊主，连夫人都心疼他，心疼得要命。嘿，我看这死生之巅唯一不高兴的，大概就只有咱们那位天之骄子了……"

"贪狼长老！这话可不能乱说！"

"哈哈……失言、失言！不过咱们那位天之骄子恃才放旷，不把长辈放在眼里，整日斗鸡走狗，一副天生富贵的模样，也确实失了管束。"

"贪狼长老，你今日酒喝得多了些……"旁边的人连连给他使眼色，用下巴指了指远处立着的楚晚宁，那意思再明显不过。

天之骄子薛蒙是楚晚宁的弟子，说薛蒙失了管束，不就是在拐着弯儿嘲讽楚晚宁教得不好吗？

这玉衡长老，别看平时慢条斯理、道骨仙风的，仿佛飘然世外，一派高人作风。但谁都知道他脾气极差，谁要是不小心触了他逆鳞，那就洗干净脖子等着被活活抽死吧。

他们这番话，楚晚宁早就听到了。

但他懒得理会，他对于别人怎么评价他的兴趣，大概还没有对自己指甲套上花纹的兴趣来得浓厚。

话说这个指甲套好是好，但坚韧度不够高，遇到皮厚的妖魔，也许不能一击撕开对方的皮肉，回去加一点龙骨粉，效果应该会好一点。

---

① 中国古代男子弱冠年龄为 20，赐表字，但由于故事情节需要，本文中弱冠年龄与赐字年龄都私设为 15。

那些长老见楚晚宁没有反应，稍稍松了口气，又低声讨论起来。

"尊主今日把我们召来，是要给那位墨公子选师父吧？"

"好奇怪，尊主为何不自己教？"

"好像说是那小侄儿的根骨不适合练尊主的心法。"有人嘀咕道，"可那也不至于把所有长老都聚过来，让那小公子挨个儿挑吧？"

禄存长老幽幽地叹了口气，拨了拨自己优雅柔顺的长发，哀怨道："在下觉得，在下此刻就像一棵便宜白菜，摆在案头，等着墨小公子来挑拣。"

所有人："……"

所以这个娘娘腔能不能不要把这种大实话就这样口无遮拦地说出来？

等了好一会儿，尊主终于来了。他走上千级台阶，来到通天塔前，身后还跟着一个少年。

楚晚宁只随意瞥了一眼，还没看清，就把目光转开了，继续研究自己的指甲套，根本懒得去看第二眼。

讲到拜师这回事儿，就不得不讲一讲死生之巅有多标新立异了。别的门派吧，都是师父高高在上，摸着某个新弟子的头，说："少年，我看你颇有慧根，从今日起，你就是我的徒弟了。"

徒弟连个说"不"的机会都没有。

要么就是师父一脸冷漠鄙夷，挥着衣袖说："少年，你颅门太高，眼睛无神，脑后反骨，非我门生应有相貌。你与我无缘，我不收你当弟子。"

然后徒弟都来不及自我表现，师父就嗖的一声御剑飞走了，跑得飞快。

死生之巅不一样，师父和弟子之间是相互选择。

什么意思呢？

死生之巅有二十位长老，所有弟子在入门之后，通过一段时间的相处比较，就可以虔诚地递上拜师帖，表达自己想跟随该长老修行的意愿。

长老要是接受了，那么皆大欢喜。

长老要是不接受，弟子可以软磨硬泡、死缠烂打，直到长老软化，或者弟子放弃。

照理来说，楚晚宁技艺高超、容姿英俊，应该门庭若市，众弟子挤破脑袋都要拜他当师父，但其实并不是这样。

楚晚宁的脸长得好看，脾气却差得令人发指，据说他恼起来能把女弟子当男弟子打，把男弟子直接沉塘。这样的师尊，实在没几个人有勇气去拜。

因此玉衡长老门下，走马冷清。

除了天之骄子薛蒙，还有薛蒙的好友师昧，其他的他谁都没有收过。

大家宁愿恭恭敬敬地喊他一声"长老"，也不愿亲亲热热地唤他一句"师尊"。

楚晚宁一脸高冷地说自己并不难过，满不在乎地低头，继续去倒腾冷冰冰的机甲武器。什么袖箭匣，什么戒严哨，都是给别人设计的。早些做好，就有更多人可以早些免受苦楚。

所以他没有想到，墨燃会毫不犹豫地选择了自己。

他那个时候正皱着眉头，摩挲着指甲套上的利刺，思索着该如何改进，也没去注意尊主和大家说了些什么。

不知何时，周围却渐渐安静了下来。

想完了利刺改良配方的楚晚宁，这才忽然意识到刚刚人语嗡嗡的四周，似乎太沉默了。

于是他总算把目光从指甲套上移开，带着些不耐烦和询问，掀起了眼皮。

然后他看到了一张脸，在阳光下灿烂得近乎炫目。

那是一个清丽俊朗的少年，正仰头看着他。少年嘴角带着一丝懒洋洋的、若有若无的微笑，脸颊边酒窝深深，有些市井烟火气，又有些纯真。一双黑中透紫的眼睛正一眨不眨地盯着自己，热切和好奇参半。

他初来乍到，不懂规矩，站得太近，近得几乎可以称为无礼。

咫尺远的地方忽然冒出个人来，楚晚宁吃了一惊，像是被烫着了，下意识地退了一步，砰的一声，脑袋就撞到了树干。

少年微微睁大眼睛："啊呀……"

楚晚宁："……"

少年："……"

楚晚宁："干什么你？"

少年笑道："仙君仙君，我看你好久了，你怎么都不理理我？"

第六章 一 时我封人极

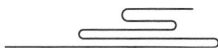

一

本座给你煮碗面吧

楚晚宁完全晕了，也怪自己太入迷，在死生之巅又毫无戒备之心，居然连有个人挨过来了都没有察觉。

怎么回事？哪里来的小孩儿？啊……好像是那个墨什么……墨什么来着？墨烧？墨煮？墨……鱼？

他整理了一下自己的表情，把神态娴熟地控制在"生人勿近"的状态，凤眼里的惊讶和慌张被他很快打扫干净，端出惯有的凌厉和刻薄。

"你……"

正习惯性地想要开口训斥，手却忽然被抓住了，楚晚宁都惊呆了。

他活这么大，还从来没有人敢随随便便地抓他的手腕，一时间居然黑着脸僵在原处，不知该如何应对。

抽出来，反手一个耳光？

……感觉配上"非礼"二字，就和个女的也没什么不同了。

那抽出来，不打耳光？

……自己看起来会不会太好说话了？

楚晚宁犹豫了半天没有动作，那少年却笑开了："你手上戴的这是什么？挺好看的，你愿意教我怎么做这个吗？他们都自我介绍过了，你还没说话呢，你是哪位长老？欸，你刚刚撞那一下头，疼不疼啊？"

一股脑儿地把这么多问题丢来，楚晚宁觉得刚刚自己头不疼，现在却疼了。

脑仁儿都要裂了……

他一烦躁，手中金光微微浮起，眼见着天问就要应召而出，其他长老纷纷悚然动容——楚晚宁疯了吧？这个墨公子他也敢抽？

手却忽然被墨燃握住了，这下两只手都落入了这位少年的手里，墨燃浑然没有觉察出危险，拉着他，站在他跟前，仰着脸，笑眯眯地说："我叫墨燃，这里的每一个人我都不认识，但光看脸的话，我最喜欢你。要不，我就拜你为师吧？"

这个结果始料未及，周围的人更加悚然，有几个长老的脸看上去都快皲裂了。

璇玑长老："嗯？"

破军长老："哇！"

七杀长老："哦？"

戒律长老："呃……"

贪狼长老："呵，可笑。"

禄存长老最娘，卷着头发，眼泛桃花："哎呀，这小公子好大的胆子哪，当真是英雄出少年，连玉衡长老的屁股都敢摸。"

"……我拜托你，能别说得这么恶心吗？"七杀嫌弃道。

禄存优雅地翻了个白眼，哼哼："嗯，那就换一个斯文点儿的说法，当真英雄出少年，连玉衡长老的臀部都敢摸。"

七杀："……"杀了他算了。

所有长老里，最受欢迎的是温润如玉的璇玑长老，他的法术入门容易，本身又是个谦谦君子，死生之巅大部分弟子都拜在他的门下。

楚晚宁原本觉得这个墨燃应该也不例外，就算不是璇玑，也应该是明快活跃的破军，反正轮到谁都不会轮到自己。

可是墨燃就那么近地站在他面前，脸上是一种对他而言，陌生无比的亲热和喜爱，他就像被忽然选中的丑角，竟无端生出些手忙脚乱来。

楚晚宁只知道怎么应对"敬畏""害怕""厌憎"，至于"喜欢"，太难了。

他想都没有想，当即就拒绝了墨燃。

少年愣在原处，纤长的睫毛下，一双眼睛里居然有些落寞和不甘的意味。他低着头，想了半天，忽然蛮不讲理地小声说了一句："反正就是你了。"

楚晚宁："……"

尊主在旁边看得有趣，此时忍不住笑着问："阿燃，你可知道他是谁？"

"他又没有告诉我，我怎么知道他是谁？"

"哈哈……你既然不知他是谁，缘何一定就要他？"

墨燃依然拽着楚晚宁的手，转过头，笑吟吟地和尊主说："因为他看起来最温柔，最好说话呀。"

黑暗中，楚晚宁猛然睁开眼睛，头脑一阵一阵地发晕。

……真是见鬼了。

他不知道墨燃当时的眼光是怎么了，居然会觉得他温柔。不要说他，这事儿当时整个死生之巅都知道了，并且都以"瞧这傻孩子"的目光对墨燃公子报以了深情问候。

楚晚宁抬起手，抚上隐隐跳动的额角，肩膀疼，心思乱，肚子饿，头晕。

这觉看来是甭睡了。

他在床上呈"大"字形发了会儿呆，坐起来，正想点一炷熏香静一静心，忽然门又被敲响。

还是墨燃在外面。

楚晚宁："……"

他没有答应，没说"滚进来"，也没说"滚出去"。

但是这一次，门自己推开了。

楚晚宁脸色阴沉地抬头，手上已经划着的火柴却悬停在半空，并没有凑到熏香上，过了一会儿，便熄灭了。

楚晚宁说："滚出去。"

墨燃滚了进来。

他手里端着一碗热气腾腾的面条，刚出锅的。

这次简单了些，没有那么多花样，醇白的面汤撒着葱花和白芝麻，小段的排骨、青菜，还有一个微微焦黄的荷包蛋。

楚晚宁很饿，但脸上依旧没有什么表情，看了一眼面，又看了一眼墨燃，把脸转开了，不说话。

墨燃把面搁在桌上，轻轻地说了句："我让店里的厨子又做了一碗。"

楚晚宁垂下眼帘，果然不是墨燃亲自动手。

"吃一些吧。"墨燃说，"这碗没有放辣，没有牛肉，也没有豌豆苗。"

说完他就退出去了，顺带替楚晚宁关上了房门。

他歉疚于楚晚宁的伤，但也只能做到这一步了。

屋子里，楚晚宁靠在窗边，不知在想些什么。他双手抱臂，遥遥盯着那一碗排骨面，直到面条的热气散去，直到最后变冷，没有热度。

他才终于走过去坐下，拿起筷子，挑起冷掉甚至坨了的面食，慢慢地吃起来。

陈宅邪祟案已结。

第二天，他们从驿馆内取了寄养的黑马，沿着来时的路返回门派。

街头巷尾、茶摊饭铺，彩蝶镇的人纷纷议论陈员外家的事情。

这个不大不小的镇子，居然爆出如此丑闻，足够镇民们消遣一整年的了。

"真没想到，陈公子早就关着门和罗姑娘成了亲，唉，罗姑娘真可怜哪。"

"要我说，如果陈家没有暴富，就出不了这档子事儿，果然男人就是不能有钱，一旦有了钱，满肚子坏水可以淹掉整座城。"

有男人不乐意了，说道："陈公子又没有冒坏水，这都是他爹娘的错噻，陈员外啊，以后子子孙孙生的娃儿都要长疮哦。"

又有人说："死了的人可怜，那活着的人呢？你们看看陈姚氏，姚千金，我瞅着她才是最冤枉的呢。陈家那个黑心的老母，骗了人家大姑娘，你们倒说说看，她这下子该怎么办？"

"再嫁人呗。"

那人翻了个白眼球，嗤道："再嫁？你来娶？"

被调侃的那个泥腿子龇牙咧嘴，抠着牙缝笑道："我窝里那个女人要是答应，我娶就娶嘛，姚小姐长得这么水灵，我不嫌她守过寡。"

"呸，癞蛤蟆想吃天鹅肉。"

墨燃坐在马背上，竖着耳朵，精神奕奕地左听听、右看看。要不是楚晚宁闭着眼，皱着眉头，把"聒噪至极"四个字写在脑门上，墨燃没准儿都想凑过去和乡人一起八卦了。

一行人并辔而行，好不容易出了主城，来到郊区。

师昧忽然"咦"了一声，指着远处："师尊，你瞧那里。"

被毁的鬼司仪土庙前，围着一大群穿着褐衣短打的农人，正忙碌地在搬着砖石，看样子是打算修葺受损的土庙，给鬼司仪重塑金身。

师昧忧心忡忡道："师尊，之前那个鬼司仪没了，他们又新造一个。这个会不会再修成仙身，为非作歹？"

楚晚宁："不知道。"

"要不我们去劝劝他们吧？"

楚晚宁："彩蝶镇冥婚习俗已历数代，又岂是你我三言两语就能劝动的？走吧。"说着绝尘而去。

回到死生之巅时，已是傍晚。

楚晚宁在山门前对两个徒弟说："你们去丹心殿陈述经过，我去戒律庭。"

墨燃不解道："去戒律庭干什么？"

师昧则忧心忡忡。

楚晚宁无甚表情："领罚。"

虽说天子犯法与庶民同罪，但哪个天子会因为杀了个人就要蹲大牢秋后问斩的？修真界也一样。

长老犯戒，与弟子同罪——在大多数门派，只是一句空话。

事实上是长老犯戒，能写个罪己书就不错了，哪个傻瓜会真的去乖乖受罚，挨上一顿柳藤或者几十棍？

所以戒律长老听完楚晚宁的自表后，脸都绿了。

"不是，玉衡长老，你真的……真的打了委托人？"

楚晚宁淡淡地："嗯。"

"你也太……"

楚晚宁掀起眼皮，阴沉地看了他一眼，戒律长老闭嘴了。

"此一戒，按律当杖两百，罚跪阎罗殿七日，禁足三月。"楚晚宁说，"我无可申辩，自愿领罚。"

戒律长老："……"

他左右看了看，勾了勾手指，戒律庭的门砰的一声就关上了，周围顿时寂静无声，只有他们两个人相对而立。

楚晚宁："什么意思？"

"这个，玉衡长老啊，你又不是不知道，戒律这种东西，它不该管到你头上来。这件事关起了门，天知地知，你知我知，就这么算了吧。我要是打了你，尊主知道了，还不得跟我急？"

楚晚宁懒得跟他废话，只简单道："我按律束人，也当按律束己。"

说着于堂前跪下，面朝戒律匾。

"你罚吧。"

本座有些心乱

玉衡长老破戒受罚，这件事就像插上了翅膀，都不用等到第二天早上，当晚几乎整个门派的人就都知道了。

两百棍，换在普通人身上，只怕能被活活打死。即便是修行之人，也够喝上一壶的。

薛蒙得知之后噌地跳了起来："什么？师尊去戒律庭了？"

"少主，你快去和尊主说说吧，师尊本来就带着伤，两百棍，他哪里受得住啊？"

薛蒙都快急疯了："我爹？不成，我爹还在踏雪宫没有回来，飞鸽传书最起码也要第二天才能到。你们怎么不拦着师尊？"

墨燃和师昧互相看了一眼。

拦着楚晚宁？这世上有谁拦得住他呀？

"不行不行，我这就去找他。"薛蒙急匆匆地就往戒律庭方向跑，还没进院子，就看到一群戒律长老的弟子在大殿门口堵着，正窃窃私语着什么。

"杵着干什么？都给我让开！让开！"

"少主！"

"啊，少主来了。"

"让一让，少主来了。"

弟子们很快分立两边，给薛蒙让了路。青天殿大门敞开，楚晚宁跪坐其中，身板挺直，闭目不语。戒律长老手擎铁棍，正诵读着死生之巅的律法，每念完一条，铁棍就在楚晚宁背上狠抽一下。

"本门第九十一律，不可滥伤无辜，不可仙术对凡俗，杖棍之下，你可有怨？"

"无怨。"

"本门第九十二律，不可擅自妄为，不可逞一己之快，杖棍之下，你可有怨？"

"无怨。"

戒律长老不敢手软，只能秉公执行。九十多棍下来，楚晚宁的白色衣袍已尽数被鲜血染透。

薛蒙最是敬重楚晚宁，见状双目直暴血丝，大喊道："师尊！"

楚晚宁置若罔闻，依旧合着眼睛，眉宇微微皱着。

戒律长老往门口一看，压低声音道："玉衡长老，少主来了。"

"我不聋，听到了。"楚晚宁嘴角涌出瘀血，却没有抬眼，"他小孩子吵闹，不要去管。"

戒律长老叹了口气："……玉衡，你这又是何必？"

"谁让我弟子总不听话。"楚晚宁淡淡地说，"若我今日不按律受罚，以后有何颜面再管教他人？"

"……"

"你继续吧。"

"唉……"戒律长老看着他苍白纤长的颈，从宽大的衣领缘口探出，薄烟般轻柔地垂着，不由得道，"那至少轻一些？"

"……此举与欺瞒何异。"楚晚宁说，"放心，不过两百棍而已，我承受得了。"

"玉衡长老……"

"戒律，你不必多说了，继续。"

铁棍终是再次落下。

薛蒙声音都变调了："戒律长老！你还不停下？你把本少置于何地？你打的是我师尊！是我师尊！"

戒律长老只好硬着头皮当没听见。

薛蒙肺简直都要被气炸了："死老头子你没听到吗？本少命令你停下！你、你要再敢打他，我、我、我……"

他"我"了半天，想不到什么可以说的，毕竟只是十五岁的少年，就算再怎么"天之骄子"，实力和资历都远不及长老们，便只能脸红脖子粗地憋出一句蛮不讲理的话——"我告诉我爹爹去！"

戒律长老："……"

楚晚宁微不可察地叹了口气。

九十七棍，九十八棍，九十九棍，一百棍……

衣衫都被抽破了，鲜血狰狞刺目。

薛蒙再也忍不住了。他急红了眸子，莽莽撞撞地就要往里面闯，楚晚宁却忽然睁了眼，抬手一挥，一道结界瞬间劈斩下来，挡在门口，将薛蒙弹得倒退几步，差点儿摔在地上。

楚晚宁咳着血，转动眼珠，一双凌厉如电的凤目斜乜着。

"丢人现眼，滚回去！"

"师尊！"

楚晚宁厉声道："死生之巅的少主何时能够命令戒律长老徇私枉法了？还不快滚！"

薛蒙瞪着他，一双眼睛睁得大大的，里面像是有水珠子在打转。

墨燃在旁边摸着下巴，嘴角依然打着那种似有似无的卷儿："哎呀，不妙，凤凰儿要哭了。"

听到这句话，薛蒙猛地回头，狠狠剜了墨燃一眼，那双含着泪的眼眶红通通的，却硬忍着不让眼泪滚下来。

没有抱怨，也没有再顶嘴。

他一骨碌从地上爬起，低下头，咬着牙把身上的灰尘掸干净，然后朝着青天殿跪下："师尊，弟子知错了。"

楚晚宁还在受着铁棍的拷打，背脊一直不曾弯曲，只是脸色苍白，额头沁着细密的冷汗。

薛蒙倔强道："但我不走，我陪着师尊。"

说罢，一跪不起。

墨燃白眼都要翻到天上了。薛蒙薛子明，天之骄子，却独独在楚晚宁面前能卑微到骨子里去，在别人面前是凤凰，在师尊面前能变成一只鹌鹑。师尊打他左脸，这小鹌鹑能贱兮兮地把右脸也凑过去。

服了，服了。

真是狗腿得够可以。

心里虽然鄙夷着，但腮帮子不知为何犯着酸劲儿，墨燃瞪着薛蒙，瞪了一会儿，越看越不是滋味，觉得不能让他一个人把忠心全表了。

楚晚宁本就不喜欢自己，薛蒙再这么一闹，以后楚晚宁不得更偏心了吗？

于是墨燃干脆也跪了过去，跪在薛蒙旁边："我也陪着师尊。"

师昧当然也跟着跪下来，三个弟子就都在外面跪着等。其他长老门下的弟子闻讯纷纷借着各种名义，跑来戒律庭看这热闹。

"天啊，怎么是玉衡长老啊……"

"听说是一怒之下把普通人打了。"

"啊！这么凶？"

"嘘，小声，被玉衡长老听见了回头抽你！"

还有人："少主怎么跪着了？"

"墨公子也跪着了……"

墨燃长得俊美，嘴又甜，平日里不知赚了多少女修的好意，这时候不由得就被人怜惜起来，低声私语道："好心疼墨公子啊，怎么办？要不要去求求情呀？"

"他们师徒的事情，咱们还是少管。你敢去你就去，反正我是尿的。你还记得那个被玉衡长老打了几百鞭的师姐吗……"

"……"

两百棍毕，结界终于撤掉了。

薛蒙连忙从地上爬起来，连滚带爬地往青天殿跑，挨近了，一看楚晚宁的模样，就气得"啊"地大叫一声，转头一把揪住戒律长老的衣领："你这个死老头子，你不会打轻一点吗？"

"薛子明。"楚晚宁闭着眼睛，染着血的嘴唇一开一合，嘶哑的声音透着无形的威慑。

"……"

薛蒙指节咯咯作响，猛地一推戒律长老，把人放开了。这时候墨燃也来了，他原本还笑吟吟的，觉得戒律长老势必顾及楚晚宁的身份，不会下重手，但低头一看楚晚宁的伤势，突然，脸上的笑容凝住了。

楚晚宁居然没有跟戒律长老说自己肩膀有伤吗？

那两百棍或多或少，狠狠地砸在他肩头的旧伤上。

新伤叠着旧伤。

楚晚宁你……

疯了？

墨燃瞳孔猛缩，强烈的怨憎涌上心头。

墨燃不知道自己在怨憎什么，抑或是恼怒着什么，只觉得胃里腾起一把烈火，烧得五脏枯焦，六腑灼烂。墨燃习惯了楚晚宁被自己折磨得奄奄一息，揉碎他的自尊，污脏他的洁白。可是墨燃不能忍受楚晚宁伤痕累累，是别人打的！

大约是没有忘记上辈子往事的原因，墨燃下意识地就觉得这个人生死病苦，悲伤喜乐，都只能是因为他，这个人死了或是活着，讨厌或是恨，都一定要由自己紧紧把握着。

他原本不在意楚晚宁受罚，那是他以为，楚晚宁是长老，那两百棍肯定不会是重刑。

最起码，也会避开他肩膀上还未愈合的伤口。

可是楚晚宁居然不说！居然不说！这个疯子在倔什么？在强忍些什么？在一根筋地傻傻地坚持着什么？

脑袋里一片混沌，墨燃想要抬手去扶楚晚宁，可是薛蒙已经先他一步，将楚晚宁揽着，搀了起来。

墨燃的手悬在空中，过了一会儿，又放下了。

他眼睁睁地看着薛蒙扶着楚晚宁走远，心里不知是什么滋味。

他想跟上去，却又不愿意挪开步子。

上辈子的事都过去了，如今，楚晚宁只是他的师尊。

他们之间，任何混乱的、仇恨的、深入血肉的纠葛都还没有发生。

他不应该有这种念头的。楚晚宁被谁打也好，被谁扶着也好，爱跟谁在一起也好，就算被谁杀了，都跟他没有半点儿关系。

师昧来到他旁边："走吧，我们跟少主一起去看看。"

"我不去，有薛蒙在就够了。我也帮不上什么忙，人多了反而添乱。"墨燃面上不变，心却有些乱。

他实在是不明白自己现在的感受，究竟算是什么。

是恨吗？

三

本座不想你死

当晚，躺在死生之巅的卧榻之上，墨燃双手枕于脑后，望着房梁，怎么也睡不着。

前尘往事自眼前一幕幕滑过，到最后，一点一滴，碎片嶙峋，都是楚晚宁那张俊秀得有些冷清的脸。

其实对于这个人，墨燃一直都不知道自己究竟是怎么想的。

第一次看到他的时候，是在通天塔前的花树下。他宽袍广袖，二十个长老，只有他一个，没有穿着死生之巅风骚到极点的银蓝玄甲。

那天，他低着头，出神地琢磨着自己手上所戴的指甲套，侧脸瞧上去专注又温柔，像金色暖阳里的一只白猫。

墨燃远远地看着，目光就移不开了。

他觉得自己对楚晚宁的第一印象是很好的。

可耐不住后来接二连三的疏冷、责罚、严苛。那白猫儿尖牙利爪，啃得他一身是伤。

他被伯父从火海里救出来，奄奄一息，命悬一线。原本想着来到死生之巅后，会有一个师尊宽容地对待自己，真心地爱惜自己。

然而，他的讨好、他的努力，楚晚宁都像是看不到，反倒戒鞭凌厉，稍有差池就把他打得皮开肉绽、血肉模糊。

后来他知道，楚晚宁是打心底里看不起他的——"品性劣，质难琢。"

那个花树下白衣若雪的男人，就是这样评价他的吧？

他曾把楚晚宁当作九天寒月，真心实意地崇敬着，喜爱着。可是在九天寒月心里，他墨燃又算什么呢？

一个不得不收的徒弟。

一个鄙薄到骨子里的下三烂。

一个从小在馆子里长大，沾染了一身腌臜气的流氓劣子。

墨燃虽然总是一副嘻嘻哈哈、很不在乎的样子，可是他慢慢地就恨上了楚晚宁，那种恨里面又带着强烈的不甘。

他不甘心。

曾经，他抱着日益浓郁的怨恨，去招惹楚晚宁，试图得到这个人的注意，得到这个人的赞赏，得到这个人的惊讶。

那段时间，师昧如果夸他一句"很好"，他能高兴得上天。

但，若是能换楚晚宁愿意夸他一句"不错"，他甘愿去死。

可是楚晚宁从来不夸他。

不管他多努力、多用心、多好，那个清冷的男人永远都是淡淡地点个头，然后就自顾自地将脸转开了。

墨燃都要疯魔了。

天知道，自己那时候有多想掐着楚晚宁的脸颊，把他扳转过来，强迫他盯着自己，强迫他看着自己，强迫他把那句"品性劣，质难琢"吞回肚子里去！

可是墨燃只能苟且地跪在楚晚宁跟前，像是夹着毛的丧家之犬，磕下头，恭恭敬敬地说着："弟子谨记师尊教诲。"

在楚晚宁面前，墨微雨卑微入骨。

纵为"公子"，依旧低贱。

他终于明白，像楚晚宁这样的人，是压根儿看不上他的。

再后来，经历了很多事情。

墨燃掌权死生之巅，继而问鼎修真界，成为前无古人的霸主。他的黑暗之麾下，人人战栗、人人畏惧，人人提到他的名字都轻若蚊蝇，谁还记得他曾经的污渍，谁还记得他那上不得台面的出身——

从此人间再无墨微雨，唯有踏仙君。

踏仙君。

人们恨他，恨到极致，十恶不赦的墨微雨，千遍往生诀都救不了你，万死不得超生！

踏仙君墨微雨、踏仙君墨微雨、踏仙君——

……踏、仙、君。

可是再畏惧，又能怎样？死生之巅依旧是轰轰隆隆的齐喝高呼声，千万人在巫山殿前跪下，密密麻麻的人都在朝他三跪九叩。

"踏仙君万寿齐天，世世不陨。"

他觉得受用极了。

直到他注意到人群中，楚晚宁的那张脸。

楚晚宁那时候已经被废去了修为，被他绑缚在大殿之中，沦为阶下囚。

墨燃是决意要把楚晚宁处死的，但不想要楚晚宁痛痛快快地走了。他禁锢了楚晚宁的四肢，划破了楚晚宁脖颈处的血管，口子不大，施了咒语不让伤口凝固，血液一点一点地淌出来，生命一点一点地流失。

日头正烈，加冕仪式已经进行了半日，楚晚宁的血也该流尽了。

这个人死了，墨燃就彻底和过去断了，因此他特意把楚晚宁安排在自己的登基仪式上放血，处死。

待到他成为修真界的九五至尊，楚晚宁便成了一具毫无生气的尸骸。

昨日种种，烟消云散。

当真是好极了。

可这个人都要死了，为什么还是那样漠然？那样俊秀得有些薄情……他脸色苍白，但是神情淡淡的，瞧着踏仙君的时候既无夸赞也无惧怕。

只有厌恶、鄙薄，还有——

墨燃觉得自己一定是疯了，要么就是楚晚宁疯了。

还有一丝怜悯。

楚晚宁怜悯自己，一个将死之人，一个手下败将！他居然怜悯一位登顶人极，呼风唤雨的霸主。他、他居然会——他居然敢！

积压了十余年的愤怒让墨燃癫狂，他就在丹心殿，当然，那个时候易名叫巫山殿了。他当着几千拥趸的面，在那些人的谄媚、颂扬声中蓦然站起，黑袍翻飞，走下台阶。

他在所有人面前，掐住楚晚宁的下巴，他的面目扭曲，笑得甜蜜又狰狞。

"师尊，今日是徒儿的大好日子，你怎么还是不开心？"

几千个人，霎时一片寂静。

楚晚宁不卑不亢，神色冰冷道："我没有你这样的徒弟。"

墨燃"哈哈哈"地便笑开了，笑得恣意放纵，声音犹如兀鹫盘旋于金殿廊庑间，雁阵惊寒。

"师尊这样绝情，可当真叫本座心凉啊。"他笑着大声说，"没有我这样的徒弟？我的心法是谁教的？我的身手是谁教的？我的刻薄冷血——又是谁教的？我浑身的戒鞭伤痕至今不消——我问你，这些都是谁打的？！"

他收敛笑容，声音陡然凶煞凌厉，目露寒光。

"楚晚宁！收我这样一个徒弟丢你的人吗？我是骨子里面贱了，还是血里的腌臜洗不掉了？我问你，楚晚宁，我问问你——什么叫'品性劣，质难琢'？"

他最后也是有些疯魔了，嗓音变调地喝道。

"你从没把我当作徒弟，从未看得起我！但我——但我曾经——是真的拿你当师父，真的敬你过，爱你过，你就这么对我？你为何从不愿夸我一句？为何无论我做什么，都得不到你半句好？"

楚晚宁浑身一震，脸色逐渐苍白下去。

他微微睁大那双凤眼，就那样望着墨燃，嘴唇动了动，似乎想说什么，却终究，什么都没有说出口。

物是人非的死生之巅，唯有两个尚在故地的人，就这样相对着。

在这样难堪的沉默中，墨燃似乎终于冷静了下来。他闭了闭双眸，再睁开时，又是那张神憎鬼厌的笑脸，笑嘻嘻的，笑吟吟的，令人不寒而栗。

他温柔又亲切地说："师尊，你不是看不起我，不是觉得我卑贱吗？"顿了顿，他的目光在数千人的头顶上逡巡而过，那些人都跪着，都像狗一样伏在殿前，都承认他是修真界的尊主，凌驾于滚滚红尘之上。

墨燃微笑道："现在呢？你死之前，我再问你一遍。这世上，到底谁才是卑，谁又是尊？是谁把谁踩在了脚下？是谁胜者为王，谁又败者为寇了？"

楚晚宁垂着眼帘，似乎仍然沉浸在刚刚墨燃的一番自白当中，没有回过神来。最后是墨燃捏着他的下巴，强制抬起了他的脸。

可就在逼他看着自己的时候，墨燃忽然愣住了。

他第一次，在楚晚宁脸上看到了痛惜的神色。

那神色太陌生了，墨燃觉得自己猛然被烫了一下，反射性地松开了捏着他脸的手指："你……"

楚晚宁的神情很痛苦，似乎在隐忍着某种锥心蚀骨的疼痛、撕心裂肺的苦楚。

他声音很轻，近乎嘶哑，飘在风里，只有墨燃一个人听到了。

他说："对不起啊，墨燃。是师父的错……"

那一瞬间，周围的一切都失去了声音，风声、草木声、衣袍翻飞声，都归于寂灭。

只有楚晚宁仰头凝视着他的那张脸，是天地间唯一的清明，是他唯一能瞧见的景象。

他那时候，应该有很多想法，高兴，得意，狂喜。

可不是的。

那时候的念头很奇怪，说来，居然只有一个——

自己不知何时……已比楚晚宁高了那么多。

时间，真的已过去了好久。

许多往事，都已改变。

墨燃嘴唇嗫嚅，喃喃着："你……说什么？"

楚晚宁却笑了笑，那笑容墨燃熟悉又不熟悉，墨燃在那双凤眼里，看到自己几乎扭曲的神情。

然后，那双眼睛缓缓闭上，楚晚宁仰面倒下——墨燃几乎在他跌落瞬间就捏住了他的肩膀，疯狂着、恼怒着，像是野兽崩溃时的声音："楚晚宁！楚晚宁你说什么？你再说一遍！"

怀里的人没有再答话，嘴唇苍白如梨花，那张英俊的脸庞上一贯是冷漠的神情，可临死之时，却凝固在一个有些凄凉的笑容上，嘴角有一点勾起，是记忆里头，墨燃第一次在通天塔前看到的那个面容。

楚晚宁微微笑着，有些温柔。

"楚晚宁！"

那些温柔碎裂了，海棠花零落一地。

他终于得偿所愿，踩着师尊的生命，登顶人极。

可这算什么？这算什么？

胸中的苦楚和恨意有增无减，这算什么？

墨燃凝起掌中的隐隐黑雾，指尖翻飞，迅速点过楚晚宁的几个穴道，封住他最后一脉心气。

"你想就这样死了吗？"墨燃双目暴突，十分狰狞，"没有完，楚晚宁，咱们之间的账还没算清楚，没完！都还没完！你要是不把话给我说清楚了——我就把薛蒙，把昆仑踏雪宫，把你最后几个想要护着的人，都捏碎！都撕成渣！你给我想好了！"

仪式也不再继续了，跪在那边的数千拥趸，他也不在意了。

他改了主意。他不要楚晚宁死。

他恨楚晚宁，他要楚晚宁活着——活着……

他一把抱起那个失血过多的男人，轻功掠起，一跃上了檐牙高啄的屋顶，衣袍犹如孤鹰的翅膀翻飞舒展，身影迅速飞过重重屋檐，直奔南峰——直奔红莲水榭，那个楚晚宁曾经住过的地方。

那里灵气充沛，仙草众多，他要把楚晚宁救回来。

人活着才能恨，若是死了，便连恨的理由都没有了。他是疯了，之前不是想着要亲手杀死楚晚宁吗？

若是楚晚宁死了，那他在这人间，究竟还剩下些什么……

他躺在床上，独自舔舐着回忆。

更深露重，他却再不能寐了。

墨燃干脆起身，洗了把脸，穿上衣服，提着一盏风灯，朝阎罗殿走去。

楚晚宁一定只是随意包扎了一下，就去那里罚跪了。他这个人，墨燃是知道的，又臭又倔，死板得很，从来不会考虑自己身体是不是能承受，就算薛蒙想要拦着他，也是拦不住的。

果然，到阎罗殿外，他就看到里面的一豆青灯寂寞地燃烧，烛泪不停地淌落。

楚晚宁正背对着殿门跪着，身形挺拔，清俊如松。

看到这个背影的时候，墨燃又有点儿后悔了，大半夜的，发什么癫啊？来找楚晚宁，疯了吧？

但来都来了，他就这么转身走了，又觉得很傻。

他想了想，取了个折中的法子，把风灯轻轻地搁在脚边，不打算离开，也不进去，就那么站在窗外，手肘支着窗棂，托着腮，远远地注视着楚晚宁。

檐角铜铃轻轻地摆动，夜色中弥漫着花草的清香。

两人一立一跪，隔着朱红镂花窗，隔着空幽寂静殿。

如果是从前，墨燃有足够的立场闯进殿去，勒令楚晚宁结束思过，回去休息。

若是楚晚宁不愿意，他也有足够的能力，封住楚晚宁的手脚，粗暴地把人抱走。

可是如今，他既无立场，也无能力。

他甚至还没有楚晚宁高。

墨燃心情复杂，在窗外遥望着里面的人，里面的人却不曾觉察。他看不见楚晚宁的五官，楚晚宁亦瞧不到他的脸。

于是，白猫儿跪了一宿，不曾回头。

于是，傻狗也站了一夜，不曾远走。

四

本座不想吃豆腐

"欸，欸，你们听说了吗？玉衡长老触犯了戒律，这三天都要罚跪阎罗殿呢。"

第二天晨课，众弟子云集善恶台修行打坐。毕竟是十来岁、二十多岁的年轻人，做不到心如止水，师父一不留心，他们就开始交头接耳。

楚晚宁受罚一事被迅速传了开来。

昨天目睹了杖刑的弟子们毫不吝啬地和别人分享着八卦。

"哇，你们怎么会这么迟才知道？哦……原来昨天禄存长老带你们上山采夜露花去了。好吧——那你们可真错过了太多！昨儿傍晚，在青天殿，血肉横飞，惨不忍睹，玉衡长老被打了两百棍！两百棍哪！棍棍命中要害！毫不留情哪！"

那弟子每说一段，就露出一个特别夸张的表情，伴随着周围师弟、师妹们的惊呼，别提有多得意。

"你们对两百棍有数吗？彪形大汉都能被打死，就别提玉衡长老了，当时他就受不住，昏了过去。这可把咱们少主急疯啦，冲上去就和戒律长老大打出手，说什么也不让人再碰玉衡长老一根手指头，哎哟那场面……"他五官皱出包子褶儿，挤眉弄眼了一番，最后伸出一根手指，左右摇晃，总结出三个字，"啧啧啧。"

立刻有小师妹花容失色："什么！玉衡长老昏过去了？"

"少主和戒律长老打起来了？"

"难怪今天早课没有看到玉衡长老……好可怜啊……他究竟犯了什么戒呀？"

"听说是一怒之下把委托人打了。"

"……"

这样的闲言碎语时不时飘到薛蒙耳朵里，死生之巅的少主脾气完全继承了他师尊，暴躁得厉害。可惜在讨论这件事的不止一个人，善恶台弟子三五成群，都在嘀咕着"玉衡长老受罚"，令他大感聒噪，却又无计可施。

这边薛蒙额头青筋直暴，那边墨燃一夜没睡，哈欠连连。

薛蒙没处发火，就朝着墨燃恶声恶气道："一日之计在于晨，你这狗东西，大早上的犯什么懒！平日里师尊是怎么教你的？"

"啊？"墨燃睡眼惺忪，又打了一个大大的哈欠，"薛蒙你吃饱了撑的吧？师尊训我也就算了，你哪位啊？我可是你堂哥，跟你堂哥讲话规矩点儿，别没大没小的。"

薛蒙恶狠狠道："我堂哥是狗，你要当就当吧！"

墨燃笑道："你这么不乖，不把兄长放眼里，师尊知道了该多失望啊。"

"你还有脸提师尊！我问问你，昨天他要去戒律庭，你为什么不拦着他？"

"萌萌，他是师尊欸，晚夜玉衡，北斗仙尊，你拦一个给我看看？"

薛蒙勃然大怒，拔剑而起，剑眉怒竖道："你叫我什么？"

墨燃托腮而笑："萌萌乖，坐下。"

薛蒙暴跳如雷："墨微雨，我杀了你！"

师昧夹在两人之间，听着他们的日常吵闹，忍不住叹了口气，默默地抚上额角，努力地集中精神看着自己的书："日月壶中灌，灵核初成时。天道窥不破，死生参与商……"

转眼三日过去，楚晚宁思过结束。

按照规矩，接下来他面临的是三个月的禁足期。在这段时间内，他不能够离开死生之巅，且需要去孟婆堂打杂、擦拭奈何桥的廊柱、清扫山门前的台阶，等等。

戒律长老忧心忡忡："玉衡长老，说句实话，我觉得这些事情你就别做了吧。你好歹是一代宗师，做这种洗盘子、擦地板的事情……实在是委屈得很。"还有半句话没说出来——主要是老夫很怀疑你到底会不会扫地、做饭、洗衣服啊！

楚晚宁倒是半点没怀疑自己，规规矩矩地到孟婆堂报到去了。

孟婆堂上至总管，下至仆厮，惊闻楚晚宁要来罚做苦力，纷纷大惊失色，如临大敌。

楚晚宁白衣翩跹，飘然而至。

一张俊脸清冷平静，不带任何表情，如果给他脚下加片祥云，臂间添把拂尘，大概和仙人也没有区别。

孟婆堂总管觉得很惭愧，很不安，居然要驱使这样的美男子洗菜、做饭。

楚晚宁却没有身为美男子的自觉，迈进厨房，冷冷地扫了一眼众人，众人情不自禁地退了一步。

"……"楚晚宁开门见山，"我该做什么？"

总管忸怩地捏着衣摆想了一会儿，小心翼翼道："长老觉得，洗菜怎么样？"

楚晚宁道："好。"

总管大大地松了口气，他原本觉得楚晚宁十指不沾阳春水，可能不太愿意做这种涮涮洗洗的事情，但其他的活儿不是脏累，就是需要些技术，他担心楚晚宁并不能做好。既然楚晚宁干脆利落地答应了去洗菜，那他就不用忧心了。

事实证明，总管真是太天真。

孟婆堂前有一条清澈的小溪，楚晚宁抱着一筐碧绿青菜，来到溪边，挽起衣袖就开始洗菜。

这片区域属于璇玑长老管辖，偶有路过的璇玑门弟子，见到楚晚宁居然在洗菜，都被吓得磕磕巴巴说不出完整的话来，揉了三四遍眼睛确定自己没有看错，才惊愕道："玉、玉衡长老……早、早啊。"

楚晚宁抬眼："早。"

璇玑长老的弟子瑟瑟发抖，落荒而逃。

"……"

楚晚宁也懒得和他们啰唆，继续只管自己掰菜叶，冲洗，丢回筐里。

他洗得很认真，每片菜叶子都掰开来，反反复复、前前后后洗一遍。这样做的结果就是——眼见着到中午了，一筐青菜还没洗完。

伙计在伙房内等得焦头烂额，来回直绕圈子："怎么办？长老怎么还没回来？他不回来青菜就不回来，那青菜炒牛肉该怎么烧？"

总管看了看日头，说道："算了，别等了，换成红烧牛肉吧。"

于是当楚晚宁归来时，孟婆堂的牛肉已经出锅，炖得酥烂入味，完全不需要青菜了。楚晚宁皱着眉头，抱着他的菜，颇不高兴，冷冷道："为何不要青菜，还让我去洗？"

总管汗毛倒竖，拿帕子擦着额头的冷汗，说出了一句让自己后悔不已的话："这不是，希望长老亲自做一锅青菜炖豆腐吗？"

楚晚宁没什么表情，依然抱着他的菜，歪着头沉默地思索着。

总管忙道："如果长老不愿意，那也没关……"

"系"还没说出口，楚晚宁已然问道："豆腐在哪里？"

总管："……"

"玉衡长老，您……懂庖厨之道吗？"

楚晚宁说道："并非一无所知，可以一试。"

当日晌午，众弟子和往常一样嘻嘻哈哈地进了孟婆堂，三五成群地找了位置，便去柜台那边打菜盛饭。

死生之巅不辟谷，伙食一向丰盛，今天也不例外。

红烧牛肉肥瘦得宜，鱼香肉丝鲜亮浓郁，农家酥肉金黄焦脆，剁椒鱼肉红艳诱人。弟子们忙不迭地抢着自己爱吃的食物，一路排着队，让伙房师傅给自己多加一勺糖醋排骨，饭上浇些卤汁，或者再添些油辣子。

跑得最快的永远是禄存长老的弟子们，排在队首的小家伙鼻子上冒着一大颗痘儿，却还惦记着麻婆豆腐。他熟练地端着木托盘来到最后一个橱柜前，眼皮也不抬，说道："师傅，要一碗豆腐。"

师傅十指纤长白净，递给他满满一盘豆腐。

然而，不是他熟悉的麻婆豆腐，而是一盘颜色焦黑、食材莫辨的诡异食物。

该弟子吃了一惊："这是什么东西？"

"青菜炖豆腐。"

孟婆堂人声鼎沸，该弟子也没留心答话那人的声音，而是气愤道："你炼丹吗？这能叫青菜炖豆腐？我不要了，你端回去！"

一边骂着，一边去瞪伙房师傅，结果一看到立在这个橱柜后的人，该弟子就吓得惨叫一声，差点把托盘打翻："玉、玉衡长老！"

"嗯。"

该弟子都快哭了："不是，我那什么，我刚刚不是那个意思。我……"

"既然不吃，就拿回来。"楚晚宁面无表情地说，"不可浪费。"

弟子僵硬地端起盘子，僵硬地递给楚晚宁，然后同手同脚地离开。

不出一会儿，大家都知道最后一个橱柜前站着的是玉衡长老了，于是原本还热热闹闹的孟婆堂，霎时间鸦雀无声。

众弟子老老实实地排着队，慌慌张张地端了菜，恭恭敬敬地来到最后的橱柜前，磕磕巴巴地和长老打招呼，然后跌跌撞撞地跑走。

"玉衡长老好。"

"嗯。"

"玉衡长老日安。"

"日安。"

"玉衡长老辛苦。"

"……"

众弟子十分之规矩，十二分之谨慎，于是楚晚宁接受了每一个弟子紧张兮兮的问候，却没有人敢轻易品尝他锅子里的青菜炖豆腐。

慢慢地，队伍渐短，其他师傅面前的食物都快被打完了，唯有楚晚宁面前仍是满满当当，一锅子菜都凉透了，依然无人问津。

楚晚宁脸上毫无波澜，内心却有些复杂，他好歹洗了一个上午菜呢……

这个时候，他的三个亲传弟子来了。薛蒙依然是银蓝轻铠，拾掇得很清爽。薛蒙有些激动地凑过去："师尊！你怎么样了？伤口还疼不疼？"

楚晚宁倒是很淡定："不疼。"

薛蒙："那、那就好。"

楚晚宁看了他一眼，突然问道："你吃豆腐吗？"

薛蒙："……"

本座的伯父

为了在师尊面前表忠心，少主打了三盘焦黑的豆腐，并保证自己一块都不会丢掉，全部要吃下去。

楚晚宁十分满意，露出了难得的赞赏目光。

跟在后面的墨燃一看，不乐意了。踏仙帝君对于楚晚宁的认同有着莫名的执着，当即也要了三盘豆腐。楚晚宁看了他一眼："吃这么多，不撑吗？"

墨燃和薛蒙较着劲儿："别说三盘，就是再来三盘，我也吃得下。"

楚晚宁淡淡道："好。"然后给了墨燃六份豆腐，并说道，"你也一样，不可浪费。"

墨燃："……"

其他两个都点了，师昧自然也不例外，笑道："那……师尊，我也要三盘吧。"

于是玉衡长老关禁闭结束的第一天，他的三个弟子纷纷因为吃错了东西而闹肚子。第二天，戒律长老找到了楚晚宁，委婉地表达了孟婆堂并不缺帮手，请楚晚宁移步奈何桥，帮忙清扫落叶，擦拭柱子。

奈何桥是连接死生之巅主区和弟子休憩区的桥梁，可容五辆马车并排驰过，桥柱矗立着白玉九兽，分别代表着龙生九子，另有三百六十根狮首矮柱，气势恢宏。

楚晚宁默默地扫着地，扫完之后，仔细地擦拭着玉兽。

楚晚宁忙了大半日，天色渐暗的时候，下雨了。

散了课的弟子们大多没有带油纸伞，叽叽喳喳地蹚着水朝着住处跑去。雨点子噼里啪啦地砸在石阶上，楚晚宁遥遥看了一眼，见那些少男、少女脸上带着轻松自若的笑意，在雨幕里被淋得狼狈又明亮。

楚晚宁知道，如果让他们瞧见自己，那种明亮和轻松都会消失，他想了想，于是绕到了桥洞之下。

跑在前面的一些弟子来到桥前，看清景象，不由得"咦"了一声。

"结界？"

"奈何桥上怎么布了结界？"

"大概是璇玑长老布的吧。"有弟子猜测道，"璇玑长老对我们最好啦。"

那半透明的金色结界笼在奈何桥上端，延伸铺展，气势磅礴地一直布到弟子休憩区的主步道，把他们接下来要走的路全部覆盖。

"肯定是璇玑长老布置的，这块地方不是归他管的吗？"

"璇玑长老真好。"

"这个结界好漂亮，长老果然厉害。"

众弟子抖着湿漉漉的头发，嘻嘻哈哈地推搡着躲进了结界，一路议论着往休憩区走去。

楚晚宁站在桥洞下面，听着桥面上的人声鼎沸，直到再无声响。归来的少年们都已行远，他才慢吞吞地收了结界，步履从容地走出了桥洞。

"师尊。"

蓦地惊闻有人唤他，楚晚宁猛然抬头，岸上未见人影。

"我在这里。"

他循声仰头看去，见墨燃斜坐在白玉桥上，一袭银蓝轻铠，腿懒散地架在桥栏边沿。

少年眉目黑得惊人，睫毛像是两把小扇子，垂落眼前，正撑着一把油纸伞，似笑非笑地凝望着自己。

他们一个在桥上，林叶瑟瑟；一个在桥下，寒雨连江。

就这样互相瞧着，一时谁也没有说话。

天地之间烟雨朦胧，缠绵悱恻，偶有落叶细竹随着风雨飘摇而下，纷纷扬扬地吹落于二人之间。

最后墨燃笑出了声，带着些捉弄："璇玑长老，你都淋湿了。"

楚晚宁也几乎同时冷冷地开口："你怎么知道是我？"

墨燃抿了抿嘴唇，眼睛弯弯的，酒窝很深："这么大的结界，璇玑长老布不出来吧？不是师尊，还能是谁？"

楚晚宁："……"

墨燃知他懒得为自己施法避雨，灵机一动，便把伞抛了下来。

"这个给你，接着。"

鲜红的油纸伞翩跹而落，楚晚宁接住了，碧润的竹木伞柄还留着些温度，晶莹的水珠顺着伞面滴落，楚晚宁仰头看着他："那你呢？"

墨燃笑得狡黠："师尊略施法术，我不就能干干净净地回去了？"

楚晚宁哼了一声，但还是轻拂衣袖，墨燃上方立刻撑开一方透亮的金色屏障，墨燃抬头看了看，笑道："哈哈……真漂亮，还有牡丹花纹呢，多谢。"

楚晚宁瞥了他一眼："那是海棠，只有五片花瓣。"说罢，白衣绯伞，飘然离去。

留墨燃一个人站在雨幕里，数着花瓣："一、二、三、四、五……啊，真的是五片啊……"

他再抬眼，楚晚宁已经走远了。

墨燃眯起眸子，站在结界之下，脸上那种稚气的笑容一点点消失，逐渐换上另一种复杂神情。

他忽然有些不明白自己到底在想些什么。

若对一个人的感情，只有纯粹的喜爱，或是纯粹的厌憎就好了。

这场雨下了四日才停，云开雨歇时，一队车马铃响叮当，踩着积水清潭，踩碎一地天光云影，停在死生之巅的山门之前。

竹帘撩起，里面探出一柄悬着鲜红穗子的折扇。

紧接着，一双蓝底银边的战靴踏了出来，踩着车辕，砰的一声沉重地落在地上，尘土飞扬。

这是一个浓眉大眼、膀大腰圆的壮汉，穿一身蓝银轻铠，蓄着整齐的络腮胡子，四十来岁的模样。他看起来很粗犷，但铁塔般的大手偏偏摇着一把做工精致的文人扇，有一种说不出的怪异。

扇子"啪"的一声打开，只见朝着别人的那一面，写着——

"薛郎甚美。"

朝着自己的那面则写着——

"世人甚丑。"

这柄扇子名震江湖，究其原因，除了扇子的主人功夫了得，还有扇面上写的字实在太尴尬。

正面夸耀自己，反面嘲讽别人。

扇柄轻摇，方圆百里都能嗅出扇主人自恋的味道，修真界无人不知，无人不晓。

这扇子的主人是谁呢？正是在外面逗留了两个多月的死生之巅尊主、薛蒙的父亲、墨燃的伯父、薛正雍薛仙长是也。

所谓龙生龙，凤生凤，老鼠的儿子会打洞。

反过来道理也是一样的，儿子是孔雀，老子必然也会开屏。

虽然薛蒙长得眉清目秀，和他那位遒劲孔武的老爹浑然不同，但至少他们骨子里是相似的——

都觉得"薛郎甚美，世人甚丑"。

薛正雍伸了个懒腰，活动活动筋骨，扭了圈脖子，笑道："哎哟，这马车坐得真累死人，总算到家了啊。"

丹心殿内，王夫人正在调配药粉，一左一右分别坐着墨燃和薛蒙。

她柔声道："止血草四两，首阳参一支。"

"娘，称好了。"薛蒙盘腿坐在她旁边，把药草递给她。王夫人接过来，闻了闻止血草的气味，道："不行，这草和广霍放一起久了，串了味道。制成的汤药效力会受损。再去拿一些新鲜的来。"

"哦，好。"薛蒙又起身去里间翻药柜。

王夫人继续道："五灵脂三钱，菟丝子一钱。"

墨燃利落地将材料递给她："伯母，这个药要熬多久啊？"

"不用熬，冲服即可。"王夫人说道，"待我将粉末研好了，阿燃能给玉衡长老送去吗？"

墨燃原本是不想送的，但看了一眼薛蒙的背影，心知如果自己不送，那么送药的人必然是薛蒙。

不知为什么，他就是不喜欢薛蒙单独和楚晚宁待在一起，于是说道："好啊。"顿了顿，又问，"对了伯母，这药苦吗？"

"有些苦口，怎么了？"

墨燃笑道："没什么。"但顺手从果盘里抓了一把糖果，塞进了衣袖。

殿中的人正专心致志地配药，殿门口却忽然响起一阵爽朗豪放的大笑。薛正雍大步流星地进到殿内，容光焕发，喜道："娘子，我回来啦！哈哈哈哈哈……"

堂堂一派之主，进来前毫无先兆，惊得王夫人差点把药勺里的粉末洒了。她错愕地睁大美目："夫君？"

墨燃也起身相迎："伯父。"

"啊，燃儿也在？"薛正雍长得魁梧威严，言谈却十分和蔼，他用力拍了拍墨燃的肩膀，"好小子，一段时间没见到你，好像又蹿了些个子。怎么样？彩蝶镇之行可还顺利？"

墨燃笑道："还算顺遂。"

"好、好好好！有楚晚宁在，我就知道一定不会有闪失，哈哈哈哈……对了，你师父呢？又一个人闷在山上捣鼓他那些小玩意儿？"

墨燃闻言，有些尴尬："师尊他……"

他这伯父性烈如火，容易冲动。上一次伯父的死，很大一部分原因在于这样的性格。墨燃当然不愿直接跟他说楚晚宁挨了两百棍，还被禁足了三月，正思索着该如何开口，身后忽然传来了"啊"的一声。

薛蒙愣愣地抱着一堆止血草走出来，看到自己的父亲，喜不自禁："爹爹。"

"蒙儿！"

墨燃暗自松了一口气，这对父子一相遇，必然好一番阿谀谄媚，互相褒扬，自己正好想想该怎么把楚晚宁受罚一事讲出来。

果然，孔雀父子竖着尾羽，正不遗余力地彼此夸赞着。

"两个月不见，我儿又俊了不少，跟你爹越来越像了！"

薛蒙长得完全不像爹，只像他娘，但他颇以为然，也说："爹爹的身形也结实了许多！"

薛正雍大手一挥，笑道："这段时日，我在昆仑踏雪宫，越发觉得天下少年郎都不如我儿我侄！哎哟，那群娘儿们唧唧的人可把我看厌了，蒙儿，你还记得梅含雪吗？"

薛蒙立刻面露鄙夷："就是那个闭关修行了十多年的小胖子，据说是踏雪宫的大师兄？他出关了？"

"哈哈哈……我儿记性真好，就是他。小时候来咱们家住过一阵子，还跟你睡一张床呢。"

"……我怎么不记得？胖得和狗一样，睡觉还踢人，我被他踢下去过好多次。爹爹你看到他啦？"

"看到了、看到了。"薛正雍捻着胡子，似乎陷入了回忆。薛蒙是天之骄子，生性好斗好比，于是急不可耐地问道："怎么样？"

薛正雍笑道："要我说，不如你。好端端一个男孩子，他师父教他什么弹琴跳舞的，施个轻功还飞花瓣，可笑死你爹了，哈哈哈哈……"

薛蒙鼻尖一抽，似乎是被恶心到了。

一个婴儿肥的小胖子，弹琴跳舞，飞花瓣……

"那他修为如何？"毕竟梅含雪闭关十余年，这几个月刚刚出关，还没有在江湖上亮过剑。

既然"相貌"已经把人比下去了，薛蒙就要比"修为"了。

这回薛正雍倒是没有立刻答话，想了一会儿，说道："他出手不多，不妨事，反正等灵山论剑的时候，蒙儿自然有机会和他一较高低。"

薛蒙眉毛抽动："哼，那个胖子，有没有机会和我交手都不一定。"

王夫人此时已经把最后一味药粉添好了，起身笑着摸了摸薛蒙的头："蒙儿不可狂妄自大，要虚怀若谷，常怀敬畏之心。"

薛蒙道："虚怀若谷有什么用？那都是没本事的人做的，我就要像我爹爹一般痛快。"

薛正雍哈哈大笑："看看，虎父焉能有犬子？"

王夫人不悦道："你这个人，好的不教他，都教他些坏的，像什么话。"

薛正雍见她面容间带着三分薄怒，知道她确实有些不高兴了，便收敛了笑容，挠挠头："娘子，我错了。娘子说怎么教就怎么教，全是娘子说得对。你别不高兴嘛。"

墨燃："……"

薛蒙："……"

王夫人早年是孤月夜的弟子，据说是被薛正雍掳掠来的，这传闻也不知是真是假，不过墨燃很清楚，伯父待伯母深情一片，铁骨铮铮都化成了绕指柔。王夫人却对自己的丈夫没有那么一腔热血，她是个极其温柔的人，却总是会对薛正雍发些小脾气。

这些年磕磕绊绊，夫妻之间谁对谁用情更深，明眼人都看得出来。

薛蒙自然是懒得看自己爹妈调情，他有些被恶心到了，"啧"了一声，很不耐烦地转身离开。

王夫人颇为尴尬，连忙道："蒙儿？"

薛蒙摆摆手，大步走了出去。

墨燃也不愿意打扰人家夫妻团圆，正巧也可以躲开伯父的盘问。楚晚宁受罚这种事情还是让王夫人和他说吧，自己可扛不住，于是收拾了桌上的药剂，也笑嘻嘻地走了，还顺手替他们掩上了殿门。

他捧着伤药，晃晃悠悠地来到红莲水榭。

楚晚宁受了伤，这几天身体有些虚弱，本来布在水榭周围的结界都撤掉了，因此有人来了，他也并不知道。

于是，在机缘巧合下，墨燃见到了这样的场景……

楚晚宁，此刻正在莲花池内沐浴。

他自己泡也就算了，关键是，一向洁身自好的玉衡长老，御用的莲花池子里，居然还有另外两个人的身影……

第七章 —

极恨缠极慕

一

本座哄你，总好了吧

隔着重重莲叶，墨燃霎时如遭雷击，惊愕至极地僵立当场，心中的五味瓶稀里哗啦地碎了个彻底，脸都快裂了。

惊愕、愤怒、酸恼、暴躁，烟花般炸裂。他动了动嘴唇，竟气得一句话都说不出来，他丝毫没有意识到自己在怒些什么，此时脑子里只有一个想法——本座的师尊，你们也能接近？

楚晚宁你这个骄奢淫逸、表里不一的无耻男人、衣冠禽兽！你居然、居然……

他根本没有反应过来，这辈子的楚晚宁跟他没有丝毫纠葛，只在一瞬间，脑袋里的弦就断了。

毕竟十多年，一辈子，从生到死。

清醒的时候，他还能游刃有余，故作从容，但情切之下，兵荒马乱，原形毕露，他仍然下意识地认为，楚晚宁只能为自己所束缚，被自己尽握于掌中。

等他回过神来，已经怒气冲冲地喊了一声："楚晚宁！"

楚晚宁居然没理他。

那两个人一左一右就着他的肩膀扶着他，莲花池内雾气蒸腾，不太能看清两人的具体相貌。但他们挨得很近。

墨燃暗骂一声，居然扑通一声跳下了莲花池，朝着楚晚宁蹚水而去——走近了，他才发现，那、那居然是两个由金属和楠木制成的机甲人！

更要命的是，它们好像正借着莲花池水的仙气，在给楚晚宁输送灵力，墨燃这没头没脑地一跳，彻底把灵力气场打破了……

不知道楚晚宁用的是什么法阵，他自己是处于昏迷状态的，靠两个机甲人金属掌心传来的金光托着。那些光芒不断往上涌，汇集在他肩背后的伤口处，显然是正在疗伤。

墨燃的闯入让金光迅速逸散，并且更令人没有想到的是，这个法阵居然还会反噬！

只见金光散去，楚晚宁的伤口开始迅速被蚕食，他蹙着眉头，闷哼了一声，呛咳出一口血，紧接着浑身的伤疤都开裂，鲜血犹如烟霞，顷刻间浸染花池。

墨燃呆住了。

这是楚晚宁的"花魂献祭术"啊！

他意识到自己可能……闯祸了……

楚晚宁的灵流是金、木双系，金灵流如同"天问"，主修攻击、防御；木灵流则用来治疗。

花魂献祭术就是其中之一，楚晚宁可以调动百花精魂，来治愈伤口。但是在施术过程中，法阵内不可有旁人闯入，不然草木的精魂就会散去，非但不能起到治疗效果，反而会加重伤势。严重的话，楚晚宁的灵核极有可能被百花精魂抢食一空。

所幸的是，上辈子墨燃对花魂献祭术有所涉猎，当即快刀斩乱麻，切断灵流。失去了法阵支撑的楚晚宁当下软倒，被墨燃稳稳扶住。

失去意识的师尊面色苍白，嘴唇发青，身体冷得和冰一样。

墨燃架着他上了岸，也来不及多看几眼，半抱半拖地把他带回了卧房，放在床上。

"师尊？师尊！"

连唤了好几声，楚晚宁连睫毛都不曾颤动，除了微微起伏着的胸膛，看起来就和死了没什么两样。

这样的楚晚宁让墨燃联想到从前，莫名就觉得喉咙发涩，心里仓皇。

曾经有两个人是死在墨燃怀里的。

师昧，楚晚宁。

他们两个，一个是他最在乎的师兄，一个是与他纠缠一生的宿敌。

师昧走后，人间再无墨微雨。

楚晚宁呢？

墨燃不知道。他只记得那一天，他守着怀里的人一点一点地冷透，没有哭，也没有笑，欣喜和悲伤都变得遥不可及。

楚晚宁走后，墨微雨，再也不知何为人间。

灯烛明亮，照着楚晚宁赤裸的上半身。

晚夜玉衡在平日里穿的衣衫都很严实，领祇叠得又紧又高，腰封缠绕三道，端正又冷峻。

因此也从来没有人看到，两百棍之后，他的身上究竟伤成何等模样……

虽然那天在戒律庭受罚，墨燃亲眼见了楚晚宁背后的棍伤，那时只知道是血肉模糊，惨烈至极。但后来他见楚晚宁跟没事人一般地到处晃荡，心想大概没有伤了筋骨。

直到此刻，他才发现楚晚宁的伤势，远比自己想象的严重得多。

鬼司仪留下的五道口子已经尽数绽开，最深处可清楚地看到森森白骨。

楚晚宁大概也没有让人帮忙换过药，都是自己动手，药膏涂抹不均匀，有些够不到的地方都已发炎溃烂。

更别说那一道道青紫交加的棍痕，覆盖了整片背脊，几乎见不到一处完整的皮肉。加上刚刚的法阵反噬，此时此刻，楚晚宁伤口全数撕裂，鲜血汩汩地流淌，很快就将身下的被单染得血迹斑斑。

如果不是亲眼瞧见，墨燃根本不会相信坚持着去擦拭桥柱，为众弟子开启巨大的遮雨结界的人，会是眼前这个……这个可以划归到"老残病弱"范畴内的重伤病号。

如果不是楚晚宁已经失去了意识，墨燃真想揪着他的衣领好好地问一问——楚晚宁，你是有自尊病吗？

你低个头、服个软，谁会拦着你？为什么非得倔着、拧着劲儿？你这么大个人了，怎么就不知道照顾自己，对自己好一些？

你为啥不愿意求别人帮你上药？

你为啥宁可让两个机甲人帮着你施展疗伤法阵，也不肯开口请别人帮忙？

楚晚宁，你是傻吗！！

你是倔死的吗？

他一边暗自咒骂着，一边飞速地点了止血的穴位，然后打来热水，替楚晚宁擦拭着背后的血污……

尖刀淬火，割去已经完全腐烂的皮肉。

第一下，楚晚宁痛得闷哼，身体下意识弹起。墨燃摁住他，没好气道："哼什么哼！欠揍吗？再哼本座一刀戳你胸口，死了就不疼了，一了百了！"

也只有这个时候，墨燃才能暴露凶神恶煞的本性，像以前那样对他呼呼喝喝。

可是伤口泛白腐烂的地方太多了，一点一点地清理下来，楚晚宁一直在低声喘息。

这个人即使昏迷着，也会努力压抑隐忍，不会大声喊痛喊疼，只是浑身都是冷汗，刚刚擦拭干净的身子，又被汗水浸透。

墨燃忙了大半个时辰，终于敷好药，包好了伤口。

墨燃替楚晚宁穿上亵衣，又抱来一床厚实的棉被，给发烫的师尊盖上，这才重重地舒了口气。想起来王夫人调好的药还封在油纸包里，他又拿开水冲了碗药汁，端到楚晚宁床边。

"来，喝药。"

一只手抱起昏睡着的人，让他靠在自己肩头，另一只手舀起药汁，吹了吹，自己先试着抿了一口。

墨燃立刻紧皱眉头，脸拧成了包子褶儿："见鬼了，这么苦？"但还是放凉了，喂给楚晚宁喝。

结果刚半勺喂进去，楚晚宁就受不了了，连连呛咳着把药汁吐了出来，大半溅在了墨燃衣服上。

墨燃："……"

他知道楚晚宁不喜欢苦，甚至有些怕苦。

但如果是清醒状态下，倔死个人的玉衡长老一定会忍着厌恶，气吞山河地把药一饮而尽，顶多事后再板着脸，偷偷吃一颗糖。

不幸的是，楚晚宁眼下是昏迷着的。

墨燃没办法，总不好跟一个毫无意识的人发脾气，只得耐着性子，一小口一小口地喂给他喝，时不时还要拿帕子擦一下他嘴角的药汁。

这对墨燃而言倒也不算难事，毕竟有一段时日，墨燃每日就是这样来给楚晚宁喂药喝。而且那个时候楚晚宁还反抗，墨燃就扇他耳光，而后掐住他的下巴，硬生生地将药灌进去……

不敢再深想，墨燃最后几勺喂得有些马虎，几乎有大半由着楚晚宁呛吐出来。然后他把人往床上一放，粗暴地掖了掖被子："我这可算是仁至义尽了，你晚上可别踢被子，本身就发热，要是再不小心着了凉……"

唠叨了一半，他忽然发起脾气，踹了床腿一脚："算了，你着不着凉关我什么事？我巴不得你越病越重，病死最好。"

说完他转身离去。

走到门口，他又觉得一颗心悬着放不下，于是折返，想了想，替楚晚宁把蜡烛熄了，然后又离开。

这一次走到了红莲池水边，看着那些吸收了楚晚宁鲜血而越发娇艳的睡莲，胸中的烦躁只增不减。

他恼羞成怒，却又同手同脚地返回了卧房，像个生锈老化的机甲人一样噔噔噔地绕着屋子走了一圈，最后才不情不愿地站到楚晚宁床边。

月光从半敞的竹制窗扉间散落，银辉浸着楚晚宁的清俊面容。

唇色浅淡，眉心微蹙。

墨燃想了想，替他合上窗。蜀中湿气大，晚上开着窗子睡觉，总归是对人不好的。做完了这件事，墨燃暗下毒誓：再从门口折回来，他就是傻子！

结果走到门口，砰的一声，楚晚宁居然一脚把被子踹了下来。

墨燃："……"

这个人睡觉踢被子的习惯到底怎么样才能改好？

为了不做傻子，十六岁的踏仙君很有骨气地忍了忍，走了。

他说到做到，绝不会再从门口折回！

所以片刻之后——英明神武的踏仙君打开窗户，从窗户翻了进来。

捡起地上的被子，又给楚晚宁盖上，墨燃听着楚晚宁疼痛难忍的低哼，还有抽搐着的背脊，看着他蜷缩在床角的模样，不再有平日的半分凶狠。

墨燃嘴上骂着"活该"，却又动了恻隐之心。

墨燃坐在楚晚宁床边，守着，不让他把被子再踢下去。

夜深了，累了一天的墨燃终于也有些支持不住，慢慢地歪着头，睡了过去。

这一觉睡得很不好，楚晚宁一直翻来覆去，墨燃迷迷糊糊中，似乎还听到了他在低低地哼着。

浅寐昏沉，墨燃也有些分不清今夕何夕，不知什么时候就自然而然地躺在了楚晚宁身边，抱住了痉挛颤抖的那个人。墨燃眯着惺忪睡眼，下意识地抚摩着他的背，把人抱在怀里，轻轻地梦呓着："好了好了，不疼了……不疼了……"

墨燃睡着，呢喃着，好像又回到了以前的死生之巅，回到了凄清空阔的巫山殿。

自楚晚宁死后，再无人与他同眠。

即使是因为仇恨而滋生出的缠绵，在那样日复一日的清冷里，也让他想得心脏揪疼，念得万蚁噬心。

可是再想再念，楚晚宁也回不来了。

他失去了他生命中最后一捧火。

这一晚，墨燃抱着楚晚宁，半眠半梦间，一会儿清楚自己已然重获生命，一会儿又道自己仍在当年。

他忽然有些不敢睁眼，怕明日醒来，又只有空荡荡的枕席，清冷冷的幔帘。

渺茫浮世，漫长一生，从此只剩他一个人。

他无疑是恨着楚晚宁的。

可是，抱着怀里的人时，他的眼角却有些湿润了。

那是三十二岁的踏仙君，曾以为再也寻不回的温暖。

"晚宁，不疼了……"

意识模糊，墨燃像复生前那样，抚摩着怀里那个人的头发，轻喃着，一句温柔至极的句子，竟就这样脱口而出。

他太困了，甚至都没有意识到自己究竟说了些什么，唤了对方什么，甚至这句话说出口时都没有任何的思考，只是这样自然而然地滑落。而后墨燃呼吸匀长，陷入了更深的梦中。

第二天一早，楚晚宁睫毛颤动，悠悠醒转。

他修为强悍，一夜高烧，此时已经退了。

楚晚宁困倦地睁开眼睛，意识还有些模模糊糊的，正欲起身，却猛然发觉有个人正跟自己躺在同一张床上。

……墨、墨微雨？

这一惊非同小可，楚晚宁霎时间脸色苍白，可偏偏一下子想不起来昨晚究竟发生了什么，更要命的是，他这一动弹，把墨燃也弄醒了。

少年打了个哈欠，光洁细嫩的脸庞带着些醋睡时特有的健康红晕。他迷糊地掀起眼帘，轻描淡写地瞥了楚晚宁一眼，含混不清道："啊……再让本座睡一会儿……你既然醒了，就去给我煮碗蛋花瘦肉粥喝吧……"

楚晚宁："……"

什么乱七八糟的？梦话？

墨燃仍昏沉着，见楚晚宁没动静，也没催着人家起床煮粥，而是懒洋洋地笑了笑，伸出手，捏了捏楚晚宁的脸："不起也行，本座刚刚做了个噩梦，梦里……唉……不提了。"他叹息着，下巴磨蹭着怀中人的发顶，嘟哝着，"楚晚宁，你再陪陪我。"

本座要去寻武器啦

楚晚宁被震得几乎神识尽碎，哪里还意识得到墨燃在嘟哝些什么，只觉得字句都是嗡嗡声，耳边像下了场急雨。

那边墨燃却是风轻云淡，咕哝了几句，复又睡死过去。

"……"

楚晚宁想要推醒他。

然而榻边窗扉，外头一树海棠开得正好，不早不晚，就在楚晚宁手抬起来的时候，一朵殇落的淡粉色海棠花轻巧地落在墨燃鼻尖。

"……"

墨燃有些难受地抽抽鼻子，但睡得很香甜，居然也没有醒来。于是伸出去推人的手，鬼使神差地换了个方向，楚晚宁摘下那朵海棠，捏在指间细看。

一边看花，一边出神，慢慢地，他多少有些想起来了。

依稀记得，昨天是墨燃给他清了创口，喂他喝了汤药。

再后来，墨燃似乎是抱住了自己，漫漫长夜里摸着自己的头发和后背，在耳边喃喃低语。

楚晚宁发了会儿呆，他想这应该是自己的梦吧？指尖停着的海棠柔软轻盈，眼眸中映着花朵荼蘼时的灿烂颜色。

斥责的话语被硬生生地吞了下去，实在是……不知道该骂些什么。

"你怎么会睡在这儿？"

听起来像失足少妇。

"滚下床去，谁让你睡我这里的？"

听起来像是失足泼妇。

"你居然敢捏我脸？"

其实只是脸被碰到了而已，比起在幻境里那次，还真算不上什么，如果斤斤计较，反而显得他在意了。

"……"

不知如何是好，玉衡长老只能默默地在床上打了半个滚，把脸埋进了被褥里，细长的十指揪着被角，有些烦躁和恼羞成怒。

最后他选择扳开墨燃的手脚，坐起来先把自己收拾得衣冠楚楚，然后再摇醒对方。

于是当墨燃睁开惺忪睡眼时，看到的就是坐在床边，一脸高深莫测、神情冷淡的玉衡长老，冷汗登时就下来了。

"师尊我……"

楚晚宁漠然道："你昨日破了我的花魂结界？"

"我不是故意的……"

"罢了。"楚晚宁十分高冷，没事人般地一挥袖子，"你快起来吧。去上早课。"

墨燃都要崩溃了，有些焦躁地揉着自己的头发："我怎么会睡在这里……"

"倦了。"楚晚宁很是平静，"看你这样子，昨天应该忙活了许久。"

他说着，目光瞥过几案上的药盏，又道："以后不可擅自闯入红莲水榭，若要有事，提前报我。"

"是，师尊。"

"你走吧。"

踏仙君觉得自己捡回了一条小命，急急忙忙跑远了。

待他走了，楚晚宁就躺回床上，抬手摊开掌心，从指尖缝隙里，看着窗外灿烂的繁花，风吹花落，香雪纷纷。

海棠柔软的色泽，就像是昨晚零星的记忆，很轻盈，却又难辨真假。

他决定打死都不去主动提起昨天的事情，太尴尬了！

玉衡长老惜脸如金，要脸不要命。于是几日后，墨燃再次见到楚晚宁时，玉衡长老依旧云淡风轻，气度从容，高贵冷艳，白衣翩跹。

那一晚的依偎，他们谁都没有主动提及。只是偶尔目光交叠时，墨燃的视线似乎会在楚晚宁身上多停留那么一会儿，而后才又习惯性地追逐着师昧而去。

而楚晚宁呢?

他触到墨燃的视线时,会立刻冰冷地转开头。而后,却在对方没有觉察的时候,似是不经意地,再瞥过一眼。

薛正雍很快就得知了楚晚宁受罚一事。

果不其然,死生之巅的尊主护短,立刻发了好大一通火。不过这火对谁发都不合适,所以他只能关起门来,自己跟自己怄气。

早知道当初定规矩的时候就该加一条:法不及长老。

王夫人沏了一壶茶,和声细语地与他说了良久,薛正雍这才消了气,但仍说:"玉衡长老生性倔强,以后他要是再这样,娘子须帮我劝着些。他是上修界那些门派求都求不来的宗师,却在我这里受这样的苦,这叫我良心如何能安?"

王夫人道:"非是我不劝他,你也知道玉衡长老这个人,做事一根筋。"

薛正雍道:"罢了罢了,娘子,你调的那些生肌镇痛的药给我拿些来,我去看看玉衡。"

"白的内服,红的外敷。"王夫人把两只越窑小瓷瓶递给了薛正雍,接着说,"我听燃儿说,玉衡长老这几日都在奈何桥擦狮子,你去那里应该能找到他。"

薛正雍于是揣着瓷瓶,一路疾奔来到奈何桥附近。

楚晚宁果然在那里,此时正值午后,弟子们都各自在忙碌着修行,鲜少有人经过奈何桥。玉带逶迤的桥上,只有楚晚宁一人孤寂地站着,身形挺拔,自有一种铮铮风骨。

两岸林叶瑟瑟,白衣修竹,君子之姿。

薛正雍走过去,爽朗地笑道:"玉衡长老,在赏鱼吗?"

楚晚宁侧过脸来:"尊主说笑了,这条江通着鬼界的黄泉之水,怎会有鱼?"

"哈哈……和你开个玩笑嘛。你这人风雅有余,风趣不足,这样下去是讨不到媳妇儿的。"

楚晚宁:"……"

"喏,伤药,我娘子调的。白的内服,红的外敷。好用得很,给你了。"

楚晚宁原本并不想要,但瞧见薛正雍颇得意,似乎对自己夫人亲手制的药物十分珍爱,便也不好回绝,于是收了下来,淡淡道:"多谢。"

薛正雍是个粗汉子,但面对着楚晚宁,倒也有些拘谨,很多东西不敢轻易交流,想了一会儿才拣了个话题:"玉衡,三年之后就要灵山论剑了,到时候各门各派的青年才俊都会聚在一起，争个高低，你觉得蒙儿和燃儿，胜算如何？"

楚晚宁道："三年之后的事情，说不好。我知道眼下，墨燃不求上进，薛蒙轻敌自负，都不是该有的样子。"

他说话干脆、刻薄，不绕弯子。

薛正雍脸上有些挂不住了，嘟哝道："哎呀，小孩子嘛……"

楚晚宁道："已经弱冠了，不小了。"

薛正雍："话是这么说没错，可他们毕竟才二十岁不到，我这个当爹当伯父的，总难免偏袒些，哈哈……"

楚晚宁："子不教，父之过；教不严，师之惰。若此二人往后走上逆途，便是你我之责，如何偏袒？"

"……"

楚晚宁又说："尊主可还记得，临沂儒风门当年也曾出过两位天之骄子？"

他这么一提，薛正雍的心不禁猛然一沉。

二十多年前，上修界第一大派临沂儒风门，曾经有一对兄弟，俱是少年早成，天赋极高，十岁就能独自降服百年大妖，十五岁已到了可以自创法术，开宗立派的火候。

不过一山不容二虎，由于两人都是人中翘楚，最终还是兄弟阋墙。当年的灵山论剑，弟弟更因事先窥探兄长法术密宗，受到众派鄙夷，前辈唾弃。大会结束后，弟弟立刻遭到了父亲的严惩，他心高气傲，受不得挫折，从此便怀恨在心，专修诡道，最后堕落成了一个丧心病狂的魔头。

楚晚宁此时提及这件旧事，无疑是想告诉薛正雍：薛蒙和墨燃虽然出色，但比法术更重要的，是心性。

可惜薛正雍对自己苛严，对弟子认真，却唯独在儿子和侄子身上犯糊涂，到了溺爱的地步。因此楚晚宁的话，他也没有听进去，只打着哈哈，说道："有玉衡长老指点，他们不会走那对兄弟的老路。"

楚晚宁摇头。

"人性本固执，若非痛下决心，要改谈何容易。"

他这么一说，薛正雍不由得有些不安，不知道楚晚宁是否话中有话。踌躇了一会儿，薛正雍忍不住道："玉衡，你是不是有些……唉，我说了，你别生气，你是不是有些看不起愚侄？"

楚晚宁并不是这个意思，他没有想到薛正雍误会这么大，一时有些噎住了。

薛正雍忧心忡忡道："其实他们能不能在三年后崭露头角，我并不是特别在意。尤其是燃儿，他从小吃了不少苦，性子难免有些顽劣别扭，希望你别因为他是在馆子里头长大的而嫌弃他。唉，他是我大哥在世上留下的唯一骨血了，我对他，心里头总存着些愧疚……"

楚晚宁打断了薛正雍，说："尊主误会，我不会看不起他。我若介意墨燃的出身，又怎会愿意收他为徒？"

见他直截了当，语气铿锵，薛正雍喜道："那就好、那就好。"

楚晚宁的目光又落到桥下滚滚奔流的江水之中，他看着洪波涌起，浪争喧豗，不再多言。只可惜二人在桥上的对话、楚晚宁的一番自白，却是如从前一样，轻易被浪涛吞没。

他对墨燃的"不嫌弃"，终是没有第三个人听到。

三月禁足一晃而过。

这一日，楚晚宁将三名弟子传至红莲水榭，说道："你们灵核俱已稳固，今日唤你们前来，是想带你们前往旭映峰，试着召出自己的武器。"

一听这话，薛蒙和师昧都睁大了眼睛，脸上露出喜不自胜的神情。

旭映峰乃上修界圣山，仞高千尺，壁立万丈。

相传，旭映峰曾经是天神勾陈上宫铸剑之地。勾陈上宫乃兵神，掌管南北天极，统御天下兵刃。

天帝除魔时，勾陈上宫以崇山为基，湖海为池，自身神血为烈火，铸成了人世间第一把真正意义上的"剑"。此剑通天彻地，一击劈落，神州四分五裂，海水逆灌倒流。

天帝拿着"剑"，两招之内就将魔族镇压在了大地之下，魔族从此再难崛起。

而那两招则横贯人间疆土，裂出了两道狰狞深壑。此一役后，天雨粟，鬼夜哭，洪荒雷鸣，滂沱大雨下了千年，那两道神剑斩出的深沟被雨水灌满，就此成为孕育出无数生灵的长江与黄河。

至于神剑破世的旭映峰，也因此成了后世修行者的朝拜圣地。上古神祇留下的灵气十分浓郁，时至今日，崇山峻岭中仍然出没着无数神秘精魅，生长着奇花异草。无数修士亦在旭映峰窥破大道。

但对于世人而言，这座铸造了神剑的奇峰，最吸引人的仍是它的"金成池"。

那是一潭位于旭映峰顶的冰池，终年封冻。

传闻中，勾陈上宫为造神剑，划破手心，挤入了自己的神血，而其中一滴鲜血溅落在了峰顶的低洼处。千百万年过去，神血仍没有枯竭，成了这片清可见底的金成池，受到后人的敬仰。

且不管这个传闻是真是假，金成池的奇妙却非虚言。它虽一年四季冰冻三尺，但有极少数道士，可以凭借自己的灵核之力，使得池水暂融，而池中会跃出一只上古异兽，口衔兵刃，献予岸上之人。

薛蒙迫不及待地问："师尊，你拿神武时，跃出的是什么上古异兽？"

楚晚宁道："鲲鹏。"

薛蒙一听，眼中闪动着热切的光："太好了！我可以见到鲲鹏了！"

墨燃嘲笑道："等你先把池水化开再说吧。"

"你什么意思？你是觉得我化不开金成池吗？"

墨燃笑道："哎呀，生什么气？我可没这么说。"

楚晚宁道："从池里衔来武器的，并不一定会是鲲鹏，据说金成池中住着百余只神兽，守护着神武之灵，只要其中一只喜欢你，它就会寻来自己能获得的武器，献予你。而且这些神兽的脾性不一，还会向你提出各种要求，若你不能满足要求，它们又会衔着武器，返回池底。"

薛蒙奇道："竟是这样？那师尊，鲲鹏当时和你提了什么要求？"

楚晚宁道："它说想吃肉包。"

三个弟子愣了片刻，都笑了起来，薛蒙哈哈道："吓死我了，还以为是什么难事。"

楚晚宁也淡淡一笑，说道："只不过运气好。这些神兽的要求稀奇古怪，什么都有，我也曾听闻有人召唤出了一只奚鼠，那只小耗子请那人把自己的妻子嫁给它，那人没有答应，奚鼠便衔着武器又走了，从此那人便再也没有机缘得到神武。"

师昧喃喃道："那真是太可惜了……"

楚晚宁看了他一眼，说道："有何可惜？我倒敬他是个君子。"

师昧忙道："师尊误会，我不是这个意思。发妻自然是用再厉害的武器都换不来的，我只是可惜他就此错过了这样的神兵利器。"

楚晚宁道："这不过是一个传闻，可惜我无缘见到这样的人。多年前在金成池，我倒是见过了何为人心可畏，脏我眼睛。"

他顿了顿，似是回忆起了什么，眉宇间隐约多了分阴霾。

"罢了，不提了。数千年来，金成池边也不知见证了多少丹心不改，又流露了多少人世薄凉。在神武面前，又有多少人能放弃跻身仙尊的机缘，毫不犹豫地坚守本心……呵呵……"

楚晚宁冷笑两声，似乎是记忆里某件事情触到了他的逆鳞，神色渐渐漠然，嘴唇最终抿紧，闭口不言，剑眉微蹙，看他神情，竟似有些感到恶心。

"师尊，都说金成池的神武各有脾气，那你一开始用着顺手吗？"薛蒙见他不悦，岔开话题，这样问道。

楚晚宁掀起眼皮，淡淡地说道："为师有三把神武，你说的是哪把？"

本座失宠了

这么惊天地泣鬼神的句子，也只有楚晚宁可以镇定自若地娓娓道来。三个徒弟听在耳中，各自心里都有不同的感受。

薛蒙想得最简单，就只有一个感叹词：啊！

墨燃复杂一些。他想起从前某些事情，捏着下巴思忖着，心想自己这辈子都不想再看到楚晚宁的第三把武器。

至于师昧，他偏着头，一双江南烟雨杏花眸，里头闪动着微弱的光泽，似是崇拜，又似是神往："天问是金成池里得来的吗？"

楚晚宁："嗯。"

"那其他两把……"

楚晚宁："一把是，一把不是。武器脾性通常不会太烈，都可驾驭，你无须太过担忧。"

薛蒙有些羡慕地叹着气："真想看看师尊另外两把神武。"

楚晚宁道："一般的事情，天问都足够应付了，其余两把，我倒宁愿它们永无用武之地。"

薛蒙不情不愿地"嗯"了一声，但眼中仍然有光芒闪动。楚晚宁看在眼里，知道他好武的天性极难抑制，所幸薛蒙心肠不坏，只要稍加引导，倒也不必过于担忧。

墨燃却在旁边摸着下巴，似笑非笑。

乃知兵者是凶器，圣人不得已而用之。楚晚宁……无论前世今生，输就输在了这一身正气上。

邪不胜正都是书中写的，偏偏这个傻子要当真，活该如此天赋异禀，武力高超，却还是做了阶下囚，成了冢中骨。

"师尊。"师昧的声音打断了墨燃的遐思。

"弟子听闻，每年上旭映峰求学的人成百上千，能有机缘融开金成池的却只有一两个人，甚至好几年不见池水冰释。弟子修为浅薄……实在是……没有可能得遇良缘。阿燃和少主都是人界翘楚，要不我就不去了，留在这里，多练练基本的法术就好。"

楚晚宁："……"

他没有说话，细瓷般的脸庞笼着些淡淡薄雾，似乎正在沉吟。

上一次师昧就是因为自卑而放弃了去旭映峰的机会，墨燃见状，立刻笑道："只是去试一试，要不成的话，就当是一番游历。你整天在死生之巅窝着做什么？也该出去见见世面。"

师昧越发忐忑："不，我修为太弱，旭映峰的人那么多，万一遇上了其他门派的弟子，要与我切磋过招，我肯定打不过，只会给师尊丢人……"

楚晚宁抬眼道："你是在怕这个吗？"

他这句话问得很奇怪，像是疑问，又像反问。其他两人并无感觉，师昧却心中一凉，抬起眼，正对上楚晚宁霜华凛冽的锐利目光。

"师尊……"

楚晚宁面色不动，说道："你主修治疗，本就不擅长与人过招。如若有人纠缠你，回绝就好，不丢人。"

墨燃也咧嘴一笑："师昧别怕，有我呢。"

于是收拾行装，四个人上路了。

这回要去的是上修界，路途遥远，骑马太累。楚晚宁依然不愿意御剑飞行，于是他们不紧不慢地走了十多日路，才终于来到旭映峰旁的一座城。

三个弟子都已经自马车车厢里出来，只有楚晚宁还懒得动。他撩开车厢的竹帷，说道："在这儿休息一晚，明日再走一段路，就可以到旭映峰了。"

他们歇脚的这座城名叫岱城。城池虽然不大，却十分富庶繁华，女子披罗戴翠，男子锦帽绸衫，俨然比下修界最富饶的地方还要奢华几分。

薛蒙啐道："上修界这帮东西，真是朱门酒肉臭，路有冻死骨。"

墨燃也不喜欢，难得没有去反驳薛蒙，而是带着甜腻腻的笑，嘲讽着眼前景象："是啊，看得我好生嫉妒，难怪那么多人挤破脑袋也要迁来上修界，就算不修行，做个普通人，也要比下修界的日子好过太多了。"

楚晚宁翻出一张银灰假面，戴在脸上，这才慢慢悠悠地下了马车，看着周围闹市喧嚣，却也不知道在想些什么。

薛蒙奇道："师尊为何要戴假面？"

楚晚宁道："此处是临沂儒风门的地界。我不便露面。"

见薛蒙还是疑惑不解，墨燃叹气道："小凤凰不长脑子，师尊以前是临沂儒风门的客卿啊。"

他这么一说，薛蒙才想起来，但是天之骄子并不愿意承认自己忘了这点，涨红了脸，翻了个白眼，说道："这、这我当然知道，我只是奇怪，客卿而已，又不是卖给他们了，想走就走，难道儒风门的人见了师尊还能把他绑回去不成？"

墨燃道："说你笨你还真笨，你难道不曾听说吗？自从师尊离开儒风门，上修界就极少有人知道他的行踪。我们下山除妖时，若有人问起师门，我们不都是只说死生之巅，不说师承何人吗？"

薛蒙愣了一下，这才后知后觉道："原来师尊的行踪在上修界是成谜的？可是师尊这么厉害，为什么要隐瞒自己的去向？"

"不曾刻意隐瞒，但也不想叫人打扰。"楚晚宁道，"走吧，住店去。"

"哎，四位仙君要住店哪？"客栈的小二顶着张油光满面的脸跑过来。

薛蒙道："要四间上房。"

小二搓手笑道："真对不住了仙君，那个，近日岱城的客房都有些紧张，四间房是腾不出来了，要不委屈仙君们拼凑着住一住，两间房怎么样？"

没有办法了，他们只凑合着落脚。

只不过在分配房间的时候，出现了些小问题。

"我要和师昧一间房。"趁着楚晚宁在结账，三个徒弟凑在一起，墨燃铿锵有力地表示。

薛蒙不干了："凭什么？"

墨燃奇道："你不是喜欢黏着师尊吗？"

"那、那我也不想……"他极敬楚晚宁，但"敬畏"二字，也少不掉一个"畏"。对于楚晚宁，到底是喜爱多一些，还是畏惧多一些，他自己也说不上来。

看薛蒙涨红了脸，墨燃贱兮兮地笑道："弟弟，我看你不是不想和师尊睡，而是不敢吧？"

薛蒙瞪圆了眼睛："师尊又不会吃人，我有什么不敢的？！"

"哦。"墨燃笑道，"可是师尊梦中好打人，你知道吗？"

薛蒙："……"

脸色青一阵白一阵，薛蒙嗫嚅间，忽然想到了什么，怒气冲冲地质问："师尊睡着的时候怎么样，你怎么会知道？你和他睡过？"

这话说得暧昧了些，尽管薛蒙本身并无任何邪佞意思，但说者无意，听者有心。墨燃嘴上仍然笑道："你要不信，今晚可以感受一下。金创药记得带一瓶，有什么跌打损伤的还可以救个急。"

薛蒙待要发作，楚晚宁已经付了账款，走了过来。

他淡淡地看了他们一眼，说道："走吧。"

三个少年小尾巴似的跟在师尊后面上了楼，站在客房前时，原本争得欢脱的三个人都开始眼观鼻、鼻观心，等着楚晚宁开口。

其实刚刚他们的争执都是白搭，真正等排房的时候，还不是统统闭嘴，等着师尊发话。

楚晚宁顿了顿，说道："只剩下两间房，你们谁……"

他暗自踌躇，有些尴尬。

该怎么说——"谁愿意和我一起？"

听起来都带着些小心翼翼的可怜，也实在太不像玉衡长老的风格。

那该怎么说？

"墨微雨，你跟我走。"这个样子吗？

算了吧，配上一根狼牙棒、一块虎皮，和强抢良家少妇的黑风寨寨主也没什么区别了。自己好歹是一代宗师，脸还是要的。

更何况自从之前红莲水榭那夜后，两人就都觉尴尬，极少单独相处。

楚晚宁神色淡漠平和，内心却滚过无数念头，过了良久，终于矜冷自持地微抬下巴，朝薛蒙点了点。

"薛蒙和我一间。"

薛蒙："……"

墨燃原本笑眯眯的，此时却不由得愣了一下。

他确实希望薛蒙和楚晚宁住一起，自己和师昧住一起。当这个决定从楚晚宁口中说出来时，他却莫名有些气闷。

他不知道自己这样子，很像一只不知天高地厚的小野狗。小野狗遇到一个男人，那个人对他虽然不算太好，但总愿每日三餐丢些骨头给他啃。

可是小野狗不喜欢这个凶巴巴的家伙，于是他虽然每日啃着骨头，却舔舔爪子就朝对方汪汪直叫，并没有把这个男人当作自己的主人。

然而不知为什么，有一天，这个男人端着碗出来，里面装的不是自己熟悉的骨头，而是黍米，一只皮毛鲜亮的漂亮雀鸟蹁跹而落，栖在男人肩头，用圆溜的眼睛盯着他，晶莹的喙亲昵地蹭着他的脸。

男人也侧过头，摸了摸雀鸟丰奢的羽翼，细细地喂他谷粮。

他这只野狗，就不禁呆住了。

毕竟，他原以为楚晚宁会选自己的啊……

四

本座脚滑

是夜，墨燃托腮望着墙壁。

一墙之隔，就是楚晚宁和薛蒙的卧房。

师昧爱干净，换洗的衣衫叠得整整齐齐摆在床榻上，抹得连个褶子都没有。而后就下楼去让小二送热水上来洗澡。

这客栈的隔音并不是特别好，屋子里静了，就能隐约听到旁边的动静。

楚晚宁似乎说了句什么，听不太清。但紧接着薛蒙的声音就响了起来——

"要不要紧？"

墨燃的耳朵唰地竖了起来，动了动。

隔壁的小凤凰说："师尊，疼不疼？"

"……不碍事，你继续吧。"

"我轻一点，弄疼你了你跟我说。"

"啰里啰唆，要帮忙就帮忙，不帮忙就算。"

帮什么忙？他们在干什么？

狗崽子的耳朵都要贴在墙壁上了，能听到衣物模糊的摩擦声，再仔细一点，甚至地听到楚晚宁压抑着伤痛的闷哼。

"……师尊，我下不了手啊！"薛蒙有些崩溃，焦急不安地说，"您这也太……"

"有什么下不了手的？撕了不就好了！再不行就把东西给我，我自己来！"

撕了什么？把什么给他他自己来？

基于对楚晚宁了解，墨燃脑内已经冒出了各种血腥不堪的画面。

等反应过来，他已经敲响了隔壁的房门。

狗崽子提起一口气道："师尊，你们——"

门吱呀一声开了。

薛蒙立在里面，手里拿着半截沾着血迹的纱布，正一脸苍白地瞪着自己。

"干什么？大晚上的呼呼喝喝。撞鬼了你？"

墨燃的目光越过薛蒙，看到楚晚宁坐在桌边，桌上摆着崭新的纱布和伤药。

"你们这是在……"

薛蒙瞪他："上药啊！师尊肩上的伤还没好透。几天没换药了，有几个伤口又闷坏了。"

墨燃："……"

吓他一跳，还以为是楚晚宁在他不知道的时候又添了什么新伤。

"那撕下来是……？"

"……"薛蒙拧着眉头，脸还是很白，不太愿意说的样子，"……是纱布，之前绑得太紧了，有些血粘着伤口，险些弄不下来。"

他话说到一半，忽然停住，有些狐疑地打量了墨燃两眼。

"等等，你偷听我们说话？"

墨燃道："谁偷听了？这客栈的隔板这么薄，不信你去旁边听听看，贴着墙的话连呼吸声都能听清楚。"

"哦，是吗？"薛蒙点了点头，过了一会儿又觉得不对劲，"等等，你怎么知道？你贴着墙听过了？"

墨燃："……"

薛蒙大怒："墨微雨，你好变态！"

墨燃怒道："谁知道你笨手笨脚蠢头蠢脑的会做出什么事情！"

薛蒙更加生气："你胡说八道些什么！"他扭头又委屈道："师尊，你看他——"

楚晚宁披上了外袍，拢着松松垮垮的衣襟，一边理着头发，一边冷冷淡淡地走过来，上下打量了墨燃两眼。

"什么事？"

"我……我在隔壁听到……"墨燃支支吾吾，硬着头皮，"那什么，我担心薛蒙手脚笨拙，欺负到你……"

"什么？"楚晚宁并未听懂，他眯起眼睛，"谁欺负我？"

墨燃恨不得抽自己一耳刮子。

正尴尬不已地互相对视着，师昧上来了。

"阿燃？你怎么在师尊房门口？"

"我……呃……"墨燃更噎了，"那个，有些误会。"

师昧笑道："那误会解决了吗？"

"解决了解决了。"墨燃连连道，"师昧，你不是让小二送热水上来洗澡了吗？师尊也还没洗吧，我去楼下让他们再多送一点。"

师昧道："不用了。"他拿出四块楠竹小木牌，微笑道，"小二说，这客栈旁边有个天然的温泉汤，店家修成了专门的澡堂。拿着这个牌子就能去洗了，给你们一人一块。"

和师昧一起洗澡？

墨燃思及在彩蝶镇幻境时，自己受到蛊惑，看到师昧幻象的事情。虽然那并不是真的，但仔细想了想，到底还是因为师昧的模样太好了，比姑娘家还动人。

这种绝色美人出浴，不管是男是女，都还是少看为妙，不然不利于……呃，不利于清心修行！他当即捂脸道："我不去了。"

薛蒙大惊失色："你不洗澡就睡觉？这么脏！"

墨燃道："我让小二送热水上来。"

师昧莫名其妙道："这客栈不烧热水，所有客人都是去温泉汤泡澡的呀。"

墨燃："……"

没有办法，墨燃只得跟他们一道拿了换洗的衣服，去温泉汤泡澡。这客栈倒也知道讨巧，明白来此处的大多是去金成池求剑的道士，因此干脆给澡堂取名叫"金成旭映"，讨个好彩头。

墨燃生怕自己犯傻，不敢与其余两人撞上，匆匆把衣裳换了，腰间严严实实缠了条浴巾，先跑去浴池里，找了个僻静地方泡下。

由于已经很迟了，浴池里并没有几个人，零零散散地还都分布在很远的地方，墨燃脑袋上顶着块白毛巾，把半张脸都沉在水面下，一吐气，咕噜咕噜冒泡泡。

第一个人更衣完毕，赤裸裸地迈着长腿出来了。

墨燃偷偷瞥了一眼，松了口气，还好还好，是薛蒙。

薛公子虽然俊美，但横竖不入踏仙君的眼，两人对视一眼，薛蒙朝他指了指："你离我远一点。"

"干什么？"

"嫌你脏。"

墨燃："呵呵。"

澡堂内雾气迷蒙，又过一会儿，正在拿皂荚擦拭身子的薛蒙忽然道："师尊，这边！"

墨燃半张脸都在水里，闻言差点被呛到。虽然明白自己不该多看，但目光仍然不由自主地往岸上移去。

这一眼可真要了命，墨燃猝不及防，顿时喝了两口洗澡水进去，顾不得恶心，连忙把自己潜得更深，只露出一双眼睛在水面上。

他怎么也没有料到，楚晚宁和师昧是一起出来的。

两个人，一个纤细柔美，披着墨色长发，裹着浴巾，正是师昧。

但另一个高挑冷峻，宽肩窄腰，体魄结实肌肤紧致，正是楚晚宁。他竖着高马尾，披着件宽大的白色浴袍，浑身上下遮得都算严实，唯独衣袍实在是太宽了，衣襟处仍然没有拉紧，裸露出大片光滑紧实的胸膛。

墨燃瞪着他，想把目光移开。

楚晚宁身材还是怎么看怎么好，穿衣显瘦脱衣有肉……之前那个冒着生命危险偷偷爬到红莲水榭屋顶上看楚晚宁洗澡的女修，实在是很能令众人理解的。

隔着氤氲迷雾，楚晚宁似乎看了他一眼，又似乎没看，随意给自己裹着纱布的位置上了一层防水结界，而后迈足踏入温泉中，衣摆漂浮，行动间能看到他的双腿，端的是线条紧顺，匀直修长。

墨燃："……"

这般身姿气韵谁又能及？眼不见心不乱，墨燃干脆闭上眼睛，整个都沉到了水底。

在水下潜了许久，墨燃才倏地冒出水面，甩了甩水珠，拿毛巾擦干净脸上的水，睁开一双迷蒙双眼。

不偏不倚，正对上楚晚宁的脸庞。

而且刚刚一头的水，都甩在了楚晚宁脸上。此时一滴水珠正晃悠悠地淌下来，蓦地渗入了他漆黑锐利的眉毛，然后再一点点地流下来，几乎要滴进那漂亮的凤目里。

楚晚宁："……"

墨燃："……"

这真是太不妙了，自己刚刚潜在水底憋气，看不见周围情况。

楚晚宁也并不知道墨燃潜在这个位置，自顾自地过来要拿熏香盒子。结果熏香还没拿到，被忽然浮出来的人溅了满脸的水。

这温泉很深，浮力不小，墨燃晕头晕脑地，就准备往后退，结果脚下一滑，不偏不倚摔进了楚晚宁怀里。

"啊！"

五

本 座 大 约 是 疯 了

楚晚宁来不及思索，伸手扶住了他。温热的泉水中，两个人贴得极近。

这可是他高高在上的师尊啊！墨燃顿时觉得从尾椎骨蹿起一阵火花电流，激得他浑身起了鸡皮疙瘩。

虽然在红莲水榭，他也抱过正在沐浴疗伤的楚晚宁，但那时候情况危急，他根本顾不得多想多看，所以也并没有太深的印象。

然而此时，他一只手贴在楚晚宁胸口，另一只手还下意识地扶着师尊的腰，离得倒近，可那张代表了威严与肃杀的脸很疏冷，锐刀般的目光盯着他，墨燃脑袋轰的一声就炸了。

完了、完了、完了……

"师、师尊，我……"

他挣扎着站直，却在这仓促挣扎中碰到了对方。

楚晚宁的眼睛一下子睁大，俊美的脸庞霎时间闪过惊愕，随即立刻后退，也就是同时，方才悬在他睫毛之上的水珠淌进了眼睛里，楚晚宁受了刺激，连忙闭目欲揉，却没有带擦拭的浴巾。

"师尊用、用我的吧。"

墨燃面红耳赤，却偏还欲盖弥彰地想要装作没事，拿着自己的毛巾替楚晚宁擦着脸上的水珠。

楚晚宁睁开凤眼时，眸中又是不解又是错愕，隐隐的还有一丝惊慌。但这些都是一闪而过的，他很快努力地使自己平静，当作什么都没有感觉到，哑声道："香薰，递我。"

"哦……哦好。"

墨燃像个熟螃蟹似的横着走到池边，拿起搁在岸上的香薰盒。

"师尊要、要什么味道？"

"随便。"

墨燃头昏脑涨，大脑空白地对着盒子看了半天，诚恳地转头："没有叫'随便'的香料。"

楚晚宁："……"顿了顿，叹了口气，"梅花，海棠。"

"好。"

墨燃拣出两枚香片，递给了楚晚宁。

他完全不敢再看楚晚宁一眼。

怎么……会这样……

怎会如此？

匆匆洗完，趁着其他三个人还在泡着，墨燃含混地说自己困了，先回去睡了。

回到房间，他反闩上门。

他实在不知道自己是中了什么邪，明明那么恨楚晚宁，那么讨厌楚晚宁，可是瞧见楚晚宁，仍会觉得这个人如雪山之上的月华一般触动着他的内心。哪怕他再不肯承认，他也骗不过自己，方才他看到的楚晚宁，拥有的尽是他所仰慕、所渴望的风姿与清俊……

他甚至觉得自己内心的最深处，是在叫嚣着，兴奋着，是在自鸣得意有这样一个师尊的。

他甚至……他甚至觉得楚晚宁很好……

这个念头一萌芽，便被墨燃狠狠地掐灭了。

不不不，他觉得自己可能是泡澡泡傻了，脑子进了水。那可是楚晚宁啊，是他磨牙吮血，恨不能将之撕咬入腹的仇人。

是曾经害死了师昧的人。

他怎么能觉得这个人身上，会有一星半点的好，会有一星半点让他心驰神往的东西？

他不愿再深思下去。

墨燃慢慢平复着呼吸，蹙着眉头，闭上了眼睛。

同样脑中一片混乱的还有楚宗师。

夜里，他躺在床上，默默地想了很久，也不敢去想象——或许墨燃并不讨厌自己。

这个念头实在是太疯狂了。

只是小心翼翼地想"也许墨燃并不讨厌"，"自己"两个字都没有来得及在脑海中露面，楚晚宁就恶狠狠地掐了自己一下。一双凤眼明亮清澈，却又闪烁躲藏。

他连这个句子都不敢想完整。

毕竟自己又凶又爱打人，嘴巴毒脾气不好，长得又不似师昧那般温雅亲善。

他就这样高傲着。

而他的内心，其实早就因为被人冷落太久，被人畏惧太久，在这样漫长而孤独的行走中，渐渐地自卑到尘埃里去了。

第二日醒来。

墨燃和楚晚宁在客栈走道相遇，各怀心事，互相看了一眼，彼此都没有先说话。

最后，是墨燃先佯作无事，朝楚晚宁笑了笑："师尊。"

楚晚宁松了口气，正不知道该如何应对，见墨燃选择了对昨天的事闭口不提，那么他也正好从善如流，一如往常，淡淡地点了点头："既然起来了，就去把师昧也叫起来，我们准备一下，就可以去旭映峰了。"

旭映峰顶终年积雪，十分寒冷，即使是体魄强健的修行之人，也难敌如此严寒。楚晚宁去裁缝店里给徒弟们买了御寒的斗篷、手套，让他们等冷了时穿戴起来。

抽着水烟袋儿的老板娘咧着朱红大嘴左右招揽，跟墨燃说："小仙君长得英姿飒爽，你看这黑底金龙分水大氅，这蜀绣是顶顶好的，光这龙眼睛，我精雕细琢，绣了三个多月才完成呢。"

墨燃讪讪笑道："姐姐嘴真甜，可惜我是上山求剑，不必穿得如此郑重。"

老板娘见劝这个不成，又拉住师昧："呦，这位仙君样貌可太美啦，瞧上去比咱们岱城最漂亮的姑娘还标致三分。仙君，要我说，这件蝶戏牡丹的红斗篷最衬你，试试看？"

师昧苦笑："老板娘，那是女儿家穿的吧。"

薛蒙因不喜爱逛街看衣裳，自命清高，不肯过来，只在原处等着。楚晚宁就替他选了件黑底紫边的斗篷，风兜檐口围着圈儿兔毛白边。

老板娘说："仙君，这衣裳你穿有点小，少年的身形穿了才差不多。"

楚晚宁淡淡道："给我徒弟买的。"

"哦，哦哦。"老板娘恍然大悟，旋即笑道，"真是个好师父啊"。

可能是生平第一次被唤作"好师父"，楚晚宁身形一僵，脸上虽然绷着不动，但走路的时候，同手同脚了好几步。

最后墨燃挑了一件青灰斗篷，师昧的是月白色的，楚晚宁拿了件素白的，一件黑底紫边的，结了账，去和薛蒙会合。

薛蒙一看自己的斗篷，眼睛就瞪大了。

楚晚宁不明所以："怎么了？"

"没、没什么。"

然而等楚晚宁转头走远，薛蒙以为他听不见了，就颇嫌弃地看着斗篷的绲边，小声嘀咕道："紫色？我不喜欢紫色。"

却不料楚晚宁的声音冷冷地传来："啰里啰唆，不穿你裸着上去。"

薛蒙："……"

不紧不慢地赶了最后一段路，四人在天色渐暗前，终于到了旭映峰山脚下。

旭映峰灵力充沛，多灵兽异禽，就算是道士，没有些斤两，也不敢贸然上山。

不过有楚晚宁在，这点倒是不用担心。楚晚宁凭空凝出三朵晚夜海棠花，有驱灵退邪之效，佩在三个徒弟的腰封上，而后道："走吧。"

墨燃抬头，看了看隐匿在夜色当中，上古巨兽般死寂而卧的巍峨峰峦，便有万千感慨涌上心头。

那一年，他就是在旭映峰昭告天地日月、妖鬼神魔，他墨燃已不满足于当修真界的踏仙君，要自封为人界之主。

也是在那一年，在旭映峰，他同时迎娶一妻一妾。

他还记得那个妻子，宋秋桐，修真界的绝代美人，五官从某一个角度看去，像极了师昧。

他不是个顾及礼义廉耻的人，并未按烦琐的规矩三媒六聘，当时就那么牵着宋秋桐的纤纤素手，那个盖着红巾帕的女人同他并肩拾级而上，万级台阶，走了一个多时辰。

后来宋秋桐腿脚疼了，走不动了。

墨燃脾气也差，掀了她的盖头就要凶她。

可是在朦胧月色下，宋秋桐一双委屈隐忍的秀气眼眸，像极了化为白骨的那个故人。

厌憎的话语凝在嘴边，他颤抖良久，最后说出口的却是："师昧，我来背你吧。"

宋秋桐按辈分，如若和他是同门，确实算他的师妹，因此她听闻这个称呼只是微微一愣，道墨燃灭了儒风门全门，自然把儒风门归进了死生之巅，叫师妹也不是不可以，于是笑了笑，说道："好。"

最后几千级台阶，踏仙君，人界之主，黑暗之君，就那么一步一步，稳稳地背着红裳娇美的新娘子走上峰顶。

他低着头，瞧着地上的斑驳人影，怪异的姿势，交叠在一起。

他笑了笑，喉咙是哑的："师昧，以后我就是人界主君了，从今往后，谁都不能再伤到你。"

伏在他身后的女子不知道该说些什么，犹豫了一会儿，低低地"嗯"了一声。

那声音很轻，或许正是因为太轻了，女性的声线并非如此明显，听起来有些模糊。

墨燃的眼眶在无人看见的地方红了，他声音低沉地说："对不起，这一天，让你等太久了。"

宋秋桐还道墨燃喜欢她许久了，于是温柔道："夫君……"

这一声女子声响，唤得清清脆脆，犹如娇兰坠露，好听得很。

墨燃的脚步却猛地顿住了。

"怎么了？"

"……没什么。"

又往前继续走着，墨燃的嗓音却不再沙哑，那些微弱的颤抖，也消殇殆尽。

顿了顿，他说："以后叫我阿燃便好。"

宋秋桐颇感意外，也不是很敢这样称呼踏仙君，犹豫道："夫君，这……恐怕……"

墨燃的语气却陡地凶狠起来：“你要不听，我把你从山顶上扔下去！”

“阿、阿燃！”宋秋桐忙改口道，“阿燃，是我错了。”

墨燃不再说话。

他低着头，不吭声，继续往前走着。

地上的影子还是影子。

到后来看清了，就会发现，真的，只不过是影子而已。

镜花水月，都是假的。

他拥有的，最终也只配是一场幻影。

终归虚妄。

“师昧。”

“嗯？”走在墨燃旁边的人闻声转头，万叶千声，草木瑟瑟，月光照着他的绝色容颜，“阿燃，怎么了？”

“你……走累了吗？”墨燃看了走在前面的楚晚宁和薛蒙一眼，悄声道，“累了的话，我背你吧。”

师昧还没说话，楚晚宁就回过头来了。

他冷冷地瞥了墨燃一眼：“师明净的腿断了吗，需要你逞能？”

师昧忙道：“师尊，阿燃只是开玩笑，您别生气。”

楚晚宁压低眉毛，眉峰凌厉，目光隐隐地流窜着火光：“可笑，我有什么好生气的。”说完一拂宽袖，扬长而去。

墨燃：“……”

师昧：“……”

“师尊不高兴了呢……”

“他这个人你又不是不知道。”墨燃在师昧耳边悄声道，“心眼比针尖儿都小，自己冷血无情，还不允许别人兄友弟恭。”完了皱皱鼻子，压低声音总结道，“特别讨厌。”

前面的楚晚宁忽然厉声道：“墨微雨，你再多说一个字，信不信我把你丢下山去！”

墨燃貌似识趣地闭嘴了，但偷偷用满含笑意的眼神瞥了一眼师昧，动着口型道：你看，我没说错吧？

第八章 — 慕求连理枝

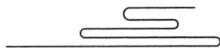

一

本座见到大神啦

"冷月映霜雪，寒山抱冰池。八千高仞不得越，天涯绝处是此时。"

薛蒙戴着鹿皮手套，拂去峥嵘巨石上的积雪，念了一遍上面的朱砂题字，回头喜道："师尊，我们到了。"

旭日峰顶终年朔雪纷飞，此时一轮婵娟高悬，凛凛月色映照着冰池，寒气萧森，冷涩凝绝，金成池结冰而不覆雪，恰如琉璃珠玑，横铺天地，银河落凡，星垂万里，端的是壮丽无极。竟真的犹如行至人间尽头，皓雪白首。

一行人来到池边，光滑如镜的池面流溢着瑰丽细光，有一道石堤一直通向池心。堤旁立着一块石碑，碑上霜华凝结，石纹纵横，唯有"拟行路难"四个篆书大字苍劲有力，历经千年仍然撇捺清晰，且朱拓鲜红，竟像是常有人润色添漆。

楚晚宁在石堤前停下脚步，说道："金成池求剑，一次只能进一个人。你们谁先去？"

薛蒙迫不及待地说："师尊，我先去！"

楚晚宁看了他一眼，思考片刻，摇了摇头："你行事莽撞，我不放心。"

这时候一旁的师昧笑了笑，说道："师尊，我先去吧，反正我大概也是化不开冰池的。"

浩渺冰湖上，师昧沿着那条只可容一人通过的石堤，慢慢地走到尽头。

他依照规矩，在手中凝起一团灵力，尔后俯身，将手掌贴在冰面上——师昧的灵力顺着冰面不断往下传，莹莹白光在远处一明一暗地闪动着。

墨燃屏息立于原处，十指不自觉地捏紧，陷入掌心。

可是师昧在池边尝试了许久，冰池仍旧纹丝不动。他苦笑着甩手走回来，对楚晚宁道："师尊，抱歉了。"

"无妨，修行几年再尝试。"

墨燃微微叹了口气，竟比他们俩都失落，但依旧安慰师昧道："没关系，还有机会，下次我陪你再来过。"

楚晚宁道："话别那么多，上前去，轮到你了。"

上一次，墨燃来求剑，正是轻狂少年，对于神武有无限期待。然而这一次，他不过是来取剑而已，早已知道了前面会有什么在等待着自己，他没有那种紧张和期盼，却有一种即将与旧友重逢的温情。

他走在石堤上，跪在冰池前，弯下腰，掌心触及冰面。

墨燃闭上眼睛。

他的无鞘陌刀……

那把陪着他看尽天涯花，尝遍人间血的罪孽凶刃——

睁开眸，墨燃对着池面轻声道："不归，我来了。"

仿佛感知到了宿命中主人的召唤，金成池冰面下忽然升起了一个巨大的黑影，那黑影在冰面下盘旋，越来越清晰，越来越鲜明。

忽然间，千尺冰面倏然碎裂，墨燃遥遥听见薛蒙在岸上的惊呼，声音遥远几不可闻。

"冰化了！"

浪潮汹涌，潭水冲天，一条青黑色蛟龙腾水而出，每一片龙鳞都有七尺宽，霎时间金成池面洪波翻腾，水雾氤氲，蛟龙在月光下流窜着光华，喷出鼻息。

与此同时，池水边落下一道上古结界，将楚晚宁等人和墨燃分开。

结界内，一人一龙遥相对视。

墨燃眯着眼睛，迎着漫天水雾，仰头看着蛟龙。

只见那蛟龙口中衔着一柄漆黑的陌刀，没有刀鞘，古拙的刀身浑厚却锋利，屈铁断金。蛟龙把陌刀变为凡人适用的尺寸，慢慢地弓下流光溢彩的龙身，将刀搁在了墨燃跟前。

但它并没有立刻抬头，而是用那双姜黄色的、足有两个成年男子那么高的眼瞳盯着对方。

那蛟龙的眼珠就像两面铜镜，清清楚楚地映着墨燃的倒影。墨燃屏息不动，等着它发话。

如果事情不变，那么接下来他只需要去山脚折一枝梅花送来给它就好，老龙附庸风雅，倒是让墨燃捡了现成的便宜。

谁料，等了半天，这蛟龙并不似上一次那样轻易便将武器赐给他，反倒龙须舞动，将一双硕大无朋的黄瞳眯起来，然后抬起自己的前爪，在墨燃面前的雪地上，写下两个字："凡人？"

墨燃一愣。

他清楚地记得，从前这条蛟龙是会说话的，为何如今，竟成了哑巴？

哑巴龙写完这两个字，又立刻否定了自己，拿粗胖的鳞爪将字迹抹掉了，又写了另一串字："不，凡人不会有这么强的灵气，那么，你是神族？"

墨燃："……"

老龙思量片刻，摆了摆首，又写道："不是神，你身上有邪气。你是鬼族？"

墨燃心道：什么乱七八糟的！本座不过是重活之人罢了，有什么好思来想去的？快把本座的刀拿来！

老龙却像是看透了他求刀心切，忽然抬起鳞甲狰狞的龙爪，猛然将陌刀摁在爪下，另一只爪又把原先的痕迹抹了，再添一把雪，继续写道："莫要见怪。我在你身上看到了另外两个虚影，实在是平生难见。你到底是人是鬼，是神是魔？"

墨燃挑眉道："我当然是人啊。这还用说？"只不过是死过一次的人而已。

老龙顿了顿，又写："一个人的魂魄如此分裂。这当真是见所未见，闻所未闻。"

墨燃见它摇头摆尾的，煞是愚钝，不禁好笑："有什么好奇怪的？倒是前辈，您这把刀，究竟要怎样才愿意给我？"

老龙打量了他一会儿，写道："那你便原地站着别动，让我施法瞧一瞧你的魂灵，我就把刀给你，好不好？"

"……"

没料到它居然提了这样一个要求，墨燃微怔之下，着实有些犹豫起来。

他在想，要是这老东西能看到他上一次的事情，那会怎样？

但不归就在眼前，这把陌刀的力量凶悍狠辣，是举世难得的神兵利器，若是就此拒绝，以后再想得到也是不可能的了。

踌躇须臾，墨燃抬头问道："可以是可以，但是前辈，您是否无论在我身上瞧见什么，都会愿意把刀献予我？"

老龙一笔一画道："这是规矩，自然不会食言。"

墨燃："不论过往我是善是恶？"

老龙又停顿一会儿，然后写道："即便你昔日为恶，我亦不能阻，只望你今后向善。"

墨燃拊掌笑道："好，前辈既然这么说了，那我自然没什么好推却的。请前辈施法一观吧。"

老龙微微抬起身躯，弓着流光溢彩的龙身，喷出鼻息，紧接着双瞳泛出一层鲜红色的光辉。

墨燃仰起头，发现那层红光，其实是一层薄雾。血雾渐深，逐渐把他的倒影掩盖。过了半晌，当那雾气缓慢散开，老龙的眼中又重新出现自己站立着的身影。

只不过这一次，墨燃猛地发现，龙眼里除了自己，还映照出了另外两个模糊不清的影子，正一左一右，幽幽地立在他的背后。

墨燃吃了一惊，立刻转头去看，可是他身后空荡荡的，下着茫茫白雪，哪里有其他人的身影？

再转头，龙眼中的那两个人变得越来越清晰，像是沉在水底的东西缓缓浮出水面。墨燃盯着看了一会儿，陡然觉得这两个影子似乎眼熟得很——他情不自禁地上前两步，岂料龙眼里的那两个虚影忽然由闭目的状态，变成了睁眼！

师昧！

楚晚宁？

怎么也没有料到居然会是他们，墨燃这一惊非同小可，踉跄倒退两步，磕磕巴巴地说不出完整的话来："怎么……这是……"

老龙眼中的三个人安静地立着，面目平静，没有丝毫的表情，就这样安详地凝视着远方。

墨燃极骇，又过了一会儿，见红色血雾再次升起，龙目中的影子开始从清晰变得模糊，最后消失不见。

老龙喷出鼻息，龙须抖动，而后飞快地写道："看不透，我毕生未见过有人的灵魂中会打上另外两个人的印记。当真怪极了。"

"我、我灵魂里……有他们的印记？"

"是。"老龙写完这个字，停了片刻，又写道，"我不知你有何遭遇，究竟有多深的执念，才能于魂魄里都与旁人纠缠不清。"

墨燃盯着雪地上歪歪扭扭的几行字，像是被噎着了，脸慢慢地涨红。

他对师尊的执念深入骨髓，就算刻到了魂魄里，就算老龙看他能连带着把师尊一起看到，他也觉得没什么大不了的。

但楚晚宁……是怎么回事？

他对楚晚宁能有什么执念？

难道过分的仇恨，也算是一种纠缠不休吗？

一人一龙都陷入了沉思当中，以至于金成池的池水微微泛起了一丝异样的褶皱，他们都不曾发现。

当滔天巨浪破空，惊涛裂岸时，一切都已经晚了。

只见金成池的池水像是被刀劈斧削般裂成两段，分别喷涌直上高天，骇浪狂潮中，两队黑压压的异兽奔踏而出。它们豹身牛首，虽然单个不如老龙体形硕大，但脑颅上犄角寒光凛冽，四爪锋芒森寒。几百头聚在一起，老龙却不怕，侧着黄瞳看去。

墨燃道："怎么回事儿？"

老龙顿了顿，写道："勾陈上宫。"

一瞥这四个字，墨燃登时如遭雷击。

勾陈上宫主杀伐，统天下兵器。

这位始神创出了世间第一把剑，襄助伏羲荡平魔寇。

那威风凛凛的始神，居然是这几百头"牛"？

墨燃着实无法接受，正安静地发着呆，忽然听到远处传来一阵苍茫的埙声。

埙是一种十分古老的器乐，在他们这个年代，已无多少人会吹奏了。随着这埙声渐行渐近，那冲撞奔腾的兽群缓缓停滞，最后一一屈下前腿，跪立两侧。当潮水般的兽群散时，一个穿着华服、负着长剑的男子骑着麒麟行来。

那男子面容俊朗，眉清目秀，长着一张十分温柔的脸庞。

他临风而立，夜雪加身，衣摆柔软飘动，手中乐器陶埙色泽沉润，十指轻按孔眼，凑在嘴边吹奏。

随着最后一个音幽然止息，百头"牛"骤然化为水露，原来它们竟是由幻术化成。只见男人放下陶埙，打量墨燃一番，而后温和地笑了起来："确实是个万年不遇的奇人，也难怪望月会对你好奇。在下勾陈上宫，居于金成池内。这池中兵刃皆由我制造。雕虫小技，见笑了。"

虽然老龙写了一遍，这男子又自己说了一遍，但墨燃仍是难以置信，色变道："你是勾陈上宫？"

男子却并无不耐烦，微笑道："正是在下。"

墨燃简直要窒息了："……就是那个万兵之主？"

"是啊。"勾陈上宫轻轻扬起眉，眼中含笑，"后世似乎是这么称呼我的，真是惭愧，只不过闲来无事，磨把小刀、缠条小鞭子什么的，倒叫人高看了。"

墨燃："……"

厉害的人谦虚起来真是太讨厌了，比如楚晚宁淡定自若地说"我有三把神武"，这个勾陈上宫更烦，居然管自己造的武器叫"小刀""小鞭子"。他怎么不管伏羲大帝叫"小老头子"呢？

墨燃半天才缓过劲来，说道："那、那什么，那你不应该在神界吗？怎么在这个……这个池子里……"

"我喜爱敲敲打打，时常搅了天帝的小清净。与其成天在神界受他的小白眼，不如自请落凡。"

墨燃道："你在这里待多久了？"

勾陈上宫略微沉思，而后笑道："也还好，不过才小几百年。"

"……几百年。"墨燃重复一遍，干笑道，"上神不觉得，有点儿久了？"

勾陈上宫云淡风轻地展颜而笑，并不太在意地挥了挥自己的衣袖："不算久。何况为天帝铸剑后，我神力损耗良多，在那珠玉漫天的神界，待得也是无趣，倒是这里好多了。"

墨燃虽然对这个传说中的杀伐之神颇为好奇，但也不好多问私事，想了想，觉得另一件事比较重要，于是道："上神，你今日出来见我，不会只是因为我魂魄特殊吧？"

"怎么不能？你灵力罕见，实属难得。"勾陈上宫微笑道，"只给你这把陌刀，怕是屈才了。"

墨燃道："哈哈……还好吧，我瞧这刀挺适合我。"

"我第一眼，也是这么认为的。"勾陈上宫笑道，"仔细辨别后，发觉其实不然。你资质难得，颇令我好奇，所以此次我出来，是想请你入池底小叙。我想在那千万把兵刃中，瞧一瞧哪把最适合你。"

"……"

这一惊可谓非同小可，纵使踏仙君见多识广，也被噎着了。

万兵之主，居然请自己去……挑武器？

勾陈上宫见他不言语，还以为他心有畏惧，不敢前往，于是道："你莫要担心，水下虽精怪众多，但都听命于我，决计不会伤你。望月可以为证。"

老龙没作声，在一旁缓缓顿首。

墨燃见他确实诚心相邀，不禁心下微动，说道："那我要是去了，上神能否答应我一个要求？"

"什么要求？"

"方才求剑那人，是我的挚友。"墨燃说着，往结界之后的岸上一指，把师昧点给他看，"他适才求剑不得，因此我想，如果我满足了上神的心愿，那上神能不能也满足我的心愿，赐他一把武器？"

"我当是什么，这不过是举手之劳而已。"勾陈上宫笑了起来，忽然一挥手，通天的上古结界登时烟消云散。

"这事情容易得很。让他们三个都过来吧。若有看中的武器，尽管拿去便是。"

墨燃大喜过望，没有想到会这样踏破铁鞋无觅处，得来全不费工夫。师昧能拿到神武，这比他自己将拿到更厉害的武器还要令他激动。

他当即答应了勾陈上宫，待师昧他们来了，又将事情与三人说了一遍，师昧和薛蒙的眼睛越睁越大，就连楚晚宁都微微动容。

勾陈上宫在旁边看着，忽然像是意识到了什么，"嗯"了一声，盯住了楚晚宁："是你？"

二

本座的海底两万里

楚晚宁的不卑不亢到了神仙面前也是一样的，他淡淡道："上神认得我？"

"怎么不认得？"勾陈上宫温文尔雅地笑了笑，"多年前，你来到金成池边求剑，那灵力高深纯粹，我差点就忍不住出来见你了。怎么样？武器用得还顺手吗？"

"上神是说哪一把？"

"……啊。"勾陈上宫微怔了一下，而后笑道，"瞧我这记性，忘了当初给了你两把。"

楚晚宁道："无妨。天问很好。"

"天问？"

"就是那段柳藤。"

"哦。原来如此。"勾陈上宫笑道，"你给它取名天问？还有一把呢？叫什么？"

楚晚宁道："九歌。"

"那九歌如何？"

"寒气深重，所用不多。"

勾陈上宫叹道："有点儿可惜了。"

这边叙毕，勾陈上宫负手回头，缓声道："望月，我带他们下去。水上灵力稀薄，对你身体不好，你也早些回去吧。"

老龙点了点头，哗的一声掀起滔天巨浪，龙鳞闪耀，潜龙入渊。

与此同时，楚晚宁在其余三人身上都打下一个避水符咒，勾陈上宫见了，不禁又多看了楚晚宁两眼，心道：修士里头，鲜少见到法术像他这般纯熟的，不知他师承何人。

但是楚晚宁一副不愿意与人多废话的高冷模样，勾陈也不想自讨没趣，众人准备好了，便一同涉水，潜入了寒凉的金成池内。

由于带着符咒，墨燃他们的行动与在岸上别无二致。随着他们潜到了池底，一个浩渺无垠的水下世界展露在面前。

池底覆盖着大片细软白沙，阡陌纵横，水草漂飞，一间间构造精妙的房屋瓦舍鳞次栉比。街头巷陌，形态各异的灵兽仙妖往来行走，一些在凡间绝无可能安分共处的精怪，在这里却相安无事。

勾陈上宫道："金成池灵气丰沛，自成洞天。生灵在此安身，往往世代不再迁徙，因此有许多事物和人间不同。你们若小有兴趣，可随处瞧瞧。"

正说话间，他们就瞧见一只肤发雪白、眼睛赤红的兔精骑着一只吊睛白额老虎招摇过市。那兔精披着白袍，雍容华贵，神情矜傲，不停地呵斥老虎再走快些。而再看那老虎则低眉顺眼的，半点威风都没有。

众人不禁有些惊讶。

勾陈上宫带他们走的是主步道，两旁店铺拥挤，商品琳琅满目，往来尽是魑魅魍魉。又行一段路，到了闹市，更是群魔乱舞，景象令人称奇。

"金成池罕与外界交流，所需物品，大多在此换取。"

薛蒙道："传闻中金成池是用你的血化成的，这样说来，他们都是靠着你的灵力供养，那你一定是这地方的主人吧？"

"主人算不上。"勾陈上宫淡淡而笑，"岁月已然过去太久。我离开神界多年，灵力不复往昔。那开天辟地时的事情，如今想来，就像一场梦，与现在的我又有多少关系？此刻，在你们面前的不过是个小铸剑师而已。"

他说着，带众人在闹市逛了一圈。那些池底生灵与勾陈上宫朝夕相处，对于他始神的身份已渐渐淡忘，见他来了，也并无特别的反应，只自顾自地叫卖着。

"鱼血馒头，刚刚出笼的鱼血馒头。"

"率然蛇的蛇蜕，顶好的衣裳材料，最后三尺了，卖完就要等奴家下次蜕皮咯。"

"卖乌贼黛子啦，本少爷今天早上刚吐的墨汁，拿着黛子描一描是再好不过了呢——哎哎，小娘子别走啊。"

集市上吆喝声不绝于耳，奇景异象更是令人目不暇接。

无头鬼坐在摊子前卖着梳具脂粉，一双点着鲜红豆蔻的长指甲拿着角梳，把自己血淋淋的脑袋搁在膝盖上，一边梳着头发，一边轻柔道："上等的骨梳，客官带一把去吧。"

薛蒙睁大了双眼，左顾右盼，见旁边有一家药房，里头来来去去忙碌着的都是蛟人，卖的都是他从未见过的稀罕药材。想到母亲喜爱珍贵草药，他正想走近前去看，忽听得身后一个尖厉刺耳的嗓音喊道："让一让、让一让！先让我过去！"

薛蒙脚一缩，扭头去看，却瞧不见半个人影。勾陈上宫笑道："在你脚下。你再仔细瞧瞧。"

果不其然，薛蒙再定睛一看，居然瞧见一堆细小的石头在自己行走。

"真是开眼了，石头也会走路。石头精吗？"薛蒙嘀咕道。

楚晚宁却说："蜎螋。"

"富班？"

"……"楚晚宁淡淡地看了他一眼，"墨燃不听课也就算了，怎么连你也不专心？"

薛蒙习武全神贯注，文史却学得漫不经心，只是碍着楚晚宁的威严，讲书时装模作样也得端坐着，但其实都是左耳进右耳出，眼下被师尊抓了个现行，顿时面红耳赤。

墨燃抚掌笑道："师尊这样说，我可就不高兴了。这段我当真是认真听了的呢。"

薛蒙不服气："哦？那你说来听听？"

"蜎螋呢，就是一种虫子，天性十分贪婪，只要看到漂亮的石头，就想往身上背，最后往往是被自己捡来的石头压死的。"

墨燃笑吟吟地瞧向楚晚宁。

"师尊，你说我讲得对不对？"

楚晚宁点了点头，而后道："蜎螋在人间已经绝迹，想不到这里竟还有剩下的。"

勾陈上宫听了，笑道："这个啊，是因为一家小药房，所以它才能侥幸活下来。你们瞧，就是那儿了。"

只见那蜎螋一点一点费力地挪动到药房的台阶前，忽然大喊了一声："受不了啦！快来个郎中救个命啊！"

里头迅速游出一条青蛟，他显然是处理过这状况无数次了，熟稔地拿了一只白瓷瓶，往蝲蛄身上倒了些金红色的药水，边倒边悠闲地笑道："愚公今日收获似乎颇丰？"

那只被称为愚公的蝲蛄哼了一声，嗓音懒洋洋的，显然在药水的滋润下极为舒服："哼，尚好、尚好，明日再负个一百块回去，家里头就有四亿八万五千六百一十七块石头啦。"

墨燃："……"

楚晚宁："……"

师昧喃喃道："居然已经囤了那么多吗？"

那青蛟给蝲蛄洒了药水，说道："你明日可记得早些来这里，我看你要是再迟一些，给你浇上这个增力露水，恐怕也不管用了。"

"知道了、知道了。早些来、早些来。"蝲蛄敷衍了事地应了两声，忽然又看中了墙角一块淡黄色的漂亮石头，又扯着嗓子嚷道，"小泥鳅啊……哦，不，是蛟大夫，那边那块石头瞧上去不错，劳烦你把它捡来放在我背上吧。这样明天我就有四亿八万五千六百一十八块石头啦。"

薛蒙忍不住走过去问："你要这么多石头干什么？造屋子吗？"

蝲蛄趾高气扬的声音从石头下传出来，尖声尖气的："什么？凡人？哎哟，我都多少年没见过凡人了——你问我拿石头干什么？当然不是造屋子，我岂能如此无趣！"

师昧也忍不住好奇："那你拿它们做什么？"

蝲蛄理直气壮道："数啊！"

众人皆是无话可说。

旁事不叙，闲逛一圈后，勾陈上宫领着他们回到了自己的宅邸。

在街道角落里，一个巨大的贝壳竖立着，宛如凡间照壁。转入后院，见院内分为六进，宽阔气派。厢房厅堂，回廊花苑，海藻和珍珠串织成的珠帘随着水波轻轻摇曳。有的厢间暗着，有的亮着，里头透着昏黄的烛光，还隐隐约约地传来箜篌和埙声。

与药铺一样，上神宅邸内的仆佣也是蛟人一族。

那些蛟人有的保留着尾巴，有的为了行走方便，将龙尾巴化成了双腿，只是仍然不习惯穿鞋子，都赤着脚在地上走来走去。

勾陈上宫见四人神色颇怪异，便微微一笑，淡若云烟："诸位莫要奇怪，我与望月交好，是以同住。他曾是东海太子，这些仆佣都是他在此定居后，随他而来的。"

望月就是那条黑蛟老龙。

墨燃因为上一次是从黑蛟处得了神武，感觉对他最为亲切，听勾陈上宫这样说，不禁笑道："那他在哪里？他这样的庞然大物，回到水底后，应该是化形了吧？不然这里可住不下。"

勾陈上宫点了点头，欣然道："这是自然，不过他年岁大了，体力多有不支，方才上了一趟水面，眼下应已歇息了。你若是想见他，得等他醒来再去。"

说话的当口，一个褐色长发的蛟人翩然而至。他弯下腰，朝勾陈上宫鞠了一躬，一开口，便是优雅缥缈的嗓音："上神回来了。望月殿下已将事情告诉了属下，上神是要立刻带客人们前往神武库吗？"

勾陈上宫并不先答，而是温和地往宾客处先看，见四位并无意见，便点了点头："如此也好，另外烦劳你令厨房备些小酒小菜，待我们从神武库归来之后开宴。"

众人穿过庭院深处，来到最后一进，只见院中央栽有一株冠天巨柳，许是与凡间种类不同，这柳树仅树干就有十个成年男子合抱那么粗，树皮苍老遒劲，柳条千丝万缕地垂落，有如碧绿纱帐。

薛蒙嗓音发干："哇，这树长了多少年？"

勾陈上宫道："倒是不曾测算过，不过十多万年总是有的。"

薛蒙惊道："什么树种，居然能活这么久？"

"树木的年岁原本就要比人长，何况它受着金成池的灵气滋养，所以其实也没什么好奇怪的。请各位跟紧我，神武库的入口就在这柳树树洞里。"勾陈上宫说着，忽然停下来看了一眼薛蒙。

"尽量不要去碰那些垂枝。这树已成精，是会疼的。"

但是这话说得有点迟，薛蒙已摘了一片叶子下来。

只听得它"啊"地大叫一声，同时响起的还有虚空中缥缈无垠的一声呻吟，似乎有个喑哑的嗓音在轻轻叹着——"哎哟"。

薛蒙像是被雷电击中般，迅速将叶片甩出，失色道："怎么回事？这儿怎么有血？"

果不其然，柳枝断裂处淌出了汩汩鲜血，那被他抛下的叶片像有生命，在地上痉挛抽搐着，过了一会儿，才逐渐平息，躺在远处，迅速打卷枯焦了。

勾陈上宫无奈道："都说了已经成精了。小公子怎么还……"他摇摇头，上前查看了那一截断枝，催动灵力为柳树安抚凝血。

楚晚宁道："薛蒙，你到我身边来。不要再乱动。"

"是，师尊。"薛蒙自己犯错，只得耷拉着脑袋过去。

所幸这一段小插曲并未造成太大的麻烦，楚晚宁向勾陈上宫道了歉，对方不愧是始神，倒也大度，只笑道："这小公子的手脚也太快了。"

薛蒙脸涨得通红，跟在楚晚宁后面埋头走路，也不吭声。相谈间一行人穿过繁茂垂柳，来到了粗壮的树干前。近前细看，他们发现这株柳树比远瞧时更为庞大，初时以为十个男子便能合抱，此时再瞧，才发现着实低估了它的粗壮。

树干上有个树洞，与其说是树洞，不如说是扇巨大的拱门，足够三个壮汉同时通过。树洞前布着数道繁复的结界，勾陈上宫一一将它们化解了，而后回首笑了笑："里面就是神武库了，有些狭小杂乱，请诸位莫要见笑。"

墨燃好奇，跟在勾陈上宫身后就要进去，楚晚宁却不经意地将他拦在后面，淡淡道："你慢些来。"自己则先身而上。

他这般举止，墨燃甚是熟稔，上辈子师徒四人杀怪除魔时，楚晚宁就总是走在最前头，那时他只知道师尊脾性急躁，为人又傲，不愿落于晚辈身后。然而，如今的墨燃好歹是复生的，思虑与从前不尽相同，他看着楚晚宁白袍衣摆消失在黑暗的树洞里，心中忽然飘起一丝细软犹豫。

这人抢在前面走，当真是因为性急气傲吗？

三

本 座 的 新 武 器

进到洞内，有一段窄小的甬道。他们踩在池底滑石砌成的台阶上，滑腻的触感从脚底一直弥漫到心坎儿里。走过这段路，眼前柳暗花明，陡然一亮。

勾陈上宫口中"狭小杂乱"的神武库，与看起来该有的大小完全不同。这古木树洞十分广阔，谁知里面的洞天，更是上出重霄，下临无地，牍架萦回高耸，万兵肃敛横陈。众人举目望去，竟是瞧不见穹顶，那一排排搁置着举世无双利器的架台，可谓气凌霄汉，巍矗无极。

武库中央，横卧一热浪滚腾的熔炼池，里面淌着橘红铁水，一把把尚未铸成的兵刃正浸于其中冶炼。勾陈上宫所制武器，个个胜过"紫电""青霜"之流，骇人的温度并不能摧残其半分，反而使得刃锋华彩异常，龙光漫照。

最妙之处，是空中嗖嗖飞旋的各个零部件，它们都受着古木内的法阵影响，可自行穿梭活动。

那些细小的花片，镶嵌的珠宝，犹如精魅妖灵，咯吱咯吱地漫天飞舞，偶有碰撞交集，擦出晶亮的火花，叮咚悦耳。

勾陈上宫回过眸来，微微一笑："地方小了些，对不对？"

师昧："……"

呃。

薛蒙："……"

小？那什么叫大？

墨燃："……"

我有句话，不知当讲不当讲。

楚晚宁："……"

勾陈上宫令薛蒙和师昧在其中随意挑选，若有看中的，带走一件便是。至于墨燃，勾陈对他颇有兴趣，换了好几把兵刃给他，他却都不是太满意。

"凤鸣焦尾。"递来第十四把武器，勾陈上宫毫不气馁，"试试这个。"

墨燃："这……我不通音律。"

"无妨，随意拨两下就好。"

墨燃依言在那把前段润亮、尾部焦黑的古琴上弹奏数下，谁知琴弦震颤不能凝绝，竟成尖锐音调。

勾陈上宫立刻把凤鸣抛到一边，法咒托着古琴归位，又换了一把碧玉琵琶。

墨燃："……这个就算了吧。"他一个大男人，弹什么琵琶？这种事情也就昆仑踏雪宫那帮小白脸做得出来。

勾陈上宫坚持道："试试。"

"……好吧。"墨燃拗不过，只得接过来依言照做，但他似乎是怨气大了些，没弹两下，居然就生生把弦撩断了。

勾陈上宫盯着那根断弦，良久道："你知道这弦是什么做的吗？"

墨燃道："……你不会要我赔吧？"

"巫山神女的白发。"勾陈上宫喃喃道，"剑劈不断，火烧不断，乃土灵精华。你居然……你……"

墨燃转头惊恐道："师尊！我可没钱赔他！"

楚晚宁："……"

勾陈上宫捻过那悠悠琴弦，自言自语："木克土，你能摧毁土灵精华，难道适合你的武器，是木灵精华？"

"什么？"

"不应该啊……"勾陈上宫不知为何，瞥了楚晚宁一眼。楚晚宁捕捉到了他的目光，问道："什么不应该？"

勾陈上宫并未立刻回答，而是抬手一挥，召出陶埙缓缓吹响，随着埙声渐落，天穹之顶忽然裂开一道血红色召唤法阵："姬白华，你出来。"

墨燃猛地仰起头，薛蒙和师昧也都被这边的热闹吸引。只见勾陈上宫指尖凝空，运转着天顶处的繁复法阵，紧接着，一只舒展着蓬松茸尾的狐仙破阵而出，银粉四散，华光流淌。

狐仙在空中盘旋环绕，款款落于墨燃面前。

这狐仙生得极为好看，离得近了，众人才发现是个男子。他眉心落着殷红，桃花眼眸微微掀起，怒亦含三分情，周身披着华美锦衣，手中托着一只金色的锦盒，看了勾陈上宫一眼，笑道："上神。"

勾陈道："我为何唤你，你应该感知到了吧？"

"属下知晓。"

勾陈问："你觉得如何？"

姬白华笑道："不错，可以一试。"

这俩家伙一问一答，全然没有把其余四人放在眼里。

墨燃忍不住道："你们到底在说什么？"

"嗯？小仙君这就等不及了吗？"狐仙姬白华粲然道，"说来有趣，我方才还未现身时，遥遥感知你的灵力，原本以为起码是个须发尽白的老头子，却不承想，竟是个俊俏少年郎呢。"

墨燃："……"

勾陈上宫道："姬白华，你先说正经的。"

"好嘛，我不过就开个玩笑而已。"姬白华眯起眼睛，茸尾甩动，"正经的是什么呢？哎呀——小勾你不要这样盯我，这个呢，实在是说来话长……"

墨燃笑道："那能不能长话短说呀？"

姬白华也笑眯眯道："好呀好呀，要短说的话，其实特别短。"

他驱驰灵力，将手中锦盒浮悬至墨燃面前："来，收下它吧。"

……果然言简意赅。

墨燃接过锦盒，拿在手中翻转掂量。

锦盒金光璀璨，流光溢彩，里面也不知道究竟盛放了何种神武。只是这盒子竟然没有缝隙开口，唯一图饰，乃盒面上的一道阴阳鱼纹，一黑一白两条锦鲤首尾相衔，组成八卦之相。

"这该如何打开？"

姬白华："嘻嘻，开启之法，出我之口，入君之耳，其他人不得听。"

薛蒙问道："你的意思是要我们回避吗？"

姬白华笑道："不必诸君回避，我冒犯一下这位小仙君就好。"说着他一挥手，墨燃眼前骤暗，不知何时，两人已处于一个狭小密室。

"小仙君不用紧张，这是我擅用的空间移形之术，装着武器的锦盒是我独门秘制的法宝，因此不可在众人面前把打开的法子说与你听。你别见怪。"

墨燃笑道："无妨。不过我倒想问问，这里面究竟是什么武器，需要另以锦盒装盛？"

"这我不能告诉你。"姬白华道，"神武都是有脾性的，这把武器不愿轻易让人知晓它的模样，你若是惹到了它，就算最后打开了盒子，它照样不认你这个主人。"

墨燃无奈片刻，只得苦笑道："什么武器，脾气这般古怪？好吧好吧，你就跟我说说，这盒子该如何打开？"

姬白华见他不强行追问，心中增添了几分好感，抚掌笑道："小仙君痛快，那我也不含糊。此盒名为长相思。你也见到了，它无缝无隙，若想要打开它，必须满足两个条件。"

墨燃道："愿闻其详。"

姬白华道："我狐仙一族，最信情真缘善。因此第一，在这世上，长相思只有一个人能够开启。这人在你生命中极为重要，你须与此人深缘难解，命里纠缠，且此人也须以一片赤诚真心待你，彼此皆愿倾尽自己的年华、生命乃至灵魂守护对方。"

墨燃笑道："原来如此，倒是好奇怪的要求，不过这个不难。"他还是笃信自己对师昧的情谊的。

姬白华闻言，却微微勾起唇角："如何不难？自古人心最难测，你以为的，并不一定是真实的。我于世间盘桓已久，早已看过太多人迷失本心，不知自己命中之人究竟是谁。千万年来，能打开长相思的人少之又少，可以说是寥寥无几。"

墨燃奇道："这是为什么？就算弄错人了，也可以继续找下去，大不了把认识的人一个一个试过来，总能找到所谓的'生命中最重要之人'吧？"

姬白华说："这就是我要说的第二个条件了。除了你，长相思只能被一个人触碰，也就是说，你只有一次机会。如果找错了开启对象，它就将永世闭合，再也无人能够取得盒中之物了。"

墨燃笑道："难怪你要把其他人都隔开。你这话要让他们听到了，我也难处理。要是我捧着盒子找谁去看，他们就会知道我最在乎谁，这多尴尬。"他顿了顿，把玩着手中锦盒，又道，"不过你们这小玩意儿做得也真是有趣，这原来是一个只能用一次的锁眼，开错了，盒子也就废了。"

"自然是只能开一次，不然你还想开几次？"姬白华瞪他，"你们凡人红尘嬉游匆匆数十载，辜负多少深恩良缘而不自知？要知道，世间人情譬如这长相思，选择若错，就再难回头。"

"哈哈……狐大仙你就放心吧，别人能选错，我却清楚得很。"墨燃合掌朝他鞠了鞠躬，笑道，"我辜负不了这一番相思。"

姬白华看了他一眼，嗓音低缓温醇，极其优雅动听："小仙君莫要太自信。我瞧你呢，其实是不知巫山客，不识命中人。"

墨燃一愣，笑容还兀自僵在脸上："你什么意思？"

这个声称自己"最信情真缘善"的俊美仙人却不愿再多说，只幽幽叹了声："无令长相忆，折断绿杨枝①。唉……"

墨燃没什么文化，听不懂这酸溜溜的掉书袋，但总觉得那狐仙是在拐弯抹角地提醒自己什么，可惜自己脑子笨，想破了脑袋也想不出个所以然来。

待要再问，姬白华却微微一笑，道使命已成，挥袖又将墨燃送出了密室，自己则忽然凝住，变得僵直生硬，随后哗啦一声四分五裂，唯剩一枚乌黑的棋子落了下来，掉在他原本站过的地方。

只可惜这个情形墨燃没有看见，若是他瞧见了，池底后来发生的很多事情，大概会就此改变……

墨燃回过神来时，发现自己已经回到了神武库，手中捧着长相思。其余四人正在神武库中等着他，见他回来，勾陈上宫露齿而笑，嘴角弯起，说道："那小狐狸也真是有趣儿，开个盒子也要如此神神秘秘。怎么样？可知道如何打开了？"

到了这节骨眼儿，也由不得他深思了，墨燃转念一想，笑道："好说，容易得很。"

他似是不经意地走到师昧身边："这锁设计得精妙有趣，我想你们琢磨十年八年都未必琢磨得透。不信来瞧瞧？"说着，似是不经意地把盒子往师昧面前一递。

灿烂流光的锦盒就在师昧面前，金色的光芒映照着师昧温柔秀美的眉眼。

"师昧，你先试试吧。"墨燃明明想装出若无其事的模样，心却揪成一团，

---

① 引用自李白《宣城送刘副使入秦》，因不是十分常见的诗句，为免误会，特此标注。

掌心冒汗。

这是赌上他是否能够拥有新的神武的机会，应当万分慎重，但他又觉得自己已经非常谨慎，他都是死过一次的人了，难道还会不知道自己最在意的人是谁吗？

他又不傻。

师昧略显犹豫，不过最终还是从墨燃手中接过了长相思。

墨燃的心顿时悬到了嗓子眼儿，然而瞪了许久，居然一切如常，并无动静。

墨燃：“……”

师昧正小心翼翼地捧着盒子，仔细端详着，指尖在阴阳鱼纹上抚过，而后奇道：“居然没有丝毫缝隙，连锁眼在哪里都瞧不出来。”

为何没有反应？

为何师昧碰到了长相思，长相思却丝毫没有动静？

莫非是……啊！是了！是手套！

墨燃看了一眼师昧手上戴着的御寒鹿皮手套，心中一动，正欲让师昧摘下再试，忽然，毫无预兆地，一只五指修长、骨骼匀称的手就伸过来，平平稳稳地拿过了长相思。

墨燃如遭雷劈，大声惨叫：“师尊！”

楚晚宁吓了一跳，差点把盒子摔了，但这人的淡定实在已经深入骨髓，以至于内心的凌乱居然叫人看不出来。

墨燃如丧考妣地哀号道：“师尊啊！”

薛蒙浑身直起鸡皮疙瘩：“叫叫叫！不就拿你个盒子吗？怎么了你？叫得跟有人抢了你老婆似的。”

“我……我……”墨燃简直都快气晕了，又不能明说，只得捂脸号道，“我的天……”

楚晚宁！你为什么不戴手套？

你明明那么怕冷！

冰天雪地的我们都戴着手套，为什么独独是你……

忽然，墨燃愣了一下。

是了……

佩在他们身上的那驱魔海棠需要与楚晚宁掌心灵力呼应，所以楚晚宁从一开始就没有给自己买一双御寒手套。

他不戴手套，是为了护着他们。

可是自己从头至尾没有关心他一句，以至于直到要开启长相思了，墨燃才陡然发现最怕冷的楚晚宁，一直都是冻着的。

墨燃欲哭无泪，心道：我真是倒霉，就这样与神武失之交臂。

他正兀自胸口发闷，谁料到忽然，随着楚晚宁的指腹轻轻触过阴阳鱼，那两条金属制成的鱼就像活了一样，竟开始在盒身上灵活地盘绕、扭动起来。

略微停顿，只听得"咔""咔"两声脆响，阴阳鱼缠缠相扰，最终浮凸而起，竟然成了两柄把手，楚晚宁再转了一下把手，长相思应声裂成两半，露出了里面金光灿灿的物事。

墨燃惊呆了。

姬白华的话犹在耳边。

"长相思只有一个人能够开启。这人在你生命中极为重要，你须与此人深缘难解，命里纠缠，且此人也须以一片赤诚真心待你，彼此皆愿倾尽自己的年华、生命乃至灵魂守护对方。"

……这个人是楚晚宁？

怎么可能会是楚晚宁！

不可能，绝无可能！他怎会倾尽自己的年华、生命甚至灵魂守护楚晚宁？而楚晚宁又怎会以赤诚真心待他？这真是天大的笑话！

这一定是错了，一定是盒子不对，这盒子破了。

然而这一波的惊讶还没过，待楚晚宁拿起长相思里的神武时，又一件更令人错愕震惊的事情发生了。

这回受到惊吓的不只是墨燃，其余三人，甚至是楚晚宁，都微微动容。

眸子映着武器的辉煌，一根熠熠发光的细软柳藤照亮了众人面庞。

楚晚宁："……"

薛蒙："……"

师昧："……"

两个字在墨燃喉咙里卡了半晌，才艰难地吐了出来，满是难以置信："……天问？"

四

本座真是活见鬼

长相思中装着的武器正是天问，或者说，是一条和天问一模一样的金色柳藤，从纹路到制式如出一辙。

无令长相忆，折断绿扬枝。

楚晚宁神色不定，把这条柳藤递给了墨燃，而后掌中凝光，召唤出天问，二者一比对，更是犹如照镜子一般，没有分毫相差。

所有人都没有预料到会有这样的事情发生，就连墨燃都难以相信自己的眼睛——作为一个上辈子累计被天问抽了上千次的人，他无论如何也不会想到，金成池居然给了他一把与天问一模一样的武器。

这究竟是怎么回事？

众人都看向了立在旁边的勾陈上宫。

勾陈上宫也显得很讶异，说道："……而今凡间，竟会有两位木灵精华？"

薛蒙问："木灵精华是什么意思？"

"啊，是这样。"勾陈上宫说道，"这世上元素分为五种，你们都很清楚。每个人修炼灵核，都会具有一个到两个属性。而凡间某一属性天赋最盛者，就是那个属性的精华，比如曾经的巫山神女，她便是土灵精华。不过，通常而言，一代之内，同一属性只可能存在一位精华——而木灵精华，如今凡间已经有了，我多年前，就将木灵第一的武器献予了他。"

他说着，目光落到楚晚宁身上。

"我在铸造五把顶级神武时，原本打算每种属性都只铸一件。其他四件在铸造过程中没有出现任何差池，唯独木灵神武，竟在熔炉之中断成了两截。

"我道是天意，于是将那两截柳条，做成了两把武器。但我依然认为，这两把武器绝不可能同时找到主人的，于是我把其中一把交给了姬白华，让他打造了一只锦盒，以防心怀不轨之徒觊觎。但我没有想到……"

勾陈上宫摇了摇头，正欲继续感慨，忽然，墨燃手中的柳藤爆出一串溢彩流光的红色花火，流淌着的金色光泽开始逐渐转变，最后成了烈火般的重红，墨燃脑中诸般念头正混乱，想都没想，开口就道："啊！见鬼！"

楚晚宁待要阻止，已经来不及了。

于是勾陈上宫和楚晚宁相当怜悯地看着墨燃，墨燃也很快知道他们为何会有此神情了。其实他自己也已经想起来了：神武初次发出不同色泽的光辉，就代表它已归顺自己的拥有者，并且想要主人替它赐名……

可惜，为时已晚。只见柳藤的银色握柄上，缓慢地出现了遒劲有力的字——

啊！见鬼。

神兵"啊！见鬼"。

墨燃："啊啊啊啊！！！！"

薛蒙和师昧虽不知这个神武命名的规矩，但见眼前景象，转念一想都已明白。薛蒙于是捧腹哈哈大笑，笑得眼泪都要流出来了："这种名字，也真的只有你取得出来，哈哈哈哈……好名字、好名字。师尊有天问，你有'啊！见鬼'，哈哈哈哈哈哈……"

墨燃已得神武，薛蒙、师昧也各自挑了把心仪的武器——薛蒙是一柄长剑，师昧是一管短笛。不过两人的武器都不曾发出不同的光泽，显然是还未曾驯服，不肯臣服于二人掌控中。

不过这也没什么关系，总可以想法子的。

于是各自心情大好，到了晚上，春夜楼台华筵开，勾陈上宫从未带凡人来过金成池，盛情邀请他们住一晚再走。他初次招待凡人，自然十二分地尽心力。桌席上，觥筹交错，醴酪甘酸，鼓乐尽欢，宾主微醺。

宴会散后，勾陈上宫命侍从带客人去厢房安排寝宿，过夜休憩。

宾客上房便在神武库旁边，见到那通天巨木，墨燃又想了方才得到的"啊！见鬼"，于是情不自禁地将柳藤召唤而出，细细打量着。

无令长相忆，折断绿杨枝。

那只名为姬白华的狐妖究竟觉察到了些什么？为什么会说出这样一句话？

而他说这话的意思究竟又是什么呢？

晚上酒喝得终究醉了，连带着思绪也并不那么清晰，他只觉得当真奇怪极了，若是长相思并未出错，那楚晚宁，又为何能打开盒子的锁？

他当然不喜欢楚晚宁，至于楚晚宁与他深缘难解……简直是天大的笑话。

他一边思量着，一边回眸望向师尊。

岂料楚晚宁也正在身后看他，两人目光相触，墨燃陡觉心脏微颤，似乎被什么细小又尖锐的东西刺中，泛出些微妙的酸甜，未及思考，他已经朝楚晚宁露齿而笑。但这种心灵的感受不过转瞬，他很快便又后悔了。

明明那么讨厌，他为何有时看到楚晚宁，就会觉得很平和、很舒适？

楚晚宁倒是形容淡漠，只不过他见墨燃召出了见鬼，思量片刻，也召出了天问。

他朝着墨燃走去。

见鬼似乎脾气不太好，感受到另一个强大木灵之体的逼近，刺啦刺啦地乱窜着猩红的火花，时不时有几点爆裂溅开，落在薛蒙身上，竟是一副争强好胜之态。

而另一边，楚晚宁手上的天问似乎也感知到了同类的气息，但它与楚晚宁朝夕相处，早已磨合得很好，所以虽也战意满满，但周身金光并非如见鬼一般躁动不安，而是逐渐明亮，见主人未曾阻止，才从容不迫地变得眩目异常，仿佛打定主意了要让见鬼见识见识，一把出色的武器应以何种稳重姿态迎战。

两把神武，原本同气连枝。

如今一把初出茅庐，一把已身经百战。

一把红光四溅，像个着急上火的黄毛小子，上蹿下跳；一把却金辉流溢，如同凌峰绝顶的宗师，矜持高傲。

楚晚宁看了自己手中的柳藤一眼，沉吟了一会儿，目光透过密实纤长的睫毛，落到见鬼之上。他说："墨燃。"

"师尊？"

"拿起你的……""见鬼"两个字似乎有些羞耻，楚晚宁顿了顿，说道，"拿起你的柳藤，和我对对看。"

墨燃满脑子糨糊不知打了多少个滚儿，一筹莫展。他捏了捏眉心，苦笑道："师尊不要开玩笑，饶了我吧。"

"我让你三招。"

"我从未使过柳藤……"

"十招。"

"可是……"

楚晚宁再没啰唆，一挥手一道耀眼金光唰地就劈斩而来！墨燃大惊失色，他对天问的恐惧实在是深入骨髓，立刻抬手扬起柳藤，以见鬼隔挡，两条柳藤撕裂逆天风雪，腾空而起，犹如两条蛟龙缠斗，摩擦爆裂出一串金红相间的火花！

虽然没有习过如何使用这种特殊武器，但兴许是瞧楚晚宁的招式瞧久了，墨燃又是个天赋异禀之人，竟然也勉强能招架住楚晚宁的攻势。

两人在寒潭中交锋数十回合，楚晚宁虽有放水，但墨燃应对出色，也着实出乎了他的预料。

天问的金光和见鬼的红色在漫天水浪中挥舞成风，招式绚丽，风影灿烂，池水被酷烈的藤影扯碎、撕搅——最终金色和红色缠绕在一处，势均力敌，难舍难分！

楚晚宁眼露赞赏，然而墨燃已经疲于招架，累得直喘气，根本没有看清对方眼中的神色。

楚晚宁道："天问，回来。"

方才还狠戾的金色柳藤蓦地柔软，犹如玄冰化为春水，散作点点光斑，温驯地融回楚晚宁掌心。

墨燃执着仍然爆裂着烈火光焰的见鬼，喘了一会儿，干脆一屁股坐在雪地上，眉梢眼底都是委屈："不玩了、不玩了，师尊你欺负人。"

楚晚宁："……都让你十招了。"

墨燃耍无赖地嚷道："十招哪儿够啊？你让我一百招还差不多，哎哟我的手啊，我的胳膊，都要断啦。师昧、师昧，快帮我揉揉。"他活宝一般噼里啪啦地说了一堆话，伴着薛蒙的嘲笑和师昧的劝架声。

楚晚宁没有再多言，只静静地看了他们一眼。

不知是不是错觉，碧水寒潭中，楚晚宁的嘴角微微扬起，似乎是带上了一抹温软笑痕，但那只是一晃神的事儿，随即他便转过头去，负手望着万绦垂落的空心巨木，也不知道究竟在想些什么。

是夜，墨燃坐在属于自己的那间客房，房中铺着细软纯净的白沙，墙壁被刷成了蓝色，施了法咒，像海水一样反射着粼粼波光。窗子半开，珍珠帘子温和地垂在晚风里，桌上亮着一盏夜明珠制成的灯，照得室内温馨舒缓。

　　屋子最中间有一个很大的贝壳，里面铺着柔软的缎子。那缎子非常细腻软和，墨燃在床上舒舒服服地躺下，又召出见鬼，握在手中不住地细看，但他也许是太累了，未把玩太久，就昏沉地睡了过去。

　　见鬼压在胸口，流淌着淡淡的红光，像是也跟着主人一同陷入了深眠……

　　这一觉不知睡了多久，再次醒来的时候，墨燃首先感到的是一阵冰凉，紧接着手腕上莫名地袭来一阵强烈的痛感。

　　他倒抽了口气，捂着脑袋，缓缓地坐了起来，意识的回归让手腕上陌生的疼痛感更加鲜明，他惊愕地发现自己的腕上不知何时被划了一道口子，血已经凝固了，狰狞地结着血痂。

　　怎么回事儿？

　　这是哪里？

　　墨燃睁大了眼睛。

　　渐渐清醒过来的他发现自己竟然身处一间完全陌生的阴暗石室，石室顶部开着一个通风小口，苍冷的光从这个小口挤进来，勉强照亮了这个不足一尺的窄室，青灰色的石墙墙面潮湿黏滑，在微弱的光线下泛着浅浅的光泽。

〈五〉

本座又被蛊惑了

石室内的布局一览无余，三面是墙，一面是流淌着红色法术光泽的栅栏，屋子里只有一张铺着茅草的简陋石床。

他就躺在那张石床上，手脚都被铁链绑缚着，一晃动镣铐叮当作响，更不妙的是，他发现自己的灵力似乎被某种法术遏制住了，根本释放不出来。满心焦急间，他忽听得"吱呀"一声，侧头一看，进来了两个蛟人。

"你们！"墨燃立刻着急怒道，"你们这群疯子！这到底是怎么回事？你们想要做什么？我师兄弟呢？勾陈上宫呢……喂！我问你们话呢！"

然而不论墨燃如何喊叫怒骂，双蛟皆是充耳不闻。他们俩一前一后，抬着一卷红狐皮，瞧那形状，里头似乎裹着个人。他们面无表情地把那红狐皮裹住的人放在了石床上。

墨燃气道："你们俩小泥鳅……"

"吵什么吵？"其中一个蛟人总算说话了，语气十分轻蔑，"你可是木灵精华，亏不了你的。"

另一个蛟人也冷笑道："哪里是亏不了你？分明是便宜你。"

墨燃气得要吐血："你们到底要怎么样？你们把我锁在这儿干什么？又拎了什么到这床上来？"

"我们拎了什么？"一个蛟人反问。

"自然是你最在乎的人啊。"另一个蛟人道。

"我们倒想看看你在成全自己和保护他之间，会作何反应呢。"

"今夜之后，你自会知道上神为何要如此苦心安排。嘿嘿。"

他们言毕离去，屋内一片死寂。

墨燃手脚皆被制住，动弹不得。时间的流逝变得很模糊，他很难知道究竟过了多久。即使他奋力挣扎，手腕脚踝皆被磨破，也无法挣脱钳制。

微微地喘着气，他扭过头去看身边裹着个活人的狐皮，束得严实，那人从头到脚都被包住，唯独一缕墨黑长发从被子边缘露了出来，看得墨燃又是心慌不已。

勾陈上宫如此设计，他虽不知其目的，但总归是凶多吉少。若是于自己不利，也就算了；若是无端连累师昧，那如何能忍？

他墨燃虽然是人渣一个，可是，对于师昧，他是想保护，并不想伤害的。所以无论勾陈上宫用什么邪法，待师昧醒来，他也决计不会欺负人家。

很长的静默后，他忽然感到身边的人微微动了一下，身边的人终于醒了。

墨燃忙转头看去，哑声道："师……""昧"还没说出口，硬生生地在舌尖打了个旋，又囫囵吞了回去，喉结猛地滚动一番后，吐出了另一个字，"尊？"

师尊？

前一刻还心怀信念、目光坚定的墨小仙君，在看到狐皮里露出来的脸时，只觉得多少心理建设尽数坍塌，胸中好不容易筑起的城堞防线顷刻间被夷为平地，噼里啪啦裂了个干净。

他对自己说的那些保护啦，不会欺负人家啦，绝不伤害对方啦……像无数巴掌扇在脸上，一个比一个响。

墨燃脸都青了。

他现在终于确定，这金成池底下住着的，以勾陈上宫为首恶，全是一群睁眼瞎！！

他最在乎楚晚宁？

呸！

那狐狸也好，蛟人也罢，真不知道是通过什么认定他墨微雨最在乎的人是楚晚宁的。简直荒唐！

墨小仙君义正词严地在心里怒吼，嘴上却说不出半个字来，只呆呆地盯着楚晚宁缓慢睁开了那双凤眼。

要命了。

他好像听到咔嗒一声，脑海中有什么断了。

须臾，又有什么腾地从心口的废墟里焚烧起来，散发着腥臭，黑灰，还有扭曲的热度。

好烫。

像是死寂的暗夜陡然游过一条吐着烈焰的恶龙，像是沉默的深渊里蓦然爆发出奔腾的岩浆与滚滚烈火。

那些说好的理智、冷静，都在这欺天的火光中，化为了难辨的焦影……

他没有想到会是这样。

楚晚宁那双往日细锐凌厉的眼眸，带着氤氲蒙眬的睡意，显得慵懒而恍惚，好像竹林里下过一场雨，万叶千声都是湿润的。

他缓缓坐起来，从那张脸上的神情看来，他似乎被什么控制了意识，红色狐皮自肩头滑下，裸露出大片紧实的肌肤，而那肩背上青红交加，尽是被伤过的痕迹——

怎么……会这样……

墨燃觉得自己快要疯了。

是谁做的？

他可是楚晚宁啊……

墨燃每一寸骨骼都在细密地颤抖，恨得血液都在嘶声吼叫。

那可是楚晚宁啊！

是谁动了他的师尊？！

是他的……

墨燃那么恨，他眼中只看到楚晚宁身上交错的伤痕。

"师尊！"

楚晚宁却似乎听不到他嘶哑扭曲的低喝，而是落下睫帘，犹如受人摆布的傀儡。

他登时双目赤红，目眦欲裂，猛地弹坐欲起，却被铁链勒回，重重地跌落在了床榻上："是谁……"

再也忍不住，墨燃近乎失智地喝骂着，如笼中困兽。

"到底是谁这样对你？！我杀了他！我杀了他！！"

管他是勾陈上宫还是天王老子，是神是魔是鬼还是佛。

他是踏仙君！谁敢动他的师尊，伤他的所有？楚晚宁败于了他，臣服了他，楚晚宁归他踏仙君处置！生死伤痛都要在他手中！就算如今他困在这具少年时代的躯体里，他骨子里仍是人界帝王，是谁碰了他的人？他墨微雨，他踏仙君的人！

"墨燃！"似乎有人在叫他。

可无尽的怒火烧得他昏聩，他似乎听见了又似乎听不见。

"墨燃！！"

都杀了吧。不可容忍，见鬼呢？为何失去了灵力？为何无法召唤见鬼？他要疯了。

奇耻大辱，深仇大恨——奇耻大辱，深仇大恨！

何人敢这样伤害楚晚宁？以前就算有人多看晚夜玉衡一眼，他都能把那人眼睛抠出来让那人自己吃下去！可是这一次——

"墨微雨！"

到底是谁在喊他，如此纠缠不休？

可是这声音好熟悉，好像在哪里听到过……

不对。

好像，在哪里都能时常听到。

这个声音的主人似乎陪伴过他，走过无尽的岁月……

"墨微雨，你给我清醒过来！你疯了？你在做什么？"

墨燃陡然睁开双眼。

他循着声音的方向，见密室牢房外，那人一袭白衣湛然胜雪，眸色凌厉，神情焦灼，眉宇间剑拔弩张，尽呈杀伐之态，不是楚晚宁又是何人！

"师尊！"墨燃失声道。那他床上的是——

他猛地转头，近在咫尺的那张脸几乎能把他吓死！这哪里是楚晚宁？分明是一只人身狐脸的死妖物！

说死妖物，这个"死"，并不是聊作修饰的。

他身上趴着的真的是个死物。

这狐妖双目空洞，皮肤青白，已无半点生气。

墨燃想到自己刚刚居然在障眼法的蛊惑之下，把这样的一个东西当成楚晚宁，差点直接吐出来，脸色差到了极致："这到底是怎么回事？！"

楚晚宁在牢房外，两指夹着一枚咒符，再看死狐妖此刻全然不再动弹，便知道这符是千钧一发间，楚晚宁隔空施法，从狐尸身上拔来的。

他一发狠，那符陡然涌出大股黑红的血，随着一阵惨叫，符顷刻间化为点点焦灰。

楚晚宁摊开掌心，那些飘散的焦黑缓慢聚于他手中，逐渐凝为一枚乌黑的棋子。他盯着那枚棋子，面色变得十分难看。

"果真是珍珑棋局……"楚晚宁喃喃道，倏忽抬起眼，盯住墨燃，"你生病的时候，师明净最常给你煮的是什么？说！"

"啊？啊……"墨燃短时内受了太多次冲击，此时头脑中一片混乱，道，"你、你问这个做什么？"

楚晚宁厉声道："快说！"

"……抄手啊。"

楚晚宁这才神色稍缓，眉心却丝毫未展，他道："墨燃，你听着，那个勾陈上宫是假的，不是万兵之神本尊。此人善用幻象，且掌握了三大禁术之一的珍珑棋局。因此我不得不小心，担心你也是他造出来的幻象。"

墨燃都快委屈哭了："我要是幻象我被锁着做什么？！"

楚晚宁："……我这就救你出来。"

墨燃连连点头，又问："对了师尊，师昧和薛蒙呢？"

"也和你一样，中了酒水里的迷药，被关在别处。"见墨燃神色，楚晚宁又道，"你不必担心，他们都已经没事了。不过这里危险难测，我令其在外面等候，出去之后，你便能瞧见他们了。"

至于珍珑棋局，楚晚宁没有更多解释，也不必解释。

修真界最强悍，也最臭名昭著的三大禁术之一。

顾名思义，珍珑棋局，指的就是拿他人做棋子，替自己布局。施术者往往不会亲身出现在战场中，而是居于暗处，面前铺下棋盘，操控棋子相对的躯壳，使得世间活人死鬼、走兽飞禽替自己卖命。中了珍珑棋局的生灵会为施术人效忠至死，若是死物，则会拼至粉身碎骨。

不过，根据施术人法力的不同，能够驱使的东西也不同。最容易的是驱使刚刚死去的人或者动物，然后是死去多时的那种，再之后，则是活着的走兽飞禽，到最高境界时，便能操控活人。

这世上能将珍珑棋局练到极致的人少之又少，但在墨燃称帝的那个时代，他把珍珑棋局练到了已臻化境。当年，在和楚晚宁的生死一战中，他铺下百尺长卷，泼墨为棋盘，撒豆成兵。

那一战，数十万枚棋子同时落下，于是雀羽遮天，金鸦西沉，蛟龙破水，沧海翻涛。墨燃召唤了无穷的走兽飞禽，操控了无尽的活人大军。那般场面，纵使修罗地狱亦难一见。

眼下这具狐尸明显就是通过珍珑棋局操纵的，但除了珍珑棋局，还有另一层法术——障眼法。

相传，青丘狐族的始祖死后，留下的皮毛被制成了七七四十九块大小不一的狐皮法宝。只要取了某个人的血，滴在狐皮上，再拿狐皮随便裹住什么东西，哪怕裹根烂木头，都能变成那人渴慕对象的模样。

这具狐尸外面包裹的正是这种法宝，不过它的变化仅鲜血主人能看到，在旁人眼里，是什么依然还是什么，不会有丝毫改变。

解救墨燃并没有耗费太多工夫，成功地把人弄出来之后，楚晚宁也差不多把事情的缘由和他说清楚了。

墨燃最大的不解是："师尊，你怎么知道勾陈上宫是假的？"

第九章

一 枝折心亦伤

一

本座有点方

楚晚宁道："若是真正的勾陈上宫，怎么会只能驱动死物，却不驱动活人？此人法力虽然不差，但定然与始神不可相提并论。"

这倒是很有道理，不过墨燃仍然存疑："师尊是看到这只……这只死狐狸的时候，才知道那个人是冒名顶替的吗？"

楚晚宁摇了摇头："不是。"

"那你怎么就能看出来……"

楚晚宁："你可还记得这个勾陈出现的时候，他问了我一句什么？"

墨燃略一思索，道："似乎是问了你武器如何。"

"不错。"楚晚宁说，"我身上神武气息未曾收敛，稍加感知便能觉察。但作为万兵之主，他并没有立刻反应过来我有两把金成池的武器，而当我只有一把。我当时心中就存疑了，但事关求剑，也不便多说，只是接下来凡事都留了个心眼，所以没有着了他的道。"

"可是……"墨燃道，"他若不是勾陈上宫，又怎么会锻造神武？"

"第一，勾陈铸剑只是传言，从来没有人真正地清楚这个池底为什么会沉没着大量兵器，所以神武未必就是勾陈上宫所造；第二，此人只是拿了神武库现成的武器给你们挑选，谁都不知道那些东西究竟是不是他的；而且，我方才仔细看过了薛蒙和师昧的那两把兵刃——皆是伪作。"

墨燃闻言吃了一惊："西贝货？"

"嗯。"

墨燃呆了一会儿，才想到自己："那见鬼……？"

楚晚宁道："见鬼是真的。但他的目的绝不只在于把武器给你。"

"那他是想做什么？"墨燃说着，嫌恶地看了一眼摊在石床上的那一具诡谲狐尸，"先是大费周章地把我们关到密室里，又弄了这么个东西来恶心人。图什么？"

楚晚宁道："图你。"

"啊？"

"方才，你只说对了一半。那个勾陈，大费周章关的人不是我们，最终想要的是你。"

"他图我做什么？"墨燃干笑两声，"我不过就是个蠢货嘛。"

楚晚宁道："我没见过哪个蠢货可以在一年之内就结出灵核的。"

墨燃待要再说，却似乎意识到了什么，猛然怔住。

楚晚宁这是在……夸他吗？

这个认知让他心跳怦然加快，他睁大了眸子，盯着楚晚宁，过了一会儿，才缓慢地眨了眨眼睛，一向厚过城墙的脸皮，居然微微地泛了红。

楚晚宁却没再看他，而是兀自沉吟着："另外，天问和见鬼，似乎与庭中那株柳树有着些许联系，我曾在古籍中读到，当年勾陈上宫下凡时，从天庭带了三段柳枝。但那古籍遗失得厉害，勾陈拿三段神柳做了什么，我一直不得而知。"

他顿了顿，继续道："不过若是传闻属实，眼下看来，或许天问、见鬼、庭中老树，就是那三段柳枝。两段成了神武，一段扦于金成池底，成了勾陈神武库的强大守卫。"

墨燃说："可这与我又有什么关系？"

楚晚宁摇头道："怎么没关系？是你唤醒了见鬼。"

墨燃叹息道："我就说嘛，真的是见鬼！"

"我猜测他最终所求之事，与庭中柳树有关。但以眼下所知的看来，我只能推测到这一步。更多的，暂时想不到了。"

这些虽然大部分是楚晚宁的猜测，但墨燃觉得楚晚宁那么聪明，他那么想，总归是八九不离十的。

一边如此思索，一边在幽暗的水底密道疾行，通过七拐八弯的甬道，又走了一段路，终于来到了出口处，他们乘巡查的蛟人不备，脱身逃离。

地下暗室的洞口设在栽种着巨柳的那个院子里，一出来，眼前的景象就让墨燃猛然吃了一惊。

只见巨柳前停着四口棺材，其中一口是空的，另外三口里，分别躺着楚晚宁、师昧、薛蒙三人。

墨燃失色道："这是怎么回事？"

楚晚宁道："这是祭尸棺，你看那棺木边沿，有一道藤蔓攀附着，另一头与巨柳相连。假勾陈需要的只有你，他对我们下药之后，让蛟人把你带去了密室，而把我们三个放在了这种棺材里。通过祭尸棺，他可以将棺内之人的毕生灵修都渡到巨柳里面，就和吸血一样。"

见墨燃脸色难看，楚晚宁道："你放宽心，师昧与薛蒙均未受伤。当时我佯作昏迷，伺机除了那三个看守棺椁的蛟人，此时你瞧见的三个人，其实是那些妖魔的尸体。"

他说了简简单单数句话，墨燃却不由得掀起睫毛帘子，偷偷地看了对方一眼。

金成池内的蛟人修为有多深？楚晚宁所谓的"伺机除蛟"，必得在一击之内将三个都悄无声息地了结。

这人的身手该有多好……

太多年没有和楚晚宁旗鼓相当地好好打一场了，以至于墨燃听到这句话，有些恍惚，眼前似乎闪过从前风霜朔雪中，那个惊天动地的身影，面目微侧，眸如辰星。

楚晚宁见他出神，便问道："怎么了？"

墨燃猛然惊醒，忙道："没什么。"

"……"

"只是觉得奇怪，师尊是怎么把蛟人变成这样的。"

楚晚宁冷笑道："区区障眼法，那个假的勾陈上宫会，我难道不会？留下假身在这里，省得被那些泥鳅发现。所谓以彼之道还施彼身。"

墨燃："……"

此地危险，二人不便久留，稍作停歇后就立刻离开了。然而当他们跑到与薛蒙二人约定的地点时，却见那里空荡荡的，并无一人。

墨燃脸色唰地就白了："师昧呢？"

楚晚宁的神色亦是微动，他并不答话，而是撩起无名指，指端浮上一层金光。上旭映峰前，他曾经在三个徒弟身上都别了一朵海棠花，正是作追踪之用的。

片刻后，楚晚宁低声暗骂，收了光芒："许是这里也发生了变故，大概是为了躲来回巡视的蛟人，那两人已经逃出这座宅邸，去了集市。走，过去看看。"

这二位身手都极好，很快就躲开了所有巡视的蛟人，飞身翻出了高耸的院墙，朝着白日里勾陈上宫带他们转过的集市掠去。

水下本应该无昼夜晨昏，金成池却与别处不同，能感知到日升月落。此时，长夜已破，旭日东升。

墨燃遥遥地看到金成池早市已起，闹市处熙熙攘攘一片人头攒动，不禁稍微松了一口气。看来师昧他们无恙，不然此处不会仍是如此太平景象。

楚晚宁的神情却不知为什么不是特别好，但他没有说话，一言不发地把墨燃拉过来。

"师尊？"

"过来。"

"怎么啦？"

"别走远。"楚晚宁的声音似乎透着些自责，尽管他沉冷如旧，"薛蒙和师昧已经走丢了，我怕我再不小心，你也……"

墨燃见楚晚宁脸色有些苍白，竟似在担心自己，先是一愣，而后不知怎么想的，心中竟隐隐一动，开口安慰他："我不会丢的，走吧师尊，我们快去找人。"

他说着，一边往前走，一边反过臂腕，随意拉住了楚晚宁的手。

楚晚宁的指尖似乎在他的掌心，微微颤抖了一下。

不过那一下太快也太轻微了，墨燃心中挂念着师昧，不曾细察，只当是自己的错觉。

"鱼血馒头，刚刚出笼的鱼血馒头。"

"率然蛇的蛇蜕，顶好的衣裳材料，最后三尺了，卖完就要等奴家下次蜕皮咯。"

"卖乌贼黛子啦，本少爷今天早上刚吐的墨汁，拿着黛子描一描是再好不过了呢——哎哎，小娘子别走啊。"

集市间叫卖声不绝于耳，奇景异象更是令人目不暇接。

墨燃笑嘻嘻地拉着楚晚宁走了两步，陡然间，明白了哪里不对劲，脚步猛然刹住，瞬间瞪大了双眼，血像是在瞬间冷透。

不对劲!

这里不对劲!

他环顾一圈,果然⋯⋯

一个无头鬼坐在摊子前卖着梳具脂粉,一双点着鲜红豆蔻的长指甲拿着角梳,把自己血淋淋的脑袋搁在膝盖上,一边梳着头发,一边轻柔道:"上等的骨梳,客官带一把去吧。"

果真如此!

这个闹市里,每个人的动作,每个人的话语,每个人的神态,都和昨天勾陈上宫带他们来时,一模一样!

墨燃骤然后退两步,撞到了楚晚宁怀里,他立刻抬头,哑声道:"师尊,这是⋯⋯"

楚晚宁似乎早就想到了会有这一节,但亲眼确认时,他的心仍然沉到了谷底,他抓紧了墨燃。

"怎么会这样?这是什么?海市蜃楼吗?"

楚晚宁摇头,但思量片刻,忽然缓缓道:"墨燃,你想过没有,金成池多异兽生灵,它们中不乏见过真正的勾陈上宫的。那么,对于这个假扮的,它们为何会认不出来?"

墨燃脸上毫无血色,有些悚然:"的确⋯⋯如此。"

楚晚宁道:"我再问你,如果是你假扮勾陈上宫,蛰伏在金成池,该如何让别人说你想说的话,做你想做的事,唯命是从,替你演戏?"

墨燃猛然间明白过来了。

珍珑棋局啊!

黑白子落,天下归心,没人比他更清楚这种禁术的威力。他差点脱口而出,但瞥见楚晚宁的目光,又立刻打住了话头。

十六岁的自己,怎么可能轻易地就联想到三大禁术?

于是墨燃道:"这个很难。"

"不。"楚晚宁说,"这个很简单。"

他顿了顿,而后道:"只要都是死人就好了。"

二

本 座 是 祭 品 ？

墨燃未来得及说话，就忽听得身后一个尖厉刺耳的嗓音喊道："让一让、让一让！先让我过去！"

是那只蝤蝻？

蝤蝻驮着沉重的石头，卖力地往前爬挪，照旧来到了当时的那间药房前，喊道："受不了啦！快来个郎中救个命啊！"

一个白发苍苍的蛟人游了出来——但他的蛟尾与其他蛟人截然不同，通体流金，闪烁着华美的光泽，满头华发用简约的发扣束着，垂于肩头。脸上虽然布满皱纹，但脸型匀称，鼻梁挺拔，嘴唇的弧度也十分得宜，一双金色的眼睛似烟雨朦胧，可以想象，此君年轻时应该生得极为俊俏。

墨燃一凛。

之前不是这样的，那条青蛟呢？

这个年迈的蛟人遥遥地看了他们一眼，却并不说话，而是来到门槛边，俯身将蝤蝻驮着的石头，一块一块都拿了下来。

最后一块石头挪开，幻象竟因此被打破，那只蝤蝻忽然自爆，刹那间脓血四溅，如雾弥漫。几乎同时，集市里所有的魑魅魍魉都身形一僵，然后通体瘫软流脓，全成了弥漫在池水中的腥臭血液。

池水顷刻被染得通红，随着血液的颜色越来越深，墨燃和楚晚宁很快就难以看清远处的事物了，之后便是近处的也瞧不清楚，最后眼前猩红一片，竟是伸手难见五指。

楚晚宁道："墨燃。"

墨燃太明白他了，甚至不用他再说什么，就说："师尊，你不要担心，我在。"

楚晚宁倒也不多言，抑或是嘴太笨，沉默了一会儿，只道："万事小心。"

血水中一片模糊，墨燃看不到那张天塌下来也不变色的脸，却能更容易地觉察师尊声音里的关切。他平日里极少能感受到楚晚宁的暖意，此刻忽觉胸口一热，拉紧了对方的手，应道："好。"

两人背靠背挨得接近了，虽然瞧不见彼此，却能感到对方的心跳呼吸。情况诡谲，楚晚宁召唤出来天问，墨燃此时灵力也恢复了，跟着召唤出了见鬼。

就在两人唤出各自神武后不久，墨燃忽然道："师尊，你看那边！"

楚晚宁侧过身，就在刚刚老蛟人拾掇石头的药房门口，那片地面上突然浮起了数十块大小不一的白色光斑。两人携手同去，靠近了才发现，那些光斑果然就是之前蝲蛄留下的石头。

这数十块石头，被老蛟人整整齐齐地罗列成三排，每一块都在散发着柔和的光辉。

慢慢地，石头面前，一个身影逐渐现形，看样子还是刚才那个白发蛟人。

墨燃试着问道："你是何人？"

此人不答，他看了看楚晚宁，又看了看墨燃，然后无声地抬起手，指了指地上的石头。

墨燃问："你要我们捡这个石头？"

白发蛟人点了点头，然后伸出一根手指。

"是……捡一块的意思？"

白发蛟人点点头，又摇摇头，指了指墨燃，又指了指楚晚宁。

墨燃懂了："是一人捡一块吗？"

这回白发蛟人用力颔首，然后就不动了，瞪着大眼睛，望着这两个人。

墨燃问："师尊，要听他的吗？"

"就按他说的做吧，反正暂且也没有别的法子。"

于是两人各自选了一块石头捡起，谁料指尖才碰到石头，眼前就闪过炫目的光芒，天地旋转，五彩缤纷的色泽奔流而过。待一切归于静止，那望不到尽头的血红忽然消失了。

定睛一看，他们竟然被传送到了神武库中！

"师尊！！"

"师尊、阿燃！！"

薛蒙和师昧居然也在这里，见到楚晚宁，都是又惊又喜，迎将过来。没有想到那发光的石头居然附着传送法咒，楚晚宁仍因方才的急速旋转而有些恶心，他一只手抚上额头，另一只手仍紧紧地拉着墨燃。

　　血池中，墨燃与他双手相扣，不曾分离。

　　楚晚宁身份使然，很少有机缘能够与墨燃相牵，大多数时候，他只能站在不远处，看着徒弟们亲密无间。

　　因此，掌心难得的温热，竟会让他生出些小心翼翼的珍惜。

　　"师昧！"

　　然而对他而言是弥足珍贵的温暖，在另一个人眼里，也许轻如敝履，不值一提，甚至都不曾注意。

　　在看到师昧的瞬间，墨燃自然而然地就松开了手。

　　楚晚宁的指尖微微一动，有那么一瞬间，似乎想拉住他。

　　可是又有什么理由呢？

　　他已经没有靠近温热的勇气了，不想连那一点点可怜的骄傲也失去。

　　看着墨燃见到师昧笑得那么开心，又是那样自然而然地拥抱了师昧，揉了揉对方的头发。

　　楚晚宁的指尖垂了下来，带着些赧然，带着些难堪。

　　所幸——

　　脸上是淡漠惯了的，喜怒哀乐都不那么明显。

　　大概是年纪大了，人又僵硬，在传送阵里转得久了，心口都有些凉。

　　不过还好，指尖还有一点点热度。

　　他就凭着那一丝很快就会消散的残存温暖，慢慢站直了身子，把神情和目光都端端正正地整理好，收拾干净。

　　"师尊，你还好吗？怎么脸色这么白……"

　　楚晚宁朝薛蒙点了点头，说道："无妨。"顿了会儿，又问，"你们也是被那蛟人传来的？"

　　薛蒙还未说话，就听到一阵咕噜咕噜的吐泡泡声。楚晚宁回头，忽地瞧见半张血肉模糊的脸，紧接着沸腾的铸剑池中哗的一声，竟然蹿出个身形扭曲的人来！

　　这绝不是个凡人，或者绝不是个活人，没有凡人能够在灼烧的铁水之中泡着仍然苟活。反观此人，虽浑身皮焦肉烂，骨肉模糊，可显然还是个喘气的。四条锁链分别锁着他的四肢，将他定身在熔炉之中，饱受苦痛。

他缓缓地睁开眼睛，朝众人连连作揖，目露恳求之色，央他们聚到铸剑池边。

他不会说话，但也并非全无办法表达，只见他挥动那白骨森森、挂着血肉的手臂，池子里翻滚的铁水忽然掀起一小股浪，那股浪在空中缓慢地拧成数行古老文字。

薛蒙惊道："这是什么字？怎么一个都看不懂？"

楚晚宁："是仓颉古书，我还未曾教与你们。"

墨燃道："那……这写的是什么内容？"

楚晚宁上前细辨，说道："……他要……求救。"

仓颉古书相传是天界文字，在人间佚散诸多，会的人寥寥无几，即使像楚晚宁这样的一代宗师，也无法尽数辨认所有的文字，但阅读大致内容还是无碍的。

楚晚宁细看了一会儿，慢慢译道："他说，他是这株柳树的化灵，名叫摘心柳，在还是一株幼苗的时候，被勾陈上宫从神界七重天带来人界。之后，勾陈不知出于什么缘由，弃世而去，摘心柳再也没有见过他的踪影，也不知他究竟是死是活。"

"但是不管勾陈上宫在不在，摘心柳一直按照他曾经吩咐的，数十万年如一日，镇守着金成池，看护着神武库。渐渐地，受到灵气滋养，幻化出了人形。而后，一切如常，直到有一天，有一个……"楚晚宁忽然顿住，没有往下念。

墨燃奇道："怎么了？"

"……这三个字我不认识，似乎是个人名。"楚晚宁说着，抬手点了点盘扭繁复的文字，"总之，这个人来到了金成池。他法力强盛，心狠手辣，将池内生灵尽数杀害，并以珍珑棋局操控。摘心柳亦不能幸免。"

墨燃立刻道："这个人，八成就是那个假勾陈！"

摘心柳听到他这么说，眸中放光，立刻跟着点了两下头。

"……还真猜对了啊。"墨燃有些不好意思地笑了起来，挠了挠头，"哈哈……想不到我还挺聪明。"

楚晚宁淡淡地看了他一眼，继续道："这些年以来，摘心柳都处于失智状态，从未有过半日清醒，幸好，曾经与他同气连枝的另外两段柳条——天问和见鬼，都已苏醒。借着它们的力量，让摘心柳暂且恢复了神志。不然的话，恐怕他此时已经失控暴走，戕害于在场诸位。"

"在场诸位"听了，或难以置信，或心有余悸，三个少年齐齐抬头盯着铸剑池里的那个灵体，不知该如何咀嚼他的这番自述。

墨燃道："柳前辈……"

薛蒙："柳前辈？"

"不然叫什么，摘前辈吗？"墨燃白了薛蒙一眼，继续说，"我讲句你可能不爱听的。你这番话，实在有点儿难以自圆其说。"

摘心柳虽不能言，却能听懂墨燃的话，扭过脸来。

墨燃道："你先说你受了假勾陈的蛊惑，又说你恢复神志，是受了天问和见鬼苏醒后的灵气影响。可是见鬼就是假勾陈给我的，难道他不知道这会造成什么后果？"

摘心柳摇了摇头，楚晚宁眼前的文字就变了。

"我乃神界树种，他对我了解不深，并不知道神武可以影响我的心智。他研习三大禁术，需要借助我的力量，近些年来，因为我寿数将尽，他心急如焚，一直在寻求为我续命之法。但我实在不愿再苟活，宁可死了，也不想再为虎作伥，可惜我受制于人，处处身不由己……"

楚晚宁读到这里，微微沉思："所以他让墨燃来到水底，墨燃是木灵精华，那个假勾陈打的如意算盘，想必就是要将墨燃与见鬼的灵力合二为一，献祭于你。"

摘心柳点了点头。

墨燃仍然不解："可那假勾陈说了，木灵精华有两个，师尊也是其中之一，为何他独独把我关了起来？"

摘心柳写道："自古祭品以幼者为上佳，给树灵用的，就更加不可含糊。另外，祭品还需饱食饱饮，七情六欲皆被满足，再于毫不知情的极乐幻境中被取掉性命。若非如此，祭品心有遗憾，怨气要是大了，反而会加快我的枯萎。"

他这样一说，墨燃顿时想到了密室中那个变成楚晚宁的狐妖。

原来那是为了满足他的隐秘私欲，就像杀猪前要把猪养得肥肥胖胖，这样吃起来才香。

楚晚宁见墨燃神色有异，还道他心有余悸，想宽解他两句，于是问道："在想什么？"

"没、没什么。"

见墨燃脸红了，楚晚宁怔了片刻，忽然明白过来，倏忽住了嘴，半晌后，有些恼羞成怒地转过了头。

这小子哪里是心有余悸？原来是听到了所谓的"七情六欲"，竟开始想入非非。

楚晚宁愤然甩袖，冷着脸，低声斥了句："恬不知耻。"

墨燃："……"

他正胡思乱想着，忽然间，神武库的地面猛地颤抖了一阵，薛蒙惊道："怎么回事儿？"

三

本 座 不 想 欠 你

摘心柳灵体来不及回答，面色便疾速地扭曲变形。他抬起手，痛苦地抱着自己的头颅，嘴巴大张，发出无声的嘶号。尽管他发不出声音，可那狰狞表情，暴突的双眼，像是让人恍惚听到了撕心裂肺的惨叫。

救命。

救……命！

他的唇扭成匪夷所思的弧度，血丝很快遍布了整颗眼球，若不是有那四条锁链拴着他，他只怕要飞身而起，暴走自戕。

"求求你们……快……将我毁了吧……"

看来摘心柳恢复神志的时限已到，摘心柳灵体痛苦挣扎却全无成效，只见铸剑池内蹿出一股黑气，不断冲撞攻击着柳树灵体浸泡在池中的肉躯，一时间铁链叮当，火花四溅。

楚晚宁见情况有变，迅速挥袖将弟子拦于身后，面色凌厉，问摘心柳道："该如何救你？"

摘心柳行动虽慢，却可以驱使铸剑池铁水，在瞬息间组成仓颉古书。

"我即刻便要丧失神识，届时伤及尔等，并非本心。其余我无力相助，亦来不及细说。唯将我所会的法术告知尔等，万望当心……"

铁水倏忽变幻。

"我所擅术法有三。其一，南柯一梦。此乃魇术，受术者将于昏睡中得偿所愿，美梦长存。正因如此，即便有人灵力能强到感知出这是幻觉，也依然甘愿沉醉其中，永世不醒。

"其二，迷心诀，以人心中的贪念为诱饵，令其自相屠戮。

"其三，摘心术……"

然而他的灵力在此时，已经用到了极致，竟然无法再调动铁水，组出更多字来。

这个摘心术究竟是什么能力，就这样不得而知了。

摘心柳挣扎一番，忽地爆出一阵血雾，他调不动铁水，却还兀自拿手指头蘸着爆出的鲜血，一双痉挛抽跳的眼珠死死地盯住楚晚宁，双目暴突，极不甘心。

"师尊！"见楚晚宁要上前，薛蒙忙拉住他，"别去，唯恐有诈！"

摘心柳说不出话，只是悬着那根蘸着血的手指，忽然间，眼中有泪水流出。

楚晚宁："……你要我过去？"

摘心柳缓缓点头。

"……"

"师尊！"

薛蒙再要阻止，楚晚宁却朝他摇了摇头，独自向前，来到铸剑池边沿，将手递了过去。

摘心柳似乎颇为触动，深深地看了楚晚宁一眼，挣扎着又挥了挥那条挂着皮肉的胳膊，似乎是想致以一礼，而后他忍着巨大痛楚，抓住楚晚宁的手，在对方掌心中颤抖地写道："抽签筹，破梦魇……

"切莫……失……心……智……

"魇……破……劫……灭！！"

最后一个"灭"字还未写出笔锋，摘心柳忽然像一摊烂泥，迅速瘫痪，跌回滚沸的铸剑池中，消失不见了。

与此同时，只听得"嘭"的一声巨响，铸剑池忽地掀起了巨大赤红水浪，滚滚铁水凌空而起，九道龙形火柱拔地腾出，楚晚宁被这惊涛骇浪逼得不得不退到后面，火光映照着他漆黑的眉目。

喷涌的铁水流柱中，忽然蹿出四张签筹，高悬空中。

师昧想起刚才摘心柳在清醒时吩咐的，连忙道："这就是……摘心柳所说的抽签筹吗？"

见他走近，楚晚宁拦住他："别碰，都到我身后去。"

师昧："师尊……"

"有我在这里，会没事的。"楚晚宁道，"你们不可冒险，待我抽完，你们再来。"

这话说得寡淡，似乎无甚感情起伏，却听得墨燃心中一动。不知为何，眼前的楚晚宁，忽然便和以前那个冷然看着徒弟身死的无情之人重叠在一起。

他既能说出这样的话，那次又为何能对徒弟的死袖手旁观？

墨燃忽然觉得，自己好像从来没有看懂过楚晚宁这个人。

他也不禁喃喃道："师尊……"

楚晚宁并未理睬他们，抬手摘下其中一张签筹，那张签筹由淡黄色的玉片制成，他正反两面都翻看了一遍，低低地"嗯"了一声。

"怎么了？"薛蒙问。

楚晚宁道："这签筹上未着一字。"

"竟会这样？"薛蒙奇道，"那我来试试。"

四张签筹被抽完。薛蒙和师昧的情况和楚晚宁如出一辙，玉片上没有任何文字，墨燃把自己的签筹翻转过来，忽然睁大眼睛："皿古雨？"

其他三人立刻朝他投去目光，薛蒙皱眉道："什么皿古雨？"

墨燃杵了杵自己的签筹："这上面写着啊。"

薛蒙凑过去一看，顿时怒道："呸！你是把你能认出来的半边都念了一遍吧？"

"……是血滴漏。"楚晚宁忽然道。

仓颉古书他能识个十有八九，若有不确定的字，也不会胡说，因此既然他说这上面写的是血滴漏，那就绝不会错。

墨燃愣道："血滴漏是什么意思？"

楚晚宁摇了摇头："不知道。"

然而像是回答他们一般，神武库高耸的穹顶忽然传来轰隆闷响，一个巨大的沙漏从天而降，周身铜锈斑驳。不过与其余沙漏不同的是，它的上面多了个十字形的铜架，不知道是做什么用的。

楚晚宁望了一眼沙漏，又垂眸看了一遍墨燃手中的签筹。

血滴漏。

电光石火间，陡然明白过来所谓的"抽签筹"是什么意思，楚晚宁瞬时色变，厉声喝道："墨燃，快把那张签筹扔开！"

虽不知楚晚宁是什么意思，但那不由分说的命令，几乎让墨燃下意识地就照着他的话去做了。

可不扔不知道，一扔之下，墨燃竟发现那玉签筹不知以何种力量死死地依附在了他的手掌心，竟是甩也甩不掉。

楚晚宁暗骂一声，闪身近前，就要拿自己的签筹与墨燃的做交换。岂料此时，那个锈迹斑驳的铜沙漏忽然伸出数十条尖锐的刺藤，直朝着墨燃袭来！

"闪开！"

"师尊！"

"师尊！"

刹那间鲜血四溅，紧要关头，楚晚宁将墨燃一掌推开，刺藤犹如穿林羽箭，尽数扎入楚晚宁的血肉之躯。

墨燃如今是少年身形，自然抵不过楚晚宁这一击，被推得踉跄后退，摔倒在地。但肉体被撕裂的声音是那样清晰可怖，薛蒙和师昧近乎扭曲的嗓音是如此尖锐刺耳。

不可能的。

怎么可能……

那是楚晚宁啊，是那个打他骂他，从来不给他好脸色看的楚晚宁，是那个为了一己之利，狠心看徒弟在面前死去的楚晚宁，是那个森森冷冷地说"品性劣，质难琢"的楚晚宁，是那个……

墨燃抬起头。

混乱间，他看到那个人血溅三尺，尖利密实的刺藤从那人的背后穿入，再从前襟狰狞地扎出，所在位置，不偏不倚，正是当时受了鬼司仪狠戾一击的地方。旧伤未愈，再次筋膜俱裂，血肉模糊。

是那个……是那个在棺椁里拿一己之躯死死护着他，被利爪穿身也隐忍着一声不吭的楚晚宁……

是那个，躲在石桥下，偷偷地布阵法，为大家遮风避雨，却不敢露面的楚晚宁。

是那个，曾经在师昧死后，为了让他有心情吃一点东西，笨手笨脚去厨房包抄手的楚晚宁。

是那个，脾气又差，嘴巴又坏，吃药怕苦，吃辣咳嗽的，他最熟悉的人。

是那个人，他时常记不得关心，恨得咬牙切齿，可是又觉得好可怜的⋯⋯

楚晚宁。

晚宁⋯⋯

"师尊！"墨燃嘶声喊了起来，连滚带爬地朝楚晚宁挨近，"师尊！"

"你的签⋯⋯"楚晚宁颤抖着抬起手，脸色煞白，眉目却依旧凌厉，"换给我⋯⋯"

他伸给墨燃的手的掌心，摊着他自己抽到的那块无字签筹，因为疼痛而微微颤抖的手臂，艰难又缓慢地举着。

楚晚宁的眼眸很亮，很坚决，蒙着一层水汽："快，给我！"

墨燃甚至来不及起身，跪爬着来到楚晚宁跟前，手足无措地看着他血肉翻出的可怖伤口："不⋯⋯师尊⋯⋯"

"师尊！"

薛蒙和师昧想要过来，楚晚宁露出恨铁不成钢的神情，挥手布下一道结界，将他二人齐齐斥开，而后厉声道："天问！！！"

天问应声而出，将刺着楚晚宁的数十道尖锐藤条尽数劈断！

可那藤条并非俗物，楚晚宁能清晰地感到它们在他血肉间吞吃着他的灵力。别无他法，只得银牙紧咬，抬手握住断枝，狠了狠心，将藤枝猛然拔出！

一瞬间，鲜血狂涌！

楚晚宁将断枝扔开，喘了口气，点住自己的灵脉和穴位，暂止失血。而后一双黑得发亮的眼睛瞪着墨燃，哑声道："给我。"

"师尊⋯⋯"

"把你的签筹换给我！我和你换！"楚晚宁厉声道。

墨燃此时也明白过来所谓"血滴漏"是什么意思了。勾陈百万年前布下的戾法，与他从前用来折磨楚晚宁的法子是何其相似。

果然无论神魔人鬼，恶毒起来，挖空心思的主意，都是那样接近。

血滴漏。

就是以人血替代细沙，替代流水，灌入滴漏之中，用以计时。

人血流尽，时间结束。

他上辈子加冕踏仙君时，不就是用楚晚宁做了个滴漏，要楚晚宁亲眼看着他踩到众仙门头上，要楚晚宁的血在他面前一点一滴地流干吗？

然而这一世，在勾陈布下的血滴漏之前，楚晚宁却愿意主动将自己安全的签筹用作交换，他愿意替自己走上铜架，他……

墨燃整颗心都乱了。

他甚至无法思考。

怎会如此……

怎会如此！！

铜滴漏一击不中，没有捆到人，再一次挥舞着藤枝，欲出袭第二拨。

楚晚宁望着他，眼底的波光在细微地颤抖。

他疼得面色苍白，微微喘息着："墨燃，你……你听话，快给我。"

"……"

"快一点……"楚晚宁的脸色白得像月下新雪，"……你难道还想让我替你挡第二次攻击吗？"

"师尊……"

藤柳再一次扑袭而来。

墨燃在那一瞬间抬手递签，楚晚宁不假思索地也伸手过去。

岂料在双掌就要触碰到的须臾，墨燃眼中闪过一道明光，他几乎迅速收掌，反手将毫无防备的楚晚宁拦在身后。也就是同时，第二拨藤柳袭到，墨燃迎身而上，少年的身躯瞬间被柳藤裹紧吞没，扯拽到铜滴漏前。

"墨燃！"

数十道柳藤缠着他，将他拉上十字绞架，紧紧捆缚。墨燃侧过脸，朝楚晚宁望了一眼，嘴唇动了动。

楚晚宁的眼眸猛然睁大了。

墨燃的声音不是太响，但他听得很清楚，绝不会错。

墨燃说："师尊，我其实真的不是……劣质难改……"

所以，你能不能，不要放弃我？

可是后半句话，无论如何也说不出口了。上一次他想说没有说，这一次，也已经迟了。

楚晚宁放不放弃他，他已经看得不再那么重要。

只是不想欠这个人的而已。

他很笨，已经有些搞不清楚自己对楚晚宁的感情了，不想为此而更加混乱。

这辈子，墨燃心想，自己在意的、在乎的，只会是师昧而已。

他之所以不愿与楚晚宁交换签筹，只是不想无故受此人恩惠，只是不想……

不想再一次，看到楚晚宁鲜血流干。

他墨微雨也并非心如顽石，一生中最高兴的事情，就是有人愿意对他好。

好一点点，他就能笑得眉目生春。

若是很好很好，那便让他死，他也是甘愿的。

繁密的藤条中，忽然露出一把熠熠生辉的利剑。

那剑一看便知是神武，虽然古拙，但凛然有一股英气扑面。左、右两道箍棱，剑首齿纹如芒棘，剑格细狭，镶嵌着牛首龙身的浮雕，纹饰繁复，剑身流溢蓝色光辉，吹毛断发，屈铁断金。

墨燃只来得及看到剑身上"勾陈"二字，连"上宫"都不及瞧全，这把属于万兵之神的利剑就直直地刺入他的胸肋。

血刹那流出，汇入滴漏。

与此同时，神武库忽然降下一帘瓢泼水幕，将墨燃和楚晚宁他们分隔两边。众人都被这突如其来的激流挡住。

师昧喊道："阿燃！阿燃！"

湍急汹涌的水幕遮掩了他们的视线，令他们看不清后面墨燃的情况，楚晚宁几次欲破水而入，却一次又一次被狂流推弹而出，到最后浑身都湿透了，漆黑的眉目镇在焦急的脸庞上，嘴唇惨然无色。

楚晚宁沙哑道："墨燃！"

这一声并不太响，却颤抖得厉害。他自己未曾觉察，师昧却陡然吃了一惊，侧目看他，见得素来镇定从容的师尊被淋得狼狈不堪，纤长浓密的睫毛帘子颤抖着，神情里竟有一丝压抑不住的关切。

眼见着他唤来天问，眉宇间皆是暴戾，犹如一把绷到极致的弓，师昧心生不安，一把拉住他，喊道："师尊，别去了！进不去的！"

楚晚宁甩手不理，一双眼眸凌锐如刃，沉默地撑起一道结界，又执意往前。但那水幕包含着金成池的天地灵力，非但无法穿破，反而如万箭锐利，直刺肌骨。

他前番受了重伤，此时再受这般的强烈冲击，竟是站不住，尽管捂着胸口强忍着，仍忍不住单膝跪下，背上伤口尽裂，泅出鲜红的血水来。

师昧脸上说不清是溅到的水花还是眼泪，惨然道："师尊！你……你这又是何苦……"

"什么何苦？如果水幕后面的人是你，是薛蒙，"楚晚宁厉声道，"我都会……"他实在疼得厉害，蹙紧双眉，说不下去了。

岂料这时，忽然一道剑光自水幕之后狠劈出来，竟像划豆腐般地将这强大的幕阵划为两半。

那剑气凌厉异常，位置不偏不倚，正好斩在师昧所站的位置，眼见就要劈到他身上，楚晚宁猛地一挥衣袖，用尽所有灵力落下一道守护结界，将师昧牢牢地护在结界下，自己则耗神太大，呛出一口瘀血。

一个高湛清明的男声缓缓响起，回荡在这神武库中："吾乃兵神勾陈上宫，尔等宵小擅闯神武禁地，何等轻狂！"

四

本 座 知 道 你 会 来

薛蒙朝空中怒喊："狗屁天神！你狗眼是不是瞎了？我们是擅闯的吗？我们是被掳进来的，你看看清楚！"

师昧道："没用的，这是他留下来的声音，他本尊根本不在这里。想来是假勾陈混淆了摘心柳的判断，让他以为我们是图谋不轨的擅闯者。"

那声音继续道："世上配得起神兵利器者，当明白何谓仁善、何谓坚韧、不沉幻梦、不迷心志。尔等既来，便受吾一番考验。考验若过，尔等无恙，神武奉上，但尔等若是自私自利，心性不坚者，便不配为神武主人！"

楚晚宁洇着血迹的唇齿启合，森然道："好个仁善……把人拿去做血滴漏，就是你所谓的仁善吗？"

他明知勾陈上宫根本听不见，却仍是气不过，即使每讲一个字都呼吸沉重，牵扯得伤口更疼，也管不住自己这张刻薄的嘴。

那声音自顾自地继续回荡在神武库中："为试练心性，尔等将陷入摘心柳之美梦幻境。若不能及时从幻境中清醒，尔等同伴就将鲜血流尽，葬身于此。"

三人闻言，血色均消褪殆尽。

师昧喃喃道："什么……"

意思就是，他们三个即将陷入幻梦。若不能及时清醒，他们三个就会永生永世沉醉在美梦里，而让墨燃在现实中鲜血流尽而死吗？

薛蒙哑然片刻后怒喝："你这算什么神仙！若修行就是修成你这样，老子这辈子都不屑再碰剑！"

楚晚宁也怒道："简直荒谬！"

"师尊！"师昧慌忙劝他，"你不要动怒，当心伤口。"

而勾陈上宫竟然在此时吟起诗来，慢慢道："泻水置平地，各自东西南北流。人生亦有命，安能行叹复坐愁？酌酒以自宽，举杯断绝歌路难。心非木石岂无感，吞声踯躅不敢言。"

薛蒙简直要气晕过去了："你叨叨叨什么？！"

师昧道："鲍照的《拟行路难》，意思是人各有命，怎能自怨自艾，以酒自宽，歌声因酒而中断。人心并非顽石，又怎会全无情感？欲说还止，欲语还休。"

勾陈上宫长叹一声，道："这茫茫浮世，又有几人能舍弃毕生好梦，只为援于他人？世间杀伐不止，征战不休。若神武落入奸佞之手，皆我之过也，我创兵刃之罪孽，又该如何自宽……"

忽然间，神武库暗了下来，空中那些飞窜着的铸件用的碎片也停止了运转。穹顶处慢慢地亮起了一层微光，似乎有星芒华彩渐次淌落，照耀在地面上。

空中有个声音在呢喃："睡吧……"

这柔亮晶莹的光辉似乎有着某种惑人心智的作用，师昧和薛蒙修为不深，很快就陷入了昏迷。

"睡过去……"

楚晚宁咬紧牙关，强自抵御，但始神之力何其广大，他最终也无法摆脱沉沉袭来的睡意，没入梦中。

神武库。

作为血滴漏，墨燃是唯一清醒着的人。他咳出血沫，隔着已经减弱的瀑布，模糊地能看到后面陷入幻梦中的三个人。

楚晚宁、师昧、薛蒙，皆已沉睡。

墨燃听到了勾陈的话，知道唯有其中一人及时苏醒，法术才能破除，自己才能得救。

然而时间一点一滴地过去，头脑越来越晕眩，身体也渐渐发凉，却无人从梦中醒来。

可谓报应不爽，上一次他这样对楚晚宁，这一次，自己也感受了血液点滴流失殆尽的滋味。

真是好笑。

他们之中，谁能够放弃人生中最好的梦、最想得到的东西，前来救他呢？

薛蒙是绝不可能的。

楚晚宁……罢了，不想他了。

如果有的话，那个人，也应该是师昧吧。

他模模糊糊地思考着，但血已经失得太多了，意识就快要支撑不住。

墨燃低头看了一眼脚下，漏到铜滴漏底部的鲜血被漏壶中的水稀释，泛着淡红色的波光。

他忽然想知道，若是自己也掉入勾陈的幻境中，那能瞧见的，是怎样的景象呢？

他是不是会梦到晶莹剔透的抄手，师昧温柔的微笑，楚晚宁的一句褒扬，还有初来死生之巅时，漫山遍野的风吹海棠……

"墨燃……"

忽然听到有人在唤自己，墨燃仍然垂着头，觉得自己应该是快失去神志了，以至于已经有了幻觉。

"墨燃。

"墨燃！"

不是幻觉！

他猛然抬起头来，眼前的一幕却让他的瞳孔猝然收拢——

他近乎嘶声道："师昧！"

是师昧！

醒过来的人，抛却美满，舍弃幸福，在万般如意中，仍然记得他的人。

是师昧啊……

墨燃望着穿过瀑布，朝他走来的那个纤弱少年，忽然间，喉头哽咽。

"师昧……你……"

终是不知该说什么才好。墨燃闭了闭眼睛，沙哑道："多谢你……在好梦中还能……还能记得我……"

师昧涉水而来，衣衫湿透，更衬得眉目漆黑，容貌和墨燃初见他时一样温柔，和曾经多少次在梦里见过的一样温柔，和他遍体生寒时聊以回忆的一样温柔。

师昧道："别傻，说什么谢。"

他走近了，墨燃才发现他的双足俱在流血。

地面不知何时变得滚烫，勾陈上宫似乎打定主意要考验一个人可以为同伴做到什么地步，于是美梦诱惑之后，又是残酷的折磨。

师昧的靴子已经被烧穿了，他若不走，地面就保持着往常模样，但他若执意往前，每走一步，脚下就会生起一簇天火，温度不高，不会直接把人烧到无法行动，却会让人感到剧痛难当。

可这个温柔的人，明明自己都已经那么痛了，却在看了他一眼之后，目光越发坚定，朝他一步一步行来。

"墨燃，你再忍忍。"他说。

"我马上救你下来。"

触上他的眼神，墨燃就知道，自己是不必说那句"别过来的"。

这个人的目光太决绝，也太坚忍了。

这样的神情，他以前从未在师昧脸上见过。

若是墨燃的心情稍定，他定然会觉得蹊跷。

师昧都是管自己叫"阿燃"的，何时唤过他"墨燃"？

他只知道师昧对他好，却丝毫没有意识到，此时站在自己面前的人其实并不是师昧，而是——楚晚宁。

古柳最后一个技能，叫摘心。

所谓摘心，就是交换人和人之间的心灵。

当楚晚宁挣脱梦境，苏醒过来时，竟发现自己和师昧互相换了心。在摘心柳的法术下，他的意识被转移到了师昧的身体里，想来师昧也是一样。只不过师昧并未醒来，所以自始至终，都不知道自己已经换了身躯。

楚晚宁来不及解释，而浑然不知真相的墨燃，也就真的以为眼前之人就是师昧。

他觉得师昧一定会强忍着苦痛蹚过来，就像自己经历过死亡也唯独忘不掉他的好一样。人都是很固执的。

可是太残忍了。

当楚晚宁终于来到铜滴漏前，去攀那高耸的藤柳，想要到上面救墨燃时，藤柳忽然生出燃着火苗的一根根细刺。

楚晚宁不曾预料，手陡然被烫刺，待发力攀抓，可师昧的体魄并不结实，他猛然滑落，手上皮肉瞬间被利刺化开。

"……"

楚晚宁暗骂一声，痛得皱起眉头。

师明净这破壳子！

墨燃："师昧！"

楚晚宁摔跪于地面，接触到地面的皮肉瞬间被高温灼烫，但他眉心紧蹙，习惯性地紧咬嘴唇，不曾喊叫。

这样的神情，在他自己脸上会显得很倔很绝，但换成师昧那柔美的面庞，却平白生出几分楚楚可怜。

人果真是不能和别人比的。

"师昧……"墨燃开口，眼泪却淌下来了。

心如刀割。

氤氲模糊的视野里，他看到那个人瘦弱单薄的身体，那么羸弱的人，却一点一点地，抓着藤柳，慢慢往上爬。

细刺扎破了他的手，烈火灼烧着骨血。

鲜红染了一片，所过之处，都是斑驳的血迹。

墨燃闭上眼睛，嗓音像含血，一字一颤，哽咽道："师……昧……"

那个人离得很近了，墨燃看到他眼里有苦痛一闪而逝，他似乎是真的疼极了，连墨燃的声音对他而言都是一种折磨。

因此眼前的人，神情虽倔强，可那目光，几乎可以称之为哀求。

"别再唤我。"

"……"

"墨燃，你再等一等，我这就……救你……下……来……"

几乎在话音落下的一瞬间，他眼底坚韧的光亮浮起，像是出鞘的利刃，在那张温和惯了的脸庞上，竟是说不出地好看。

楚晚宁衣袍翻飞，发足跃上铜滴漏。

他已面如金纸，摇摇欲坠，除了仍有呼吸，便与死人也无两样。

那一瞬间，墨燃觉得自己不如流干血死了，也好过让他这样承受苦难。

墨燃喉咙里都是支离破碎的声音："对不起。"

楚晚宁知道这一声"对不起"，并不是给自己的。他想解释，但是瞥到了那把勾陈上宫的银蓝色佩剑，正刺在墨燃胸肋间，藤脉的灵力来源或许是在这把剑上。他担心墨燃惊异之下，受伤更重，因此仍当着他的"师昧"，问道："墨燃，你信得过我吗？"

"我信你。"不曾犹豫。

楚晚宁掀起眼睫帘子，看了他一眼，握住了剑柄，这一剑正靠近心脉处，稍有不慎，墨燃是会丧命的。

楚晚宁的手有些抖，握着，却没有动。

墨燃眼眶仍红着，却忽然笑了："师昧。"

"……嗯。"

墨燃说："……我是不是就要死了？"

"……不会。"

"我若就要死了，能……能让我抱一抱你吗？"

他说这句话的时候很是小心翼翼，渴望亲近，眼睛透着湿润的光亮。楚晚宁的心一下子就软了。

然而想到墨燃眼中看到的不是师尊是师兄，这种柔软，又立刻凝成了冰。

他忽然觉得自己好像是戏台上无足轻重的丑角，隐没在青衣、花旦、小生的水袖云罗之后，没有人注意到他。

这一折感人肺腑的戏里，他是多余的。

或许唯一的用途，是顶着那张丑陋的脸谱，咧着油墨画成的嘴笑，去衬他人的喜怒哀乐、爱恨情仇。

多么可笑。

墨燃对此却不知道，他看到楚晚宁眼底的闪烁，还道是师昧不情愿，立刻说："就抱一下，一下就好。"

传来一声微不可察的叹息："其实我……"

墨燃："什么？"

"……算了。"楚晚宁说，"没什么。"

他靠了过来，离得不是特别近，恐会动到那柄剑，然后他伸出手，轻轻地拢住了墨燃的肩膀。

他听到墨燃在他耳边说："师昧，谢谢你能醒来，谢谢你在好梦中，还能记得我。"

楚晚宁垂下眼帘，睫毛犹如蝴蝶轻扇，而后他淡淡地笑了："不谢。"顿了顿，又道，"墨燃。"

"嗯？"

楚晚宁犹如仍在梦中一般，拥抱着他，抚着那个像是无家可归的小狗崽子般的人，轻声叹息："你知不知道，梦若太好，往往并不会是真的？"

他说罢，拥抱也如蜻蜓点水，瞬即离开。

墨燃抬起眸来，不是很明白师昧的意思，只知道这一次小小的拥抱，是师昧心善，施舍给他的糖果。

酸酸甜甜的，摩擦到舌根时，生起一丝涩。

剑拔出来的瞬间，血花翻飞如同被狂风肆意刮落的海棠。

墨燃只觉心口剧痛，一瞬间以为自己要死去了，万般不甘交杂于心头，忽然脱口而出："师昧，我其实一直都特别在乎你。你呢……"

随着佩剑应声落地，藤柳在瞬间散开了，天穹湍流而下的瀑布戛然止息，神武库忽然间重归寂静。

我一直都特别在乎你。

你呢……

身体已经到了极限，墨燃觉得眼前猛地一黑。

倒下的瞬间，他被一双染满了鲜血的手接住，倒在了师昧怀里。不知是不是错觉，墨燃看到师昧蹙着薄眉，缓缓闭上眼睛，眸边似有水光滑落。

他仿佛听见师昧轻轻地说了句："我也是。"

墨燃的心猛地一颤。

是幻觉吧，不然为何师昧神情明明这样难过，却仍答允他。

"我也……特别在乎你。"

意识终于消散，墨燃陷入了昏迷。

五

本座醒了

醒过来时，墨燃发现自己仍在神武库内。

他好像睡了很久，睁眼时却发现，时间并未过去太久，甚至似乎只是眨眼之间。

不知是不是因为法术成功破除，他醒来时，发现自己躺在地上，浑身上下却毫发无伤。那狰狞的伤口、淋漓的血液，居然像是一场噩梦，都未在他身上留有痕迹。

墨燃不禁又惊又喜，再看师昧，他不知何时也昏了过去，但竟然也是丝毫未损的。

莫非是通过勾陈上宫的试练之后，勾陈不但撤去了幻境，还将他们在幻境中受的伤一并还原了？

虽然仔细想来，勾陈上宫并非想要害人，倒是这样才符合试练的初衷，可墨燃就是觉得不真实，甚至有劫后余生之感。

四个人中，他是第一个醒来的。

然后是师昧，见师昧缓慢掀开睫毛，墨燃大喜过望，连连道："师昧！我们没事！没事！你快看我！"

师昧眸中先是有一抹恍惚，而后才渐渐清明起来，他蓦然睁大双眼："阿燃？你……"

话未说完，师昧就被墨燃紧紧抱住。

师昧不由得一愣，但仍是温和地拍了拍他的肩膀："你怎么了……"

"对不起，我害你受这么大的委屈。"

师昧茫然道："其实也不算什么，我只是做了个梦而已。"

墨燃道："那也是真的疼过啊！"

师昧："……什么真疼过？"

正在此时，薛蒙也醒了，他不知道梦见了什么，一边大声喊着"大胆狂徒！竟然轻薄于我"，一边猛地坐起。

师昧见他醒了，过去道："少主。"

"啊……怎的是你？你如何来了？"薛蒙以为自己犹在梦中。

墨燃心情大好，对薛蒙的神色也是十分柔和的，笑着把事情的经过与他讲了，他这才恍然回神。

"原来是梦……我还以为……"

薛蒙为了掩饰尴尬，轻咳一声，忽然发现一向最厉害的楚晚宁竟然还睡着，没有醒来，不禁大为震惊："师尊怎么还没醒？"

他们走过去，察看了楚晚宁的伤口。由于楚晚宁是在幻境开启前就受了伤，按照勾陈上宫设计，能恢复的只有幻境里受到的伤害，因此楚晚宁的肩膀仍旧浸着大量血迹，触目惊心。

墨燃叹了口气，说道："再等一会儿看看。"

约莫过了一炷香的时间，楚晚宁才终于醒转。

他缓缓地睁开凤眼，苏醒时目光空凉，像是下过一场白茫茫的大雪。很久之后，他才转了转眼珠，目光落到了墨燃身上。

但是他似乎和薛蒙一样，一瞬间仍未全然清醒，看着墨燃，慢慢地伸出手，哑声说："你……"

墨燃道："师尊。"

听到他唤自己，楚晚宁的手凝在半空，苍白的脸上似乎有了一丝血色，眼睛也忽然明亮起来："嗯……"

"师尊！"

薛蒙扑了过来，把墨燃挤到了一边，握住了楚晚宁的手："你怎么样？好些了吗？师尊你那么久都不醒来，我都快担心死了。"

楚晚宁看到了薛蒙，微微愣怔，而后眼中的薄雾渐渐散开，又看了一眼墨燃。

楚晚宁彻底醒了，脸色清冷下来。

师昧关切道："师尊，你还好吗？肩膀，疼不疼？"

楚晚宁平和地说："我没事，不疼。"

他在薛蒙的搀扶下，缓缓地站了起来。墨燃有须臾的纳闷，楚晚宁伤的是肩膀，为何起身时步履会虚浮，仿佛脚受伤了一样？

墨燃以为楚晚宁不知道刚才幻境中发生的事情，又简略地复述了一遍。

师昧刚刚听的时候就觉得不对劲，这时候再听，更觉得奇怪，忍不住道："阿燃，你说是我救的你？"

"对啊。"

师昧静了一会儿，慢慢道："可我……方才，一直都在做梦，并没有醒来过啊。"

墨燃吃了一惊，但随即笑道："你别开玩笑啦。"

师昧道："我没有开玩笑，我梦到了……我梦到了我爹娘，他们都还活着。那个梦太真实，我好像……好像并没有忍心丢下他们，我真的……"

他话未说完，就听到楚晚宁淡淡地道："这也没什么可奇怪的。大概是勾陈的幻境抹去了你救人时的那段记忆。总之，我和薛蒙都不曾救他，他既然说是你救的，就是你救的。"

师昧："……"

"不然怎样，难道勾陈还有法子，把人的心灵互换不成？"楚晚宁冷冷道。

他非是愿为他人做嫁衣，他原本也想告诉墨燃真相，也希望墨燃能觉察到，能明白幻境中的人不是师昧，而是和师昧换了心的自己。

可是墨燃最后对师昧的一番真心话，对楚晚宁而言，实在太过难堪。

苏醒时，望着墨燃黑得发亮的眼眸，有那么一刻，楚晚宁觉得，或许墨燃心里，也是有那么一些关心自己的。

这样小心翼翼的期待，也是他过了那么久，才敢悄然探出的软弱念头。

可那不过是他自作多情而已。

他流的血、受的伤，墨燃都不会知道，也没有必要知道。

他不傻的，虽然不说，但早就能感到墨燃有多珍视那个温柔又美好的人，又怎会看到自己？而自己站在角落，像是积了灰的木偶。

但当听到墨燃亲口说出那句话时，楚晚宁还是觉得自己输得狼狈不堪，一败涂地。

幻境里的那个拥抱，在墨燃看来，是师昧施舍给他的。

可墨燃永远也不会知道，那个拥抱，其实是他自己，施舍给了另一个可怜人。

楚晚宁从来不认为墨燃会关心自己，所以他很努力地不去强求，不去打扰，不去轻触。

年轻时他也希望过有人能够视他如凡夫俗子，与他常相伴，月下酌，但是他一直在等，却一直没有等来这个人。后来日子一天一天过着，他在修真界的声名与地位越来越高，人人都道他高山仰止，言说他不近人情。后来他也就接受了这样的高山仰止，不近人情。

他像是躲在一个茧里，岁月在他的茧上吐丝。最初他还能透过茧看到外面渗进来的些许光芒，但一年一年，丝越多，茧越厚，他再也看不到光了。茧里只有自己和黑暗。

他不信这世上还能有谁来救他出这片黑暗，给他一点属于人世间的热闹与欢欣，他不信天见垂怜，更不想去追求些什么。若是他历尽千辛万苦，遍体鳞伤地咬开茧，跌跌撞撞地爬出来，可是外面没有人等他，他该怎么办？

更何况墨燃是与他截然相反的，这个人太年少，太遥远，也太炽烈，楚晚宁怕有朝一日会被这样的火焰烧成灰烬。

所以，所有他能走的退路，他都走了。

他不知道自己做错了什么。

以至于，他只剩了那么一点点的私心与幻想，却还要被足以遮天的冷雨淹没。

"师尊，快看那边！"薛蒙的一声惊喊唤回了楚晚宁的意识，他循声望去，只见铸剑池中再次翻滚起了熊熊熔浆，火焰簇拥下，古木树灵重新破水而出。但树灵双瞳翻白，显然处于失智状态，双手捧着勾陈上宫那把银光熠熠的宝剑。

楚晚宁道："跑！快点！"

不用他重复第二遍，徒弟们立刻朝着出口夺路奔去。

被操控的树灵仰天长啸，浑身铁链晃得叮当作响。明明没有人说话，但四个人耳中都不约而同地响起声音："拦住他们，一个都不能跑掉。"

薛蒙失色道："有人在我耳朵里讲话！"

楚晚宁道："别理他，是摘心柳的迷心诀！只管自己跑！"

他这么一说，其他人都想起来，摘心柳清醒时曾经提点过他们，所谓迷心诀，就是以人心中的贪念为诱饵，令其自相残杀。

果不其然，楚晚宁耳中的那个声音啜啜作响："楚晚宁，你竟不知倦吗？

"一代宗师，晚夜玉衡。如此人物，却只能默默地关心自己的徒弟。你为他付出良多，他却不知好歹，眼里从来没有你，只在乎那个温柔可人的小师哥。你有多可怜？"

楚晚宁脸色铁青，不去理会耳中聒噪，往出口处长身掠去。

"来我身边，拿起这把始祖剑，杀了师昧，来我身边，我可以助你得偿所愿。来我身边……"

楚晚宁怒道："如此宵小，还不快滚！"

其他人显然也都听到了那个声音提出的不同条件，他们的脚步虽放缓，却尚能抵挡诱惑。随着他们离出口越来越近，摘心柳似乎越发疯狂，耳中嘶号近乎扭曲："想清楚！出了这个门，就再无机会了！"

每个人耳中的声音都不一样，凄厉地啸叫着。

"楚晚宁、楚晚宁，你真的要孤独一辈子吗？"

"墨微雨，这世上只有我知道起死回生药在哪里，来我身边，让我告诉你……"

"师明净，我知道你内心深处的渴望，只有我能助你一臂之力！"

"薛子明，你挑的神武是赝品！金成池只剩下最后一把勾陈上宫所造的武器了，你回来，这把始祖剑，就将属于你！你不是要绝世神兵吗？你不是要做天之骄子吗？没有神武你永远比不过旁人！来我身边……"

"薛蒙！"墨燃突然发现跑在自己身边的堂弟不见了踪影。

他一转头，却见薛蒙的脚步越放越缓，最终竟停了下来，回头望着铸剑池中那一柄浮浮沉沉的银蓝色佩剑。

墨燃心中一凛。

他知道薛蒙对神武的执念有多深。这小子得知自己得到的武器是赝品后，想必十分失落。摘心柳拿始祖剑来诱惑他，实在是再有效不过了。

"薛蒙，别信他的，别过去！"

师昧也道："少主，快走吧，我们就到出口了！"

薛蒙茫然地回头看了他们一眼，耳中回荡的声音却越发惑人："他们嫉妒你，不希望你拿到神兵利器。你想想墨微雨，他已经获得了他的武器，他巴不得你一无所得。你二人是兄弟，你不如他，死生之巅的尊主之位，当然就会是他的。"

薛蒙喃喃道："你住口。"

眼前墨燃似乎在焦急地朝他喊着什么，但他根本听不清楚，止不住地抱住头重复着："你给我闭嘴！你住口！"

"薛子明，神武库的武器早就没有适合你的了。你若错过了始祖剑，往后就只能臣服于墨微雨之下。届时他是你的尊主，你要在他面前下跪，听他恣意摆布！你想想看，杀了他，根本不值一提！自古兄弟阋墙不在少数，何况他不过是你的堂兄！你有何可犹豫的？！过来，让我把剑交给你……"

"薛蒙！"

"少主！"

薛蒙忽然不再挣扎了，猛然睁开双眼，眸色竟是赤红。

"来我身边……你是天之骄子……当配万兵之尊……"

楚晚宁厉声道："薛蒙！"

"过来……只有你当上死生之巅的尊主，下修界才能安宁太平……你想想那些遭受苦难的人，想想你们所遭受的不公待遇……薛子明，让我助你……"

不知不觉间，薛蒙已来到滚沸的铸剑池边，摘心柳之灵捧着勾陈上宫的始祖剑，瞳仁上翻的白眼遍布血丝。

"很好，拿着这把剑，去把他们都拦下！"

薛蒙缓缓抬起手，颤抖地接过银蓝色宝剑。

"杀了他们。"

"杀了墨微雨。"

"快去……啊啊啊！"

蓦然间薛蒙掣出长剑，在手中挽出一朵灿烂的剑花，紧接着他反手相刺，始祖剑灵光流淌，将天之骄子的俊脸映得雪亮。在剑光照映下，他眼里哪有什么血色弥漫，倒是比平日更加明亮纯澈。

那一剑并未刺向墨燃，而竟向着摘心柳本体直指而去，贯穿腹脏！

一瞬间，大地震动，古柳撼摇。

迷心诀骤破，神武库内天崩地裂。

薛蒙粗重地大口喘气，耗尽全力挣脱了蛊惑。他盯着摘心柳，年轻的面容上满是少年人的执着与纯净。那灼灼双目中，傲气和天真都能够轻而易举地被看到。

所谓凤凰之雏，何止是武学造诣而已。

"你休想迷惑我，也别想再害他人。"

薛蒙喘息着说完，猛地抽出长剑！

摘心柳瞬息爆出一阵腥臭的血液，垂死之时，意识回归本体，他身上的戾气忽然消殇殆尽。

他捂着胸口，勉强稳住摇摇欲坠的身子，抬起眼，张了张嘴，虽无声音，但口型清晰可辨："多…谢……你……阻止……我……"

摘心柳本体是上古之灵，与始祖剑威力相当，碰撞之下两败俱伤。薛蒙手中的始祖剑也灵光骤失，刹那黯然无色。

而与此同时，万年树灵砰然形散。

刹那间，万点流光散入水波之中，犹如萤火飞虫，绕着众人盘旋飞舞，光华流淌，金光璀璨，最终逐一淡去，消殇不见。

师昧道："少主，快过来，这里要塌了！"

大地颤抖，不可久留。

薛蒙回头，最后看了神武库一眼，"当啷"一声，抛下损毁的始祖剑，弃剑而去。在他身后，砖瓦坍塌，如雪崩裂。

六

本座总觉得有点儿不对

楚晚宁受了伤，其他三人亦是筋疲力尽，跑进神武库外的甬道后，楚晚宁令他们稍作休息。一时间谁都没有先说话，各自或立或坐，查看着自己或是别人身上的伤口，恢复力气。

唯独薛蒙，他怔怔地出神，耷拉着脑袋，也不知道究竟在想些什么。

墨燃喃喃："薛蒙……"

薛蒙谁也没有理睬，木僵地走到楚晚宁跟前，仰起头，一开口，嗓音是破碎的："师尊。"

楚晚宁看着他，想抬手摸一摸他纷乱的头发，终究还是忍住了。

"先前我挑中的神武，是假的吗？"

楚晚宁没有说话。

薛蒙的眼眶更红了，黑白分明的眼睛里血丝蛛网般纵横，若不是倔强与自负强撑着他，只怕他当即就会掉下泪来："我是不是，再也拿不到池中的武器了？"

楚晚宁终于合上双眸，一声叹息渐落。

甬道内很安静，只听到楚晚宁清清冷冷的嗓音："……傻孩子。"

一声饱含着叹息与无奈的"傻孩子"，让薛蒙最后一点理智也崩溃了。他再也忍受不住，扑进楚晚宁怀里，抱着楚晚宁的腰，失声痛哭起来："师尊……师尊……"

错过金成池神武，就几乎等于错过了跻身修真界巅峰的资格。这是每个人都心知肚明的事情，凡人的法力有限，若无神兵相助，再强也不过是血肉之躯而已。

上修界那些门派的少主，多少都留有先辈传下的神武，即使并非完全契合自身灵力，也有着不可小觑的强大力量。唯独薛蒙，因为薛正雍兄弟白手起家，并没有得到过金成池的武器。

因此，在选择了用始祖剑与摘心柳同归于尽时，他就等于选择了放下他过去的高人一等，意气风发。

楚晚宁什么也没有问，什么也不再多说，抱着怀里放声大哭的薛蒙，摸着他的头发。薛蒙打小娇惯，从未受过什么委屈，因此自记事起就不曾哭过，整日耀武扬威，不可一世。

然而此时此刻，眼泪在他年轻的面容上交织纵横，一字一句都是碎裂的，像是他注定不再拥有的神兵，像是他曾以为唾手可得的英雄梦，都碎了。

"薛蒙。"楚晚宁抱着怀里的徒弟，安慰着他。

池底的水波，吹动楚晚宁白色的斗篷、墨色的长发，那一瞬间墨燃只来得及看清他纤软的睫毛垂落，底下是细碎的柔光。尔后水波大了些，衣摆和长发纷乱，于昏暗之中再也看不清楚晚宁的侧脸。

只听得他说："不哭了，你已经很好了。"

嗓音算不上温和，但于楚晚宁口中说出，已是再柔软不过的句子。

甬道里，四个人各怀心事，谁都没有再说话。

墨燃靠在冰冷的墙边，看着楚晚宁拥着薛蒙，拍着他的肩膀，心中忽然不是滋味。

金成池之行，来时鲜衣怒马，去时仲永之伤。

薛蒙当过十五年的天之骄子，风光无限，意气风发。

然后有一天，朱楼塌了。

从此，他要用漫长的一生，来将这十五年的锋芒遗忘。

跑出神武库时，众人看到摘心柳在水中缓缓倒伏，像是洪荒亘古的巨人精疲力竭，像是夸父之死、金乌之殇，留在地面的蛟人因此惊变而四下逃散。

数百万年前建成的神武库，一夕尽毁。

神树轰然倒下，在金成池中掀起了狂潮，在巨大的漩涡前，蛟人们纷纷化形，变回庞大原身，以求抵御惊涛骇浪。一时间金成池内鳞甲翻腾，鱼龙游动，凡人再难容身站立。

墨燃喊道："不行，出不去的！"

说话间一条粗壮的蛟龙尾巴拍来，墨燃疾速闪避，才险险避过。

正当此时，忽然一条黑色苍龙疾掠而来，它的体形比其余蛟龙都要庞大，漆黑的鳞甲流溢着点点金辉。

墨燃惊道："望月！"

望月长啸一声，他原是一条哑龙，此时却骤然开口能言，声如洪钟，低喝道："抓住我的背脊，摘心柳毁了，金成池覆灭在即，快点！我带你们逃出去！"

此时再无别的选择，他们也无法去管望月究竟是敌是友，纷纷依言照做。望月载着四人在惊涛骇浪、万龙翻波中疾游，分水奔行。

"抓紧了！"

话音刚落，老龙突地裂水破浪，腾空而出。墨燃他们只觉得千钧狂流扑面而来，水流如同千军万马奔踏，踩过筋骨肺腑。他们根本无法睁眼、无法喘气，双手紧紧抓着龙脊背，使出浑身力气，才不至于被重新甩入池中。

待到终于能睁眼时，他们已乘龙入云，身在金成池之上，旭映峰之巅。喷薄水汽化作万点荧光，自镜面般的巨大龙鳞上散落，刹那间烟云如霭，薄雾成虹。望月引吭长嘶，八荒变色。

墨燃听到薛蒙的声音自后面传来，在猎猎疾风中显得激动又邈远，他毕竟是真的年少，容易因为一些事情而暂忘忧愁。

"我的天！我在飞！乘着龙飞！"

望月于旭映峰之上盘旋数圈，逐渐缩小身形，缓缓俯身降落。当他停栖在金成池畔的时候，已经缩成原先大小的一半都不到，不至于压碎周围太多的山石草木。他蜷在原处，静静地让墨燃他们下了龙脊背。

他们回头去看金成池，只见得万丈寒冰化开，洪波涌起，浪推碎冰。此时天光大亮，东方既白，阳光灿然洒落，流入金成池中，一片波光粼粼。

师昧忽然惊道："快看池内那些蛟龙！"

那些翻腾缠绕着的蛟龙随着汹涌浪花而起伏，渐渐地就不动了，然后一一崩碎，化作点点焦灰，一枚又一枚黑色棋子从池水中升起，汇集于半空。

墨燃喃喃道："珍珑棋局……"

这整个池子里的生灵，甚至摘心柳，都中了珍珑棋局之术，这一整池的景象，竟都是某个人躲在暗处施设的局！

墨燃忽然不寒而栗。

他意识到，这一次后的世界不对劲，有一些事情，无端提前了。

上一次他十六岁的时候，是绝对没有人，能够把珍珑棋局发挥到这个地步的，这个假勾陈，究竟是什么来头？

薛蒙道："望月！"

墨燃回过头，只见望月伏着不曾动弹，他身上倒是没有黑色棋子浮现，但显得十分虚弱，眼瞳半眯着："你们……做得好……勾陈上神的金成池，宁可毁了，也绝不能……绝不能落入奸邪之手……"

他说完这句话，忽然浑身散发金光，等光芒散去后，他变成了身形较小的人类模样。

"是你？"墨燃和薛蒙几乎同时开口。

眼前的望月，正是之前引着他们前往神武库灵体处的白发老蛟人。望月抬起头，眸中有一抹愧色。

"正是我。"

薛蒙吃惊道："你、你为何要引我们去神武库？你是要救我们还是要害我们？如果是害我们，为什么还要把我们送上岸？如果是救我们，万一我们破解不了摘心柳一劫，那岂不就……"

望月垂眸，沙哑道："抱歉。鉴于当时情况，我不得不这么做。假勾陈自身修为不足，全部倚仗摘心柳的灵力在施展禁术。唯有破解了摘心柳，他的法术才会失效。我除了引你们一试，别无他法。"

楚晚宁摇了摇头，走过去，挥手为他施法疗伤。

望月长叹一声："道长仁心，不必了。我和池中万物一样，寿数已到，原本就是靠着摘心柳的一点灵气苟活。它既已倒下，我也命不久矣。"

楚晚宁："……"

望月道："死生有序，不可强求。能于归寂前，见到金成池噩梦破除，我梦已圆。只是池中惊变累及你们，实在愧疚难当。"

楚晚宁道："无妨……你可知道，那个谎冒勾陈上宫的人究竟是谁，意欲何为？"

望月道："我不知道他究竟是谁。但他的目的，应该是通过获得摘心柳的力量，来探究三大禁术。"

楚晚宁沉吟道："施展禁术所需灵力十分惊人，若有上古树灵相助，确实会事半功倍。"

"是啊，那个人也是这么说的。他说上古灵体力量巨大，但是极难寻找。典籍里唯一有迹可循的，便是摘心柳。

"其实他也是不久前才出现的。而自从他掌控了金成池，一直都借着摘心柳的力量，在池底练着'复生''珍珑棋局'这两种禁术。"

望月说着，叹了口气，目光有些空洞呆滞。

墨燃则心中咯噔一下。

果然……金成池之行和上一次截然不同，这些变数，都是不久前才发生的。到底哪里出了错，使得一切都改换了轨迹？

"他能力不足，操控不了活物，于是杀死了大批池中生灵，尝试操控死物。这回他做到了，于是短短数十日，他就把池中的灵兽几乎残杀殆尽，做成棋子。只留下几个，用来试验。我就是其中之一。"

墨燃问道："所以我求剑时，你浮出水面，那时候你是受了假勾陈的操控？"

"不。"望月缓缓合上眼睛，"他操纵得了别人，操纵得了狐妖，操纵得了摘心柳，却无法操纵我。我是勾陈上神于创世时驯服的灵兽，百万年前，在我甘心为上神驱策时，我的逆鳞处便烙刻了他的咒印，从此死生忠于主人。"

"那你……"

"迫不得已，乃伪装。"望月叹息道，"那个入侵者虽然没有办法完全控制我，可是勾陈上神的咒印毕竟已历数百万年，效力不及当时的万分之一。我仍旧有一部分身体受到了假勾陈的影响——你们见到我的时候，我之所以是个哑巴，就是因为我的嗓子已经完全被那个人操控，不听自己使唤。只有当他的法术失效时，我才重新开口能言。"

墨燃问："那个假勾陈知道你是在伪装吗？"

"我想他并不知道。"望月看着墨燃，说道，"按照他的计划，今日他就将夺取你的灵核，替摘心柳续命。但他没有料到我会将你们再次带回神武库，摧毁古柳。他并未提防我。"

楚晚宁却忽然道："他未必是不曾提防你，或许是心有余而力不足。"

"道长此话怎讲？"

楚晚宁说："我依稀觉得，那个假冒的勾陈上宫另有古怪。"

第十章 一 伤别入山重

一

本 座 的 老 龙 呀

他这么一说，墨燃也不禁赞同。

师尊说得没错。

假勾陈身上有一种微弱的气息，墨燃原本以为是自己的错觉，但是既然楚晚宁也感觉到了，那是错觉的可能性就微乎其微了。

死尸的气息。

这个勾陈上宫非但不是本人，甚至根本就不是活人！

也就是说，幕后之手只拿了具尸体，替自己当傀儡，伪装成万兵之神，甚至都没有亲自露面。

正思索着，忽然一声低低恻笑从金成池那边传了出来。

紧接着，一具煞白躯体犹如利箭嗖的一声破水而出，那个假冒的勾陈上宫跃于空中，但他的形容举止此刻变得极为可怖，浑身的皮肤都皱缩在一起，好像蛇在蜕皮，蚕在破茧。

"晚夜玉衡，北斗仙尊。楚宗师，你果然名不虚传。"

假勾陈悬在粼粼池水之上，犹如画皮剥落的面孔上露出扭曲的笑容："像你这般的人物，当年儒风门，怎么就没能把你留住？"

楚晚宁冷声道："阁下究竟是谁？"

"你不必知晓我是谁。"假勾陈说，"我也不会让你知道我是谁。你就当我是个早该死了的人，从地狱里头又爬了出来，要找你们这些正人君子索命罢了！"

望月森然道："后生无耻！摘心柳已毁，以你的灵力，若没有了神木之力，断不可能再施禁术，也无法为非作歹！"

假勾陈冷笑道："你这老泥鳅，都快死了，还来坏我大事。哪里还有你说话的份儿？还不快滚！"

楚晚宁忽然道："阁下白子一枚，难道就有说话的份儿了吗？"

所谓"白子"，顾名思义，说的是珍珑棋局里面最为特殊的一种棋子。

"白子"和普通纯粹听令的"黑子"不同，换句话说，白子其实是施术者的替身，除了法力不及本体，是可以思考、可以自主行动的，而他们的所见所闻，也都可以和本体共情。

假勾陈身份被揭露，竟拊掌大笑："好、好！好！！"

这三声"好"过后，假勾陈面目越发歪扭，看来似乎是本体的法术将尽，无法维持白子的行动，渐渐露出了原形："楚晚宁，你莫要自以为是。你以为今日阻止了我便有用了？即便摘心柳被毁，我的本体还可以去寻别的灵力之源。反倒是你——"

他说着，逐渐混浊的眼睛忽然不怀好意地掠过楚晚宁，落到了墨燃身上。

墨燃陡然心惊！

假勾陈颇为嘲讽，一字一句道："你若以为这世上通晓三大禁术的人，只有我一个，那么恐怕，你是活不了太久了。"

楚晚宁长眉紧锁，厉声道："你这话是什么意思？"

然而那假勾陈却忽然不说话了，须臾凝顿，忽然周身爆裂，散作腥臭碎片，一枚莹白如玉的棋子从他体内爆出，在半空中逆光打了几个旋儿，咕咚落入了金成池的细碎浪涛中。

看来是身在暗处的那个假勾陈的本体，终于在失去摘心柳的襄助后，灵力殆尽了。

与此同时，几乎同样是靠着摘心柳灵力存活的望月踉跄两步，扑通一声跌回了地面，低声道："啊……"

薛蒙惊道："望月！"

墨燃亦道："望月！"

四个人都来到老蛟身边，望月已到油尽灯枯时，嘴唇无了血色。他看了看他们，喉咙暗哑如同日暮昏鸦："你们、千万……千万不要去信方才那人的胡言乱语。他讲的话，假的、假的远比真的多……"

师昧眉宇间满含关切与悲哀，温声道："前辈不要再说话了，我来替你疗伤。"

"不、不必了。你师父都做不到的事……你……你更是……"望月剧烈咳嗽了好几声，然后喘息道，"这些年，来金成池求剑者甚多。然而……自奸邪入池后，摘心柳不愿将主人遗留的神物为他所用，毁去数万兵刃。唯一留下的……就是……就是与它实力相当的一条柳藤，一把、一把上神佩剑……"

提到此一节，薛蒙的神色更加暗淡，抿着嘴唇，沉默不言。

"柳藤……柳藤归了这位小道长。"望月看着墨燃，"当时在池边，我对你说，昔日为恶，我亦不能阻。只望你今后向善……但其实……其实遵从主人心愿，神武最终，只该是心善之人方配拥有。所以，我希望你能……你能够……"

墨燃见他说话已十分费力，便止住了他的话头，说道："前辈放心，我明白。"

望月喃喃道："那就好……那就好……那我就……我就放心了……"

他仰望着天空，嘴唇微微颤抖。

"人说金成池求剑，水下精怪，都会……会提出些要求。昔日那些要求，曾大半……是为了测试来者的品性，然而也偶有例外……"

望月的声音渐渐轻弱，眼底似有万年岁月如走马灯，穿流凋敝而去。

"我遵主人约定，自他离去后，镇守金成池，不得离开……岂料这一守，就是数百万年……幼时瞧见的山河风光……这余生……竟是……竟是再也不曾……见……"

他缓缓转头，祈求般地瞧着墨燃，老眼中闪着些温亮湿润的光泽。

就在那一瞬间，墨燃忽然知道了他将要说什么。

果然，望月轻轻道："小道长，山腰的梅花终年明艳，我小时候，曾喜欢得紧，你既得了神武，可愿……你可愿……"

墨燃刚想说"好，我替你去折来"。

可是甚至连"好"都来不及说出口，望月那双金棕色眼眸里的光亮，便突然熄灭。

江南无所有，聊赠一枝春。

远处雪山巍峨，池面金光灿烂，一轮旭日红光铺入池中，在翻涌的浪花中，碎成点点凄艳红色。

望月归寂。

他曾是创世时的第一批巨龙，曾经惊天动地、呼风唤雨，也曾俯首臣服、载君遨游。世人都道他是身有咒印，不得背弃旧主；却不知他敬勾陈，为此一诺万年。

茫茫人世间，记得创世之事的生灵，已经寥寥无几。望月却知道，真正的勾陈上宫虽为魔族混血，母亲却是被魔类强迫，并非自愿。勾陈痛恨魔族，归于伏羲麾下，并以自身霸道魔血，为伏羲打造了天地间第一柄利剑，襄助伏羲荡平魔寇，一扫九州。

然而，天地统一后，伏羲却因勾陈上宫的一半魔血，而对他心存芥蒂。勾陈上宫并不糊涂，百年后，他自请离开神界，来到人界。

一路上，他看到众生疾苦，兵刃杀伐，自觉不该将"剑"创造而生，悔恨良多。于是他搜罗了自己遗落在人间的诸多兵器，在金成池封存于神武库，栽下摘心柳，并告诉池中生灵，但凡求剑之人，必须心存仁善，方配拥有神武。

而如今，勾陈不复，望月已逝。

金成池下，从此再无神武，也无蛟人，所有的罪恶与忏悔、扭曲与执着，都与轰然倒下的摘心柳一般，灰飞烟灭。

一时间，谁都没有说话，在漫天大雪中，金成池边"拟行路难"四个鲜红的石碑大字，仍和他们第一眼瞧见时一样，水面上祥和平静，看不出水下曾有浩劫、曾有苦难。

就像他们最初登上旭映峰时，并不知道，在这"拟行路难"之后，藏着一个怎样血肉模糊的故事。

墨燃望着天空，绝壁之上，孤鹰冒雪飞过。

他忽然想：上一次，望月给他陌刀，那把陌刀威力强大，然而这辈子，他所见到的陌刀不过是一把赝品，真正属于他的刀，大约已经自毁于摘心柳之中，此生无缘一见。

过了一会儿，他又莫名其妙地想起来，当年，他来金成池求剑。

那一天，望月浮出水面，金色的眼眸温和而友善地望着他，而后对他说："山腰的梅花开得正艳，你能采一枝来，赠予我吗？"

墨燃闭上眼睛，胳膊轻轻地遮住眼睑。

从前不知池下事，竟以为，望月所求，不过附庸风雅。

他们回到死生之巅，已是多日后了。

楚晚宁的肩膀伤得厉害，三个少年也都心力交瘁，于是在岱城休息了好多天，这才动身回蜀。

薛蒙没有把求剑之事说与薛正雍和王夫人，高傲如他，不论爹娘是失望还是劝慰，于他而言都是在伤口上撒盐。楚晚宁看在眼里，心中也是万般不忍，于是终日埋首卷牍中，希望能找到别的法子替薛蒙得到一把神武。或者，世间是否还存在其他方法，可以令凡人与神兵利器匹敌？

除此之外，那个假勾陈，究竟是谁？他本尊如今又在何处？假勾陈的"白子"自爆之前，所说的最后一句话，又有什么深意？

所需烦忧的事情太多了，红莲水榭藏书阁的烛火昼夜照彻，铜壶滴漏，烦冗竹简摊了一地，案卷深处，是楚晚宁略显疲惫的面容。

"玉衡，你肩上伤成这个样子，可别心怀侥幸。"薛正雍捧着杯热茶，坐在他旁边唠叨，"贪狼长老擅长医术，你得了空，找他去给你瞧瞧。"

"无妨，都开始愈合了。"

薛正雍"啧"了一声："不行不行，你看看你，从回来之后脸色就不好看。十个人见了你，九个都说你瞧上去像是随时要昏过去。我看那伤口邪门，没准有个毒啊什么的，你还是长点儿心吧。"

楚晚宁掀起眼皮："我像是要昏过去？"他顿了顿，冷笑道，"谁说的？"

薛正雍："……"

"哎呀，玉衡，你别总把自己当成铁打的，把别人当成纸糊的嘛。"

楚晚宁道："我自己心里有数。"

薛正雍不出声地嘀咕了一句，看口型很像是"你有数个头"。好在楚晚宁专心看书，并没有瞧见他的小动作。

又唠叨了一会儿，薛正雍见时辰已晚，拍拍屁股站起来，准备回去陪老婆，临走时还不忘叮嘱楚晚宁："玉衡，你早些休息。你这样子要是让蒙儿知道了，他非内疚死不可。"

楚晚宁压根儿不理睬他。

薛正雍碰了冷钉子，有些尴尬，挠了挠头，走了。

楚晚宁喝了药之后又回到了案前继续查阅宗卷，看到后面隐隐地有些头晕，他支着额角，轻微感到恶心。

不过，这种恶心感转瞬即逝，楚晚宁只当自己是累坏了，因此并不在意。

夜深了，他备感昏沉，终于蹙着剑眉睡了过去。一袭宽袖枕在堆积成山的案卷之侧，膝头还搁着一卷没有看完的简牍，袍沿委地，犹如水浪。

这天晚上，他做了梦。

和普通梦境不一样，这个梦画面鲜明而真实。

他站在死生之巅的丹心殿内，但这个丹心殿和他所知的有所差别，诸多陈设细节都有改变，他还没来得及细看，大殿的门就忽然开了，深红色幔帐飘拂。

有人走了进来。

"师尊。"

来人眉目英俊，眼眸黑中泛紫，虽然已经是青年模样，卷起嘴角的时候却显得有些稚气。

"墨燃？"

楚晚宁站起来，刚想走过去，却发现自己足腕处扣了四条流淌着灵力的铁链，束缚着，无法动弹。

震惊之后怒火滔天，楚晚宁难以置信地蹬着脚踝上的锁链须臾，气得面目扭曲，噎得说不出话来，半天才抬头厉声道："墨微雨，你想造反吗？给我解开！"

来人却像没有听到他的怒喝，脸上带着懒洋洋的笑意，酒窝深深地走过来，捏住了他的下巴。

本座的师尊总是很生气

楚晚宁的惊愕难以用言语来形容，他睁大眼睛，像看鬼一样看着梦里的墨燃。

已经长大成人的墨微雨十分英气，肩膀很宽，双腿很长，比他还要高出半个头。

墨微雨低头俯视着自己的时候，眼尾泛着些玩味和嘲讽："本座的好师尊，你真应该看看自己如今是什么模样。"

他的指腹顺着楚晚宁的脸颊一路滑落，停在耳边，眼底霜华凛冽。

梦里的墨燃不知为何，与楚晚宁所熟知的全然不同，再也没有往日的低眉顺目、卖乖讨好，反而气势汹汹、威严色厉。

他甚至能清晰地感知到墨燃呼吸时的气息，急促低沉，滚烫犹如岩浆，要把他连血肉带骨头渣都熔成水。

楚晚宁气得脸色发青，几欲吐血。他怎么也无法想象自己居然会被墨燃压制得全无反抗之力。

他听到墨燃说："你不是要跟本座谈条件吗？"

墨燃的声音嘶哑，嘶哑到让楚晚宁感到近乎陌生。

楚晚宁垂眸，看到他喉结滚动，这是一个隐忍的，但快隐忍不住的吞咽动作："你对本座已别无价值，那就用你最后剩下的东西来谈吧。"

楚晚宁的嗓音也哑了，低声道："什么……"

墨燃把他逼到墙边，忽然抬手，猛地抵上墙壁，狠狠地抓住楚晚宁一只被锁链扣住的腕子。

楚晚宁瞬间剧烈地颤抖起来，一种可怖的麻意从尾椎蹿上头皮。

墨燃声音低沉，呼吸很混浊，很浓重。

"你跪下求我一次，我就答应你的要求。"

楚晚宁蓦地睁大眼睛，眸子里有因墨燃情绪浸染而生的水色，但更多的是难以置信。

"所以，你想清楚了，如果愿意，你就跪下来求我，好好地，把我哄舒坦了。"

楚晚宁快疯了。

玉衡长老，洁身自傲、清白幽冷、廉贞自守、高冷自爱，让他跪下求人，不如直接杀了他。

楚晚宁虽然震怒，但手脚被缚也只能在墨燃的刺激下丢盔弃甲，溃不成军。

墨燃说完，等了片刻，估计因为见他没有反应，低声骂道："装什么君子！装什么圣人！本座很快就会让你知道……"

那男人的声音轻下去，周遭笼着的那种可怖气氛却高涨起来。他抿了一下唇，没有再往下说，只是看楚晚宁的时候，目光炽热而疯狂，眼尾泛着奇妙的光亮，像是蓄积已久的仇恨亟待得到凶狠的发泄。

又像是岩层下滚沸的欲望岩浆，在漫长的隐忍之后，恣意喷薄。

楚晚宁像是被他虎狼般森然的目光狠狠地烫到，想挪开视线，却又被墨燃看透心思，一把掐住了脸。

"看着我。"

沙哑的声音似乎滚烫，微微发着抖，不知是因为激动还是别的什么，听上去，犹如饿极了扑食的野兽。

"我让你看着我！"

楚晚宁颤抖着闭上眼睛，这梦实在太荒谬了……

"师尊。"耳边的声音忽然又变得温软绵和，是熟悉的腔调，"师尊，你醒醒。"

楚晚宁蒙眬中，看到墨燃的脸近在咫尺，立刻不假思索，一个巴掌又准又狠地扇了过去，啪的一声结结实实地抽在了对方面颊上。

墨燃猝不及防，被抽了个正着，"啊"了一声瞪大眼睛："师尊，你怎么乱打人？"

"……"

楚晚宁坐了起来，一双凤眸吊梢，眼尾含着怒，受着惊。

他的身子依旧在微微发抖，梦与现实交错着，要把他逼疯。

"师尊……"

"别过来！"

楚晚宁压低剑眉厉声喝道，他过激的反应让墨燃吓了一跳。半晌，墨燃小心翼翼道："做噩梦了？"

噩梦……

是啊，是梦……是梦而已。

楚晚宁愣怔地盯着眼前人，缓了好一会儿，才逐渐回过神来。

他依然躺在红莲水榭的藏书阁，丹心殿和青年墨燃一起烟消云散，留在眼前的，只有那张仍然年少稚气未脱的脸。

"嗯，我梦中……好打人。"终于清醒过来，楚晚宁顿了片刻，把表情整理好，用还微微颤抖的细长手指，煞有介事地正了正衣襟，压着未散的燥热与不安，说道。

墨燃揉着兀自泛红的脸颊，咝咝抽气："师尊做了什么噩梦？下手能这么狠……"

楚晚宁面容闪过一丝尴尬，抿了抿嘴唇，露出半张俊美容颜，高冷地不说话。

他的脸上毫无波澜，内心却涌起骇浪惊涛：自己居然做了那种荒诞不经的梦，简直乱七八糟。

楚晚宁抚了抚额角，脸依旧黑如锅底。

他自然不能揪着梦里的墨燃撒气，不过眼前这个送上门来的还是可以的，于是斜着吊梢眼角，恶声恶气地问："大半夜的，私闯我卧房，你当红莲水榭是你家？你当你才是玉衡长老？"

先是莫名其妙地被扇了个耳光，接着又劈头盖脸地被训了一通，墨燃有些委屈，小声嘀咕道："又发什么脾气啊……"

楚晚宁剑眉怒竖："我没有发脾气，我要睡了，你给我出去！"

墨燃道："可是师尊，现在已经是辰时了。"

楚晚宁："……"

"若不是我们在善恶台等了好久也没见着师尊，我也不敢擅自来红莲水榭找你啊。"

楚晚宁："……"

藏书阁的窗扉正掩着，他推开窗户，见外面果然旭日当空，鸟鸣虫吟。

楚晚宁的脸色更难看了，瞧上去像随时可能会召天问抽人。

他居然把一场乌七八糟的梦做到了辰时，要不是墨燃跑来叫他，他可能还会继续做梦。这个认知让楚晚宁额角青筋暴跳，捏着窗棂的指节都成了玉色。

要知道楚晚宁所修心法，一向擅遏心魔，在此之前别说做梦了，他一贯心如止水，毫无波澜。

楚晚宁就像个木头人，又蠢又笨又僵硬，自己心法练到已臻化境，断绝欲念，不贪不躁无欲无求，没事总喜欢鄙视这个，鄙视那个，末了这人还得意扬扬觉得自己特别清高。

谁料一朝马失前蹄……

而且他还是栽在自己小徒弟手里。小徒弟在自己梦里乌糟糟地说了那么多肮脏不堪的话，说到底还不是他自己的修为不够，心魔所致？

英明神武、高贵冷艳的楚宗师，再也不敢多看墨燃一眼，怒气冲冲地丢下一句："速与我去善恶台晨修！"拂袖出门，片刻远去。

薛蒙和师昧已经等候多时，楚晚宁到的时候，二人正坐在树荫下面交谈着。

师昧很急："师尊从来不迟，今日是怎么回事儿？都已经这个时候了，还没有瞧见他的影子。"

薛蒙更急："墨燃不是去请师尊了吗？去了这么半天还没回来，早知道我就和他一起过去了。师尊不会是生病了吧？"

师昧道："我看师尊肩上的伤那么严重，虽然好生调养过了，但身子骨虚，其实也难说……"

薛蒙一听，越发坐立不安，倏忽起身："不等了，墨燃那个不靠谱的东西，我自己去看看！"

一回头，薛蒙却瞧见楚晚宁白衣招展，大步走来，树下的两人一齐道："师尊！"

楚晚宁："有些事耽误了。今日带你们去练武，走吧。"

师昧趁着楚晚宁不留心，悄声问跟在后面的墨燃："师尊要不要紧？什么事耽搁了？"

墨燃翻了个白眼："睡过头了。"

"啊？"

"嘘，装不知道。"墨燃揉了揉自己的脸颊，之前那一巴掌还疼着呢，他可不想没事再被楚晚宁抽一耳光。

师昧睫毛忽闪："你左脸怎么红了？"

墨燃低声道："你要再问下去，我右脸也得跟着红起来，别问了，快走吧。"

三个人到了演武场，楚晚宁让墨燃和师昧先自己去切磋，留下薛蒙一个人。

楚晚宁说："坐下。"

薛蒙虽不明所以，但向来奉师尊之言为圭臬，立刻依言席地而坐。

楚晚宁也在他面前坐下了，对他说道："三年后便是灵山论剑了，你有何打算？"

薛蒙低眸，片刻后，咬牙道："拔得头筹。"

如果楚晚宁是在金成池之行前这样问他，薛蒙会答得扬眉吐气，威风凛凛；然而此时，再说出这句话来，却是放不下傲骨，硬撑死扛。

他非是没有自知之明，但实在不甘心就此将"天之骄子"的名号拱手让人。

说完"拔得头筹"四字后，薛蒙心中惴惴，偷偷去瞄楚晚宁。

但楚晚宁只是看了他一眼，没有丝毫嘲笑，也没有任何质疑。

楚晚宁只简单利落地说了一个字："好。"

薛蒙的眼睛一下子亮了："师尊，你觉得……你是不是觉得我还可以……我……"他一时激动，竟有些语无伦次。

楚晚宁道："我门下，没有未战而先言弃的弟子。"

"师尊……"

"参加灵山论剑的，都是各派青年翘楚。没有神武的人自然不会是你的对手；有神武的，你也不必害怕。"楚晚宁说，"神武并非一朝一夕就能随心驾驭，你的佩刀龙城虽然略微逊色，但也是凡间所能铸造出的上品。若你这三年勤加修行，善加利用，所谓拔得头筹，也不是不可能。"

世人皆知楚宗师于武学方面眼神毒辣，颇有见地。

他又是绝对不会为了激励别人而说善意谎言的煽情之人，因此薛蒙听了他的话，顿时备感振奋："师尊此话可当真？"

楚晚宁乜过眸子，轻描淡写道："薛蒙你几岁了？过了五岁的人，我都不哄的。"

他这样一讲，薛蒙倒有些不好意思了，揉了揉鼻子，笑了起来。

楚晚宁又道："胜负无常，但骄傲不可轻舍，努力为之，至于结果，你不必过分强求。"

薛蒙道："是！"

这边疏解好了薛蒙，楚晚宁又来到演武场后面的灵力木人桩附近，为了防止弟子打木人桩时误伤他人，这个地方有些偏僻，要穿过一条长长的回廊，再转个弯，才能到。

师昧与墨燃背对着他，正在说话，距离不远不近，正好能听见。

"你们……"楚晚宁正欲唤他们过来，然而眼前的一幕，却让他猛然止住了话头。

三

本座喜欢你

作为一个爱惜武器的人，如此情景，让楚晚宁实在是气得说不出话来。

他怕是看到了一个傻子。

只见不远处的花树下，墨燃召来了见鬼。神武可以自行伸缩，掌控尺寸，但一般人都是愿意将自己的武器变大，变得很威风，再不济也像楚晚宁一样保留它正常的模样。墨燃却将见鬼变得很小，和束发头绳差不多长、差不多细，碎叶玲珑，堂堂神武，瞧上去就像个小可怜儿。

每个人灵力不同，楚晚宁的天问灌入灵力后是金色的，见鬼却是红色的。

于是撇去柳叶不说，见鬼瞧上去就和月老红线一般……

"师昧，你把这个系在手上，我想知道见鬼是不是和天问一样，也有哄人说实话的本事。"

"呃……你要拿我来试？"

墨燃笑道："对呀，因为我跟你最好，也信你绝不会骗我。"

师昧仍然犹豫不决："话是这么说没错，但是……"

"哎呀，我绝不问刁钻之事。你要不信我，我们来拉钩？"

说着，他伸出自己的小指。

师昧哭笑不得："你都多大的人了，还这么幼稚。"

"拉钩呀，八岁能拉，十八岁也能拉，就算到了八十八岁，也还是能拉，这有什么幼稚的。"墨燃说着，嬉皮笑脸地拉起师昧的右手，扳出小拇指。师昧被他逗得又好气又好笑，但也没办法，最后只得由他去。

谁知墨燃抓住师昧的小拇指，却不和他拉钩了，而是眯着眼睛，笑道："见鬼，干活啦。"

见鬼嗖嗖两下，以迅雷不及掩耳之势，将师昧的小拇指绑缚住，另一头则牵上了墨燃仍兀自竖着的小指。

英俊少年笑得像个得道升天的狡黠狐狸，酒窝深深，喜滋滋地说："恭喜呀，上当了。"

师昧简直啼笑皆非："你！……你快把我松开。"

"不急不急。"墨燃笑道，"我问几个问题就松开。"

其实自从在金成池得了长相思，而师昧没能将盒子打开，墨燃就有些不安。

虽然当时师昧戴着手套，没能直接触碰长相思，但墨燃仍然不能够完全释怀，更何况最后那盒子居然是被楚晚宁打开的。

楚晚宁……怎么可能……

于是墨燃觉得肯定是长相思坏掉了。

不过为了证实这一点，他觉得最好还是用见鬼再确认一下。

他倒是丝毫不怀疑自己对师昧的情谊，但很担心在师昧心里，自己其实无足轻重。至于金成池那句回应，更没准儿是自己的错觉。

他觉得师昧性情温和，平日里对谁都挺好的。不像楚晚宁，成天摆着一张别人欠了他金山银山的晚娘脸，特别遭人嫌。

别看踏仙君糙人一个，关心着一个人的时候，能把自己活活纠结死。

"首先呀，"墨燃心里虽然惴惴不安，但脸上仍笑吟吟的，故作轻松随意，还决定特意先抛出几个无关痛痒的问题来做铺垫，"你觉得薛蒙怎么样？"

指上一疼，师昧忍不住诚实道："少主很好，就是说话太直，有时令人无法忍受。"

墨燃拊掌大笑："咦？你也有忍不了他的时候？哈哈哈……也难怪，毕竟他如此讨厌。"

师昧脸红了："……你小声些，莫要被少主听见。"

"好好好。"墨燃笑道，"不过你说他坏话，我就特别开心。"

师昧："……"

墨燃又问："那你觉得师尊怎么样啊？"

"师尊很好，就是脾气有些……"看样子师昧非常不想评论楚晚宁，但无奈被见鬼缚着，咬了一会儿嘴唇，还是委屈地说道，"脾气有些暴躁。"

"哈哈……哪里是有些暴躁，分明是非常暴躁。隔三岔五就生气，生气了还不肯承认，我看贵妃娘娘都要比他好伺候。"

站在角落的楚晚宁："……"

墨燃忽然有些好奇，问道："那你既然知道师尊脾气差，为何还要拜在他门下？"

师昧道："师尊面冷但心慈，我禀赋不如旁人，他却从不嫌我愚钝，他说有教无类，既然我不善于攻伐，就教我治疗恢复之术。他、他待我很好的。"

墨燃原本正乐着，听到此处，忽地便收敛了笑，渐渐沉默。

过了一会儿，墨燃道："他哪里待你好了？不就是教你些法术，偶尔关照于你，换作任何一个师父，都会这么做。"

"那不一样……"

墨燃忽然不悦，鼓着腮帮："反正他待你并不好！他对你做的那些，我都能做到！"

师昧便不说话了。

在这难堪的沉默中，墨燃渐渐地平息下心头那簇恶火，见师昧垂眸不语，忽觉愧疚，小声道："抱歉。"

"没事。"师昧说。

但是略过片刻，师昧又有些突兀地道："早些年你还没来死生之巅的时候，有一次我走在路上，忽然下起了暴雨。

"我那时候尚未拜入师尊门下，在雨里面跑的时候，遇到了他。他撑着一把红色的油纸伞，见我狼狈，让我躲到他的伞下。我久闻他冷酷名声，和他并肩走的时候，心中忐忑得厉害。"

"然后呢？"

师昧神情温柔，说道："然后？然后我们一路没有说话。"

墨燃点头赞同："他那么闷的一个人，跟他也确实没啥好说的。"

"是啊。"师昧微笑起来，"师尊话很少。不过，他把我送到屋门前的时候，我跟他道谢。忽然看到他右边的肩膀全湿透了，而我一路都站在他的左边，一点儿雨都没淋到。"

墨燃："……"

"那把油纸伞很小，其实只够一个人撑的。他把伞大半给了我遮雨，我看着他在雨里面走远，回屋之后，我就写了拜师帖，求他收我于门下。"

"别说了。"墨燃忽然道，"你心太善，你再说下去，我会觉得你很可怜。"

师昧温声道："阿燃，你不觉得师尊才可怜吗？他只有那么小的一把伞，因为他一直都是一个人走的，没人愿意陪着他。所以啊，有时候师尊对我严厉了些，或是训斥得多了些，我都不在意。因为我记得他湿透了的肩膀。"

墨燃不说话了，只是鼻尖微红，心头忽悠悠地泛起了一丝酸楚。

那酸楚的感觉有些模糊，但他并不知道这种感觉，究竟是为谁而生。

"阿燃，我问你个问题。"

"嗯，你说。"

"你是不是特别讨厌师尊？"

墨燃一愣："我……"

"或者说，你不喜欢他吧？"

师昧问这句话的时候，素来平静柔和的目光，不知为何显得有些锋利。墨燃于他毫无防备，在这样锐利的注视下，忽然哑口无言。

墨燃闷着头，既没有点头，也没有摇头，过了良久，才勉强笑道："哎呀，不是我问你问题吗？一不小心居然被你绕进去了。哪有这样的？"

见他避而不谈，师昧心思玲珑，也不强求，只笑道："我就随口一问，你也不必放在心上。"

"嗯。"墨燃拾掇心情，尔后抬眼，透过浓深的睫毛帘子，望着师昧姣如明月的面容。

原本，他的第三个问题，是打算问师昧究竟对自己是何看法。可是这番对话之后，心情陡然沉重，抿着嘴唇沉默些许，墨燃忽然道："他是我师尊，也只是师尊而已，谈不上喜欢不喜欢。"

闻他此言，立在暗处的楚晚宁睫毛微动，像是蝴蝶受伤时的颤抖羽翼。

有的事情虽然心中已如明镜，但真的确认时，还是觉得身如飘絮，心沉大海。或许是秋意泛得早了些，楚晚宁忽然感到丝丝冰凉。

远处墨燃和师昧在说话，他闭了闭眼睛，最近时而涌现的轻微恶心感又漫上了脑颅。

他忽然觉得疲惫极了，转身欲走。

然而走了没几步，墨燃的声音又被秋风托着，若有若无地传递到他耳中，让他不由自主地停下了脚步。

墨燃在问师昧第三个问题："好啦，你说了薛蒙，也说过了师尊，那么来说说我吧。"

他把声音里的期待努力降到了最低，小心翼翼地问："师昧，你觉得我怎么样？"

师昧却忽然不说话了。

和天问一样，见鬼显然也有逼问真言的能力，师昧抗拒回答，见鬼因此而红光愈甚，紧紧锁扣住师昧的指尖。

师昧蹙眉道："疼……"

"我只求你说一句话。"墨燃心中不忍，但这个疑问深埋心中，前世今生，几乎已成了他的心魔，所以他仍执意问道，"你怎么看我？"

师昧摇了摇头，闭上眼睛，似乎是疼得厉害，纤长的睫毛不停地颤抖，额头也逐渐渗出细汗。

墨燃见他如此，到底还是心软了，叹了口气："罢了……"

他正欲撤去见鬼，师昧却是忍到了极点，脸色白如纸，沙哑道："我觉得你，很好。"

墨燃蓦地睁大了眼睛。

师昧说完这句话后，似乎懊恼不已，垂着眼帘不敢去看对方。

见鬼化为点点红色光芒，犹如残花花瓣，纷纷扬扬地被收回墨燃掌中，墨燃没有按捺住，低着头，轻轻笑了一声，再抬眼看师昧时，眉梢眼尾都是春暖花开的温柔意味。

他声音里带着些懒洋洋的笑，眼眶却有些湿润了，说道："好呀，谢谢你。我也觉得你很好。虽然在金成池里头跟你说过一遍了，但你都不记得了，所以我想再说一次。"

墨燃一双深幽如漆的眼眸凝望着他，眼中的光泽是那样清亮，好像繁星浸在海里，细浪涌上银河。

"我想待你很好，让你开心。"

师昧瞧他神情，对他的心意也是心知肚明，不由得低下头去。

墨燃看着忍不住想要抬手摸一摸师昧的鬓发，然而还未来得及挨近，忽然间一道金光闪过，"啪"地一条藤鞭结结实实地抽在了墨燃脸上。

"啊！"墨燃吃痛，惊愕回头。

只见楚晚宁白衣胜雪，负手而立，正站在青檐白墙边，冷冷地俯视着他们。天问犹如灵蛇嗞嗞吐芯，盘绕在地，柳叶瑟瑟，时不时会爆裂出一簇火星，一缕金光。

师昧惊道："师尊……"

墨燃捂着脸道："师尊。"

所以被讨厌又怎样，不被喜欢，又怎样？

别人或许是要痛哭流涕的，但换作是楚晚宁……哭？荒谬。当然是把那个没眼色的痛打一顿。

楚晚宁神色极冷，款步行来，冰冷道："不好好修行，在这儿聊什么闲天？墨微雨，你觉得你拿到最后一把神武了不起了？你就稳操胜券，无人能敌了？你好大的闲情逸致啊。"

"师尊，我只是想……"

楚晚宁眼神凶狠，墨燃闭嘴了。

"师明净跟我去对招。墨微雨，"他顿了顿，厌弃道，"修行去，若我来与你切磋时，你在我手下走不过十招，就自己回去罚抄清心诀三百遍。滚吧。"

十招？

墨燃觉得自己还是直接去抄清心诀比较好。

四

本 座 的 师 尊 …… 噗 哈 哈 哈

接下来的三天，楚晚宁的脸色都不是很好，脾气也十分暴躁。

玉衡长老把厌弃写在脸上，走到哪里都像笼着一层阴霾，弟子见了他作鸟兽散，就连薛正雍都能感受到他身周的隐隐杀气，不敢过多地与他攀谈。

楚晚宁嘴上虽并不愿意承认自己对墨燃存有师徒情分的期待，但看到两个徒弟在木人桩前说着悄悄话，那悄悄话里还带他，他仍忍不住怒气冲天，胸中酸涩。

他有点被恶心到了。

不光是恶心别人，更主要的是恶心自己。

墨微雨和自己只不过是师徒而已，他不亲近自己也很正常，他和师明净师兄弟之间聊一聊师尊也很正常，凭什么看不惯就一柳藤甩下去？楚晚宁你心眼儿怎么比针尖还小！

……好，退一万步，就算他对墨燃有那些温热的期待又怎样？他一向有引以为傲的自控能力与自傲，足够束缚内心，足够随着时间的推移，把那些不切实际的希望都掐死于心口。

这份卑微的对温情的渴望，除了自己，谁都不会知道。

除了鬼司仪那边落下的锦囊，纠缠着他和墨燃的一段黑发，什么都不会留下。

墨燃不会知道他的师父其实很在乎他，很珍视他，就像墨燃永远不会知道，金成池底，忍着剧痛救下他的人，不是师昧，而是与师昧暂换心灵的自己。

可是如今这算什么？

是……嫉妒吗？

这个念头让楚晚宁结结实实地噎到了。

之后一连数月，他都尽量避免和墨燃接触，除了日常的修行指点，不做多的交流。

转眼岁末将至，某天楚晚宁自山下降妖归来，行至山门前，天空中忽然开始飘雪。

很快地，死生之巅被缥缈银装所笼罩，楚晚宁体寒畏冷，于是紧了紧衣袍，大步朝着丹心殿走去。

殿内生着炭火，木柴在铜盆中发出噼噼啪啪的清脆爆裂声。

楚晚宁原是来向薛正雍复命的，尊主却不在这里，反而和墨燃撞了个正着。

丹心殿没有别人，这是楚晚宁几个月来第一次与他独处，不由得有些尴尬，更何况那个荒诞不经的梦就是在这里发生的。

说到那个梦，后来楚晚宁居然又颠来倒去地做了好多次，每次画面都清晰生动，一开始楚晚宁还会纠结，后来习惯了，干脆由着梦里的墨燃跟个小疯子似的口出狂言，自己只管闲着数墨燃的睫毛，一根、两根、三根……

不过那个梦总是在某个关键时刻戛然而止，一连数次这样之后，楚宗师认为，一定是自己秉性高洁，只知极少污言秽语，说完了就没了，所以自然梦不完整。

这样一想，拥有一颗脆弱的琉璃处子之心的玉衡长老，总算得以挽回了一些尊严。

但是，墨燃和丹心殿这个搭配，还是让楚晚宁直觉性地感到有些危险。

偏偏那少年毫无感觉，看到他，舒展着漆黑眉目，咧嘴一笑："师尊，你回来啦。"

"……嗯。"

"找伯父吗？他去伯母殿里了，伯母身体有些不舒服，他守着走不开。你有什么事情？我转述给他吧。"

楚晚宁抿了抿唇，淡淡道："不必了。"说完转身欲走。

墨燃却唤住他："师尊等一下。"

"怎么……"

他边说边回头，却猝不及防地被墨燃伸出的手抚上了漆黑眉梢。

墨燃掸了掸，再自然不过地说了句："你看看你啊，身上都是雪。"

楚晚宁一下愣住了。

他由得那个少年唠叨，替他除去覆雪，又取了白巾帕，去擦他湿漉漉的头发。

楚晚宁怕冷，不能着凉，否则极易生病。

偏偏这个人从来不知道该如何照料自己，上一次，楚晚宁被软禁后，喜欢坐在院中看着锦鲤游动，落雪了也不自知。

于是他动不动就感冒发热，废去灵核之后越发虚弱，一病往往就卧榻半个多月，一剂又一剂汤药灌下去也不见好。

所以墨燃见到他眉宇、肩头又落了雪花，一半融了，一半凝着，下意识就要给他掸去。

然而头发擦了一半，墨燃忽然反应过来如此举动似乎太过亲密，蓦然抬头，正好对上楚晚宁目光深沉的一双丹凤眼。

楚晚宁正瞪着他。

墨燃的手讪讪地收了回来："啊哈哈，弟子僭越，师尊自己擦、自己擦。"

他局促，楚晚宁反倒宽心了。

梦毕竟只是梦。

徒弟还是和以往一样的脾性，与梦中那个自称"本座"的家伙判若两人。

楚晚宁沉默了一会儿，接过墨燃的手帕，脱下了斗篷，走到炉边烤了烤手，擦拭着发间融雪。

"你什么时候知道僭越了？"火光映着楚晚宁的脸庞，他斜乜眼眸道，"不是一直很出格的吗？"

墨燃："……"

一时间无人说话，楚晚宁擦完了头发，漫不经心地把巾帕收了，又淡淡地看了墨燃一眼："不过话又说回来，你在这里做什么？"

墨燃忙道："这不是岁末了吗？积了一年的卷宗需要整理，我来帮……"

楚晚宁打断他："我知道有一年的卷宗需要整理，但是，这不是师明净的事情吗？怎么是你在做？"

墨燃："……师尊的记性真好。"

墨燃阿谀，楚晚宁不为所动："他人呢？"

"他今晨说头疼脑热，还浑身盗汗。"看到楚晚宁的眼神，墨燃道，"对不起，师尊，是我劝他卧床休息的。你不要怪他偷懒。"

对师昧的维护和对他明显的戒备像是一根尖利的针，扎得楚晚宁眉心一皱，楚晚宁静了一会儿，问道："他可还好？"

墨燃见他不曾责备，松了口气："我出来时刚给他端了药喝，见他睡下才离开。一点风寒，两三天就该好了。多谢师尊关心。"

"我有什么好关心你们的，随口一问而已。"

墨燃："……"

"走了。你好好整理吧。"

楚晚宁说着，只身远去。

死生之巅严禁弟子互相代行分内之事，墨燃原以为必遭师尊惩罚，却没想到楚晚宁就这么轻易地放过了他，一时没有反应过来，原地愣了半天，等人都快行远了，才猛然回过神来。

雪地里的人踽踽独行，墨燃拿起了靠在门扉边的伞，冒雪跑了出去。

"师尊！

"师尊，等一下！"

楚晚宁回过身来，墨燃在他面前停下脚步，抖了抖伞上的雪，不偏不倚地在两人上方撑开。

"雪大了，打伞回去吧。"

楚晚宁看了他一眼："不用了。"

墨燃把伞递到他手里，楚晚宁却觉得厌倦，执意不要，拉扯间伞被推搡得跌落在风雪之中，狂风一吹，忽地飘出数丈远。

楚晚宁盯着那把渺然落入雪地的伞，看了一会儿，这原是件小事，他想要一如往昔，淡漠远离，可是忽然挪不动脚步。

就像烛火终会熄灭，古井亦会干涸。

再隐忍的人也有崩溃的时候。

楚晚宁转头拂袖怒道："墨微雨，你别对我来这套成吗？我不是师明净，我用不着人照顾！"

他说着，手中陡然亮起一簇金光，墨燃下意识地往后一退，还以为他又要拿天问抽人，谁知他手中生出金色涌泉，在空中笼成一道璀璨结界，霎时间将他身周的风雪遮蔽。

墨燃："……"

挡雪挡雨的结界啊……

楚晚宁剑眉横陈，神色隽冷："你觉得我需要伞吗？"

他似乎是真的气得厉害了，指尖迅疾而动，结界的光亮从金色变成红色，从红色变成紫色，从紫色变成蓝色，从蓝色变成青色。

每变一种色泽，结界附带的成效都截然不同，有的只是纯粹地避雪，有的能将寒风都遮蔽，有的甚至能将大雪之冷转为暖意。

这些招式太过强大，楚晚宁平日当然不可能耗费灵力来这样避雪，这种怄气似的炫技，幼稚得让墨燃一时间有些无奈。

"师尊，你不要生气……"

"你哪只眼睛看到我生气了？"楚晚宁气得脸都青了，"还不给我滚！"

"好好好，我滚我滚。"墨燃看了一眼他头顶的结界，"但你也不要这样耗费灵力……"

"滚！"

楚晚宁一挥手，结界忽然收拢，成了一道惊雷，轰然劈在墨燃跟前。

墨燃差点被楚晚宁召来的雷电劈个正着，他难得好心关怀一下对方，却招来如此反应，一时间也有些愤懑，正想说话，一抬头却看到楚晚宁站在雪地中，脸色苍白，眼眶却有些泛红。

墨燃怔住："你……"

"你我不过师徒，何必有多余关切？带着你的伞，给我滚。"

墨燃吃了一惊，忽然明白过来。

"师尊，那天在演武场，我和师昧说话，你是不是……"

听到了。

楚晚宁却不说话，转身走了。

这次墨燃没有再叫他，他也没有再回头。

走到一半，忽然忍不住打了个喷嚏，楚晚宁的脚步僵了僵，闷头走得更快了，像是生气，又像是在逃。

而自始至终，墨燃都立在苍茫大雪中，呆呆地看着他的背影直到消失不见，也不知究竟在想些什么。

楚晚宁一回到红莲水榭，就病倒了。

他虽然能用结界避雨雪，但是遇到自己的事，总是懒散得很，更不愿意浪费灵力。不然平日下雨时，他也不会和寻常人一般，随随便便地撑把油纸伞行走。

接二连三打了几个喷嚏之后，头疼脑热就都找上了门。不过他久病成医，对于风寒早已见怪不怪，自己吃了点药，洗漱更衣后钻进被子里就睡了。

或许正因为风寒，自从金成池受伤，就一直会发作的那种恶心感在这个晚上变得格外鲜明。他在昏昏沉沉中睡了一整晚，浑身都被冷汗浸透，身体更是烫得像火炉。

第二天晌午，楚晚宁才模糊醒转，睁开眼睛，躺在床上发了一会儿呆，这才慢吞吞地下了床，准备穿鞋。

然后，他愣住了。

他忽然发现一夜过去，自己的靴子变大了好多……

再仔细一看。

楚晚宁："……"

饶是玉衡长老再淡定，也承受不住此番惊骇。

不是他的靴子变大了。

楚晚宁呆呆地看着自己的手、自己的腿、自己赤裸的脚，还有从滑落的衣服里露出的肩膀。

是自己……变小了？

五

本座好像没有出场

薛正雍在北峰练剑，天边忽然飘落一朵海棠花，他"咦"了一声，一边拿巾帕擦汗，一边接过海棠花，自言自语道："玉衡的传信海棠？有事不能自己过来说吗？他何时懒成这样了。"

话虽这样讲着，薛正雍还是把海棠花蕊中的那缕金光摘出，置入耳中。

一个陌生的孩童嗓音从里面传了出来："尊主，请你得空，速来红莲水榭……"

薛正雍原本是不信的，但是当御剑落到楚晚宁宅邸前时，还是完全傻掉了。

莲池边的凉亭里，一个只有五六岁的孩童正负手而立，一脸阴郁地凝视着接天莲叶。从侧面来看，此人面如霜雪，眸如玄冰，还披着楚晚宁的衣袍，不过这对他而言实在太过宽大，衣袖衣摆全部拖在地面，看起来就像条拖曳着飘逸巨尾的池鱼。

薛正雍："……"

孩童回首，一脸"你敢笑，我就死给你看"的倨傲。

薛正雍："噗哈哈哈哈哈哈……"

孩童拍案怒道："你笑什么？有何可笑的？"

"不是，我没有笑。啊哈哈哈……哎哟不行了，玉衡，我让你去贪狼长老那里仔细看一下伤口，你偏偏不听，哈哈哈哈……可笑死我了。"薛正雍捧腹道，"我从来、我从来没有见过杀气这么重的小孩儿，啊哈哈哈哈……"

这孩童不是别人，正是一觉醒来之后发现自己身体缩小了的楚晚宁。金成池穿透了他肩背的藤柳，不知带着什么法咒，居然会让人变成五六岁时的容貌身形，所幸法力没有倒退，不然楚晚宁觉得自己真的可以去死了。

薛正雍一边笑，一边去替他找来了一件小弟子穿的衣衫。

楚晚宁换上之后，总算显得没有那么滑稽了。他整理着蓝底银边的护手，抬头瞪了薛正雍一眼，而后凶狠道："你要敢说出去，我杀了你。"

薛正雍哈哈道："我不说、我不说。可是你这样怎么办？我又不通医术，总要找人来看吧？要不我把贪狼长老请来……"

楚晚宁愤然拂袖，却发现小弟子服是窄口紧袖，挥起来一点气势都没有，更加不爽："请他做什么？让他笑话我吗？"

"那要不我让拙荆来看看？"

楚晚宁抿着嘴唇不说话，瞧上去居然有些委屈。

"你不讲话，我就当你应允了？"

楚晚宁转了个身，拿后脑勺对着他。薛正雍知他心情沮丧，但此番奇景实在太过滑稽，憋了一会儿又没憋住，扑哧再次大笑出声。

唰地召出天问，楚晚宁侧眸厉声道："你再笑！"

"我不笑了我不笑了。我这就去找娘子过来，哈哈哈哈……"

薛正雍一溜烟地跑远了，没过多久，就带了神色焦急的王夫人过来。王夫人一看到楚晚宁就呆住了，半晌才难以置信道："玉衡长老……"

楚晚宁："……"

好在王夫人比起薛正雍而言，实在是医者仁心，她倒没怎么嘲笑楚晚宁，而是仔细望闻问切了一番，尔后软声细语道："长老灵力流转平稳，身体状况也无异样。似乎除了变成了小孩子，与往常并无什么不同。"

楚晚宁问："夫人可知破解之法？"

王夫人摇头道："长老受的伤是上古柳藤所致，此案世间恐怕没有第二例。因此我也并不知道该怎样应对。"

楚晚宁倏忽垂落睫毛帘子，半晌说不出话来，显然呆住了。

王夫人见状不忍，忙道："玉衡长老，依我之见，你之所以会变成这般模样，应该是藤柳中用以修复自愈的汁液侵入了你的创口，并非恶咒，不然也不会到此时才发作。我想那种汁液微乎其微，是因为你连日来太过忙忧，才让法咒左右了身躯。不如你先好生将养一段时日，再看情况？"

沉默了一会儿，楚晚宁叹了口气，说道："也只能这样了。多谢夫人。"

"不必客气。"

王夫人又仔细地打量了他一番，尔后道："长老如今这般容貌，若是不说，倒也没人看得出来。"

她讲得不错，楚晚宁早就不记得自己五六岁时的事情了。不过此刻看着池中倒影，除了五官轮廓，其他的和成年后的自己并不是特别相似，心里总算稍宽，他仰头对薛正雍道："尊主，这几日我要在红莲水榭闭关，薛蒙他们，还请你多照顾。"

"这是什么话？蒙儿是我儿子，燃儿是我侄子，师昧是死生之巅的弟子，我当然得照顾。"薛正雍笑道，"你还是多关心关心你自己吧。"

然而楚晚宁一连三日打坐修行，却并不见身体恢复原貌，不由得更加忧虑，也就离王夫人说的"好生将养"差了十万八千里。

这天黄昏，楚晚宁终于忍不住心头烦躁，见清修无果，干脆下了南峰，四处走走散心。

此时晚膳时辰已过，而夜习尚未开始，死生之巅的空谷幽径、廊桥亭阁里尽是三五成群的弟子，也没什么人注意到他。楚晚宁闲逛了一圈，去了善恶台附近的一片竹林。

诸位长老都有自己已经习惯占据的修行场所，往往带徒弟修行都会在固定的某个地方。楚晚宁惯去的就是这片竹林。

竹影萧瑟，万叶繁声。

楚晚宁折了片叶子，贴在唇边缓缓吹响，清幽细碎的乐声使得他心绪稍宁。可过了没多久，一阵脚步声由远及近，停在了他附近。

"喂，小孩儿。"

楚晚宁睁开眼睛。

薛蒙正腰细腿长地傲立于秀林之中，持着寒光熠熠的佩刀龙城，正朝他说话。

"我要在这儿练刀了，你上别处吹去。"

楚晚宁微扬眉梢，这感觉实在有些奇妙，薛蒙居然跟他颐指气使了起来。他想了想，说道："我吹我的，你练你的，互不打搅。"

薛蒙道："那怎么可以？快走快走，我的刀锋会伤到你的。"

"你伤不到我。"

薛蒙有些不耐烦了，"啧"了一声："那我可提醒你了，等会儿要是受伤，我可不来管你。"话音方落，佩刀掣出，龙城发出雄浑鸣叫声，如潜渊腾蛇乘云而起，破空长啸。

霎时间林中光影斑驳，剑气如虹，薛蒙于竹叶翻飞中将龙城舞作一道残影，一劈之下，一片竹叶碎作十缕，一斩之间，修竹不倾而落叶纷纷。一点一刺，一抹一横，皆如流风回雪，一气呵成。

他这般凌锐刀法，莫说是个五岁小童，即便是五十岁的大修，见到了也会啧啧称赞。

但薛蒙十式舞毕，坐在石上的那个小孩儿依旧自顾自地吹他的叶子，似乎眼前的这一切没什么好看，更没什么好称奇的。

薛蒙有些气不过，收了刀，自竹林上端一跃而下，轻飘飘地落于楚晚宁面前："小孩儿。"

"……"

"喂小孩儿，说你呢。"

楚晚宁放下竹叶，缓缓地睁开眼睛，面无表情地看着他："怎么？你师父没教你跟人说话要客气些？别一开口就喂啊喂的。我有名字。"

"我管你叫什么名字呢。"薛蒙原本还想好好说话，一听他开口就带刺儿，顿时没了好气儿，"给我闪一边儿去，你也瞧见了，刀剑不长眼，当心我一刀下来削着你脑袋。"

楚晚宁漫不经心地说："你连我脑袋都避不过去，还练什么？"

"你！"薛蒙从小到大哪里被这样顶撞过，何况对方还是个不到自己大腿高的初阶弟子，顿时又臊又恼，愤然道，"你与我讲话竟然这样没大没小，你知道我是谁吗？"

楚晚宁淡淡瞥他："你是谁？"

"……我是死生之巅的少主。"薛蒙简直要窒息了，"你竟连这都不知道？"

楚晚宁微微笑了一下，那笑容在他原本那张脸上，会显得很嘲讽，在现在这张稚气可爱的脸上，就更加嘲讽得没了边儿。

"少主而已，又不是尊主，为什么非得知道？"

"你、你、你、你、你说什么？"

"放下你的架子，好好练刀。"

楚晚宁说完这句话，又自顾自地垂下纤长眼睫，徐徐地吹响了竹叶，悠缓的曲乐声如风中飘絮，辗转浮沉。

薛蒙真的要被气死了，"啊"地大叫一声，居然和一个小孩子较上了劲。不过就算再气，他也不愿打孩子，便只好腾空，唰唰劈斩，霎时间竹木摧折倒伏，愣是在这空幽曲中舞出一套暴戾凶危的刀法。

他的刀法又快又狠，刀光闪动间，数十根翠竹的尖梢都被削成了钝刺。若是击敌，这些钝刺就该是吹毛断发的尖针，不过教训自己门派下的晚辈弟子，点到为止就好。

数百道钝刺直直地朝着楚晚宁落去，眼见着就要伤到人了，薛蒙一个疾掠，准备以轻功落下，带着这不懂事的小弟子避开。

他倒不是真的想要打伤这个孩子，只不过想吓吓人家而已。岂料就在他飞身而下的同时，那孩子停止吹奏，将指尖嫩绿的竹叶一弹，那薄薄竹叶瞬间在他指尖碎成百缕细丝。

几乎瞬间，那百缕细丝精准地朝着劈落的钝刺袭去。

风都像是凝滞了。

楚晚宁站起来，与此同时，百段钝刺在他周遭化为齑粉。

灰飞烟灭！

薛蒙惊呆了，立在原处，脸上青红交加，半个字都说不出来。

眼前那个稚气小童掀起睫毛，银蓝色的弟子服飘飞拂动，他朝薛蒙笑了笑："还来吗？"

薛蒙："……"

"刀势凌厉，却无章法。太过心浮气躁。"

薛蒙张了张嘴，又闭上了。

楚晚宁道："从刚才的灵雀式起重来吧，你按着我的曲声再舞一遍，我吹完一节，你击完一式，不可再快。"

被小孩子这样指点，薛蒙的脸色更加难看，他咬着嘴唇僵着不动，楚晚宁也不催他，只在一边等着，等着看他是否能为了修行而放下身段，宁愿听一个半大孩童的话语。

等了一会儿，薛蒙忽然懊丧地跺了跺脚，甩了剑，转身就走。

楚晚宁见他负气离去，神情略微暗淡，心道，薛蒙这样不能虚心受教，实在是有些可惜……

然而未来得及想完，楚晚宁就又见他拾起了地上的一段竹枝，回过头来，口气很差："那、那我用竹枝好了，万一打到你。"

楚晚宁顿了顿，唇边带上了笑，点头道："好。"

薛蒙替他摘了一片竹叶，擦干净了，递给他："喏，小弟弟，给你这个。"

这样就从"小孩儿"变成了"小弟弟"？

楚晚宁有些好笑地看了他一眼，接过叶子，重新坐回石头上，慢慢地吹了起来。薛蒙性子急，这段刀法中有一段腾空侧掠的招式，要在空中转身时，连刺六下，再劈一击。然而薛蒙总也把握不住度，往往是连刺了十多下，才打出一击，而那一击已错过了最佳时机。

连续五六次，薛蒙都没舞对，心下越急，眉头越拧越紧。

他正心焦，侧眸却瞥见了坐在石头上吹竹叶的那个孩童，见人家年纪虽小，却气定神闲，半点抱怨都没有，又不禁感到惭愧。

于是打起精神，又连着练了数次，他渐渐地在乐声中找到了些感觉。薛蒙却不以为喜，又接着腾跃挥刺，当明月高悬，时辰已晚时，他终于可以做到毫无差错，完完整整地将这段刀法挥下来。

汗水凝在他漆黑的眉间，薛蒙拿巾帕擦了，大喜道："今日多亏了你。小兄弟，你是哪个长老的门徒？你这样厉害，为什么我之前从来不知道你？"

楚晚宁早就想好了，璇玑长老门徒众多，多到连他自己或许都记不住全部的弟子，因此收起竹叶，微微一笑："我是璇玑长老门下之徒。"

薛蒙似乎对璇玑颇为不屑，哼了一声道："哦，那个破烂王啊。"

"破烂王？"

"啊，不好意思。"薛蒙误会了楚晚宁眼中的意外，还以为是因为自己轻蔑了这孩子的师尊，让对方不悦了。

他笑了笑说道："一个私下里的称呼而已。你师尊收徒太多，来者不拒。破烂说的是他收的那些毫无天赋的徒弟，并不是说璇玑长老不好，小兄弟不要介意。"

楚晚宁："……你们私下里，常常给长老起外号吗？"

〈六〉

本座的堂弟宛如傻瓜

"那当然，外号肯定都是要取的，苍天饶过谁呀。"薛蒙显得兴致勃勃，热情地跟楚晚宁介绍道，"我看你年纪不大，应该不超过五岁吧？那你是刚来死生之巅，和大家都还不熟，熟悉了你就会知道，这里二十个长老，在弟子之间差不多都有外号的呢。"

"哦。"楚晚宁颇有深意地看了他一眼，"比如说呢？"

"那可有的说了。不过现在时候不早了，我肚子有些饿。今日多谢你提点，我带你下山去吃些夜宵吧，边吃边讲。"

楚晚宁低头想了想，微笑道："嗯，好啊。"

薛蒙收起了龙城，拉着楚晚宁的手，蒙在鼓里的徒弟和缩小了身体的师父沿着长长的竹间石阶往山门处走。

"小兄弟，你怎么称呼？"薛蒙边走边问。

楚晚宁镇定自若地答道："我姓夏。"

"夏什么？"

"夏司逆。"

薛蒙浑然不觉其中深意，还很高兴地问："不错，挺好听。是哪两个字？"

楚晚宁看傻瓜似的斜乜他一眼："……司徒的司，逆徒的逆。夏司逆。"

"哦哦。"薛蒙又笑着问，"那你今年几岁？我之前猜得没错吧，是不是没超过五岁？"

"……"楚晚宁黑着脸，所幸薛蒙看着路，没有去看他的神情，不然一准儿被吓到，"不，少主猜错了……我今年六岁。"

薛蒙道："那你真是天赋了得，虽然比起我当年还差了那么一点。但是略加调教，必然是个了不起的后生。这样吧，你要不别在璇玑门下学了，你叫我一声师哥，我去求我师尊收你为徒，你看好不好？"

楚晚宁竭力忍着没有翻白眼："你让我叫你什么？"

"师哥呀。"薛蒙笑着弯下腰，弹了一下楚晚宁的额头，"这机会可不是谁都有。"

楚晚宁神色复杂："……"

"怎么了？高兴得说不出话了吗？"

楚晚宁："……"

两人正有说有笑地走着，至少薛蒙以为他们是"有说有笑"地走着。忽然身后传来一个声音，结束了这段再聊下去可能会要了薛蒙小命的对话："嗯？萌萌，你怎么在这儿？"

整个死生之巅，会管薛蒙叫"萌萌"的，还能有谁？薛蒙甚至头都还没有转过来，嘴上就已经骂开了："墨燃，你再这么叫我，信不信我拔了你的舌头？"

一回身，果然是墨燃轻衣飘摆，正立在清朗明月下，朝两人咧嘴而笑。他原本想再还嘴逗一逗薛蒙，忽然注意到薛蒙身边还站着个清秀标致的小孩儿，不由得一愣："这个是……"

薛蒙把楚晚宁拉到身后，朝墨燃横眉立目："你管得着吗？"

"别别别，别藏起来啊。"墨燃绕过去抓住薛蒙的手，又把楚晚宁拖了出来，蹲下来仔细打量了一番，忽然"咦"了一声，喃喃道，"这孩子长得好生眼熟啊。"

楚晚宁心生警觉："……"

"总觉得好像在哪里见过。"

楚晚宁暗道不妙，要是身份就此被识破，那他以后还有何颜面做人？下意识地往后退了一步，他转身欲逃。

"别走！"墨燃坏笑着一把拉住他，伸出手指，在他鼻子上划拉一下，慢声细语道，"来，小弟弟，告诉哥哥，你叫什么名字。"

被他摸过的鼻梁直起腻，楚晚宁又是尴尬又是心虚，往后直退。

墨燃还以为他是害怕了，哈哈大笑，说道："你躲什么呀？乖，告诉哥哥你是不是姓薛？"

薛蒙："墨燃！"

墨燃指着薛蒙，笑眯眯地问楚晚宁："这个人，是不是你爹爹？你要说实话哦，这样哥哥就疼你，给你买糖吃。"

"你有病啊，墨微雨！！"薛蒙登时气炸了，一张脸涨得通红，奓毛竖尾地喝道，"你、你、你、你到底在想什么？你、你龌龊！你、你肮脏！你、你、你臭不要脸！"

楚晚宁也是一阵无奈，但心下稍宽："……我姓夏，是璇玑长老门下弟子，夏司逆。"

"吓死你？"墨燃笑吟吟地弯着眼睛，他倒是不傻，一听就听出来了这名字的意思，"哈哈……有些意思。"

"……"

"你有病！"薛蒙恶狠狠地推开墨燃，怒道，"他是我新结交的朋友，跟你可没什么关系。我们要去吃夜宵了，你给我让开。"

"哦。"墨燃让开了，但很快又将双手枕于脑后，笑嘻嘻地晃悠着跟在了他们身边。

薛蒙朝他低吼："你干什么？"

"我也下山吃夜宵呀。"墨燃无辜道，"不许吗？"

薛蒙："……"

无常镇。

自死生之巅开宗建派，这座原本鬼魅横行的小镇就渐渐恢复了往日平和，如今甚至有几分热闹。

此时夜市已开，薛蒙一行人走在摊肆之间，寻了家售卖古董羹的店舍，坐在露天的矮木桌前。

古董羹以铜釜为烹具，架在烧旺的炭盆上。吃的时候火不熄，煮着釜内的高汤，高汤往往是重麻重辣的，生鲜食材摆满桌，要吃什么丢进去涮。因为食物掉入沸水会发出"咕咚"的声音，故得名"古董羹"。

这是川蜀名肴，但楚晚宁从来只吃不搁辣子的清汤锅，辣的他不吃，一吃就呛。

薛蒙自小生于蜀地，墨燃则是在湘潭一带长大的，两人对麻辣皆是习以为常，自然也觉得"夏司逆"肯定能吃辣。

坐下来点菜时，薛蒙熟门熟路地叫了好几种菜肴，又道："汤里头要多放花椒，红油也得搁足咯。"

楚晚宁却忽然拉了拉他的袖子，幽幽道："要鸳鸯锅。"

"啥？"薛蒙以为自己听错了。

楚晚宁黑着脸："要鸳鸯锅，一半辣的，一半不辣的。"

薛蒙："……你不是蜀人？"

"嗯。"

"啊。"薛蒙点了点头，露出一副了然的神情，但也有些诧异，打量了楚晚宁两眼，说道，"那你这么小就远离家乡，实在也是……唉，算了算了。"

他叹了口气，转过头朝小二道："好吧，鸳鸯锅就鸳鸯锅吧。"

楚晚宁不知为何从薛蒙的语气中听出了一丝不甘。

随后他发现这并不是他的幻觉，薛蒙是真的有些不甘，等菜的时候就在唠叨："师弟，你既然来了蜀中，就要学会吃辣。不吃辣就不能和别人混得热络，知不知道？川话可以不会讲，辣椒不能不会吃。对了，你是哪儿的人啊？"

楚晚宁道："临安。"

"哦。"薛蒙想了想，觉得对江南水乡并不熟悉，就咬着筷子斜眼问，"那你们家乡，吃兔头吗？"

楚晚宁还未来得及回答，墨燃就在旁边笑眯眯地说："当然是不吃的。"

薛蒙瞪了他一眼，楚晚宁也看了他一眼。

墨燃一只脚架在长条板凳上，胳膊肘搭着膝盖，熟练地转着手中的筷子，见状歪头笑道："怎么了？这样瞧着我，是不吃啊。"

薛蒙扭头问楚晚宁："真的不吃吗？"

"嗯。"

薛蒙又瞪墨燃："你怎么知道？你去过临安？"

"没去过。"墨燃扮了个鬼脸，"但是夏兄和咱们师尊是同乡，你都不知道师尊不吃兔头的吗？他在孟婆堂里拿凉菜的时候，不是拿小葱拌豆腐，就是拿桂花糖藕，不信你下次留心看看。"

楚晚宁："……"

"啊？我倒是没有留心过，自从上次瞧见师尊的早饭，我就轻易不敢往他盘子里瞄了，真的可怕。"薛蒙摸了摸下巴，慢慢露出嫌恶的表情，"师尊的口味真的难以言表。你知道吗？他居然吃咸豆花。"

楚晚宁："……"

说着薛蒙居然回过头，望向他，语重心长道："小师弟，你可千万不要跟玉衡长老学，以后会没有人愿意跟你吃饭的。记得，兔头和辣椒都要吃起来，早晨吃豆花，千万不要往里面倒酱汁。"

"还有紫菜和虾干。"墨燃补充道。

"对，还有紫菜和虾干。"薛蒙难得和墨燃同仇敌忾，"简直不能忍受。"

楚晚宁看了那俩傻子一眼，面无表情道："哦。"

菜很快就上全了，冻笋鲜脆，青菜翠碧，豆腐晶莹，鱼片鲜嫩，羔羊肉片成了薄如蝉翼的卷，整齐地码在白瓷碟里，酥肉炸得金黄焦脆，细细地撒着孜然花椒，一壶鲜磨的豆奶搁在案边，矮小的桌子被压得咯吱作响。

情谊千金都是一餐一顿吃出来的，更何况是热火朝天的古董羹，三两轮肥羊涮下锅，一两盏豆乳进了肚，饶是薛蒙和墨燃间这般生冷的感情，也不由得在氤氲蒸汽里暂时变得缓和。

薛蒙用筷子在辣油汤里翻找着："哎哎，那我丢下去的脑子呢？"

"你脑子不是正搁在脖子上嘛。"墨燃笑道。

"我说的是猪脑！"

墨燃咬着筷子坏笑："对呀，我说的也是猪脑。"

"你敢骂我……"

"欸！你的脑子浮上来了！快吃快吃！"

薛蒙一激动，被他套进去了，大叫道："把你狗爪拿开！别跟我抢，这是我的脑子！"

楚晚宁坐在小板凳上，抱着一瓷罐甜豆乳，一边喝得正香，一边闲适地打量着旁边俩幼稚鬼。他倒是施施然不着急，反正半边清汤锅里头的东西都是他的。

喝完豆乳，小孩子意犹未尽地舔了舔嘴唇，墨燃瞧见了，笑着问他："小师弟喜欢这个？"

楚晚宁消化了一下"小师弟"这个称呼，心里默默地估算了一下摆脱这个称呼的可能性，发现几乎为零，于是只得干巴巴地说："嗯，还不错。"

墨燃于是转头道："小二，这个豆奶，给我师弟再拿一罐来。"

楚晚宁于是又心满意足地喝上了第二罐。

他天生爱吃甜食，不过之前因为吃了太多糕点生了蛀牙，让贪狼长老颇费了一番功夫才给他修复好。之后楚晚宁便碍于面子，每次都不多吃。

此时变成孩童模样，倒是方便了他吃甜点。

墨燃托腮瞧着他进食，说道："你的口味和师尊倒是像。"

楚晚宁被噎了一下，不过脸上仍很淡定，不动声色："……师兄是说玉衡长老？"

"对啊。"墨燃笑吟吟地点了点头，将蒸笼推到楚晚宁手边，"来尝尝看这个。我想你也会喜欢。"

楚晚宁拿起竹篾蒸笼里的叶儿粑，咬了一小口，软糯白皙的皮儿露出个口子，里面热气腾腾的豆沙馅儿绵软香甜。

"好吃吗？"

楚晚宁又咬了一口，这才点了点头："嗯。"

墨燃笑道："那你多吃点儿。"

三个人边吃边聊，楚晚宁忽然又想起了之前的那个话头。他佯装很不在意，在吃完第四个叶儿粑之后，问薛蒙："少主，你之前在山上跟我说，每个长老都有外号，既然我师尊璇玑长老叫破烂王，那不知玉衡长老的外号叫什么？"

七

本座抢甜点吃

"师尊？"薛蒙神情瞬间肃穆了几分，"唯独他没有外号，整个死生之巅无人敢开他的玩笑。"

"扯淡，那不过是因为别人知道你喜欢师尊，都不跟你说实话而已。"墨燃翻了个白眼，拉过楚晚宁，悄声道："你别听他的，我告诉你，整个死生之巅，诨名最多的就是玉衡长老了。"

"哦？是吗？"楚晚宁微微挑起眉，显得饶有兴趣，"比如呢？"

"比如啊，客气一些的，喊他白无常。"

"……为什么叫这个？"

"因为他一天到晚都穿白衣服啊。"

"……还有呢？"

"小白菜。"

"……为什么？"

"因为他一天到晚都穿白衣服啊。"

"还有呢？"

"大馒头。"

"为什么？"

"因为他一天到晚都穿白衣服啊。"

"还有呢？"

"小寡妇。"

楚晚宁无言以对。

"你知道这是为什么吗？"墨燃浑然不觉楚晚宁眼中一掠而过的杀气，还哈哈傻乐着，"因为他一天到晚都穿白衣服啊。"

"……"

若不是楚晚宁定力好，只怕要绷不住了："还、还有呢？"

"哎哟。"墨燃看了看薛蒙的脸色，低声道，"我再说，我家堂弟恐怕要把锅掀我脑袋上了。"

薛蒙一拍桌，咬牙切齿道："不像话！谁允许他们这般编派师尊的？什么小白菜、大馒头的，居然还有小寡妇？都活腻味了？"

"啊。"墨燃忍俊不禁说道，"这你就不开心啦？你也不听听有些女弟子管师尊叫什么，肉麻极了。"

薛蒙瞪大眼睛："她们怎么说？"

墨燃懒洋洋道："还能怎么说？女孩子嘛，讲话都文绉绉的，什么淡月梨花、阳春白雪、临安楚郎、西子芙蕖。我的天。"

楚晚宁："……"

薛蒙："……"

"这算好的，像贪狼长老那种姿色平平脾气又差的，诨名可就难听多了。"

贪狼长老是二十个长老里，与楚晚宁关系最差的，楚晚宁问："他叫什么？"

"冬腌菜或者雪里蕻，因为黑。"墨燃说着，笑了笑，"萌萌，你别这副表情，你也有份儿。"

薛蒙仿佛生吞了鸡蛋："啥？我也有？"

"对啊。"墨燃笑道。

薛蒙似是不在意，清了清喉咙，问道："那她们管我叫什么？"

"屏屏。"

"……何解？"

"什么何解？这还不好解？"墨燃抽动肩膀说出这句话，终于忍不住拍桌大笑，"孔雀开屏呀，哈哈哈哈……"

薛蒙一跃而起，愤然道："墨燃！我杀了你！"

三人吃饱喝足回到死生之巅，已经丑时了。楚晚宁由着俩傻徒弟把自己送到了璇玑长老的领辖之地，和他们告了别。薛蒙临了还约他明日再于竹林相见，但楚晚宁不知道自己何时会变回原来的模样，于是不敢应允，只道有闲暇就来。

待徒弟们走远了，他才轻功掠起，踩着屋瓦檐梁返回了红莲水榭。

第二天一早，楚晚宁起床，见到自己仍然是孩童身板，不由得气闷。

他板着脸，站在板凳上，朝铜镜里头的那个人瞪了半天，连好生梳头的心思都没有了，思来想去，觉得不能再这样，于是去找了薛正雍。

"什么？你昨天见过蒙儿和燃儿了？"

"对，我说自己是璇玑门徒，他们并未起疑。"楚晚宁道，"要是薛蒙找你问起来，记得帮我打个圆场。先不说这个，我已经修行了十日有余，却并无好转。再这样下去不行，我还是得去找贪狼看看。"

"哟嗬，我们玉衡脸皮这么薄，今天却不怕丢人啦？"

楚晚宁冷冷地看了他一眼，只不过这眼神摆在一个孩童身上，未免气势弱了许多，反而有点像小孩子在赌气。

他小时候生得标致可爱，薛正雍忍不住有点儿被触动，伸手去摸他的头顶。

楚晚宁忽然道："尊主，等我身体恢复，烦劳你让浣纱堂给我裁一件死生之巅的衣裳。不要白色的。"

薛正雍完全愣住了："你不是不喜欢穿轻铠吗？"

"偶尔换换样子。"楚晚宁黑着脸丢下一句话，行远了。

贪狼长老虽与楚晚宁不睦，但碍着尊主在，也不得不收敛几分，因此嘴上并没有嘲讽楚晚宁，但嘲讽之意全部写在眼睛里。

楚晚宁抬起头，面无表情地看着贪狼长老。

对方眼睛发亮，里头像是在放烟花。

楚晚宁："……"

"王夫人诊断得大致不错。"贪狼长老断完了脉象后，松了楚晚宁的手腕，楚晚宁立刻把手抽走，放下了袖子。

"那为何十日了，还不见恢复？"

贪狼道："上古神木的汁液量虽少，效用却强。你要恢复，恐怕需要很长一段时间。"

楚晚宁随口一问："要多久？"

贪狼说："我不确定，不过，大约十年。"

楚晚宁瞬时睁大了双眼，贪狼长老虽还努力绷着，但眸子里幸灾乐祸的笑几乎都要溢出来了："对，你啊，可能需要十年才能恢复原貌。"

楚晚宁盯了他一会儿，森然道："你是在诓我？"

"岂敢岂敢？您可是玉衡长老啊。"贪狼笑道，"我看你这样也没什么，挺好的，不就是身体变小了而已，心智稍有幼化，但微乎其微，何况法力都还在，急着恢复做什么？"

楚晚宁脸色铁青，一时竟说不出话来。

贪狼道："不过这十年间呢，也不是说你时刻都会是孩童容貌。这种汁液的游走，与你的灵力一脉相承。你若是三五个月什么法术都不施展，也就能变回原样了。"

"这个法子可行！"薛正雍眼前一亮，好似看到了曙光。

岂料贪狼又微微笑道："尊主何必如此着急？我话都还没说完。玉衡长老恢复原貌后，依然不可动用太多法术，一旦灵力损耗多了，就又会被汁液左右，变回孩童。"

"多？什么叫多？"薛正雍叫道。

"这个嘛，树汁已经遍布他全身。"贪狼说，"一日最多两招。"

楚晚宁声音冷硬如铁，道："鬼界结界常有缺漏，锻炼灵器机甲也需法术，我若一日最多两招，岂不成了废人？"

"那我就没办法了。"贪狼阴阳怪气道，"毕竟人间若是失了北斗仙尊，明儿太阳都未必能照旧升起了呢。"

薛正雍在旁边焦急道："贪狼，你就别说风凉话了。整个修真界，你的医术是数一数二的，你快想想办法。玉衡这样子虽然法力不受影响，但毕竟是个幼童身体，身手肯定不如原来。再说了，他在金成池受伤一事，让其他门派知道了，保不准会生出什么花花心思来。十年也太久了，你看看有没有什么良药，能够……"

贪狼长老讥嘲着打断了他的话："尊主。北斗仙尊沾染的是上古神木的汁液，又不是随便什么常见的毒。你觉得我一时半会儿能想出什么法子来？"

薛正雍："……"

"好了，我要炼丹了。"贪狼慢悠悠道，"二位请回吧。"

薛正雍："贪狼！"他还想再说什么，楚晚宁拉了拉他的衣摆，说道："尊主，走了。"

两人行至门前，贪狼的声音却又忽然从背后传来："楚晚宁，你要是愿意好好求我，没准儿我就愿意帮你配药了呢。虽说你这种情况我前所未见，但也未必无法应对，你考虑看看？"

楚晚宁回头道："你要如何才算虚怀若谷？"

贪狼斜倚榻间，正懒散地理着桌上的银针垫包，闻言微掀眼帘，眸中讽嘲之意闪动："别人走投无路时，都是磕头求救。你我同僚一场，磕头就免了吧，你跪下来，跟我说两句好话，我就帮你。"

楚晚宁没吭声，冷淡地看着他，过了一会儿，才道："冬腌菜，我看你是没睡醒。"言毕，拂袖离去。

留贪狼一个人坐在原处发呆，半天没有琢磨过来"冬腌菜"是什么意思。

日子徐徐而过，玉衡长老对外言称闭关，实则是困于孩童身体里出不来。这件事情先后被薛正雍、王夫人、贪狼长老知晓，后来为了不露馅儿，璇玑长老也惊闻了这件奇事。

几个月后，红莲水榭闭门谢客久了，薛蒙他们不禁有些担忧。

"师尊都闭关七十多天了，怎么还不出来？"

"可能是灵力又要精进了吧。"师昧喝了口茶盏里的灵山雨露，抬眼看着窗外阴云密布的天空，"要下雪了呢，很快就到小寒了，也不知道师尊除夕之前能不能出关。"

墨燃正懒洋洋地翻着剑谱，闻言道："估计出不来，他前几日用海棠花传音给我们，不是说时日尚久吗？我看挺悬的。"

这天正好是死生之巅的闲暇日，众弟子不需修行。墨燃三人聚在一起烹茶煮酒，小院亭楼里竹帘半卷，重帷浅遮，底下走漏着迷蒙水汽。

最近跟他们常常混在一起的，多了个璇玑长老门下的小弟子夏司逆。

他自那日和薛蒙结识后，薛蒙就隔三岔五地拉他过来一道修行玩耍，日子久了，他更是与他们形影不离。

原本的玉衡门下三徒，莫名其妙就多了个小的。

此刻化名成夏司逆的楚晚宁，正坐在桌几前吃糕点。他吃东西的模样虽斯文，但速度可一点儿都不慢。

薛蒙无意瞥了一眼，愣了一下，目光复又落回盘中，愕然道："哇，小师弟，你这食量遗传谁的？"

楚晚宁慢条斯理地嚼着桂花糕，桂花糕太好吃了，他根本理都不想理薛蒙，毕竟有人跟他抢食呢。

墨燃的手和楚晚宁的手同时落到了最后一块荷花酥上，两人倏忽抬眼，目光相交擦出火花。

楚晚宁："松手。"

墨燃："我不。"

"松开。"

"你吃了八块了，这块是我的。"

"别的可以给你，荷花酥不行。"

墨燃瞪了这个小家伙一会儿，使出了"撒手锏"："师弟，你甜食吃太多了，会长蛀牙。"

"无妨。"楚晚宁很是冷静，"我六岁，不丢人。"

墨燃："……"

啪的一声，薛蒙一巴掌伴着他的抱怨应声而至："墨微雨，你讨不讨厌？你这么大岁数的人了，还跟师弟抢东西吃。"

趁墨燃"哎哟"叫了一声捂着头的空当，楚晚宁已经面无表情且眼疾手快地拿过了荷花酥，心满意足地小口咬了下去。

"师弟！"

楚晚宁不理他，专心致志地啃甜点。

四个人正热闹着，突然间，一阵锐利的啸声穿透天穹，回荡在整个死生之巅。楚晚宁面色微沉："集哨？"

薛蒙撩开半边帘子，探出窗外看，外面行走着的弟子也纷纷驻足张望，都露出了颇为意外的神色。

集哨一响，死生之巅所有门徒都必须聚于丹青殿外广场。这也意味着必须是有紧急事务的时候，哨声才会响起。这种哨声在楚晚宁未加入门派之前，常常是在鬼界结界破损时被吹响，不过自从楚晚宁加入，集哨已经许久未曾响过了。

师昧搁下手中书卷，起身走到薛蒙身边："好奇怪，有什么事如此着急？"

"不知道，不管了，先去看看再说。"

只有墨燃没有说话，他抿了抿嘴唇，睫毛垂落，遮住眸中流露出的一丝不自然。他知道这个哨声意味着什么，只是这件事情发生的时间和他印象里的略有出入，他没有想到会来得这么快……

四个人来到死生之巅，众弟子也陆陆续续都到了。很快，巨大的丹心广场就聚齐了所有的长老与弟子。

待人齐全，薛正雍从大门紧闭的丹心殿走了出来，站在玉带栏台前，底下是层层递落的青石长阶。跟在他身后走出来的，还有六名鲜丽女子。那六名女子容貌或俏或冷，生得都极其美好。她们临风而立，寒凉天气里却只着一层单薄纱衣，一眼瞧过去，皆是红裙如霞，眸如赤焰，帛带飘飞，眉宇间亦都有一簇火焰痕迹。

薛蒙登时就惊呆了。

不只是他，几乎在场的每个人在看到那六名女子时，都神情剧变。

薛蒙愣了好久，才嗓音微颤地喃喃道："羽民仙使……她们、她们是从朱雀仙境来的？"

八

本 座 不 安

朱雀仙境虽然名叫仙境，但里面所居的并非神仙，而是一种半仙半妖，血统混杂的异人。

他们是修真大陆上与仙人最相似的存在，又被称为"羽民"。

羽民世代远居于九华山迷阵之中，拥有自己的桃花源，很少插手人间事务。但他们体内毕竟不全是仙人的血，也有一半凡俗骨肉，因此也未能全然超脱，常会于修真界秩序动荡、岌岌可危时现身，以其强大灵力襄助凡人渡过难关。

墨燃上辈子闹得翻天覆地时，羽民便曾经大批出现过。但他们的实力终究比不过将禁术练到已臻化境的人界帝王，最后所有羽民都被墨燃赶尽杀绝，他踩着腥臭的血，踩着满地残损的焦羽。

一把火，将朱雀仙境烧毁。

那真是极疯狂的一段记忆，甚至事后墨燃想起来都会冷汗涔涔，湿透背心。只觉得当时的自己像是被恶鬼附身一般，残酷得厉害。

不过眼下，他显然还没有和羽民交手的实力。事实上因为种族优势，大多数修行之人的灵力在羽民之下，整个死生之巅能和他们过招的，目前恐怕只有那几位出类拔萃的长老。

薛蒙无意中看到了墨燃的脸庞，吓了一跳："你怎么了？怎么脸色这么苍白？"

"没什么。"墨燃睫毛虚落，低声道，"方才跑得急了些而已。"

羽民临世，正是上辈子师昧悲剧的起始，墨燃整颗心都悬到了喉咙口。他原以为这件事情要再过一段时间才会发生，为何这一次，这么多东西的进展都变得不一样了？

冬日的死生之巅，一轮虚弱的残阳挂于天穹，散照出一层死白的光辉。

墨燃站在日头下，不由得拉住了师昧的手。

师昧微愣："怎么了？"

墨燃没有说话，摇了摇头。

薛正雍的声音适时响了起来，说的话倒和上辈子没有太大的区别："今日召诸位于丹心殿前，只因时隔八十余年，羽民仙使再度临世。和八十年前一样，仙使离开桃花源，来到人间，是因为卜得人间危难将至，特来相援。"

他顿了顿，慢慢转头环顾下面黑压压的门徒："诸位知道，鬼界结界虽为始神伏羲所设。但百万年来，结界逐渐削弱，每隔数十年，结界就会再次破损。这些年来，鬼界结界的力量已日趋薄弱，尽管有诸位鼎力相助……"

薛蒙小声哼道："爹爹真是胡言乱语，明明就是师尊一个人在相助。"

"尽管有诸位鼎力相助，然而鬼界的漏洞越来越大，终将与数十年前一样，完全溃散。届时万灵降临，百鬼袭世，人界和鬼界将打破界限，凡人将饱受疾苦。为了避免这般惨剧，羽民仙使将在所有的修真门派遴选出几名灵力天赋最为合适的人选，前往桃花源封闭修行。"

此言一出，众人哗然。

羽民要选人带去桃花源仙境修行？

所有弟子于惊异中都生起了层层叠叠的兴奋，不论天赋如何，也都或多或少生出了些暗暗的期待。

唯有墨燃一人毫无喜色，眉梢眼角还隐隐透出一层忧虑。他平日里善作伪饰，叫人辨不出真假，然而此时此刻，竟是掩饰不住心中情绪——

此一事，事关师昧生死。当年，师昧就是被羽民选走，去桃花源修行的。他归来不久后，鬼界漏洞出现了一次大规模溃散，大批亡灵从地狱爬至人间。

在那场浩劫中，师昧与楚晚宁并肩作战，一人占一处阵脚，携手修补那个最大的缺漏。然而，师昧的力量终究还是无法和楚晚宁齐平，数不清的厉鬼见人界之门将要关闭，便同仇敌忾地朝着师昧扑杀而来，千军万马化作通天彻地的煞气，在瞬间将努力维系着结界平衡的师昧贯穿！

邪煞诛心，亡魂穿魄。

楚晚宁没有抬手相护，没有丝毫阻拦。他在师昧从蟠龙柱顶端倒坠而下的时候，选择了用尽法术，将师昧未及补全的结界，以一人之力尽数封合！

那天飘着大雪，师昧从高台上飘落，就像万千晶莹中毫不起眼的一小片。

飘雪漫天尽是，无穷无止。于是有谁会在乎那一朵六棱冰晶行将融化，就像代代无穷的凡人，从生到死数十年，除却至亲，有谁会在乎一个寻常人的死？

大雪中，烽烟里，墨燃抱着呼吸渐弱的师昧，跪着求楚晚宁看一眼师昧，救一救师昧。

可是楚晚宁最终仍是转了身，选择投向了皑皑雪原，选择了成全他自己的众生大义，于是师徒之情，一朝泯灭。

多可笑啊。

楚晚宁喜欢的东西，在乎的东西，追求的东西，都是那么可笑。

比如楚晚宁喜欢听雨赏荷，喜欢杜工部期期艾艾的诗，对仗严谨到了诚惶诚恐的地步。

又如楚晚宁会在乎春草又活，秋蝉又死，会在乎哪里又有硝烟起，哪里庶民不得生。

再如楚晚宁也一直教他们，有道者，众生为首，己为末。

可墨燃想，那些人他不识得，不在乎，是死是活，于他而言算什么？

楚晚宁认为雨里或有无处可归的荒魂在喃语，草木里溅着流民的浊泪，他墨燃可不觉得。他的雨就是普普通通的雨，草木是寻寻常常的草木。苍生就是写在纸上的两个字，谁在乎？

所以他想，楚晚宁虚伪、卑鄙，满口仁义道德，仿佛心怀天下，可是他那狭小至极的心胸里，却连个徒弟的位置都吝于给予。

后来他曾逼问过楚晚宁：你心痛吗？你会不安吗？你说众生为首，己为末，可你还好好地活着，你让师昧听你的话去死了！是你害死的他，你这个伪君子，你这个骗子！

你还有心吗？

师昧从高台上跌落的时候，他在喊你啊，他在喊师尊，你听到了吗？你听到了吗？你为什么不救他……你为什么不救他？

楚晚宁，你的心是石头做的。

你从来……

都没有在乎过我们。

你不在乎的……你不在乎的……

后来的事，就是那样了。

楚晚宁成了修真界人人敬之、爱之的无冕之王，没有人会在乎死去的人，师昧的尸骨就像一级不值一提的石阶，被胜者踩于足下。

他拿一个禀赋不足的徒弟，换来了河清海晏，所谓的天下太平。

没有人会说他是错的。

只有墨燃瞧见了他额前的冠冕，如此辉煌，是由死人的骨头铸成的，是师昧的死成就了他。

恨到肺腑里。

"喂，小仙君。

"喂……"

忽然有一只温良的手，触上了他的额头，墨燃猛地吃了一惊，从黑黢黢的回忆中脱身，倏忽睁开眼。

面前是张艳若芙蕖，明如流霞的娇嫩脸庞，一位羽民仙使不知何时已来到了他跟前，正冲他微微地笑着。

"如此大好机会，小仙君怎的在走神？"

"啊？仙子姐姐莫怪。"墨燃担心让人看出异样，勉强打起精神，朝羽民仙使笑道，"我这人喜爱想入非非，见姐姐们来了，心里头就盼着能被选中，也好见识见识桃源仙境是什么模样，不由得就沉浸了，失仪、失仪。"

原来在墨燃失神回想的那会儿，羽民已下来开始遴选合适的人。他以前对此一劫最窥不破，竟是满腹纠结，连周围的动静都不曾觉察。

那羽民仙使又嫣然一笑，然而甫一开口，却说了句令墨燃怎么也没有想到的话："我瞧你灵力纯澈，修为和资质也是难得，你若想去桃花源，便随我去吧。"

墨燃："……"

去桃花源？

上一次明明只有师昧和楚晚宁两人被选中了，为何这世会——

他吃惊之情溢于言表，所幸被羽民垂青本就是件值得惊愕的事情，因此周遭之人也并不觉得奇怪，只投来艳羡的目光。

墨燃被羽民带上了丹心殿，在最初的惊异后，他剧烈跳动的心脏慢慢地平息下来，眼中却流露出了一丝无人瞧见的狂喜。

这一次，果然有些事情变了。

虽然此刻他还不知这些变化究竟是福是祸，命盘又是因何而改，但至少他也可以去桃花源了，只要他也跟着羽民修习了术法，届时修补结界的重任就未必会落在师昧身上。

他是个粗人，经历了两次，也不知道什么叫众生为首，己为末。

但师昧是世上待他最好的人，在这个人面前，什么都不重要。

包括自己这一具皮囊，半缕归魂，只要师昧活着，他都可以不要。

然而，当羽民把所有人都选好，聚集在丹心殿前时，墨燃却发现这次的阵容竟和上一次全然不同了。

师昧依然在当选人之中。不过，因为在闭关修行，楚晚宁缺席了遴选，所以最后选中的人并没有他，取而代之的，竟然是璇玑长老门下的那个小弟子夏司逆。

更令墨燃诧异的是，薛蒙居然也受到了桃花源的邀约，用仙使的原话说："你身上似有勾陈上神的佩剑余威，有些意思。"

缥缈钟声自不远处的通天塔响起，浑厚悠远，回荡在整座死生之巅："下修界死生之巅，所收仙君为薛子明、墨微雨、师明净、夏司逆，共四人。"为首的羽民仙使在与薛正雍沟通后，放出一只传音鹩哥。

她抬着手，让羽毛鲜亮的鸟儿停栖于指尖，朗声继续道："今日见此四人，天资合适，秉性纯质，为良人妙才。特禀明上仙。"

说罢，纵鸟飞去。那鹩哥记下了她的话，扑腾着强健的羽翼，很快便消失在了茫茫高天之中。

去桃花源修习仙术，是比求得神武更为难得的际遇，没有人会拒绝。又因为所修习仙术是为了抗御鬼界结界大规模的溃散，此为修行者的担当，更没有人可以拒绝。

修行时间短则数月，长则三五年，均无定数。

羽民倒是并非不近人情，见岁末将至，特意说让他们好生过了除夕，之后再带他们前往九华山桃花源。

墨燃想到不久之后将要与师昧一同前往桃源修行，不由得心中喜悦。这种喜悦却并未持续太久，就慢慢地消退了。他起初还并不明白是因为什么，直到有一天路过死生之巅的南麓，抬头看了一眼结界严实的红莲水榭。

墨燃的脚步禁不住慢了下来，最后不动了，停在原处，仰头望着云烟缥缈的远山。

楚晚宁闭关已经三月有余了。

这一世，对这个人的仇恨似乎渐渐淡去……即使反复告诉自己，不要忘却楚晚宁抛弃他与师昧二人时的嘴脸，但有的时候，还是会忍不住心生恻隐，会心乱如麻。

夏司逆跟他走在一起，此时见墨燃神色有异，又见他盯着南峰出神，心下微动，问道："怎么了？"

"小师弟，你说我们走之前，他出不出得来？"

"……他？"

"啊。"墨燃愣了一下，回过神，冲着楚晚宁笑了笑，这些时日相处下来，他觉得这个小师弟着实乖巧懂事，也是十分喜爱，"我说的是我师尊，就是玉衡长老。"

楚晚宁："原来如此……"

墨燃叹了口气，喃喃道："他以前从来没有闭关这么久过。难道在金成池，真是伤得重了？"

这是他许久以来，第一次主动提及自己师尊。

楚晚宁明明已知不可能，却仍忍不住问："你……可有些想他了？"

（未完待续）

图书在版编目（CIP）数据

海棠微雨共归途 / 肉包不吃肉著 . — 广州 : 广东旅游出版社 , 2020.12（2025.4 重印）
ISBN 978-7-5570-2360-7

Ⅰ . ①海… Ⅱ . ①肉… Ⅲ . ①长篇小说－中国－当代 Ⅳ . ① I247.5

中国版本图书馆 CIP 数据核字 (2020) 第 216875 号

海棠微雨共归途
HAITANG WEIYU GONG GUITU

出 版 人 : 刘志松
责任编辑 : 梅哲坤
责任技编 : 冼志良
责任校对 : 李瑞苑

广东旅游出版社出版发行
地址 : 广州市荔湾区沙面北街 71 号首、二层
邮编 : 510130
电话 : 020-87347732
印刷 : 北京盛通印刷股份有限公司
（地址 : 北京市北京技术开发区经海三路 18 号）
开本 : 700 毫米 ×980 毫米　1/16
字数 : 360 千
印张 : 22
版次 : 2020 年 12 月第 1 版
印次 : 2025 年 4 月第 20 次印刷
定价 : 49.80 元